国家社科基金研究项目

后殖民：印英文学之间

石海军　著

北京大学出版社
PEKING UNIVERSITY PRESS

图书在版编目(CIP)数据

后殖民:印英文学之间/石海军著.—北京:北京大学出版社,2008.4
(文学论丛)
ISBN 978-7-301-13625-6

Ⅰ.后…　Ⅱ.石…　Ⅲ.殖民主义—文学研究—印度—20世纪
Ⅳ.I351.065

中国版本图书馆CIP数据核字(2008)第050634号

书　　　名:后殖民:印英文学之间
著作责任者:石海军　著
责 任 编 辑:张　冰
标 准 书 号:ISBN 978-7-301-13625-6/I·0891
出 版 发 行:北京大学出版社
地　　　址:北京市海淀区成府路205号 100871
网　　　址:http://www.pup.cn
电 子 邮 箱:zbing@pup.pku.edu.cn
电　　　话:邮购部 62752015　发行部 62750672　编辑部 62767347
出版部 62754962
印　刷　者:三河市新世纪印务有限公司
经　销　者:新华书店
650毫米×980毫米　16开本　19.25印张　306千字
2008年4月第1版　2008年4月第1次印刷
定　　　价:36.00元

序 言

我的老家在河南济源，那里有太行、王屋二山，我从小听惯了愚公移山的故事。后来上了大学，离开了太行、王屋二山，来到中国社会科学院外国文学研究所工作。我曾经习惯了锄头与镰刀的手开始与笔、与电脑打起交道来。我小时候做梦也没有想到自己会学、会研究印度文学。

1995 年至 1996 年间，我去往印度贝拿勒斯印度教大学访学一年，1998 年出版了《20 世纪印度文学史》。之后，我一直在“史”的基础上思考着更为综合一点的课题研究，十年过后，我将自己的思考不了了之地变成了眼前这本拙劣的书。

实际上，起初思考、设计自己的研究课题时，我并没有什么理论观念，“后殖民”只是自己在行走途中捡拾到的一个行囊，并且一路背负下来。至于这个行囊中到底有什么货色或宝贝，我至今也说不清楚，只是两个事实使我对后殖民主义的说法颇感兴趣：一是世界上有三分之二的人曾生活于被殖民主义所侵蚀的社会之中；二是殖民主义不仅在政治、经济方面影响到当今人们的生活，而且在文化领域对人们的思想产生了潜移默化的影响。兴趣所至，使我对“后殖民”有点儿跟风，但我在天性上是一个难以专一的人，对“后殖民”只是雾里看花，没有点迷蒙的感觉时，“花”便不存在了，所以对“后殖民”并不是死心塌地，读相关书籍，但凡有启发时，便有快意，否则便束之高阁了。印度近现代文学的出现与发展与西方尤其是英国文学、文化的传播有着非常密切的联系，后殖民只是对这种关系进行考察的一个切入点而已，过于强调这个切入点，一切都会僵化。一方面是诱惑，一方面是陷阱。

甘地说，从前只有少数精英为我们留下了有价值的书籍，而现代印刷业的发展则使书籍处于过剩生产的状态。作为“愚公”的后代，我本性难改，总是辛勤地劳作，但我却是尴尬地做着“智叟”的工作，愚公移山的传说似乎变成了西绪弗斯的故事。

目 录

第一章
从后殖民文化研究的角度看印度现当代文学

印度现当代文学的产生与西方文学尤其是英国文学有着极为密切的关系，从后殖民文化研究的角度来看，印度现当代文学实际上便是产生于西方都市社会的工业文明与停留于乡村世界的农业文明之间在接触之中所产生的各种矛盾与冲突，这种冲突在殖民时代表现为征服与反征服，而在后殖民时代，则表现为更为复杂的文化与社会心理矛盾。后殖民文化研究产生于西方，但关注的却是东方文化与文学，这与东方文学产生于东方本土但却学习、模仿西方文学的情形正好形成对比。本章通过对印度现当代文学和侨民文学的透视，分析地域文化和全球文化之间的对立和统一。一定程度上，东方国家传统文化价值总是与地域文化即乡村、乡土联系在一起，相对而言，城市则成为现代性、西方文化、现代文明、工业文明的象征，西方文明与东方文明、现代与传统等复杂关系在印度等东方国家常常表现与城市与乡村的对立，作家们一方面在维护着乡村世界所代表的传统价值观念，另一方面又在批判着乡村世界丑恶与落后的现象，在城市与乡村、现代与传统、西方与东方之间进行着痛苦而无奈的判断与选择。后殖民文化研究立足于西方文化而对处于现代化进程中的东方文化加以考察和研究，但这种考察由于与东方本土文化保持有一定的距离而带有一定的虚妄性；本章受后殖民主义文化批评的启示对印度现当代文学进行总体考察，并结合乡土文学进行较为具体的分析，从后殖民的视角解析印度侨民作家“想象的家园”与印度本土作家的精神家园之间的“殊途”与“同归”，如同后殖民的文化“杂交”与甘地的文化“同化”既有联系又有不同一样，侨民或说流散文学与印度本土文学之间既是同步发生的，同时又有不同的旨趣。将本章的内容与后面有关拉什迪等流散作家的分析对比起来进行阅读和分析，我们会发现，在后殖民和全球化时代，文化的杂交是不可避免的趋势，但文化的迁徙与杂交并不以谁的意志为转移，而是一种自然生成的状态。

一 地域文化与想象的家园

1. 从萨义德说起

萨义德(Edward W. Said)在《东方学》一书中，曾通过奥尔巴赫(Erich Auerbach)的思考，引出了欧洲中世纪学院派神学家圣·维克多的雨果(Hugo of Saint-Victor)在《世俗百科》(约 1127 年)中说过的一段著名的话："发现世上只有家乡好的人只是一个稚嫩的雏儿；认为每一块土地都像自己的家乡一样好的人已经强壮；但只有当认识到整个世界都不属于自己时一个人才最终走向完善。"萨义德还就这段话进一步阐述道："一个人离自己的文化家园越远，越容易对其做出判断；整个世界同样如此，要想对世界获得真正了解，从精神上对其加以疏远以及以宽容之心坦然接受一切是必要的条件。同样，一个人只有在疏远与亲近二者之间达到同样的均衡时，才能对自己以及异质文化做出合理的判断。"[①]15 年之后，萨义德在《文化与帝国主义》一书的结尾再次引用了这一段不时出现于他脑海中的话，并进一步做出思考：强壮或完善起来的人并不是拒绝或失落了对家乡的爱，相反，他是在对家乡的执著的爱中逐步进入了独立和超然的精神状态，因为在这个世界上没有任何一个人会是一种孤立的存在，生存实际上关涉于事物之间相互依赖的关系，这意味着不能将事物分成优劣或高下，不应当强调"我们的"文化传统或国家的至高无上。[②]

萨义德在两部重要的著作中引用同一段话是不无用意的。无论说

---

① 萨伊德(又译萨义德)：《东方学》，王宇根译，北京：生活·读书·新知三联书店，1999 年，第 331—332 页，笔者就英文对引文稍有改变。

② E. W. Said, *Culture and Imperialism*, Vitage Books, New York, 1993, pp. 335－336.

话者的原意是什么，萨义德在引用它们时，其中的“家乡”一词显然已经不再是感情意义上的家乡，而是指理性或哲学思考意义上的家乡了；而且萨义德引用这一段话时所针对的主要是西方的殖民扩张和文化征服，有着文化和政治方面的新含义。萨义德的《东方学》和《文化与帝国主义》主要是写给西方人看的，虽说它们是对西方文化的批判，但这种批判实际上无损于帝国主义文化本身，只不过希求它在对异质文化的吸引中变得进一步强壮、进一步完善罢了。在援引奥尔巴赫等东方学家的思考时，萨义德正是基于奥尔巴赫等学者对西方文化的良苦用心：在两次世界大战期间，“西方文化正在经历一个重要的阶段，其主要特征是面临着由粗暴、狭隘、道德沦丧、极端民族主义等恶劣品质所引发的危机。”[①]萨义德认为，只要在文化上存在着“征服”或“扩张”的心理，奥尔巴赫这一段话就不会过时，因为这种文化心理，按萨义德的逻辑推理，只不过是幼稚、脆弱和不成熟的表现而已。可悲的是，当世界进入新的千年时，帝国主义的扩张心理依然在膨胀，只不过更多地表现于政治、经济与文化领域罢了，因此，萨义德不无遗憾地说：“我们生活在一个共同的星球环境里，里面有大量的生态、经济、社会和政治压力，这些压力正严重地威胁着这个世界的结构。任何人哪怕对这个整体只有模糊的意识，也会惊诧地看到，诸如爱国主义、大国沙文主义、民族宗教和种族仇恨这样的狭隘态度，事实上可导致巨大的摧毁性。这个世界再也经不起几番折腾了。”[②]广而言之，在萨义德的心目中，家乡可泛指世界，世界就是一个大的家园，只有在这样的宽阔胸怀中，才能真正认识到小家（包括民族与国家）心理的狭隘性。按照萨义德的说法，世界变成今天这样一个权力与财富悬殊的现实，我们要想把世界上的种种不幸归于帝国主义的侵略或是第三世界咎由自取等等都是匪夷所思的，“我们着手要做的是将这些事实看作相互依存纵横交错的历史，压抑这些历史则造成偏误、毫无意义，理解这些历史则有益而有趣。”[③]

萨义德的学术要旨在于重写帝国的历史，他以对西方文化的批判姿态从事着体现权力意志的话语批评，他的学术活动与他在现实生活

① 萨伊德：《东方学》，王宇根译，北京：生活·读书·新知三联书店，1999年，第330页。
② 《萨伊德自选集》，中国社会科学出版社，1999年，第205页。
③ 同上书，第204页。

中的政治和文化密切相关，他文学批评的目的在于改变现实的文化关系和权力结构。不言而喻，对萨义德来说，他的学术活动具有崇高的意义，但凡事被赋予崇高时，其乌托邦的性质实际上也是显而易见的，换言之，过于崇高的东西常常是和虚伪联系在一起的。我们知道，萨义德出生于巴勒斯坦，后来长期生活于美国，他属于典型的移民学者，与他这种背景相似的、出生于第三世界但却生活在西方的学者和作家大有人在，已构成一种典型的流散文化现象，萨义德是不是在文化上为这些“乐不思蜀”的“流亡者”塑造着光辉的形象？笔者在此无意高谈帝国主义、民族主义和爱国主义等富于政治色彩的话题，只是想从印度文学的角度，谈谈被萨义德颇为关注的“家乡”或“家园”问题，因为不管怎么说，圣•维克多的雨果那一段读起来有违常理的妙语或是萨义德由这段妙语中生发的种种思考都是颇能给人以启迪的。

2. 家国与地域文化

当我们在日常生活中说到家乡时，“家乡”一词多是在感情意义上存在的。家是什么？它是我们心之所系，并且总是和愉快的记忆或想象中的幸福联系在一起，是和父母、兄弟姐妹生活在一起的温暖而安全的地方。通常的情形下，只是在我们长时间离开家乡，或是经历了某种严峻的或是英雄般的远行之后，“家”的感觉才会特别强烈；“衣锦还乡”的心理大约与此相关。在这种心理中，家常常与家所在之地联系在一起，而且这个地方不是在地理学意义上存在的，而是在人的心目中存在的，因此它常常被神圣化；按常理说，任何一个地方都不会静止不变，它总是处于自然、社会和经济的变化之中，甚至会消失，但在思乡者的心中，家是一个不变的存在，即使看到它的变化，思乡者也会在心理上对之排斥或是抗争的，因此可以说，家乡只存在于过去，而且是一种想象性的存在。

按照马克思主义的观点，任何一个地方的存在，都关涉于权力的社会性建构，而海德格尔则强调人们对某地的经验和感受，不注重某地外部的、物质性的变化。[1] 前者强调的是现代性，后者强调的是传统性；当然，传统实际上也是处于不停的变化之中，只不过是这种变化不被或是不愿意被承认罢了。马克思主义强调与人联系在一起的某地(家乡)的社会性，而海德格尔则把某地(家乡)看成是人的经验性的存在；这两方面也就是变与不变的差异：变是客观的、外在性的现实，不变是内在的、永恒的存在。当然，从根本意义上说两者又是统一的，是想象与现实的统一。家是如此，国也是如此，只不过作为某地来说，二者是一大一小罢了。

稍有不同的是，“国”的存在，与“家”相比，并不一定是在长时间的缺席之后才显得突出，而是在危难之中也就是受到他国或他民族入侵时，“国”的意识才会变得强烈而突出。印度本来没有“祖国”的观念，但是到了19世纪20年代，随着民族意识的觉醒，爱国主义的思想感情强烈地出现于文学创作之中，作家们都在呼吁人们把生育自己的土地当作大写的母亲来崇拜，反对对英殖民者的奴性模仿。威维安·德罗兹奥(1809—1831)在《献给印度——生我的土地》(1827年)一诗中深切地对沦落于尘埃之中的祖国诉说着自己一颗哀伤的心灵。印度这块地方在变成祖国的同时，也就被神圣化了，成为一种精神的存在，尽管这种精神是模糊不清的，但却是永恒而崇高的，它强调的是由来已久的传统性的存在。虽然它也强调改革，但这种改革的基点却不是对西方的奴性模仿，也就是说它是在外力的作用下对自身的完善，与英国对印度的征服有着本质的不同，是对英国殖民征服的反抗。

马克思曾说：“的确，英国在印度斯坦造成社会革命完全是被极卑鄙的利益驱使的，在谋取这些利益的方式上也很愚钝。但是问题不在这里。问题在于，如果亚洲的社会状况没有一个根本的革命，人类能不能完成自己的使命。如果不能，那末，英国不管是干出了多大的罪行，它在造成革命的时候毕竟是充当了历史的不自觉的工具。”[2]“英国在印度要完成双重的使命：一个是破坏性的使命，即消灭旧的亚洲式的社

① Madan Sarup, *Identity, Culture and Postmodern World*, ed., Tasneem Raja, Edinburgh University Press, 1996, p.4.

② 马克思：《不列颠在印度的统治》，见《马克思恩格斯选集》第二卷，人民出版社，1972，第68页。

会;另一个是建设性的使命,即在亚洲为西方式的社会奠定物质基础。"[1]马克思在此强调的是印度社会变革的必要性,在此前提下,他认为英殖民者在印度肩负着双重的历史使命。但是从爱国主义的角度说,印度则强调自己在精神上优越于西方,认为西方是物质文明,印度是精神文明,进而以印度的精神去抗拒西方的物质。英国可以把自己在印度的统治标榜为世界主义、是对印度民族自由和社会进步的极大促进,但实际上这是殖民主义;另一方面,印度爱国主义的历史意义虽然不容忽视,但在客观上,爱国主义也易于变成狭隘的民族主义。由英国的殖民统治而带来的社会变革是一种外在的、客观的存在,但印度一旦被神圣化为祖国时,它就变成了某种内在的民族经验和感受,固守着自己的传统和精神。正因为如此,印度民族独立运动的领袖人物 M. K. 甘地一方面要以"良心"和"人性"等非暴力手段来抗拒着英殖民者的"残暴"和"兽性",另一方面也在以农业文明的"纺车"抗拒着来自西方工业文明的"机器"。

马克思对印度的村社式社会曾进行过鞭辟入里的分析,认为这种社会制度以种姓制为典型特征,[2]是阻碍印度社会进步的障碍,但印度泰卢固语著名作家维什瓦纳德·沙迪亚那罗衍(1857—1976)在小说《千头蛇》(1935)中却对印度的种姓制竭力讴歌,并认为是城市的出现破坏了印度社会的平和与安宁,使印度人道德沦丧。[3] 印度印地语著名作家普列姆昌德也极为推崇印度传统的农村公社模式,他在小说《仁爱道院》中曾对这种社会结构模式进行了理想化的描写,而这正是马克思所深刻批判的村社式社会。普列姆昌德不仅歌颂印度传统的农业文明,而且把伴随着西方工业文明而出现的城市看成是腐败与堕落的象征。我国有学者认为,普列姆昌德的创作是对城市的否定和向乡村的回归,"在这种回归中,印度对着历史潮流而退回到宁静、平和,亦即保守落后的古代社会……回到传统的乡村社会中。这是普列姆昌德为印度社会所设计的'文明大迁徙',它是城市向乡村的迁徙,工业文明向农业文明

① 马克思:《不列颠在印度统治的未来结果》,见《马克思恩格斯选集》第二卷,人民出版社,1972,第 7 页。

② 马克思:《不列颠在印度的统治》,见《马克思恩格斯选集》第二卷,人民出版社,1972,第 66—67 页。

③ 可参阅拙著《20 世纪印度文学史》,青岛出版社,1998 年,第 143 页。

的回归。”[①]但是，我们不能就此认为普列姆昌德的创作落伍于时代和历史；再者，这也不表明普列姆昌德的创作受制于当时的社会现实，因为从后殖民文化批判的角度看，普列姆昌德的创作恰恰是对西方殖民文化的批判，它表现的是甘地时代的文化斗争策略，否定了普列姆昌德也就否定了甘地，同时也否定了整个印度现代文学的价值，因为甘地主义对印度浪漫主义、民族主义、现实主义、进步主义和现代派等文学的创作都产生了不可估量的影响，将整个印度现代文学（指 1947 年印度独立之前的文学）称为甘地文学都不为过。当然，从马克思主义的观点来看，甘地的思想和普列姆昌德的创作无论如何都不表现为历史的进步；从后殖民文化批判的角度看，它也是狭隘的家国思想的典型特征。但是，这并不是说马克思主义和甘地主义相抵触，也不是说后殖民主义本身是一种分裂或矛盾的文化批判，笔者由此想印证的，是上文所说的家国作为社会现实和心理想象之间的对立统一性，现实和想象在此是悖论性的存在，如果现实离开了想象或是想象离开了现实都是不可思议的：我们无法设想英殖民统治者会像热爱自己的本土一样热爱着印度，同样，我们也无法想象印度作家会按照英殖民者的意志对印度进行改造。因此，英殖民者对印度的统治是一种历史和现实，它昭示着印度未来的发展趋势，即马克思所说的“为西方式的社会奠定物质基础”；而印度作家对印度的美化则是一种心理和想象，它着眼于过去并且是向着过去（传统印度）的回归，二者可谓“南辕”和“北辙”，但却都是合理性的存在，并不意味着前进或后退，而是印度社会发展过程中存在的两种相互促进的力量。

所以，随着印度的独立，甘地主义作为一种斗争策略虽然早已成了过眼烟云，但甘地主义作为某种想象性的心理存在这种实质却并没有消失。贾瓦赫尔拉尔·尼赫鲁主张印度走工业化的道路，这与甘地的小农经济思想是大相径庭的。在印度民族独立运动中，尼赫鲁与甘地就常常为印度的发展道路发生激烈的争论，印度在心灵和精神上选择的是甘地，因此，甘地在民族独立运动中成了印度民族的精神领袖，但在政治思想与经济发展等现实问题上，印度则选择了尼赫鲁。

---

① 黄超美：《普列姆昌德创作的二重组合》，《外国文学评论》1989 年第三期。

尼赫鲁在印度独立日的演讲中曾说，要把印度建设成为一个政治民主、经济发展的国家，但尼赫鲁在1962年去世时，他的梦想也基本上落空了，印度的经济一直发展缓慢，政治上也是徒有民主大国的虚名。对尼赫鲁的演讲稍加分析都不难看出，尼赫鲁在印度独立后，没有别的道路可走，只能走西方或者是俄国的道路，从这种意义上说，独立实际上是不存在的，因为按照后殖民主义的观点，被殖民国家虽然获得了独立，但第三世界国家在经济甚至是政治文化上并没有摆脱对前殖民国家的依赖。岁岁年年，花开花落，只不过是新桃换了旧符罢了，作家们的梦想依然只是梦想，并没有落于现实之中。因此，甘地主义在精神上依然深深地影响着当代印度，几千年以来的乡村依然是印度作家的梦想所赖以产生的沃土。

3. 乡村与城市

兴起于50年代的印度乡土小说正是在理想乡村的沃土上生根开花并争姿斗艳。乡土小说是对某一特定地域的生活进行描写的小说。① 这种区域多是偏僻落后的地区，一般是指农村，农村相对于城市而言发展缓慢，成为印度当代社会生活的边区，乡村小说的典型特征在于描写乡村的方言俗语和风土人情。再者，印度社会中至今还存在着不少部落，对部落民生活进行描写的小说也常常被归类于乡村小说。实际上在印度独立之前，乡土文学已经存在，只是没有特别强调而已。在甘地时代，普列姆昌德等作家就将城市与乡村对立起来，把印度的希望寄托于农业文明传统的发扬光大之中；印度独立后，美化乡村并以乡村来对抗城市的倾向得到进一步的发展。印度是个传统的农业文明国度，乡村是这种农业文明的集中体现，作家回归于乡村生活的主题，企图从对乡村生活的描写、展示上来揭示传统文明在当今社会中的命运与前途。因此，从这时期乡土文学中反映出来的并不单单是乡村世界的风俗人情画面，而更多的是一种文化心理的积淀式分析，作家笔下的乡民形象凝聚着印度民族的苦难与希望，乡土文学中广泛出现的乡民

---

① 这里所谓的“乡土小说”是一种广义的说法，与中国现当代文学中的乡土小说既相似又不同，印度文学批评中也称之为“边区小说”（regional novel）。

们的对话最能反映出现代印度社会在西方文化的侵袭中所经历的惊奇、恍惚以及无所适从的心理。印度乡土文学自50年代兴盛之后，经历几十年的风雨，至今不衰，文学上一直存在着"返回乡村"的倾向；作家们或是将西方现代派、后现代派的各种文学技巧运用于乡村文学的创作之中，或是追求乡村生活中朴实、形象的语言风格，竭力恢复失落的印度文学传统的叙事方式，并以反现代主义的姿态抗拒着现代主义及后现代主义的荒诞、异化等都市文学情调，企图解救随西方语言、文化入侵以及社会经济变革而处于风烛残年的本土文化的命运。

五六十年代的印度文坛，与乡土小说几乎同时兴盛的也有从西方现代派文学中吸取灵感的新诗和新小说的创作。这些诗人和小说家对印度传统价值深感迷惘和怀疑，如印度卡纳德语诗人吉德拉对民族主义的嘲弄："我们为什么要为名之为'母亲'的一片土地去死？"[①]他们想寻求新的生活价值和生活方式，竭力想抓住生活中的新奇体验，但同时又对这种体验感到陌生，一切熟知的东西都在隐去或变得不确定。到了六七十年代，由新诗和新小说发展而来的非诗和非小说更是着力于表现孤独、绝望、死亡等病态意识。但是无论是新诗、新小说，还是非诗、非小说以及其他什么实验派等追求西方现代、后现代风格的文学创作，借用后殖民主义文化批评的一个术语来说，都是模仿或复制(mimicry)，正像经济、政治等领域对西方的借鉴一样，文化包括文学对西方的模仿即使优秀到可以以假乱真的地步，但复制最终也不可能成为真品。在19世纪二三十年代，英国殖民统治者主张将印度西方化，如果说当时的英国殖民统治当局对印度实行西方教育体制还有强制性的意味的话，印度后来的西方化，包括新诗、新小说等的创作则是某种自觉的行为。当然，印度毕竟只是印度，在"西方"二字后面加上一个"化"字时，便不可能是西方本身，而不过是马克思所说的亚洲进行"根本革命"的过程而已。

说新诗、新小说等只是复制品而不可能是真品，还有另一层意思。新诗、新小说等富于现代派特色的文学多以都市和都市生活为反映对象，但这并不能注定它们就是都市文学，这里我们不妨参照一下日本评

① 可参阅拙著《20世纪印度文学史》，青岛出版社，1998年，第170页。

论家对日本当代文学的看法：松本健一“在《作为主题的都市》中表明的看法是：都市小说并非描写都市里的体验和生活，也不是以都市本身作为主题，而是必须有都市的烙印。他引用了布朗齐·H.赫尔范特所著《美国的都市小说》里的一段话：‘无论是谁，无论住在哪里，都无法抹除自行加在身上的都市烙印。’只要有此烙印——松本健一继续写道——小说即使不是城市而是沙漠或乡间也无所谓。在这个意义上，他认为都市小说在日本‘尚未真正登场’，‘一句话，非茨杰拉德那样的都市小说尚未出现’”。[①] 我们不去追究日本到底有没有真正的都市小说这样的问题，只是想从这段话中引出我们的思考：按松本健一的说法，我们甚至可以把爱·摩·福斯特的《印度之行》看成是都市小说，因为福斯特身上有消除不掉的都市烙印，但我们却不能把印度的新诗、新小说看成是都市文学，因为它们的作者身上不存在都市文化（代表着宗主国文化）的烙印。我们知道，现代都市伴随着西方工业文明而出现，是西方文化的特殊产物，在后殖民主义的批评话语中，都市文化（metropolitan culture）指代的就是宗主国文化，如此，新诗、新小说只能是都市文化影响下的产物，而不可能是都市文化本身，除非前殖民地与宗主国在地理位置上被完全彻底地合为一体。从这种观点来看，乡土文学与新诗、新小说在本质上是完全统一的，无论是对乡村生活的反映还是对城市生活的描写，都逃脱不出地域文化的圈子；将印度回归于乡村也好，将印度回归于城市也好，二者并非对立，而是殊途同归，也就是说，新诗、新小说并非先进或说是时代的潮流，乡土文学也非落伍或说是文化上的后退，二者是印度走向世界过程中相辅相成的产物。

但是，有一种情况比较特殊，这就是生活于西方的印度侨民作家，他们的身上是否深深地烙下了都市文化的印记？从简单的逻辑推理上看，如果说爱·摩·福斯特消除不掉他身上的都市烙印的话，印度侨民作家也同样不可能消除他们身上的印度烙印。但是情形并不是这么简单。

---

① 林少华：《比较中见特色——村上春树作品续谈》，《外国文学评论》2001年第二期。

4. 印度侨民文学与想象的家园

英殖民者对印度的征服，是一种文化扩张，这与印度侨民作家生活于西方的情形是大不相同的：前者是强者对弱者的欺凌与同化；后者则是弱者对强者的皈依与融合，反映的是一种文化迁徙现象。在这种文化迁徙中，萨尔曼·拉什迪等印度侨民作家竭力想消除掉自己原有的文化身份（印记），恨不得使自己脱胎换骨为英美作家。芭拉蒂·穆克吉、V. S. 奈保尔和批评家 G. C. 斯皮瓦克等均是如此。他们或是已经定居于英国或美国，或是在西方国家之间不停地迁徙，偶尔回到母国，也是带着无可奈何的心理情结，因为他们对处于低谷的母国文化并无多少眷恋之情，而是深感悲哀。他们竭力想融入西方主流文化之中或是消除文化中心与边缘之间的界限并进而消除文化身份上的差异，但肤色、相貌上的非白人特征似乎将他们的文化身份固定死了，无论他们怎么挣扎都无以摆脱。

相应于文化身份的尴尬处境，他们的创作也有不伦不类之嫌，有“印度英语文学”、“英联邦文学”、“第三世界文学”、“边缘文学”、“后殖民文学”、“英语新文学”、“世界文学”等不一而足的说法。拉什迪语气断然地说，不应该用“英联邦文学”的说法，因为它不存在，他希望人们把用英语创作的文学作为一个整体来看待；如果要从文化地域和民族国家上对文学进行划分的话，同时也应该明白，有民族主义的同时也有国际主义和世界主义，而他倡导的是世界主义的文学创作。①

与这种世界主义有关，他们对自己的文学传统进行了一番解构。拉什迪说，自己的印度民族身份本身就是一个混杂体，因为印度文化传统是一个无所不容的怪物：印度除了印度教徒之外，还有穆斯林、佛教徒、耆那教徒、基督教徒、犹太教徒、英国人、法国人、葡萄牙人、马克思

---

① Salman Rushdie, "'Commonwealth Literature' Does Not Exist," in *Imaginary Homeland: Essay and Criticism 1981—1991*, London: Granta Books, 1991. 也可参阅陆建德《二战后英国小说回顾》，陆建德主编《现代主义之后：写实与实验》序言，中国社会科学出版社，1997 年。

主义者、越南人，等等。[1] 当斯皮瓦克被问到其印度背景时，她回答说：

答：……印度，对于像我这样的人来说，并不真的就是一个可以确认民族身份的地方，因为它总是一个虚拟的建构。说"印度"有点像是说"欧洲"，当人谈论到欧洲身份时，针对的显然是美国。

问：或当人们谈到"第三世界"或"亚洲"？

答：是。"印度性"(Indian-ness)是一个不存在的东西。如我们不能把梵语文献看成是印度，因为印度毕竟不只是印度教。印度语支的东西并不就是印度，印度(India)这个名称是亚历山大的误用，印度斯坦(Hindustan)是伊斯兰征服者的说法，护照上用的婆罗多(Bharat)实际上很少有人用，它显示的是神话中的一个国王。所以，印度对我们印度人来说，是可以随意想象的，这是它本身的矛盾性。比如，当我要反对种族歧视时，我可以把自己说成是一个印度人，而当印度人问我时，我会说我是一个孟加拉人，这是很不同的。[2]

印度英语小说家阿米德·乔杜里也谈到印度侨民文学的印度性与现代性的问题，[3]同样，他也是在对印度性进行解构。按阿米德的说法，印度性是一个无所不容的怪物，因此容纳这个怪物的小说也必然是无所不容，每一个印度英语小说家都在以不同的方式丰富着这个怪物无所不容的性质。拉什迪等作家创造了一种魔幻般的、喋喋不休的叙事方式，而维克拉姆·赛德、罗西顿·米斯特利等作家则引进了19世纪欧洲小说的风格，同时肖帕·黛、阿鲁德蒂·罗伊等女作家又在进行着女性身体小说的创作。大量的印度英语小说的出现，使人分清现代、古典、西方、东方等的界限。拉什迪《午夜的孩子》(1982)之后，按阿米德的说法，印度英语小说建构起了不同于传统印度英语小说的形式，其体裁多种多样，其风格变化无穷，已很难分清其印度性与现代性了。比

① Salman Rushdie, "'Commonwealth Literature' Does Not Exist," in *Imaginary Homeland: Essay and Criticism 1981—1991*, London: Granta Books, 1991.

② Gayatri Chakravorty Spivak, "The Post-modern Condition: The End of Politics?" in *The Post-Colonial Criti: Interview, Strategies, Dialogue*, edited by Sarah Harasym, New York & London: Routledge, 1990.

③ 阿米德·乔杜里：《混血儿的魅力——后殖民印度小说对西方意味着什么》，载1999年9月3日的《泰晤士报文学增刊》。

如，拉什迪的小说风格极其外露，拒绝微妙、细腻与内涵，他的想象趋向于魔幻与狂热，叙述方式上也是非线型的，这些都是非西方话语形式的特色性标志。但是，强调多种声音是后现代的风格，阿米德认为，将夸饰、散漫、奇情异想、非线型历史叙述等归为印度性，而将雅致、微妙和讽刺等归为英国小说和欧洲启蒙运动的理性传统，显然是殖民主义的一种偏见。也有将印度后殖民小说的印度性，将魔幻、非现实、无所不容等叙述方式与《摩诃婆罗多》、《罗摩衍那》的史诗传统联系在一起的，但阿米德说，史诗传统与印度英语小说有很大差别，在神话想象中诞生的史诗表现出不属于道德范畴之内的一些奇妙难解的内容（如对克利希纳大神的描写），正是通过这种超越于道德是非观念的描写，史诗向我们显示出人性和宇宙的奥秘，而印度后殖民小说则根植于印度中产阶级的思想意识，表现后殖民、后现代的文化处境和心理。后殖民印度本身就是一种杂交而成的整体，它处于散乱无序的状态，印度侨民作家按照自己的意志来塑造着它，他们在目前紧紧追随的是西方的潮流，而不是印度的传统，正因为如此，后殖民印度英语小说这个混血儿对西方具有相当的魅力。

在以世界主义的姿态消解了自己的传统（即印度性）之后，印度侨民作家也在扮演着西方文化与第三世界本土文化之间的商讨者。后殖民主义"协商"（或曰"商讨"、"谈判"等，即 negotiation）理论主要是霍米·巴巴提出来的，霍米·巴巴主张被压迫的"少数者话语"与西方主流文化进行对话。在经历了殖民征服的炮火与刀枪之后，后殖民时代似乎演变成了文化上的谈判，自觉自愿或是自封的文化"协商者"便应运而生了。不过，在殖民侵略与掠夺之后，在文化霸权主义的阴影下，后殖民时代能够进行东西方文化上的平等商讨吗？

巴拉蒂·穆克吉是活跃于美国文坛的印度裔女作家。她的小说多表现亚洲（印度）移民适应并同化于美国文化的历程，不过，这里所谓的"同化"（assimilation）并不是简单的"失却"（印度文化）和"消弭"（于美国文化），它意味着作家处于两种文化的边缘地带，在两种文化的交流（同时也是冲突）中充当着一个"协商者"（negotiator）的角色。在《一位四百岁的女人》一文中，穆克吉写道："我的文学历程开始于这样的认识：美国改变了我。这种认识一直延续到我发现我（以及成千上万像我一样的人)是如何改变了美国为止。"[①]穆克吉真的改变了美国?笔者以为这只是后殖民作家的一种叙事(即"商讨")策略而已。这里笔者以穆克吉津津乐道的莫卧儿绘画与她的小说创作之间的密切关系为例对此策略稍加阐述。

穆克吉认为,她创作上的美学思想在印度莫卧儿袖珍绘画中得到了较为具体的表现。在《一位四百岁的女人》中,她写道:"我在艺术结构与艺术美感方面的偶像是莫卧儿袖珍画:它那透视画法中没影点线条的奇妙缩减,它只是通过线条和色彩的表现力而对一切事情都是同时发生的强调。在印度的袖珍画中有十多个不同的焦点,最复杂的故事可以得到最充分的表现,角落也像中心一样得到完美的展示。所有的事物之间都有一种互相渗透的力量。"从历史上说,莫卧儿袖珍画表现出了印度教传统与波斯-伊斯兰文化的冲突与交流,其画家常常是印度教徒,但其绘画风格则显然来自伊斯兰教文化传统。[②] 珍妮弗·德雷克认为,不同于强调上帝眼光的欧洲中世纪绘画,也不同于文艺复兴之后以绘画者的单一视野探索世俗空间的西方绘画,莫卧儿袖珍画将故事集中到一起,并创造出多重焦点的视野,一幅画常有多种不同的引人注目的场面。[③] 穆克吉解释说,理解这种艺术就是要学会以多种方式来看待问题,这就是她在小说创作中努力去做的事情:让多个故事同时发生以分散读者的注意力,同时又加强读者的意识。

无论是德雷克,还是穆克吉,他们对莫卧儿袖珍画的看法以及将这种看法引入小说的创作和分析之中,都没有什么新鲜之处,因为在后现代和后殖民的话语中,"多声部"、"多元化"、"边缘"与"中心"的对话、"消解中心"等说法早已是司空见惯,只不过这种说法中多了一种印度背景而已。换言之,穆克吉只能拿出点印度的"土特产"来融入美国后现代的"拼贴画"之中。

在长篇小说《世界的持有者》(1993)的开头部分,穆克吉写道:"我

---

① Bharati Mukherjee, "A Four Hundred-Year-Old Woman," in *Critical Fictions: The Politics of Imaginative Writing*, ed., Philomena Mariani, Seattle: Bay, 1991, p. 25.

② 可参阅 A. L. 巴沙姆主编:《印度文化史》第 23 章"中世纪印度的袖珍画",商务印书馆,1997 年。

③ Jennifer Drake, "Looting American Culture: Bharati Mukherjee's Immigrant Narratives," *Contemporary Literature*, Spring, 1999.

同时生活在三种时间之中，这……是指过去、现在和未来。”这是典型的印度史诗或印度神话的笔法，但在穆克吉的移民作家眼光中，它变成了一种新的创造，细节描述中充满了故事的碎片，情节在上下左右的游移中找不出前因后果，这便是美国移民的真实感觉：“两个旅行者从来都不会找到同一种真实，哪怕是真实的一点碎片。历史是一个巨大的储蓄银行，维恩说道，从中我们可以提取无限的真实，并在同样的真实中比较我们完全不同的经历，你说这有趣不？”①在眼花缭乱的生活中，任何真实的感觉都没有了，所以，一切虚假的都可以变成真实，一切真实的也都与虚假不二，如此一来，在侨民（即旅行者）的眼中连自己的家乡也都变得似是而非了：具有文化迁徙意义的“旅行”（travel）一词，常常是移民作家自我处境的心理写照，但与“慈母手中线，游子身上衣”的感情大为不同的是，移民作家并不渴望着回家，而是努力在异国他乡寻找着自己的归宿，并把异国他乡变成了自己想象的家园。

家园在想象之中虽然可以具有无限的空间，但它毕竟不是现实，在现实的生活之中，穆克吉、拉什迪等移民作家深深感受到的是没有空间的压抑。所以，在《想象的家园》一文的最后，拉什迪借索兰·贝娄的小说《院长的十二月》（*The Dean's December*）中一只狗在某处嚎叫的意象来表达他的愤怒与渴望：“天哪，多给我一点空间吧！”②

但是，别指望拉什迪们会回到什么祖国的怀抱，因为他们身处西方文化的中心，不仅“身在曹营”，而且心也在“曹营”。为此，他们常常被第三世界的批评家斥为帝国主义文化构想的“同谋”。典型的是 V. S. 奈保尔，他一直在努力融入西方主流社会，他笔下的人物也有类似的心理倾向，如《河湾》（*A bend in the River*, 1979）中的伊达尔，他抛弃自己在非洲印度社区被动屈从的生活，想在他自己社区里的人感到难以搞明白的西方世界里出头露脸：“我们只是接受它，生来对它就充满敬畏，这就是我们大多数人的所作所为。我们从来都没有想到我们自己也可以对它做出贡献。”③奈保尔像《河湾》中的伊达尔一样，抛弃了他土生土长的特立尼达，同时也抛弃了在文化上更为熟悉也更为遥远的

①② Bharati Mukherjee, *Holder of the World*, New York: Fawcett-Colubine, 1985, p. 5.

③ 转引自本格吉·密什拉：《纳波尔先生的家》一文，载 2000 年 1 月 20 日的美国《纽约书评》。

印度；不同于史诗时代的奥德修斯，他是自愿地在外漂流。

这里，我们再来回味一下前文所引的圣·维克多的雨果那段话，或许我们可以明白萨义德为什么会特别欣赏这一段话，因为它确实生动真实地反映了奈保尔、拉什迪和萨义德等流散作家和批评家的心理和理想。不过这一段话在以奥尔巴赫为代表的西方人与以拉什迪为代表的印度移民作家之间则有着不同的意义。对奥尔巴赫来说，这是一种宽广的胸襟和理想；而对拉什迪来说，却只不过是一种渴望和需求罢了，只要联系一下双方不同的文化背景和所生活的处境，这个问题也就不言自明了。

当今世界的全球化趋向对拉什迪这样的流散作家来说或许是一种新的意象，在这种意象之中，拉什迪做一个"国际作家"或"世界作家"的梦想也有了点现实的根基了，但是跨文化、跨国家的"国际作家"真正出现时，民族国家也就消亡了。至少在目前看来，这还是一个乌托邦。

二　甘地主义、马克思主义与后殖民主义

甘地主张以传统的农业文明来对抗现代西方文明，他的这种思想在后殖民时代显得不合时宜，因此，在霍米·巴巴和斯皮瓦克等后殖民文化批评中，他成了一个被忽略的对象。但在阿希斯·南帝看来，甘地不仅在殖民时代是一个举足轻重的人物，而且在后殖民时代，他的思想依然不可忽视，正是在甘地思想的启发下，南帝完成了他最著名的后殖民文化研究著作《亲密的敌人》。[①] 阿西斯·南帝发现，在后殖民文化研

① Ashis Nandy, *Intimate Enemy*: *Loss and Recovery of Self under Colonialism*, Oxford University Press, 1983, p. 48. 在后殖民文化批评中，阿西斯·南帝长期以来不被重视，但在近些年来，一些学者发现他在后殖民文化批评的发展中占据着极其重要的地位。自罗伯特·杨（Robert Young）在其巨著《后殖民主义：历史回顾》（*Postconolialism*: *An Historical Introduction*，2001）中给予阿西斯·南帝以较高历史评价以来，阿西斯·南帝在后殖民文化批评中的地位不断上升，正处于越来越来越重要的地位，有些学者甚至认为阿西斯·南帝在后殖民文化批评中的地位仅次于爱德华·萨义德，而他的代表作《亲密的敌人》的重要意义并不亚于萨义德的《东方学》。南帝著作的重要特征在于，他从心理学的角度，不仅深入分析了甘地的文化、伦理、政治、哲学诸方面的思想，而且创造性地使之适用于后殖民文化批评，从而使萨义德所开创的后殖民文化批评具有了更加深广的意义。可参阅 Anshuman Prasad, "Introduction," in *Postcolonial Theory and Organizational Analysis*, 2003。

究中，甘地和甘地主义一直处于缺失的状态之中，这是一个很奇怪的现象。

为什么说这是一种奇怪的现象呢？一、近些年来在文学批评领域兴盛的后殖民主义也被称为文化批评理论，但是，后殖民主义和后殖民问题最初并不是发生在文化理论领域，而是发生在政治领域："当时研究的对象既不是'后殖民的文学'，也不是'后殖民的知识分子'，而是'后殖民国家'。"[①]显然，后殖民文化批评是从政治理论派生出来的，这可以说是后殖民主义的天生印记，后殖民主义文学批评不仅是文化批评，而且带有明显的政治色彩。二、从政治上来分析问题时，我们知道，后殖民主义和殖民主义是一对孪生子，谈后殖民问题时，难免要涉及殖民主义和反殖民主义，而英国和印度分别是历史上最大的殖民者和被殖民者，甘地显然是最著名的反对英殖民统治的领袖。三、在后殖民文化理论研究领域中，有印度文化背景的知识分子，如霍米·巴巴、斯皮瓦克、拉什迪、艾贾兹·阿赫默德等，占据着非常突出的地位。综合以上三种因素，甘地在后殖民文化研究中本来应该有一席之地的，但无论是后殖民文化批评的文选还是研究著作中，都很难见到甘地的名字。

这种现象的出现当然有很复杂的原因，笔者试图从印度传统的村社制社会问题上来分析甘地主义和马克思主义的区别和联系，进而理解甘地在后殖民文化研究中为什么会缺失以及由此引出的话题。

1. 马克思和甘地对印度村社的不同看法

印度传统的村社曾经是引起马克思、英殖民者、西方学者和印度民族主义知识分子高度重视的社会问题。在《不列颠在印度的统治》一文中，马克思引用了英国下议院关于印度事务的一份官方报告来说明印度的村社：

> 从地理上看，一个村社就是一片占有几百到几千英亩耕地和荒地的地方；从政治上看，它很像一个地方自治体或市镇自治区……从很古的时候起，这个国家的居民就在这种简单和自治制

---

① 艾贾兹·阿赫默德：《文学后殖民性的政治》，见罗钢、刘象愚主编：《后殖民主义文化理论》，中国社会科学出版社，1994年，第258页。

的管理形式下生活着。村社的边界很少变动。虽然村社本身有时候受到战争、饥荒或疫病的严重损害，甚至变得一片荒凉，可是同一个村社的名字、同一条边界、甚至同一个家族却一个世纪又一个世纪地保持下来。居民对各个王国的崩溃和分裂毫不关心；只要他们的村社完整无损，他们并不在乎村社受哪一个国家或君主统治，因为他们内部的经济生活是仍旧没有改变的。[①]

英国下院的报告发表于1812年，到了1830年，查尔斯·T.梅特卡夫也说过与上述引文颇为相似的一段话：

> 印度的村社基本上是自给自足……他们生生息息地延续在自己的土地上，一个个王朝崩溃了，革命接着革命，印度教徒、帕坦人、莫卧儿、马拉特人、锡克教徒、英国人轮换着成为他们的主人，但村社依旧……如果掠夺与毁坏直接威胁到他们的头上而他们又无力抗拒时，他们会逃到远处某个对他们友好的村社，但灾难一过去，他们会回到自己的老地方，重新开始自己的一切……整整一代人可能会逃避而走，但下一代人还会回来，子孙们会回到先辈们生活的村庄和房子之中。[②]

梅特卡夫在此将英殖民者与印度历史上的外来入侵者相提并论，实际上是将英殖民入侵等同于印度历史上一场接着一场的革命，并不会给印度的村社带来什么本质性的变化，村社在经历了“革命”之后依然会回归于自己的老样子。与梅特卡夫的看法不同，马克思在《不列颠在印度的统治》一文中认为，英殖民统治者与以前的外来征服者完全不一样了。从遥远的古代直到19世纪最初十年，无论印度的政治变化多么大，它的社会结构却始终没有改变，因为先前的征服者并不代表先进的文明，所以他们都被印度同化并融入了印度文化之中，而英国人是第一批发展程度高于印度的征服者，因此印度就无法使之同化了，这必然导致印度传统社会的解体和传统文明的破坏。

---

① 马克思：《不列颠在印度的统治》，见《马克思恩格斯选集》第二卷，人民出版社，1976年，第66页。

② Sir Charles T. Metcalfe, “Minute on the Settlement in the Western Provinces,” in Rumina Sethi, *Myths of the Nation*, Oxford University Press, 1999, p. 24.

为什么说“英国人是第一批发展程度高于印度的征服者”？显然，马克思在此是将印度的村社看成是印度传统农业社会和农业文明的代名词，而英国则是工业文明或说是先进文明的代表。

从政治和经济的角度来看，马克思和恩格斯最早认识到西方现代城市是资本主义的社会结果，《共产党宣言》明确地写道：“资产阶级在它已经取得了统治的地方把一切封建的、宗法的和田园诗般的关系都破坏了……资产阶级使乡村屈服于城市的统治。它创立了巨大的城市，使城市人口比乡村人口大大增加起来，因而使很大一部分居民脱离了乡村生活的愚昧状态。正像它使乡村从属于城市一样，它使未开化和半开化的国家从属于文明的国家，使农民的民族从属于资产阶级的民族，使东方从属于西方。”①

《共产党宣言》发表于1848年，它对于当时世界的描绘是极其真实的。尽管当时的西方资产阶级把共产主义看成是正在欧洲徘徊的“幽灵”，但是他们包括英殖民统治者实际上也是按马克思对社会历史的分析来看待东方和西方的。如，亨利·萨姆纳·梅因（Henry Sumner Maine）1871年发表的《东西方的乡村社会》（*Village Communities in the East and West*），巴登-鲍威尔（B. H. Baden-Power）出版于1896年的《印度的村社》（*The Indian Village Community*），虽然对印度村社也怀有浓重的感情，但他们强调的则是从政治、经济以及管理的角度对这些村社进行改造，以使印度的社会结构能够从属于西方社会的发展。② 在他们看来，主要由各个村社组成的印度社会与进步的、现代的英国或西方社会是相对立的，现代社会必将支配古代社会，因此，英国对印度的统治是天经地义的，因为印度传统的村社制社会在本质上是封闭的、专制的，这与现代社会的开放、竞争以及对人自我个性的张扬等性质正好对立。传统的印度村社具有家族制的典型特征，经济上相互合作、自给自足，没有什么现代社会的法制观念，而是以传统的道德维系着社会。英殖民者之所以会在印度造成一场巨大的也是亚洲仅有的一场真正的社会革命，按马克思的看法，是因为它破坏了印度传统村

① 马克思、恩格斯：《共产党宣言》，见《马克思恩格斯选集》第一卷，人民出版社，1976年，第253—255页。

② Rumina Sethi, *Myths of the Nation*, Oxford University Press, 1999, pp. 23－24.

社制的经济基础并进而导致了整个社会的解体。马克思说:“从纯粹的人的感情上来说,亲眼看到这无数勤劳的宗法制的和平的社会组织崩溃、瓦解,被投入苦海,亲眼看到它们的成员既丧失自己的古老形式的文明又丧失祖传的谋生手段,是会感到悲伤的;但是我们不应该忘记:这些田园风味的农村公社不管初看起来怎么无害于人,却始终是东方专制制度的牢固基础;它们使人的头脑局限在极小的范围内,成为迷信的驯服工具,成为传统规则的奴隶,表现不出任何伟大和任何历史首创精神。”①

在马克思看来,印度等亚洲国家专制制度的形成与发展与其传统的农业生产方式密切相关,这种生产方式马克思称之为“亚细亚生产方式”,它追求的是自给自足、封闭保守且稳定不变的经济和社会组织状态——田园风味的村社与残酷的宗法制的结合体。尽管田园风味令人留恋,但从人类历史发展和社会革命的角度来看,随着印度的现代化,印度传统的农业文明及其社会组织必将瓦解,因此,尽管马克思对英国的殖民掠夺深恶痛绝,尽管他对印度在殖民统治下所遭受的苦难深感同情,但马克思依然认为,英国在印度的殖民统治在客观上也促成了印度的社会革命,充当了历史的不自觉的工具。1850 年代,当英殖民者为了降低他们的工厂所需要的棉花和其他原料的价格而在印度开始修筑铁路时,马克思认为,铁路在印度将成为现代工业的先驱,因为如果英殖民者要在印度维持一个铁路网,那么伴随着铁路交通日常急需的各种生产过程都不可避免地要建立起来。交通的发展会使印度各地在近现代商业贸易的气氛中联系起来,传统的村社、自给自足的小农经济社会和印度几千年来农业文明的生产方式便会在列车的轰鸣声中土崩瓦解。

在英国的殖民统治下,印度的村社制社会注定要瓦解了,但是,与传统的乡村英格兰的解体不同,英殖民统治者在印度破坏了一个旧世界的同时但却没有使印度获得一个新世界,这使得印度在英殖民统治下所遭受的灾难具有了某种特殊的悲剧色彩。一方面,印度逐步沦为英国工业的原料输出国和英国工业制品的输入国,从而加大了工业英

① 马克思:《不列颠在印度的统治》,见《马克思恩格斯选集》第二卷,人民出版社,1976 年,第 67 页。

国与农业印度之间的差别，使印度变成了英国的农业附庸国；另一方面，从文化思想和意识形态上看，英殖民统治者虽然也试图改造印度社会，但在他们的心目中，印度和英国之间完全不是一种平等的关系，这正如马克思所说，如果说西方资产阶级在他们自己的文明故乡还是道貌岸然的话，那么到了殖民地之后，资产阶级文明的极端伪善和它的野蛮本性就赤裸裸地、丝毫不加掩饰地暴露出来了。

所以，当古老的世界已经丧失，印度的知识分子不得不寻求一个别样的、新的社会形态时，很奇怪，他们寻求的并不是英殖民者为他们所设想的西方文明。尽管从客观现实的角度而言，印度是沿着马克思所描绘的社会道路在向前发展，印度各地在近现代商业贸易的气息中逐步打破了村社式的闭塞局面，尽管印度社会也渴望着进入现代文明世界，但是英殖民者对印度在经济上的掠夺和政治军事上的奴役使得印度的知识分子深刻地认识到东方和西方之间的不平等，因此，他们在心理上宁愿回归到印度农业文明的传统之中，在印度村社式社会中构筑自我神话式的理想。这正是在现代印度产生了广泛而深入影响的甘地主义所赖以产生的社会基础。

在甘地主义产生之前，印度的民族主义知识分子如拉姆·摩罕·罗易、般吉姆·钱德拉·查特吉、维韦卡南达等都强调印度文明的精神性，肯定印度家庭和印度乡村的价值观念，认为体现了印度精神文明的乡村代表着印度文化的本质特征。这样，西方包括英殖民者从印度村社制社会中看到的只是丑陋、落伍、僵化的东西，而印度却从传统的村社制社会中寻求到超越时空的永恒精神和理想家园；印度是精神文明、西方是物质文明的说法一时间成为当时印度谈论的广泛话题。这种话题的出现不仅使印度和英国处于对等的文化地位，而且使印度在精神和文化心理上高出了英国和西方。20世纪初也就是1909年，甘地发表《印度自治》一书，最终将这种话题推向了极端。

甘地的“印度自治”思想，主要表现为农村的自治，他将非暴力与坚持真理的哲学思想与印度淳朴的乡村生活联系在一起，认为只有印度传统的村社可以抗拒现代西方的资本主义。《印度自治》一书的出发点和目标，与其说是反对英殖民统治者，不如说是反对西方近代文明。在甘地看来，西方近代文明狂热地追求物质享受从而使精神堕落到了极点,因此它是魔鬼撒旦的文明,它试图以武力征服世界;而印度古代文明则是在上帝引导下的精神文明,它向世界传播的是爱与真理。马克思认为,铁路的铺设将把印度引向现代文明,而甘地则将铁路比喻为鸦片,它毁灭人的精神和心灵,将印度社会引向了物质享受的深渊;印刷业的发展是西方现代文明的重要标志之一,但甘地则认为,从前只有少数精英为我们留下了有价值的书籍,而现代印刷业的发展则产生了过剩的书籍来毒害人们的心灵;现代医学的诞生与发展是西方文明的一个重要成果,但甘地却认为现代医学医治的只是人的肉体,它使人在肉体上的痛苦得到暂时的缓解的同时,也使人在精神上进一步堕落了。

2. 甘地主义的"荒唐"与成功

尽管甘地的思想违背了世界历史的进程,建立在错误的理论基础之上,但它并不是凭空捏造的,实际上,它很大程度上也来自西方文化之中。在《印度自治》一书中,他明确说明,爱德华·卡彭特(Edward Carpenter)的《文明:其起因与治疗》(*Civilization: Its Cause and Cure*)一书极大地影响了他有关科学尤其是现代医学之思想的形成;约翰·罗斯金(John Ruskin)对现代工业化生产进程所造成的不良社会后果的批判以及托尔斯泰对西方文明的道德批判对甘地思想的形成都产生了直接的影响。正是这些来自西方文化的自我批评,使甘地从现代文明"进步"性质的幻觉中走出来:现代文明把人看成了无限的消费者,它试图打开工业生产与消费的防洪闸门,从而成了人类历史上闻所未闻的不平等、压迫和暴力的根源。

《印度自治》较为典型地体现了甘地的社会理想,此后甘地虽然在一些观点上有些变化,但其基本思想则没有什么变化。1934 年前后,甘地进一步提出并开展了印度的乡村建设工作。他的乡村建设目标看似要全面复兴印度的农村工业,实际上是要恢复被英殖民统治破坏的印度村社式社会,使印度重新回到自给自足的乡村生活。恢复传统的手工纺织是中心任务,与此同时,也要全面复兴农村的碾米、磨面、榨油、制糖、印染等,以真正实现印度农村的自给自足,并进而实现各个乡村的自治。

针对甘地小农经济社会思想,当时印度国大党成员多持不屑一顾的态度，认为它荒唐好笑，违背了世界历史的发展潮流，是一种复古和倒退的思想。即使是意图为甘地辩护的贾瓦赫尔拉尔·尼赫鲁，也对甘地反对发展大工业的主张进行了间接的、婉转的批评："有些人认为复兴手工纺织和其他乡村工业违背这个国家的进步方向，这是错误的。印度的拯救当然只能通过工业化……但是我们决不能仅仅通过发展大工厂就使农民群众的印度前进……让我们尽一切力量增设大工厂以生产我们的农村不能生产的产品，让大工业和小手工业者各得其所。两者之间并没有固有的冲突。"[①]甘地将发展农村工业看成是当时印度的根本出路，而尼赫鲁则认为乡村工业只是城市大工业的必要补充，二者不啻天壤之别，但尼赫鲁却以非冲突的方式化解了其中的差别，如此，甘地和尼赫鲁携手并进，共同领导着印度的民族独立运动向前发展；尤其是甘地，他的小农经济思想是显而易见的历史倒退，但他却不仅深得印度广大农民群众的喜爱，而且在印度资产阶级精英中也赢得了广泛的尊重。他成功的奥秘在什么地方呢？

阿希斯·南帝形象化地指出：甘地的成功在于他是一个"戏子"(showman)。这里的"戏子"一词，并无贬义，而是恰当地形容了甘地在特殊的历史背景下所扮演的特殊角色：甘地并不是一个顽固不化的"印度佬"，他对印度本土文化的维护和张扬实际上只是一种策略和伪装。抛开了甘地在历史舞台上的面具，甘地实际上是一个非常灵活、对世界有着敏锐观察力的政治家。他之所以把自己的工作重心放在农村，是因为他认识到印度的力量深深隐含在农民身上，正像中国革命走的是农村包围城市的道路一样，他清醒地知道将农民发动起来的伟大意义，为此他不惜一切地要回到印度传统的村社式社会，这既是他的"荒唐"之处，也是他在特殊的历史背景中所做出的最为高明的选择。在南帝看来，甘地有时就像是喜剧演员卓别林或是动画故事中"米老鼠"一样的滑稽人物，不仅可笑，而且荒唐；不过，他的独到功夫恰恰在于他能以极其"荒唐"的方式将东方和西方以及宗教、文化、种姓和阶级等方面看似不可糅合的东西巧妙地糅合在一起，就像是一个变幻不定的魔术师

---

① 转引自林承节：《印度近现代史》，北京大学出版社，1995年，第579页。

一样，一切都无定规也无定法。[①]

在宗教上，他并不是一个纯正的印度教徒，而是立足于印度教，广泛地接纳了基督教、佛教、耆那教、伊斯兰教的思想和教义，认为这些不同的宗教体现的是同一的上帝意志。他的非暴力思想，看似来自印度古代不杀生的教义，实际上他这种思想的根源也与基督教思想密切相关，而且他在这方面最初的灵感更多地来自西方。他不仅在印度是一个"圣人"，而且在西方也是一个基督式的人物，早在1930年代，美国百老汇剧院在《世事如常》(*Anything Goes*)等戏剧的演出中，已将他奉为蒙娜丽莎式的崇高人物。在文化上，他采取的也是折中主义，他认为真理是一种多面体的存在；尽管他拒绝西方的现代性，但他毫不隐讳他自己从西方思想家那里吸取了很多东西，他倡导的是文化多元主义。在种姓问题上，他是矛盾的，一方面他认为贱民的存在是印度社会的一大耻辱，另一方面他又不愿打破印度传统的社会结构从而使贱民和种姓问题从根本上得以解决，他将这种矛盾掩饰起来，使种姓问题以不了了之的方式得以解决。他具有政治家的一切优秀品格，同时他又是一个"圣雄"，具有宗教"圣人"般的精神力量，这两方面的结合充分体现了甘地作为一个"戏子"的成功本领，而这不仅是他深得印度大众喜爱的原因，而且也是值得我们进一步深思的地方。

3. 甘地的"同化"说与后殖民的"杂交"说

我们依然从甘地所谓的自治和印度村社式社会的角度来分析这个问题。"甘地先生经常说，'自治'(Swaraj)的意思就是'神治'(Ramraj)，自治就是每一个村庄都有自己的制度，每一个村庄、每一个城镇都能管理自己的事务。"[②]自治本来是一个政治问题，但当甘地将"自治"等同于"神治"时，政治问题也就转化成为了宗教问题。如此一来，回到村社式社会实际上已经不是一种政治构思，而是神话般的理想

---

① Ashis Nandy, *Intimate Enemy: Loss and Recovery of Self under Colonialism*, Oxford University Press, 1983, pp. 104—105.

② Prakash Tandon, *Punjabi Century, 1857—1947*, London: Chattoand Windus, 1961, pp. 120—121.

了。因为甘地的自治思想主要表现为一种社会理想，所以，即使它不切实际，它也能和传统的马克思主义、尼赫鲁式的社会主义在印度独立运动中并行不悖。如果说马克思主义、尼赫鲁式社会主义关注的是社会历史现实的话，那么甘地主义则主要是一种精神、一种神话，他主张将政治精神化，认为精神支配着人们的各种生活，包括政治和经济在内；非暴力运动主要是一种精神力量的体现。

反殖民主义可以有多种形式。马克思主义理论，包括时下兴盛的后殖民主义文化批评主要是建立在西方文化自我批评的传统上，是从资本主义内部进行自我批判；而甘地主义对殖民主义采取的主要是心理反抗的形式，它不同于西方的话语形式：如果说马克思主义的立足点是西方文化的话，那么甘地主义可以说是立足于印度文化，他的小农经济思想看起来有点像是“倒骑毛驴”，不过在阿希斯·南帝看来，即使甘地主义主张回到淳朴的村社式社会，但这种理想也不再可能是印度古代生活的再现，而只能是古代与现代、东方与西方的融合。

在《印度自治》中，甘地认为，印度是个多民族、多宗教的国家，外国人包括英国人的到来并不会摧毁印度民族，外国人将会被融入印度社会和文化之中，印度有这种同化的能力，印度从来都是这样的一个国家。这种观点完全立足于印度文化，反映了印度文化的传统心理，这与前文我们所引用的马克思的观点是有很大区别的，马克思强调的是英殖民者给印度社会所带来的本质变化，而甘地则强调印度文化将在精神上同化英殖民主义者。这里甘地所用的“同化”(samas 印度古吉拉特语)一词本指语言的杂融，意谓两个旧词放在一起从而形成了新词，这与西方语言学中所谓的“杂融”是很相似的，与后殖民主义从语言杂融谈到文化杂交的思路也是很相似的。霍米·巴巴主要是从巴赫金语言杂融的说法中引申出了后殖民文化理论中的“杂交”说。“杂交”这一术语是由巴巴和拉什迪引入后殖民话语之中的，它与甘地的思想并没有直接的联系。但南帝关于文化“杂交”的思想并不是源自于霍米·巴巴或巴赫金，而主要来自甘地的“同化”说并有所发展。甘地同化说的着眼点在于印度文化，他主张以印度文化来同化西方文化；甘地主义是东西方多种宗教思想不成体系地杂融而成，正是在这种杂融之中，甘地使东方和西方、高贵与低下、古典与现代统摄他所谓的印度的精神文明之中。而南帝对甘地的同化说并不是完全认同，他认为，同化是一种自然生成的状态，因此，尽力淡化并消解“印度”和“西方”、“胜利者”和“受害者”、殖民者与被殖民者等等概念，主张杂交和融合，在将“杂交”这一概念引入后殖民文化和政治批评中，南帝做出了极其重要的贡献。萨义德《东方学》的意义主要是从二元对立的角度来分析殖民主义的，而南帝则着力东西方文化的“杂交”分析，从而使后殖民文化批评从二元对立的思维模式走出来，具有了较为广阔的发展前景。

马克思主义和后殖民主义是从西方文化、从社会历史发展的角度出发，认为殖民主义入侵使印度进入了现代文明的历史进程之中，而甘地则从印度文化的同化功能上强调印度的自主性，换言之，“杂交”或“同化”在现代世界既已不可避免，那么就存在着谁“同化”谁的问题，在这个问题上，甘地显然不愿意让印度被动地“杂交”于西方现代文明之中，因为在他看来，只要你在人家制定的规则中、跟着人家玩游戏，你永远也玩不过人家。

1947年印度独立后，尼赫鲁式的社会主义逐渐支配了印度的政治和经济领域以及印度中产阶级知识分子的思想，甘地主义无论是作为一种小农经济思想还是作为一种反抗英国殖民统治的斗争策略都早已成了过眼烟云。尽管甘地竭尽全力试图恢复被英殖民统治所毁坏了的村社，但伴随着大英帝国在印度殖民统治的结束，印度传统的村社制社会，正像马克思所预言的那样，已经消亡了。

但是，印度至今基本上依然是一个农业国家，它与工业英国之间还是有着很大的差别的，所以反映乡村生活及其变迁的小说也依然是层出不穷，村社制社会消亡了，但是乡村依然是乡村，印度也一如既往。

印度的村社消亡了，与此同时，大英帝国的殖民统治也结束了，在殖民时代，反殖民主义一方面追求东方和西方之间的平等与同一，另一方面又强调东方与西方的不同，并借此来确定自己的文化身份，这是既互相矛盾但又不可分割的二种倾向。这二种倾向到了后殖民时代并没有消解，反而进一步加强了。霍米·巴巴、艾贾兹·阿赫默德、斯皮瓦克、帕尔特·查特吉(Partha Chatterjee)等活跃于西方的印度裔知识分子把自己置身于国际政治文化背景之中，他们继承马克思主义对西方资本主义的批评传统，既批评西方的文化霸权又反对第三世界的原教旨主义和极端主义，企图实现跨民族、跨文化的世界主义，而甘地虽然从来都不是一个原教旨主义者，但他对精神的过度强调显然有违于后殖民主义的精神和道德，因此，他在后殖民主义文化批评处于缺失之中也是情理之中。从印度政治历史的延续上看，巴巴等后殖民文化批评家的政治观反而更接近尼赫鲁式的社会主义，他们反对殖民主义和西方文化中心，同时又反对第三世界狭隘的民族主义。而阿希斯·南帝在很多方面则很接近甘地，沿着甘地对现代西方文明黑暗与暴力的认识和强调，南帝认为殖民战争和第二次世界大战反映出西方文化的霸权意识，这使他对科学和人类文明的进步产生质询，他认为，现代性是殖民主义的第二种形式。[①] 因此，对现代性也不能盲目追求，他更愿意立足于印度的现实来关注自己国家的命运。

现代性是引起东方和西方广泛讨论的话题，现代性实际上是一种客观存在，进一步说，反现代性也是现代性的一种形式。早在甘地开展不合作民族运动时，就有人指责甘地打着爱国的名义从事着有违世界主义的活动，如果甘地真的是一个圣人的话，他就应该像佛陀或是基督教诲的那样，肩负起“团结世界”的崇高使命，以使人类同呼吸、共繁荣。为此，甘地写下《是圣人还是政治家》一文说，他在内心里可能是远比指责他的人更愿意接受世界主义，但是他认为世界主义应该是“始于自身而延及宇宙”，只要我们停止了对近邻的掠夺，不再对邻居指三道四，那么，世界主义便会逐步渗透于整个世界。

三　消解中的乡村世界

1. 东西方“时间差”中的乡村

在工业革命之前，英国显然也是一个农业文明国家，雷蒙德·威廉姆斯在《乡村与城市》一书中说，“在英语中，‘country’一词的意思既是一个国家(a nation)，又是一个乡村；‘the country’既可以指整个社会，也可以指农村地区。在人类社会的漫长历史中，我们深深感知到我们

① Robert J. C. Young, *Postcolonialism: An Historical Introduction*, Blackwell Publishers Ltd., 2001, p. 342.

生生息息的土地与人类社会的伟大成就之间的联系。这些伟大成就的表现之一便是城市的出现——大城市是人类文明的一种独特的形式。"[①]大城市的出现使人类文明产生了巨大的变化,在工业革命之前,尽管城市早已存在,但人们对城市与乡村之间的差别与对立并没有突出的感受,乡村与城市虽说属于不同的天地,但在整个英国社会生活的比重中,乡村一直占据着主要的地位,城市和城市生活对农业社会形态并没有直接的影响。但工业革命之后,现代大城市的出现,则使英国传统的农业社会形态发生了根本的变化,在这种变化中,人们突出地感受到了城市与乡村之间的差别与对立:从差别上说,乡村代表着宁静平和、淳朴自然的生活方式,城市是表现人类成就的知识和文化的中心;而从对立和敌意的角度看,城市是嘈杂、世俗、野心、混乱和欺诈的集散地,乡村是落后、贫穷、愚昧、无知、狭隘的代名词。显然,这种分类或对立将城市与乡村都简单化、脸谱化了。威廉姆斯认为,在英国工业革命后出现的现代大城市不同于传统英国社会中的城市,工业革命不仅改变了乡村,同时也改变了传统的城市,"革命"虽说是"工业"性质的,但实际上它却是从"农业"资本主义发展而来并使农业从属于工业的社会转型过程,农业社会向工业社会转化的过程实际上是使传统的农业生产方式逐步消失、传统的农民、农业社会的风土人情不再存在的过程,至今英国社会中只有不到四分之一的人从事着农业"劳动",而且实际上他们也不再是传统的农民了,因为现代工业技术已经改变了他们的生产和生活方式,他们与城市人口并没有根本的差别。但与此同时,威廉姆斯也认为,即便在现代城市生活已经支配了整个英国社会的情形下,但文学在相当一段时间内却很难都市化,乡村"因素"——老式的观念与体验——在都市文学的创作中依然会占据着突出的地位。

早在 1911 年,乔治·斯图特(George Sturt)就在《乡村的变化》(*Change in the Village*)等书中宣称:"传统的英国乡村现在已经死亡了。"这种观点在当时及后来一段时间内很有代表性。1932 年,利维斯(F. R. Leavis)和汤普森(D. Thompson)在他们合著的《文化与环境》(*Culture and Environment*)一书中也进一步描述了英国古老乡村的消

---

① Raymound Williams, *The Country and the City*, the Hogarth Press, 1985, p. 1.

失。学界较为普遍的看法是，英国社会的这种变化发生在 19 世纪上半叶：哈代的小说主要创作于 1871 年至 1896 年间，但他的小说反映的却主要是 1830 年代英国乡村生活所发生的变化：农业与四季古老而永恒的节奏被扰乱了，它正处于毁灭之中。英国散文家理查德·杰弗里斯(Richard Jefferies)也认为自 1820 年代始，乡村英格兰已处于急剧的变化之中。乔治·艾略特《弗洛斯河上的磨房》(1860)等作品也是从 19 世纪下半叶来反映上半叶的英国乡村的变化。乡村代表的历来是宁静淳朴的自然生活方式，但伴随英国工业革命而出现的资本主义生产方式改变了我们的生活，哈代、乔治·艾略特和杰弗里斯早已为乡村英国唱出了最后的挽歌。

但威廉姆斯并不认同这些看法。他认为，关于英国乡村消亡的说法可以顺着历史一直往前追溯到 18、16 世纪甚至更早的时代，而往后则可延伸到他自己生活的时代也就是当下的英国社会，威廉姆斯本人除了在学术上对城市与乡村的变化做出深入的探究之外，他也创作了一系列以乡村生活为基调的小说。[①] 英国作家和学者时不时地会感叹乡村的"死亡"，一方面乡村世界好像早已死去，另一方面它又好像刚刚死去，"古老的英格兰"(Old England)常常会在人们的意识中隐隐出现又很快消失，作家们对现代文明的不断"进步"并没有表现出多少好感，它是文学的怀旧情结或说是作家们的"思乡"情愫？威廉姆斯认为，怀旧与思乡是文学中普遍而永恒的主题，但文学在都市社会中一定程度上并没有都市化是一个复杂难解的现象。文学更多地表现为某种记忆，正像作家的童年生活常常对作家一生的创作常常具有特殊的意义一样，古老的英格兰作为历史已经过去了，但在现代英国社会中，它正像是抹不去的童年记忆一样，在不同时期不同作家的心灵之中永远具有不同的、常新而复杂的意义。[②]

当英国入侵印度并对印度进行殖民统治时，很长一段时间内，虽然印度的知识分子认识到英国代表的是不同的文明，但他们很少直接从

---

① 这些小说主要有：*Border Country*；*Second Generation*；*The Volunteers*；*The Fight for Manod*，*Loyalties*，*People of the Black Mountains*.

② Raymound Williams, *The Country and the City*, the Hogarth Press, 1985, pp. 9—12.

现代城市文明的出现与发展上来认识印度乡村世界将要发生的巨大变化；当然，在英国的殖民统治下，以加尔各答、孟买等现代大城市为代表的文明虽然已经在印度出现了，但城市主要是英殖民者的活动中心，相对于印度的广大乡村而言，印度的城市化时代远远没有到来，印度的知识分子对城市所带来的真正信息以及城乡之间不同的文化意义并没有多少真实的感受。

在《印度自治》一书中，甘地第一次明确地将乡村与城市对立起来，他说，我们由农业文明发展而来，乡村消失了，印度也就不存在了，乡村的存在代表着印度的真理和尊严；而城市则是殖民主义的产物，是城市破坏了印度社会的基础，因此，城市是印度社会的毒瘤和罪恶的渊薮。尽管甘地思想本身是一个矛盾体，表现出复杂多变的特性，但他对城市、对“进步”的看法基本上是一成不变的。甘地于1909年以古吉拉特语写成《印度自治》，但被当时的殖民统治者禁止出版，只是到了次年才在约翰内斯堡出版了一个英文译本，所以，此书出现的时间虽然比较早，但在当时的印度社会中并没有得到广泛的流传。对《印度自治》一书较早、较为重要的评论来自西方，罗曼·罗兰也是一位对资本主义社会持批判态度的作家，同时，他也是甘地的朋友，与甘地一直保持着较为密切的联系，并在1923年写作出版了《甘地传》，但即便如此，读了《印度自治》之后，他对甘地关于现代城市文明的观点也觉得难以理喻，认为甘地的思想完全建立在“对进步，其中包括对欧洲科学的否定”的基础之上。

当资本主义处于原始积累时期，西方的知识分子对资本主义的残酷性也多有谴责，对所谓的人类文明的进步也不时流露出怀疑的情绪，但他们也没有像甘地这样将城市看成是社会的毒瘤和罪恶的渊薮。甘地思想的形成实际上与加尔各答等城市生活没有什么联系，他并没有多少印度城市生活的切身体验，但他对城市的谴责也不是什么凭空臆想，换句话说，甘地主义并不是文化学说，它不同于西方知识界从文化上对资本主义的“进步”所进行的质询，而不过是借助于“文明”来谈政治，是一种切合于印度社会生活实际的政治学说。因此，他对现代城市、对历史进步的看法等并不像堂吉诃德大战风车那样富于荒诞而滑稽的悲剧意义，相反，他实际上是站在时代的前列为印度民族革命“指点江山”,尽管他的良苦用心常常不为时人理解,但他却“一意孤行”地要保护、恢复被英殖民统治所毁坏了印度传统的村社式社会。

2. 乡土文学是如何出现的

1920年代,甘地在印度民族革命运动中逐步成为领袖人物,与此同时,甘地主义对二三十年代的印度文学创作也产生了巨大的影响。甘地主义主要是一种政治学说,而文学并不是政治的传声筒,因此,尽管甘地竭力恢复印度传统的村社式社会,但作家们对乡村生活的描写,即使在甘地时代,也没有被政治化。当然,在一定条件下,政治也会对文学创作产生支配性作用,但当一种政治学说对作家的创作产生某种自觉而非强迫性的影响时,并不是政治学说在引导着文学的创作,而是政治学说适应了作家的心态、吻合了文学的精神,这其中有着复杂的文化背景——笔者以普列姆昌德为例对此做出进一步的阐述。

在印度现代文学史上,普列姆昌德(1880—1936)是一位深受甘地思想影响的印地语小说家。他曾以理想主义的创作热情讴歌乡村、谴责城市,试图以对印度传统农业文明的回归来抗拒现代西方城市文明的侵袭。受甘地思想的影响,他极为推崇印度传统的农村公社模式,在小说《仁爱道院》(1922)中他曾对这种社会结构模式进行了理想化的描写,而这正是马克思所深刻批判的村社社会。也是在甘地思想的影响下,普列姆昌德的创作常常将城市与乡村对立起来,长篇小说《舞台》(1925)最为直接地表现出他对城市的憎恶:“城市是有钱人生活和商人做生意的地方。市郊是他们寻欢作乐、挥霍享受的去处。市中心则是他们子女的学校和他们在公正幌子下为欺压穷人进行诉讼的场所。”① 从现实的角度说,普列姆昌德虽然在贝拿勒斯、阿拉哈巴德等城市读书并生活过,但他对城市和城市生活只是有所接触而并没有真正感受,而他的创作,是在民族独立运动的感召下产生的,常常表现为摆脱英国的殖民统治而进行的“战斗”,甘地对印度传统村社和现代城市的看法之所以能对普列姆昌德的创作起到直接的引导作用,是因为普列姆昌德基于社会责任感而在心灵深处自觉自愿地接受了甘地主义。

---

① 普列姆昌德:《舞台》第一章,庄重译,广东人民出版社,1980年。

但作为一个成功的作家，普列姆昌德的创作也并非甘地主义的文学图解，这尤其表现在他对印度乡村世界的描绘上。普列姆昌德出生于印度文化传统深厚的北方邦（文化上有点类似于我国的中原地区）贝拿勒斯（印度教圣城）近郊的拉莫希村，他一生大多生活在乡下，对乡村生活有着深厚的感情。淳朴的乡村及村民曾给早年的普列姆昌德留下深刻的记忆，小说《舞台》的真正魅力在于作家以饱含感情的笔触描写了充满奇趣的旧时代生活以及这种田园生活的逐渐消失：教育的发展以及印刷业的普及使人们的交流方式发生着迅速的变化；乡村与城市沟通起来以后，乡村原有的价值与魅力正在逐渐地丧失，盘代普尔村眼看着要变成旧时代的遗址了。尽管普列姆昌德对印度传统农业文明充满了深厚的感情，但在他笔下，小说主人公苏尔达斯面对城市文明的入侵而在进行着的不过是一场命定要失败的战役，在对印度村社社会、对印度乡村世界的观察和思考方面，他并没有盲从于甘地主义，一定程度上，他的小说创作也生动细致地刻画出乡村世界在城市文明的侵袭下所发生的变化，从反映乡村生活的魅力、乡村社会的变化以及乡村世界的即将消亡等方面来看，普列姆昌德的创作与印度独立后出现的乡土小说有着同样的旨趣。

普列姆昌德的创作并不是一种孤立的文学现象，而是存在于同时期印度文学创作中的普遍现象。我们很容易将这时期农村题材作品的出现以及文学乡村与现代城市的对立等归属于甘地主义的影响——因为甘地主义正是在这一时期开始在印度社会产生巨大而直接的影响，但深入思考一下，我们也会发现，即使没有甘地主义，乡村也会以独特的面貌在这一时期的印度文学创作中表现出来——比较一下同时期的中国文学，我们就会明白其中的道理。中国和印度在近现代历史的发展中有着相似的命运，颇有乡土气息的文学创作也大致是在20世纪二三十年代出现并不断得到发展的，鲁迅等作家的文学创作并不是什么政治学说使他们关注起农村和农民，而是作家们的一种自觉选择，是历史的必然趋势。

为什么这种历史必然性会在20世纪二三十年代变成文学的现实呢？在威廉姆斯看来，资本主义的历史是城市对乡村的逐步胜利；马克思也早在1848年《共产党宣言》中就指出，资产阶级使乡村从属于城市的统治，使农民的民族从属于资产阶级的民族。自1840年鸦片战争之后中国逐步沦为殖民与半殖民地，而印度在1849年前后就已经全面沦为英国的殖民地了。与此同时，城市对乡村的“征服”便在中国和印度开始了，但在将近百年的时间内，人们更多感受到的是政治、军事和经济上的“征服”，而对现代城市的出现以及它给乡村世界所带来的变化，作家们在文学上的感受并不明显。何以如此？中国现代文学评论家严家炎先生曾说：“乡土文学在乡下是写不出来的，它往往是作者来到城市后的产物。”①只有当伴随着城市生活的城市意识或隐或显、或多或少地出现时，乡村才能在特殊的环境中凸显出其现代文化意义来，因此，乡土文学的出现实际上与东西方之间的文化冲突有着密切的同构关系，在这种同构关系中，乡村与城市都不再停留于单纯的地理意义上的差异，而更多地反映出不同文化之间的接触与碰撞。南帆先生曾从城市和现代性的角度来分析中国现代文学中的乡村是如何出现的：

> 乡村不仅是一个地理空间、生态空间，至少在文学史上，乡村同时是一个独特的文化空间。对于作家说来，地理学、经济学或者社会学意义上的乡村必须转换为一套生活经验，这时，文学的乡村才可能诞生……通常乡村是一个相对于城市的区域；但是，二者之间的差别开始纳入传统与现代的对立。人们习惯地将乡村视为一个前现代的文本，一块令人头痛的现代性的绊脚石。五四新文化以来，文学卷入了乡村与现代性复杂的历史纠葛，卷入了二者之间的疏离、格格不入甚至激烈的冲突。②

在南帆先生看来，尽管早在战国时期，中国的城市已经成型，但对于中国古典文学来说，城市与乡村之间的二元对立并未形成，文学的乡村覆盖了城市，文学之中并未出现另一种相异的文化空间，人们无法根据框架之外的内容察觉框架的存在，“他者”的阙如必然导致“自我”的模糊。而到了20世纪30年代，当城市从《子夜》中迅雷不及掩耳地闯入文学时，久居乡下的吴老太爷突然意识到，声光电化的上海原来是一

---

① 严家炎：《中国现代小说流派史》，人民文学出版社，1989年，第74页。

② 南帆：《启蒙与大地崇拜》，《文学评论》2005年第一期。

个可怕的魔窟——他信奉了几十年的《太上感应篇》顷刻之间完全失灵。[①] 与此同时，茅盾的《春蚕》、叶紫的《丰收》、叶圣陶的《多收了三五斗》开始涉及乡村与城市的结构性冲突，沈从文则以对湘西边区民风、民俗、民性的深入而细致的描写来对抗所谓的“近代文明”，恢复被“近代文明”污染了的淳朴的人性。

尽管存在着很大的文化差异，但城市生活给乡村社会所带来的结构性冲突却是中、印两国现代作家在一定时期内所面临的共同问题，普列姆昌德的小说，正像鲁迅、茅盾的小说一样，也是在城市与乡村、西方与东方之间不同的文化冲突中自然而然地出现的，甘地主义对他产生了很大的影响，但他对自己所生活的时代和社会问题的思考又不局限于甘地主义，他的思想随着时代的变化而在不断地发展，到了30年代，他在思想上更多地接受了马克思主义，这在他的最后一部小说也是他的代表作《戈丹》中表现得较为突出：社会关系建立在经济基础之上，经济上的不平等导致了社会上的不平等；社会关系并不是由宗教决定的，宗教只是贴在人身上的一块死皮，祭师、地主与高利贷者从心灵到肉体上无时不在压榨着农民——这些思想认识显然已超越了甘地主义。[②] 20世纪30年代后期，“进步主义”文学运动在印度文坛上蓬勃兴起，1936年4月，在全印进步作家协会（性质上类似于中国的“左翼作家联盟”）成立大会上，普列姆昌德被选为大会主席，这并不是一个偶然的事件，它与普列姆昌德生命后期对马克思主义的接受有着密切的关系。

在城市与乡村的社会结构性冲突中，普列姆昌德始终关注的主要是印度农民的现实生活、处境和命运，而不是乡村的风土人情和田园风光，这也从另一个侧面说明，他的创作倾向与甘地主义试图回归村社式的社会理想是大相径庭的。正因为如此，尽管普列姆昌德的创作一直围绕着农村和农民生活题材，而且《舞台》等小说也表现出一定的乡土生活气息，但评论界一般不从乡土文学的角度来考察他的创作；印度现代文学史上真正富于乡土文学特色、而且评论界也从乡土文学的角度加以认知的作家，是孟加拉语文学中的毗菩提菩山·班纳吉（1894—

---

① 南帆：《启蒙与大地崇拜》，《文学评论》2005年第一期。

② 可参阅 Rama Darasa Misra 著 *Modern Hindi Fiction*（德里，1983）中有关《戈丹》（*Godana*）的论述。

1953)，但颇令人深思的是，在毗菩提菩山的创作中，我们很难发现甘地主义对文学影响的痕迹。

3. 乡土文学与生态问题

20世纪二三十年代，当菩塔代沃·巴苏等城市现代派诗人与泰戈尔就传统与现代的问题发生公开而激烈的论战时，毗菩提菩山却像中国作家沈从文一样"一尘不染"地从事着自己的创作。他出生于贫穷的村庄，在加尔各答利浦恩学院获得艺术学士学位之后，一直默默无闻地当着贫穷的乡村教师，无论从哪个角度说，他都是一个极其寻常的人，既没有什么刊物作为他强有力的后盾（当时的孟加拉语作家主要以《绿叶》、《帕罗蒂》、《怒潮》三种文学刊物为中心，形成三个文学圈），也没有什么时髦的现代派艺术情趣，换句话说，他只是一个下里巴人，但他却以非凡的胆识行进在自己开创的文学道路上，给20年代末的孟加拉语文坛引入了清新的乡土文学的气息。

毗菩提菩山以一种较为奇特的方式步入文坛。在长篇小说《路的传说》发表之前（先是在一家不太著名的刊物《奇异》上于1928年至1929年间连载，1929年出版单行本），他只有个别的短篇小说如《被忽视的》(1922)曾经问世，而《路的传说》的发表，则一下子使他进入文学创作的巅峰阶段，随后他接连不断地创作了十余部中长篇小说和不少的杂著。《路的传说》以作家小时候的亲身经历为基础，描写主人公阿布的童年生活和成长史，是一部带有自传色彩的小说，但这部小说在印度现代文学史上的意义远远超出了自传文学，它的真正价值并不在于塑造人物，而是通过人物形象的穿插，将现代小说的叙事笔法与印度传统的木偶戏法结合起来，细致逼真地描绘出一幅幅真情动人、色彩鲜明的乡村风俗画。在这些画面中，除了一系列儿童、妇女、男人的形象之外，自然界中的树、花、果、草药、灌木丛、田野、村庄、道路、天空等也都成为乡村生活的有机组成部分，人与自然合二为一。乡村生活本来是质朴而单调的，但在作者的笔下，尼齐迪普尔村被四季的变化装点着，同时宗教节日、乡风乡俗、民间传说与笑话、家庭琐事及争吵所引发的人之间的感情变化与冲突等又使乡村生活充满了诗意与情趣：乡间小道上歌声响起，伴着这歌声，孩子们的生活充满了迷人的色彩——尽管他们的生活与乡间道路一样崎岖不平，尽管他们的生活中也难免令人心碎的哀伤，如因蒂尔·达克露哀婉感人的死亡以及杜尔迦夭殇而去的残酷情景。在毗菩提菩山的笔下，乡村生活似乎没有受到城市文明的"污染"，他们依然过着"鸡犬相闻"、老死不与城市往来的村社式的美好生活，但实际上，现代城市文明已经深深地侵袭了乡村世界的每一个角落，在毗菩提菩山的笔下，乡村中一切美好的东西都已是回光返照了。小说末尾，阿布的父亲带领着全家人去圣城贝拿勒斯另谋出路了，阿布在列车上望着窗外不断飞驰的一切，心中默默地哀悼死去的姐姐，家乡离他越来越远了，而未来的贝拿勒斯城既使他感到陌生，又是他唯一的希望。

《路的传说》中，人生活于家乡，就像树扎根于土地一样，乡村生活的和睦与宁静建立在人与自然的和谐关系上，而城市文明的入侵则使人最终离开了他生生息息的大地，变成了无根的漂浮物，自《路的传说》开始，毗菩提菩山小说描写的实际上是人与自然的关系，这是他观察现代文明社会的切入点，也是他全部小说创作的基本主题，《林地》(1939)最终将这个主题的表现推向了极致：以诗意的笔触描写森林自然的万千气象，宏远的意境与作家内在心理上的神圣感受想象性地融为一体，隐现出造化的神秘与崇高，但这种亘古及今的神秘与崇高却在横扫一切的现代文明中步步走向了死亡。小说取材于作家在戈拉特·高斯庄园的工作经历，它貌似旅行志或日记，但实际上却是作家有意尝试的小说艺术形式，目的在于突出大自然作为主角的主体作用。[①] 小说采用第一人称叙事的方式，以一个名叫莎迪亚恰岚的年青孟加拉人的视角来观察、对比现代文明与原始自然之间的"较量"。莎迪亚恰岚是一个经纪人，他从加尔各答来到帕格普尔森林，任务是在森林中开拓处女地。城市中长大的他起初对森林充满了恐惧感，但逐渐地他开始对森林产生了浪漫主义的依托之情，以至最后产生了神秘主义的感悟：人类不可能彻底征服自然，自然的最终毁灭也是人类的末日。他有意忽略自己的职责以挽救自然，但他认识到人类对金钱的欲望过于强烈，对这种欲望的任何抵抗，无论是来自大自然还是来自个体的力量，都显得无

---

① K. M. George ed., *Comparative Indian Literature*, Kerala Sahitya Akademi, vol. 1, p. 617.

济于事，莎迪亚恰岚最后又回到了加尔各答，就像《路的传说》中阿布为了谋生而离开自己热爱的家乡、去往贝拿勒斯城一样，城外的人要挤进城中，从城中出来的人最终也只能回到城中，在现代文明社会，任何人都无法使自己"迷失"于城外，城市不仅在吞噬着乡村，而且在吞噬着自然。这部小说没有中心故事或情节，全部内容只是主人公对于自然的观察和思考以及他作为见证人的日志性记录，其中出现的人物如教师戈力·代瓦利、舞女贡达、土邦王杜伯鲁·盘那等都只是大自然的陪衬或背景式的装点，反映出原始森林造就出的粗犷而豪迈的人物性格或是人相较于大自然而在天性上表现出来的卑微和自私。

在农业文明时代，人与自然和谐相处，对自然保持着敬畏的心理，但伴随着工业革命之后的城市文明改变了人与自然的关系，人类开始"征服"自然，在大自然节节败退的同时，到了 21 世纪人们忽然发现生态问题的严重性，以至于文学批评也大谈起生态问题来。文学生态问题的出现实际上和乡土文学密切相关，因为农业文明中的乡村在文化意义常常等同于自然，"田园"的意义更多地蕴藏在"山水"之中，从《路的传说》到《林地》，毗菩提菩山的创作发展道路也正好印证了这种道理。

在毗菩提菩山的笔下，文学"乡村"由田园风光一直延伸到具有原始色彩的森林自然，其中反映出来的不仅是印度与西方文明之间相互交错的空间感，而且更重要的是现实打破历史、现代驱逐远古的时间感，因此，毗菩提菩山笔下的乡土完全不同于普列姆昌德笔下的农村，很大程度上，它已不再是现实生活中真实的乡村，而是作家将现实生活沉淀到富于远古色彩的记忆之中后的产物——不仅是叙事的对象，而且也是美学的对象，乡村由此而被赋予了神话般的色彩。在此，我们再联系前文甘地有关村社的看法，不难发现，毗菩提菩山笔下的乡土与甘地所谓的村社在精神上可谓惺惺相惜。尽管我们在毗菩提菩山笔下寻找不到甘地主义影响的明显痕迹，但毗菩提菩山的创作比普列姆昌德的小说更为接近甘地的精神和气质，因此也更富有生机和魅力。甘地主义并不是一种科学的社会发展观，但它却以一种精神力量对现代印度社会的发展产生了巨大的影响，同样道理，毗菩提菩山的小说的魅力也不在于它真实地反映了乡村生活，而在于它将乡土和自然作为一种艺术或美学对象进行了升华和改造，从而使乡村和自然变成了某种精神性的存在即精神家园，作为精神的载体，乡土小说的要义并不在于厚古薄今地与现代性发生对抗，而在于如何将外来的现代性乡土化、本土化，从本土与乡土的意义上说，文学之中“乡村”的语义，正如英语中的“country”一样，变成整个民族和民族文化传统——“国”与“家”联系在一起，而“家”与“乡”又是分不开的。

4. 乡土与甘地主义神话的消解

受毗菩提菩山创作的影响，乡土文学在20世纪三四十年代的孟加拉语文学创作中得到较为普遍的兴盛，不过乡土文学的创作随之也变得更为复杂了。马尼克·班纳吉(1908—1956)、达拉巽格尔·班纳吉(1898—1971)是与毗菩提菩山齐名的孟加拉语乡土小说家，不过他们的创作已不再像毗菩提菩山那样注重人与自然以及乡村的田园景象了。

《木偶戏的传说》(1936)是马尼克创作的一部富于乡土色彩的长篇小说，这部小说像毗菩提菩山的小说一样富于地域文化的色彩，人物对话以方言土语，乡风乡俗依旧，小说中活动着的也是一些习以为常的乡下人，但小说给人留下的却不再是诗情画意般的景象了。主人公夏什医生是一个有理想的青年，他想以医药、科学来消除波迪亚村民的身体痛苦和精神上的疾病：迷信与麻木，但他很快就发现，他不仅无法以自己的理想来改造波迪亚村，而且乡村的一切正在一步步地吞噬着他，村里发生的一切都与他的愿望背道而驰，他想把自己创办的医院转手给新来的医生，自己则计划永远离开波迪亚村，但他很快就发现自己已越来越深地被卷入了波迪亚村的生活之中，他没有改造成波迪亚村，反而失落于波迪亚村而逃脱不出了。他想操纵着木偶，按自己的理想去演戏，但结果却是众多的木偶操纵了他，使他不得不加入木偶戏的演出。

到底是谁在操纵着木偶，这似乎是一个难以解开的谜，《帕德玛河上的船夫》(1936)写的也是这样的一个谜。帕德玛河是东孟加拉境内的最大河流，千百年来她像母亲一样养育着两岸的渔民，但在雨季洪水泛滥时，帕德玛河又无情地吞噬着一切，谁人都琢磨不透帕德玛大河的神秘。帕德玛河岸边渔民的生活也像帕德玛河一样，既美丽动人又神秘可怕。小说的中心人物是穷苦的渔民库瓦尔。在故事刚刚开始时，他是个单纯而朴实的渔民，但随着故事的发展，在生活与精神痛苦的折磨中，他的心理变得愈以复杂。一方面，由于妻子麦拉的残废（跛脚）及小姨子迦比拉对他的爱恋，使他在感情上处于两难的境地：他爱着妻子，但迦比拉对他也产生了难以抗拒的吸引力；另一方面，他对侯赛因·米阿充满了恐惧的心理。侯赛因·米阿先前也是一个渔民，但他现在富有了，当穷苦渔民需要钱时，他借钱给他们，但最终的目的是让借钱的渔民们放弃他们的渔民职业，到他买下的、被认为是他的王国的荒岛上去为他服务。库瓦尔对妻子及渔业的爱、对迦比拉的欲望以及侯赛因·米阿给他的邪恶诱惑（到荒岛上从事贩毒等罪恶活动）在小说中自始至终地较量着，最后，库瓦尔为了逃避别人对他的栽赃陷害，抉择离开了他的妻子和家庭以及帕德玛河，在迦比拉的陪伴下，驶向了摩依纳德荒岛。

达拉巽格尔的小说《迦楞迪河》（1940）、《群神》（1942）、《五个村庄》（1943）、《翰苏里河湾的传说》（1947）、《诊所》（1950）等非常逼真地描写出印度传统农业方式在现代西方文明的影响下逐渐消亡的过程，作家着力从城市工业文明对印度传统农业文明的渗透与摧毁中表现乡村生活的变迁与人们在价值观念上的变化以及精神追求中的困惑。《翰苏里河湾的传说》讲的是一个名叫哥赫尔的印度教低种姓阶层的生活故事，印度教传统中，哥赫尔种姓要么当轿夫，要么在高等种姓的印度教徒家中当仆人。故事的背景是盘斯帕迪村，村里住的全是哥赫尔，他们过着有点类似于部落民的生活。一方面是工业文明的侵袭，另一方面是哥赫尔人的内在弱点，盘斯帕迪村最终消亡了。《诊所》的故事发生在比尔普姆地区的一个村庄里，写主人公基班·摩沙伊，一个印医，毕生与死亡及西医抗争的故事。小说借印医与西医的冲突以及印医被击垮的命运，展示印度传统文明在西方现代文明冲击下的厄运。整部小说笼罩着浓郁的死亡气息。

如果说，乡土小说中的"乡土"代表着印度民族和民族文化传统的话，在马尼克和达拉巽格尔的笔下，这种传统更多地表现为重负，马尼克和达拉巽格尔的小说对于传统更多表现出来的是一种批判的精神，严格地说，他们的创作已不再是纯正的乡土小说了。如果说毗菩提菩山的小说更多表现的是一种感情的话，马尼克和达拉巽格尔的小说更多表现出来的则是一种理性的分析，乡村或是由乡村扩展开来的民族文化既有让人留恋的精神，但同时也有顽固的劣根性，时代发展到30年代末期和40年代，伴随着印度传统的村社式社会的逐步解体和印度的独立，甘地主义式的神话也在不断地消解。

三　对乡土的守望

1947年，印度摆脱了英国的殖民统治而获得了独立，甘地主义伴随着印度的独立，应该说是已经完成了它的历史使命，但在客观上，英殖民者"退出"印度之后，新印度国家政府不仅没有使印度富强起来(相对于西方发达国家而言)，反而由于管理经验的缺乏等诸方面的原因而使印度社会处于比殖民统治时期更为混乱、更为糟糕的状态之中。在这种情形下，甘地的小农经济思想虽然不合时宜，但伴随着独立后梦想的破灭与对新价值观念的迷惘，一些有社会责任感的作家便重新开始从印度的乡村寻找起印度民族的文化之根，于是在50年代兴起了乡土小说的创作热潮：传统的村社消失了，但乡村依在；甘地主义过时了，但甘地的精神却依然对独立后的印度社会产生着不可低估的影响。

1. 乡村价值体系的解体

在印度文学批评中，"乡土小说"(regional novel)一词实际上来源于英语，"regional novel"一词更直接的对应词是"地域小说"。在英国文学批评中，地域小说常常与乔治·艾略特和托·哈代等作家反映乡村生活的小说创作联系在一起，雷蒙德·威廉姆斯在《乡村与城市》一书中也是在这种意义上使用"regional novel"一词的。[①] 不过，在威廉姆斯看来，地域小说是一个较为复杂的概念，它既是乡村小说的延续，又是乡村小说的发展。在我国，周作人的乡土文学观特别强调"风土人情"和"地域色彩"，在此意义上，"地域小说"成了"乡土小说"的别名。但实际上，以乡村某一地区的生活为描写对象的小说并不都是乡土小说，比

① Raymound Williams, *The Country and the City*, the Hogarth Press, 1985, pp. 248—254.

如印度英语小说家阿·克·纳拉扬在他的小说中虚构出一个南方小城，他笔下所有的故事基本上都发生在这个小城中，有明显的地域色彩，但他的小说创作却无法归类为乡土文学，因为他的创作更多反映的是城镇生活，因此，地域性只是乡土小说的一个特色，而不是乡土小说本身。茅盾在乡土文学观上多强调“特殊的风土人情描写”之外的“普遍性的与我们共同的对于命运的挣扎”，①他的创作也更关注农民的现实命运，但这种乡土文学观常常被归类为“农民文学”，普列姆昌德的小说就属于这类文学创作。鲁迅的乡土文学观则带有“侨居文学”的色彩：“蹇先艾叙述过贵州，裴文中关心着榆关，凡在北京用笔书写他们胸臆的人们，无论他自称用主观或客观，其实往往是乡土文学。在北京这方面说，则是侨寓文学的作者。但这又非勃兰兑斯所说的‘侨民文学’，侨寓的只是作者自己，却不是这作者所写的文章，因此也只隐现着乡愁，很难有异域情调来开拓读者的心胸，或者炫耀他的眼界。”②鲁迅在此强调的是离开家乡的知识分子对家乡的某种观察、某种感情和某种思念，在乡土文学的创作中，这是一种带有普遍性的倾向，印度的很多乡土文学创作也是如此，但“侨寓”只是道出了乡土文学与城市、与知识分子特性之间的联系，无法涵盖乡土文学的复杂性。实际上，乡土文学在中国现当代文学早已成了一个难以界定的泛化了的概念，这与印度现当代文学中“regional novel”一词的复杂性正相吻合，笔者也正是从广义的角度来使用“乡土小说”一词的。在《乡村与城市》一书中，威廉姆斯在分析英国的乡村文学时，“田园小说”(pastoral novel)、乡村小说(rural novel)、“乡村小屋小说”(country-house novel)等等常常与“地域小说”(regional novel)复杂地纠缠在一起，既相互区别，又相互联系。

乡土小说的创作，在印度独立之前和印度独立之后，还是很不相同的。在甘地时代，由于政治斗争的需要，乡村在地理上虽然也是边缘地区，但作为印度民族运动主要力量的来源地，乡村在政治甚至在经济上并没有被边缘化；而在印度独立之后，随着国大党的工作重心由乡村转移到城市，印度的乡村社会实际上处于无序的“发展”状态，乡村不仅在

① 茅盾：《关于乡土文学》，见《茅盾全集》第21卷，人民文学出版社，1991年，第89页。

② 鲁迅：《中国新文学大系·小说二集导言》，见《鲁迅全集》第6卷，人民文学出版社，1981年，第247页。

地理上处于边缘地区，而且在政治、经济、文化意义上也是名副其实的边缘地区——被社会忽视的角落。乡村不断地受到城市生活、城市文明的侵袭，但城市并没有将乡村纳入现代文明之中，而是将乡村排挤到了既依赖于城市又分离于城市的边缘地区。回到甘地所谓的传统的村社式社会已不可能，不仅自给自足的小农经济状态已经被打破，而且传统村社的"五老会"和种姓制等等也都名存实亡了，传统的价值观念处于分崩离析的状态，在金钱和权力的腐蚀下，现代"文明"像贼风一样无孔不入，乡村社会在"土地革命"的浪潮中被推来推去，在城市的诱惑下，在人口的流动中，乡村世界在何去何从的迷茫中失去了它古老的生活节奏和特有的乡村韵味，既躁动不安，又无所适从。印度独立以后，美化乡村并以乡村来对抗城市的倾向在乡土文学创作中虽然也时有表现，甚至一定程度上得到了进一步的发展，但作家们在创作中回归于乡村生活的主题，其意图则主要在于，从对乡村生活的描写、展示上来揭示传统文明在当今社会中的命运与前途。再者，与普列姆昌德、毗菩提菩山等作家美化乡村世界的创作倾向相反，印度独立后出现的乡土小说更多致力于对乡村社会的愚昧、麻木等丑恶现象的揭露与批判。因此，乡土文学远不像普列姆昌德等作家的创作那样是甘地主义的颂歌，而更像为甘地主义和印度村社唱出的最后一曲挽歌。

帕尼什沃尔纳特·雷奴(1921—1977)是当代印地语文学中最著名的乡土小说作家。他生于比哈尔邦普尔尼亚地区奥拉黑·英格纳村，家中有土地，收入也不错，属于地主阶层。他的名字"雷奴"意为"泥土"，他的一生基本上是在乡村度过。他曾在贝拿勒斯印度教徒大学读过一年书。1942年因参加民族独立运动而坐了三年牢。出狱后，成为一个社会主义者，在乡下组织、开展农民运动，与此同时他也开始了创作。1946年起开始在社会主义党派杂志上发表反映农村生活的短篇小说及速写，并在比哈尔邦首府巴特纳城的文学圈子中引起广泛的注意。1954年长篇小说《肮脏的边区》[1]发表后，名声远扬，德里及阿拉哈巴德等印地语文学中心也受到这部小说的巨大冲击。在此之前的50年代，印地语文学基本上是城市作家占据主导地位，而雷奴的出现却将作家

① 中译本名为"肮脏的裙裾"，刘国楠、薛克翘译，上海译文出版社，1994年。

的目光引向了农村,《肮脏的边区》采用方言俗语,将民歌、民间传说、民间故事、民间戏剧等地方文化习俗有机地融化于小说的创作之中,叙事方式、情节结构上均进一步传统化,伴随着 50 年代印度作家对印度文化多面性的探索精神,这部小说极大地震动了读者心中潜在的回归本土文化的心理情结:复苏传统文化,重现童年时代的梦幻。

雷奴小说所写的边区是比哈尔邦东部的普尔尼亚地区。比哈尔邦是印度古代文明的发祥地之一,佛教曾经在这个地区得到广泛发展,著名的佛教圣地菩提伽耶(佛陀悟道的地方)、那兰陀寺院、王舍城、华氏城等均位于比哈尔邦,但在当代,比哈尔邦却是印度最为贫困落后的省区之一。雷奴将印度传统文明在现代西方文明冲击下的境遇形象地展示在读者的面前。在《肮脏的边区》的初版"序言"中,雷奴写道:

> 这里是《肮脏的边区》,一部乡土小说。背景是普尔尼亚。普尔尼亚是比哈尔邦的一个地方,一边是尼泊尔,另一边是巴基斯坦[①]和西孟加拉邦,南边位邻桑塔尔族地区,西边靠着米提拉地区,这样划分一下,普尔尼亚地区的轮廓便完整了。我选择这个地区的一个村庄——这个村庄是落后乡村的象征——来构造我这部小说中发生的一切。

雷奴在此首先将一种地理方位感传送给读者,其意义在于说明普尔尼亚坐落于不同语言、不同伦理道德、不同文化圈的交叉路口。它是比哈尔邦的一个部分,因此,它归属于印度教传统文化。但同时它又被尼泊尔人、孟加拉人、部落民等代表的不同民族的文化[②]所包围着,各种文化在相互冲突中相互渗透。雷奴在小说中塑造出很多不同种姓、不同伦理道德及文化习俗背景中的人物,以他们充满方言土语色彩的对话来表现各自的文化特征,因此,地理文化的多元性使普尔尼亚成为印度整个民族文化的缩影,每一个小小的文化圈都在面临着被同化的压力中努力保持自己的文化特色。

普尔尼亚不仅是多种地方文化交融的地带,而且也是远离德里、巴特纳等都市文化中心的边区——地理与心理位置上的边区,这正是雷

---

① 指东巴基斯坦,1972 年独立成为孟加拉国。

② 尼泊尔更多受佛教的影响,东巴基斯坦(即现在的孟加拉国)则以伊斯兰教为中心。

努构造的“落后乡村”的象征意义：

> 玛丽村就是这样一个有着悠久历史的村庄。它坐落在罗德哈特车站以东十四英里地方：到那里去要渡过古老的科西河。科西河两岸有一大片茂密的棕榈树和野枣林，本地人管它叫“那瓦比·达尔班纳”，意思是那瓦布(穆斯林统治时期的省长——译者注)培育的棕榈树。过了棕榈树林，便是一望无垠的大平原。这个大平原辽阔，坦荡，从尼泊尔山麓一直绵延到恒河岸边，有几十万英里的土地，是一片荒凉的不毛之地，像一块不能生育的妇女的裙幅。在这一大片土地上，只有很少几处生长了一些沙漠植物和酸枣林。①

这样的描写要将读者引进的不仅是一个地理位置，而且也是某种精神或心理上的空间。实际上，雷奴笔下的大平原是印度主要的产粮区之一，小说中也常常描写到这片土地的肥沃，并非什么荒凉的不毛之地，雷奴所谓的“沙漠”、“不能生育”等等，一方面说明生活在这片土地上的农民在物质生活上的贫穷落后，另一方面也揭示出他们在心理和精神生活方面的贫乏与麻木。

小说的题目取自苏米德拉南登·本德的诗《印度母亲》：“印度母亲，您居住于乡村/田野中散开的是您黝黑的泥土裙。”②本德是印地语现代文学史上著名的浪漫主义诗人，《印度母亲》一诗表达的也是诗人对印度乡村所寄托的浪漫主义情怀。但到了雷奴笔下，这种浪漫的情调却已经丧失殆尽，因此，“泥土裙”变成了“肮脏的裙裾”。小说题目中“Anchal”一词兼有“裙裾”与“边区”的意思，《肮脏的边区》中文本译作《肮脏的裙裾》；而“Maila”一词虽然多多少少还与“泥土”联系在一起，但它已经散发不出诱人的芳香了，乡村在精神上受到各种外来的侵袭已变得“肮脏”不堪了。这里有疟疾、黑死病、霍乱、旱涝等的侵袭，也有比自然灾害更为可怕的病毒性危害，即来自以腐败政治和金钱利益为典型代表的所谓现代文明。小说中的医生要在玛丽村建立一个医院，

---

① 雷奴：《肮脏的裙裾》，刘国楠、薛克翘译，第7页。

② Kathryn Hansen, “Dimensions of a Rural Landscape: Renu's Purnea District,” in *Journal of South Asian Literature Study*, 1990, Num. I.

并进行医学研究以发现当地人中间一种奇怪的疾病产生的原因。通过对乡村生活的感受以及与病人、村民们的接触,医生对玛丽村产生了感情,既感受到了乡村生活的美丽,又目睹了它的丑陋与“肮脏”。他深刻地认识到,城里的政客为了个人的利益跑到农村,为了政治选举或是经济利益,以各种手段欺骗农民,对于村民们的心理和生活来说,这才是最为可怕的传染病病毒。

雷努的第二部小说《荒地的传说》(1957)描写的是普尔尼亚地区帕岚普尔村的生活。小说以隐喻笔法描写帕岚普尔村大片的荒地,这片荒原上发生的悲剧性故事是由乡村的种种矛盾促成的:个人的利益、社会的习俗以及“崇高理想”与改变乡村面貌的种种计划背后隐藏着的卑鄙与贪婪等。作家从社会、历史、政治、经济、文化、地理、生态学等方面来观察、分析农村生活,形象地写出了乡村生活结构不断发生着的变化以及这种变化给人带来的迷思:现代化及社会政治的高调到底给农村带来了什么真正的变化?帕岚普尔村的大片田野都变成了荒芜的土地,这象征性地表现出现代化及工业化将体现印度传统农业文明的乡村变成了一片废墟的现实。从本质上看,雷努心系印度古老的传统与信仰,恐惧现代的官僚体制对乡村的腐蚀。

60年代之后,受雷奴的影响,印地语文学中的乡土文学得到了进一步的发展。希里拉尔·修格尔的小说《德尔巴利曲调》(1969)以辛辣的讽刺大胆地揭示出腐败的政治给乡村生活带来的价值毁灭以及由此而产生的奇怪而可怕的道德行为。希瓦·帕勒萨德·辛赫的《各有解脱之道》(1968)写的也是印度独立后乡村价值体系的解体与崩溃:该崩溃的,如种姓制等落后的习俗,却没有崩溃;不该崩溃的,如勤劳、善良、淳朴等传统美德等,却在迅速地消失,与此同时,吸烟喝酒、道德败坏等问题又构成农村生活的“新景观”。

2. 文化乡村与精神家园

五六十年代的乡土文学创作并不限于印地语文学,而是存在于印度各语言文学创作之中的普遍现象。马拉雅拉姆语、马拉提语、阿萨姆语、古吉拉特语、卡纳达语、孟加拉语、奥里萨语及泰米尔语等文学中,乡土文学的创作都形成了一定的规模。这时期的乡土小说像雷奴《肮脏的裙裾》一样，描写的常常是整个村庄，并以村庄来隐喻整个印度。

马拉雅拉姆语小说家 O. V. 维杰衍(1931—)是印度现代小说的一个代表性作家，他最著名且引起广泛争议的长篇小说是《格赛克村史》(1969)，这部小说写主人公拉维对“存在”以及人与人之间关系所作的追根究底式的探索过程。小说开篇写的是主人公拉维在长途跋涉之后，在格赛克村外的一个公共汽车站下了车，他来格赛克村是要开办一所只有他一个人做教师的学校。小说结尾处又回到小说的起点，拉维准备离开格赛克村，在公共汽车站等车时，被一条眼镜蛇咬伤致死。这是一个偶然事件，但回想一下，正是偶然事件构成了拉维在格赛克村的全部生活。拉维的父亲和蔼慈祥，但在父亲生病卧床不起时，拉维与继母发生了性关系，由于乱伦的罪恶感，拉维来到了偏僻的格赛克村。格赛克村是个穆斯林居住区，但同时也有印度教徒。格赛克村史、拉维个人经历的回忆、格赛克村民的生活习俗等各方面的内容组合成一幅幅画面，使《格赛克村史》既有神话般的魔幻色彩，又有现实生活的浓郁气息。格赛克风景秀丽，村民中间流传着很多迷人的民间故事；同时格赛克村作为印度的象征，它又是贫穷落后的代名词。瘟疫一下子能使几千人丧失生命，这很可怕，而人们的道德沦丧则比瘟疫更为可怕地腐蚀着人的心灵。拉维来到格赛克村原是为了寻找自我及生活的价值，但随即他就沉迷于酒味与女色之中，格赛克的经历使他进一步认识到生活的荒诞不经与道德的无聊与虚伪，这样，当他最后要离开格赛克村时，他在心灵上已是一个死去的人了：“拉维好奇地看着眼镜蛇伸展着头冠，蛇的毒牙在爱恋之中咬着他的脚，一口又一口……他躺倒在地等着公共汽车。”小说如此结尾，以象征寓意的手法写出了拉维精神追求的悲剧性结局。小说写得似真似幻，悲剧故事中交织着喜剧的色彩，乡土文学的创作中融入了一些都市情调和都市笔法。

马拉提语小说家戈帕尔·尼尔甘特·丹代尔克尔(1916—)的长篇小说《帕德迦瓦利》的题目是一个村庄的名字，小说主要描写的也不是什么田园风光，而是一套正在衰落的价值体系，作家对这种衰落与消亡的过程进行了质朴、冷静的描写，民间文学叙事传统中的感情色彩在这部小说中化为乌有，乡村人物形象也不再是淳朴的象征，而多表现为粗犷不羁。维衍迪格什·默德古尔克尔(1923—)也是一位著名的马拉提语乡土小说家，他的长篇小说《本格瓦迪村》(1965)虽然也是以乡村为描写对象，但他却有意尝试新的创作风格：将乡村人物的素描置于乡村风景的工笔画之中，他不像一般的乡土小说家那样侧重于乡村道德价值方面的内容描写，而更注重乡村风俗人情的现代化和艺术化的描写。七八十年代，马拉提语乡土文学的创作声势进一步扩大，较为有名的作家主要有阿南达·亚德沃、R. R. 鲍拉代、莎卡·格拉尔及默赫代奥·摩莱等作家，他们进一步将反映乡村生活的乡土文学与当代文学中各种实验性的文学技巧结合起来，企图从社会底层人物的不安和追求中，以觉醒的时代、文化意识来改造乡村社会，为乡村世界构造前景。

进入90年代之后，乡土文学或说受乡土文学传统影响的作家进一步活跃于印度文坛，孟加拉语和马拉雅拉姆语文学中的反现代主义小说家抗拒现代主义及后现代主义的荒诞、异化、唯我等都市文学情调，再次走向农村去体验生活，竭力在乡村世界里为现代人寻找出路。而阿萨姆语、泰米尔语作家则一直以反映乡村生活为主，他们经历了现代主义及后现代主义的风风雨雨之后，再次从非信仰走向信仰，从孤独走向社会，抛却现代主义隐晦、象征等颇具形而上色彩的语言习惯，追求乡村日常生活中朴实、形象的民间语言风格。可以说，乡土文学在90年代颇有再次复兴的趋势。古吉拉特语中，乡土文学的复兴被称为“返回乡村运动”。像50年代的文学一样，当代印度文学进一步走向乡村，小说中的主人公大多来自乡村，而且不乏低种姓角色。在作家的笔下，无论是落后愚昧的象征，还是淳朴自然的典型，乡村总是作家们努力加以重新塑造的对象。或可认为，印度文学之“根”恰在于“乡土”之中。

不过，印度作家虽然将文学之“根”置于“乡土”之中，但与独立前的乡土文学创作相比，文学之中的乡村作为一个文化空间，其复杂程度已远远超出了传统与现代、乡村与城市的二元对立结构。印度目前正处于经济大转型时期，印度知识分子也面临着文化大转型的问题，乡土小说更多表现出来的是鲁迅所谓的“侨寓”色彩：在城乡之间、在西方与印度文化冲突之中的文化漂泊与文化定位的问题上，印度的作家表现出既不能不认同西方文化但又难以认同的思想困惑与情感失衡状态，乡村虽依然是乡村，但作为一种文化乡村与精神家园，乡村实际上承载着作家们有家(本土文化)难回或是无家(西方文化)可归的无限“乡愁”。

早在19世纪中叶时，英国的城市人口已经超出农村人口，到了19世纪末，城市人口已占总人口的四分之三。[①] 而印度至今依然是一个农业国家，其社会结构还没有逾越前现代的农耕文明向工业文明过渡的历史阶段，正处于前现代向现代转换的历史时期，印度目前正在经历的是英国社会在百年前所发生的变化，从乡村人口与城市人口的比例上说，印度城市化的发展程度还远远没有达到19世纪中叶的英国，因此，反映乡村生活及其变迁的小说依然会层出不穷。

西方的现代化本身有其文化和历史的延续性，英国的乡土小说往往表现为同一民族随着时代生活的巨变而产生的新旧两种文化之间的内部矛盾。而对于印度来说，现代化更多表现为文化移植、文化断裂、文化碰撞等复杂的现象。随着印度和西方文化冲突的深入，乡土小说也越来越被知识分子（而不是农民）所青睐。它逐渐由乡村向城市的胡同和里弄渗透，着力展现的是东西方文化冲突境遇下知识分子自身多样复杂的精神状态；作家们或是将西方现代派、后现代派的各种文学技巧运用于乡村文学的创作之中，或是追求乡村生活中朴实、形象的语言风格，竭力恢复失落的印度文学传统的叙事方式。

在西方，城市与乡村曾经代表两种不同的生活方式，现在这两种方式已合而为一，国家正在变为城市。但在乡村被边缘化的同时，威廉姆斯也发现，现代都市社会也有回归于乡村的倾向，这并不是个别人的雅兴，而是一种社会发展趋势。威廉姆斯在《乡村与城市》一书中常用“边界”(border)或“边缘”(marginal)等词来形容现代英国乡村社会的处境，他的第一部反映乡村生活的小说名为“边区”(Border Country)，反映的也正是这种情形：乡村在现代都市社会中确实已经被边缘化。但在《乡村与城市》的最后一章，威廉姆斯也认为，城市与工业使环境、生态等问题变得日益突出，在当今的世界格局中，发展中国家即农业社会为主的国家依然占据着多数，未来社会的发展，并不是资本主义战胜社会主义或社会主义战胜资本主义的问题，也不是谁拯救谁的问题，乡村与城市在现代社会的发展也是如此。由此观之，即使印度、中国等发展中国家的现代化完成了由农业社会向工业社会的转型，其社会形态和

① Raymound Williams, *The Country and the City*, the Hogarth Press, 1985, p. 217.

社会构成也还会自有特色的，这不仅是人与人的社会关系问题，同时也是人与自然和谐相处的问题，印度和中国现当代文学史上兴盛的乡土小说，在乡村与城市、传统与现代格格不入甚至激烈冲突中所意图构建的正是一个和谐的精神家园，在一定意义上，这种家园也正是甘地的理想和心理依托。

第二章
奈保尔与纳拉扬

在印度文学评论界，历来有“印度英语小说三大家”的说法，三大家的坐次总是穆尔克·拉伽·安纳德、阿·克·纳拉扬和拉伽·拉奥。安纳德成名较早，他的第一部小说《不可接触的贱民》经由爱·摩·福斯特写序、推荐而于 1935 年在英国出版，此后，安纳德虽然出版了很多的作品，但学界说起安纳德时，总是将他的名字与《不可接触的贱民》联系在一起。由于安纳德是印度的“进步”作家，他的“进步”作品在我国有不少的翻译和介绍，他也曾访问我国，作为当代印度作家，相对而言，安纳德对我国读者并不算陌生。纳拉扬和拉伽·拉奥的代表作品（分别为《向导》，1958 年；《蛇与绳》，1960 年）都出现在 20 世纪五六十年代，与安纳德不同的是，他们的小说创作基本上不涉及政治。我国读者对纳拉扬和拉伽·拉奥的作品并不熟悉，拉伽·拉奥的小说较为晦涩难懂，在我国也没有什么翻译；纳拉扬的小说语言明白晓畅，但他的作品只有个别的短篇小说和长篇小说《向导》被翻译过来，而且可能是出于销路问题，《向导》在我国出版时被改名为《男向导的艳遇》。

随着后殖民文学研究的兴起，印度英语小说三大家比以前更多地受到了关注，尤其是纳拉扬，由于奈保尔对纳拉扬有不少的评说，纳拉扬的创作常常被纳入后殖民文学的考察范围之中而屡屡被提及。但仔细说来，安纳德、纳拉扬、拉伽·拉奥都属于印度英语文学的老作家了，他们与奈保尔、拉什迪等后殖民作家有着明显不同的创作旨趣，本章主要通过对奈保尔对纳拉扬的评说来认识两代作家的不同，并从中分析流散作家与本土作家之间的各种纠葛。

后殖民文学评论常常将整个英语文学创作作为一个整体来加以研究，而实际上后殖民文化是极其松散又说不清楚的问题，这不仅表现为地域文化的差别，而且也表现为时代的不同，笼统地加以评论，常常会以偏概全。比如，拉伽·拉奥的创作实际上是很难归入后殖民研究范畴的，但一些评论家则将他的小说创作纳入了殖民时代以来的西方传统："拉奥用浪漫主义的语言描述传统故事，说那是不关历史的、无终结的、不可阻挡的、来自无底的过去而通向深不可测的未来的流程。但是，即使经过了翻译，这种提法仍是殖民主义有关印度形象的翻版：印度无限辽阔，人口稠密得像海滩上的沙粒，结实得可以抵挡一切苦难。"①本章附录的有关《蛇与绳》的一篇文章，主要从印度传统文化的角度对拉伽·拉奥进行分析，以期在比照中进一步认知印度传统文化与后殖民文化。

另外，本书有关吉卜林和甘地的章节也涉及奈保尔，相互参照，可以将奈保尔置于更为广阔的文化视野之中。

一　后殖民时代的流散生活：关于奈保尔的文学创作

V. S. 奈保尔(1932—　)是当今英语文学世界中健在的最有声望的作家之一。他曾获得过英美文学界颇有名望的布克奖、W. H. 史密斯奖、本涅特奖、T. S. 艾略特文学创作奖等多项文学奖，并于 2001 年荣获诺贝尔文学奖。

奈保尔又是一个典型的后殖民流散作家，他生活在英国，但他的创作反映的却主要是非洲、亚洲、拉丁美洲前殖民地国家的历史与现实。他深入到这些国家的内部，从西方文化的角度对前殖民地国家进行较为全面的考察和分析，通过小说与纪实的文学形式，他对亚非拉国家的历史传统与现实进行了深入的批判与剖析。

奈保尔喜欢旅行，他常常将自己与当代英国作家格林(Graham Greene)相对比，认为格林等作家作为英国人的身份使他们有别于他们

---

① 艾勒克·博埃默：《殖民与后殖民文学》，盛宁、韩敏中译，辽宁教育出版社，1998 年，第 154 页。

所遇到的殖民地或前殖民地国家的人们。实际上，格林等英国作家的兴趣主要在于发现某种奇特的异国情调，而奈保尔则不然，亚非拉国家对奈保尔来说并不是什么异域色彩的体现，他深入到前殖民地国家内部，更多地带着理性与批判的目光来观察一切，他与这些国家的人们有着感情与经历上的复杂纠缠。

奈保尔也喜欢殖民时代描写亚洲和非洲社会生活的英国作家吉卜林、康拉德等，这些前辈作家对他的创作有较为深入的影响，一定程度上，也可以说他的创作是康拉德等英国作家的继续。奈保尔发现，从殖民时代到后殖民时代，前殖民地国家的命运并没有根本的改观，而且有"恶化"的趋势，这既是殖民主义的恶果，又与亚非国家的传统文化有一定的关系，吉卜林、康拉德对这些问题有深入的思考，生活在后殖民时代的奈保尔更为关心这些问题，与此同时，他不仅继承了康拉德等作家对东方的悲观看法，而且对整个世界都充满了彻底的悲观情绪。由于时代的不同，再加上文化身份的不同，奈保尔与康拉德等前辈作家也有很大的区别，他不是为了旅游而旅游，而是深沉地关注着这些国家的前途与命运，正因为他的关切特别深沉，他的悲观也更为深沉。他的创作在东西方世界都产生了广泛的影响，同时也引起了不少的争议，尤其是他有关印度的创作，常常受到印度文学批评界的非议，不过，即使是反对他的人也都承认他在小说创作方面具有伟大的才能。

奈保尔的祖上属于印度北方邦的婆罗门家庭，在英殖民统治时代，全家被遣送到拉丁美洲的特立尼达岛去从事带有契约性质的体力劳动，再也没有回到印度。在《一部自传的序言》(可参见《寻找中心》，1984 年)中，奈保尔讲述了特立尼达印度移民的故事。

1950 年，奈保尔获得英殖民政府的资助到英国牛津大学学习，这一年，奈保尔 18 岁，从此，他开始去实现他当一名作家的梦想，但这种梦想因他家庭经济的窘迫而变得苦涩不堪。为此他曾说道："一个人第一次来到牛津，不去逛书店，而只是谈论钱的问题：他只有那么一点钱，而他需要的又是那么多，你能想象这种情形吗？"贫穷交织着对失败的恐惧以及对成功地实现自我的期盼等等，使奈保尔深切地感受到自己的英国之行像是奥德修斯的漂流。但在写给父亲、姐姐和妹妹等人的书信中，奈保尔很少流露出他在英国的困苦和绝望，初到英国将近一个月的时间里，他没有给家人写一封信，他感到自己像是一个迷失的羔羊，后来在姐姐库姆拉的催促下给家里写信时，他总是说自己"深感幸福"，"英格兰真是令人愉快"等等，这种小小的"骗局"不仅仅是为了免却家人对他的挂念，也是源自于他内心的真实感受：在孤独和焦虑的背后隐藏着抱负和雄心。这也正是他在自传体小说《抵达之谜》(1987)中对他初到牛津时的痛苦体验所做出的直白而深刻的反思：这个世界怎样待你，你也怎样待它，"冷漠于物外，淡然地对待一切，大量地获取知识"。最重要的问题是"了解自己"并成就自我。在给父亲西泊萨德的信中，奈保尔说，他发现牛津使他意识到自己身上有"(英国)贵族的所有品质"，他有权力像别人一样富有。[①] 经过自己的奋斗，他后来也真的获得了让他引以为荣的英国皇家授予他的爵士封号。

他的早期作品《神秘的按摩师》(1957)、《埃尔维丽亚的选举权》(1958)和《米盖尔街》(1959)颇具幽默风格，以民间口语描写特立尼达的日常生活。《米盖尔街》实际上是奈保尔创作的第一部作品，早在1955年前后他就写完了这部作品，但它的出版却晚于《神秘的按摩师》等作品。

1961年出版的《毕司沃斯先生的房子》是奈保尔的成名作，也是奈保尔的代表作之一，已被公认为20世纪的经典作品。它讲述一个生活在特立尼达的印度婆罗门摩罕·毕司沃斯寻找独立和自我身份的悲喜剧故事。毕司沃斯渴望拥有一套自己的房子，小说围绕着他的这种心理情结展开故事，在尝试了广告招牌画家、记者等各种工作之后，毕司沃斯最后取得了成功。

小说中的毕司沃斯的原型是奈保尔的父亲，而小说中的阿南德，一定程度上，也是奈保尔自己的生活写照。毕司沃斯从不安分守己，试图摆脱各种束缚，想成为一个作家，他的性格和他的梦想对作家奈保尔有直接的影响。1990年，奈保尔出版的《父子之间》通过对他们父子之间通信的记录，再一次讲述了"毕司沃斯"的故事。现实生活中，奈保尔于1950年去到牛津之后，迫于生活的压力，而于1951年4月患上精神失

① 参阅本格吉·密什拉《纳波尔先生的家》一文，载2000年1月20日的《纽约书评》，此文主要介绍V. S. 奈保尔(V. S. Naipaul)的《父子之间：家书》(*Between Father and Son: Family letters*)。

常症，之后不久，他的父亲得了心脏病，家庭经济陷入窘境。但即使在这种窘境中，奈保尔的父亲西泊萨德也一直想着出版自己创作的小说，他对文学的痴情有胜于奈保尔，他想让奈保尔回到特立尼达，自己全力支持奈保尔或是奈保尔全力支持他去进行创作；他还让奈保尔多方联系，争取将他创作的小说在伦敦出版，但直至1953年去世，西泊萨德创作的小说最终也没有在英国出版。奈保尔在给母亲的信中说道："从某种意义上说，我过去总是把自己的生命看成是他（指父亲）的生命的延续，这种延续，我曾渴望着，也是一种圆满。现在依然如此，但现在我不得不抛却在爸爸的陪伴下成长的想法了。"[①]再者，西泊萨德极其崇拜印度英语作家阿·克·纳拉扬，认为印度人纳拉扬通过英语小说的创作而从印度走进了西方的文学殿堂，是一个成功的印度作家，在文学创作上，西泊萨德也是极力模仿纳拉扬；西泊萨德对纳拉扬的崇拜，一定程度上影响了奈保尔，奈保尔一生都对纳拉扬充满了敬畏之情，并反复阅读、研究过纳拉扬的小说创作，在"印度三部曲"《幽暗国度》、《受伤的文明》和《印度：百万叛变的今天》等有关印度的作品中，纳拉扬是奈保尔提及最多的印度作家。

较之《米盖尔街》等早期作品，《毕司沃斯先生的房子》的风格发生了很大的变化，这部作品虽说依然不乏幽默和喜剧色彩，但他的笔力却愈来愈深沉、悲观。奈保尔的父亲是一个喜剧性的人物，但他的故事本身却是悲剧性的，这直接影响了作家对毕司沃斯这一形象的塑造；另一方面，也是更重要的一面在于，通过毕司沃斯的故事，奈保尔更深刻地感受到的是殖民地生活的悲哀。毕司沃斯虽然最终建造了象征他的独立性和自由以及生活之根的房子，但这也仅仅是一种象征而已，所以，对小说中的阿南德也就是作家奈保尔来说，房子或家早已失去了意义。早在牛津读书期间，奈保尔就写信给家里说：他宁愿死去也不愿回到特立尼达了，并发誓要用他们的语言（英语）来打败他们。他深深地认识到，殖民主义早已把世界给打乱了，他再也不可能有自己心灵中安宁的家了。一方面，他认为殖民主义是不公正的，另一方面，他又认为特立尼达等前殖民地国家不仅落后，而且愚昧。因此，他对特立尼达的描写

① 参阅本格吉·密什拉在2000年1月20日的《纽约书评》上发表的《奈保尔先生的家》一文。

充满了讽刺甚至是挖苦或鄙视，特立尼达的独立就像毕司沃斯终于有了自己的房子一样，并不是真正的独立和自由。相反，毕司沃斯以及更早一点出现于《米盖尔街》中的爱德华等人物都认为特立尼达是虚假的存在。爱德华梦想着离开特立尼达、生活于美国，因为那里有宽敞明亮的家和世界上最漂亮的汽车；毕司沃斯阅读以英美国家为背景的小说，对原先的宗主国可谓心仪神往，为此他很是嫉妒他的连襟奥瓦德，因为奥瓦德在英国读过书，"朝圣"过真正的世界。

《效颦者》(1967)也是一部虚构性的自传体小说，它像《神秘的按摩师》和《毕斯沃斯的房子》一样，通过一个西印度人的生活经历而讲述殖民和后殖民时代的故事。小说中的拉尔夫·辛赫是一个中年的西印度商人和政治家，他以回忆的形式描述了自己在伊萨贝拉(英殖民地，隐含现实中的特立尼达)的经历和他在英国的流散生活。他认为伊莎贝拉是一个缺乏秩序的"过渡或临时性的社会"，并且最重要的是："我们缺乏权力，对此我们并不知道。我们错把言语和言语的欢呼当作权力。"[①]在伊萨贝拉，殖民解体之后，一切都变成了叫喊，面对他自己政治党派的夸张性的许愿，辛赫埋怨道："疯狂的人……许愿在十二个月内解除贫困……向农夫许愿甘蔗和可可会有高价钱……他们许愿；他们许愿……"[②]新独立的国家中出现的政治家在民族斗争中获得了权力，这使他们相信某种绝对性的变革思想，而不明白变革是一个渐进的过程，不可能一步完成。西方跨国公司像殖民解体前一样依然控制着加勒比岛国的经济命脉，殖民地与宗主国之间基本的经济结构并没有因为加勒比地区国家的独立而改变。

这种经济上的不独立导致了精神上对西方的依赖，奈保尔更多地从心理状态上分析前殖民地对第一世界的依赖性。如小说题目所显示的，他把模仿作为加勒比人依赖第一世界的主要原因。他们以为走工业化国家的道路，一切问题都会迎刃而解，但实际上，西方的道路对发展中的西印度群岛国家来说，并没有多少可资借鉴的经验。而殖民主义的历程又阻止了殖民地人民对他们的过去的了解，使他们无法回到过去，也无法想象自己未来的身份，因此产生了迷茫、自我身份的分裂、

---

① V. S. Naipaul, *The Mimic Men*, Penguin Books Ltd., 1980, p. 8.

② Ibid., pp. 198—199.

狂热和神话，等等。辛赫曾梦想在英国这片伟大的国土上寻求伟大的世界，但当他流散到英国时，他发现英国实际上也像伊莎贝拉一样在拒斥着他。如果说伊莎贝拉的一切像是一场船难的话，而在英国的流散生活则是更大的船难，他的梦想使他不可能再回到伊莎贝拉了，但英国又不是他的家，他已经别无选择，只能流散了：在丰富的记忆和无望的未来中，辛赫处于茫无目的的漂浮状态，他不再是一个"完整的人"，他的人格分裂成了碎片，在过去和现在、流散与家乡之间受着痛苦的折磨："我不再梦想理想化的自然风光或是寻求把我自己维系于美景之中，所有的风光最终都要变成泥土，金色的想象最终都会失落于现实之中。"[①]他不再有家乡的同时，也不再有社会了。这多多少少反映了奈保尔真实的心理处境，奈保尔说："对一个作家来说，生活在外国是一种完美，无论他走到哪里，总是外国。"他变成了一个永远的外国人，也就是真正的流散作家了。

本来，选择流散与被迫流散是并不相同的事，但在奈保尔的作品中，这种区别却不明显。辛赫原是因为政治观点和他的党派的失利而被伊莎贝拉即他的西印度群岛国家流放出境的，但是早在被驱逐之前，辛赫就存在着流散的心理倾向。对辛赫来说，流散是他的殖民遗传，不断的流散是他从殖民地走向宗主国也就是消弭殖民地和宗主国之间差异的过程。再者，对奈保尔早期小说中出现的人物来说，生活于特立尼达这样的殖民地边缘地带的经历本身就是一种流散式的生活，而他们心目中的家则被构筑于遥远的英国或美国的浪漫生活之中，因此，这种流散和家的感觉被赋予了基于不安宁的、浪漫心理的殖民剥夺与殖民幻想的形式。奈保尔早期作品的一个决定性因素是他的人物对远离特立尼达的"真实世界"的浪漫渴望。

由于战争、帝国的崩溃等等原因，20 世纪出现了大量的流散作家。英语文学中，贝克特和康拉德都不是英国人；类似地，美国文学中有庞德和艾略特，德语文学中有里尔克和格拉斯，拉美文学中有加西亚·马尔克斯、瓦尔迦斯·略萨、艾里克·沃尔龙德、克洛德·麦克基、沃尔森·哈里斯、德里克·瓦尔科特、V. S. 奈保尔等作家，他们都过着一种流散的

---

① V. S. Naipaul, *The Mimic Men*, Penguin Books Ltd., 1980, p. 10.

生活或是有流散生活的体验，流散生活为他们的创作提供了特殊的视角："外来者对新东西感到惊奇，对事物观察得更细，因为他是以一种新的方式来看待一切。这种观察方式也被称为 exotopy，[①]从外部观察内部人看不到的东西：'为了更好地理解外国文化，人们必须走进其中，忘记自己的文化，通过外国文化的眼光来观察世界……在文化领域，外在性（outsideness）是理解世界的一个极为重要的因素。只有通过另一种文化的眼光，外国文化才能更为充分、更为深刻地暴露它自己。'"[②]流散作家特殊的文化视角是从文化外部观察文化内部的人看不到的东西，打个比方来说就是，人不能用自己的眼睛看自己的眼睛，一定的社会文化和历史只能通过别的社会和历史才能理解自身。缺少了参照物，事物本身也就不存在了。

流散也可以说是一种旅行，只不过它是一种永远的旅行罢了。奈保尔喜欢的恰恰就是这种永远的旅行，这不仅是因为旅行使他感到自由，也是因为他想了解自己与他人，他的兴趣并不在于某种奇特的异国情调，而是为了考察、研究前殖民地国家，他不是为了旅行而旅行，而是深沉地关注着这些国家的前途与命运。

1960 年，奈保尔受到特立尼达政府的资助在加勒比地区考察并写作一部关于新独立国家的著作，结果，反映西印度群岛和南美国家的殖民和后殖民生活的《中间道路》于 1962 年出版了。奈保尔虽然生活在英国，但他却是来自殖民地的作家，并且是在帝国衰落之后来写殖民主义及其后遗症的。作为一个殖民地居民，他不仅谴责了殖民主义的虚伪性，而且更重要的是他毫不留情地抨击了殖民地自身滑稽的奴性模仿。比如，在《中间道路》（1962）中，他对加勒比地区黑人和印度人之间的种族冲突和对立的描写就颇能令人深思："黑人对那些非白人的一切……有着深深的敌视；他的价值是极端偏执的白人帝国主义价值。印度人歧视黑人，除了继承了白人对黑人的所有偏见之外，还因为黑人不是印度人……印度人和黑人都通过白人来表现他们如何瞧不起对

---

① 这是 Tzvetan Todorov 创造的词汇，借以表达巴赫金创造的指示"外部性"的俄语术语 Vnenakhodimost，其字面意思是"从外部发现自己"。

② Timothy F. Weiss, *On the Margins: The Art of Exile in V. S. Naipaul*, The University of Massachusetts Press, 1992, p. 12.

方，具有讽刺意味的是当白人对异族的歧视日渐衰微之时，印度人和黑人之间的歧视似乎在走向极端。”针对印度人，黑人形成了他们的种族主义；针对黑人，印度人从他们的自我主义中形成了印度人的种族主义。[①]

在60年代和70年代，奈保尔进行了广泛的旅行，考察了美洲、非洲、印度、伊朗、巴基斯坦、马来西亚、印度尼西亚国等地区和国家。《在信仰者中间》(1981)和《超越信仰》(1988)主要记录了他在非阿拉伯的伊斯兰国家的所见所闻和他的感受与沉思。

奈保尔数次深入印度，他将第一次游历记录于《幽暗国度》(1964)，第二次游历记录于《拥挤的禁闭营》(1972)中的“印度”一章中，第三次记录于《印度：受伤的文明》(1977)，1990年，他出版了有关印度的第四本书《印度：百万叛变的今天》。《幽暗国度》曾在印度引起巨大的轰动和广泛的争议，因为它揭露了印度当代社会的贫穷、偏见、迷信、落后、残忍、虚伪和道德败坏等黑暗面，但奈保尔并不认为他的创作是对印度的攻击和丑化，而是对他自己那段令人感伤的经历和体验的真实记录，以及他对印度社会现状和未来的沉思。

第一次回到印度时，奈保尔平生第一次发现在自己所置身的社会中，人人看上去都与他长得差不多，但在外表与品质方面，他与印度人的“差异”也是明显的：他的穿着打扮和言谈举止都是一副有教养的英国绅士的派头。他没有与印度融为一体，相反，他突出的感觉是印度以及他在印度看到的一切把他彻底给“粉碎”了，他再也不愿将自己等同于印度人了。他记忆中的印度本来就没有多少亮色，而更多的是一片黑暗，在印度真真切切的“旅行”之后，他心目中的印度在现实之中变得更加“黑暗”了，他无法摆脱“黑暗”的感觉，“黑暗”不仅是他观察的对象，而且变成了他“观察和思考印度的方式”。

在奈保尔的作品中，“黑暗地带”是经常出现的意象，殖民者来到东方，帝国建立了，又毁灭了，一个新的世界出现了，但它们与旧的东西又纠缠在一起。这种黑暗的意象主要与作家对前殖民地边缘社会的观察

---

① Robert M. Greenberg, “Anger and the Alchemy of Literary Method in V. S. Naipaul’s Political Fiction: The Case of *The Mimic Men*,” *Twentieth Century Literature*, Summer 2000.

与感受密切相关。他说："这是生活于偏僻地带的感觉，它生发于要被偏僻本身吞没掉的恐惧，是偏僻地带生活着的人们的恐惧，这种恐惧一直伴随着我。"

奈保尔作品中的黑暗意象承继于康拉德的创作，康拉德的作品比如《黑暗的心》也把殖民地非洲描写为黑暗的地带。在《康拉德的黑暗》一文[1]中，奈保尔认为他自己的背景有似于康拉德笔下的黑暗地带，这种黑暗地带意象的出现更多地表现了作家对人性的悲观感受，但与康拉德相比，奈保尔的作品更多地揭示了帝国主义对第三世界文化的破坏效应：不相信自我的文化，对传统文化产生了强烈的异化（陌生）感，同时对"自由"的西方文化也产生了深深的怀疑。在奈保尔看来，现今的世界上，道德价值崩溃了，他不相信殖民者，也不相信被殖民者，帝国时代的梦想早已破灭，而新独立的民族国家也没有什么光明的前途。

在对非洲的描写中，他笔下的黑暗地带的意象转换成了"灌木丛"意象，"灌木丛"一词的隐喻性意义不仅在于原始和落后，而且指代人在精神上的浑浑噩噩，象征着整个第三世界混乱无序的状态。奈保尔描写非洲的主要小说有《在一个自由的国家》(1971)、《河湾》(1979)、《游击队员》(1975)、《世界上的一条道路》(1994)、《半生》(2001)等。在这些作品中，奈保尔的创作涉及骚乱中的刚果、埃迪·阿明统治下的乌干达等等政治历史事件，西方殖民者由于游击队的抵抗而撤退出了非洲，但非洲的独裁者攫取政权后却变成了比殖民者更坏的暴君。由于奈保尔的这些作品都涉及重要的历史人物和历史事件，它们也被称为政治小说。

《河湾》讲一个名叫萨里姆的印度商人的故事，他在非洲东海岸度过了他的童年和青年时代，后决定到内陆去以改善他的生存环境，在内陆，他在一个被人遗忘的殖民地村庄即河湾建立起一家店铺。通过他的眼睛，读者看到了非洲这块黑色大陆从殖民地到独立国家所发生的变化：它从洪荒时代一直延续下来的习俗既是某种令人难解的神秘又是桀骜不驯的野性。奈保尔对"可怕的"非洲大陆有着浓厚的兴趣，他以幽默的语气演绎出一个个令人大笑但又令人毛骨悚然的故事，在令

---

① V. S. Naipaul, "Conrad's Darkness," in *The Return of Eva Peron*(《爱娃·庇隆的归来》), 1980.

人激荡的气氛或旋律中，读者既能感受到奈保尔的冷漠和残忍，又能感受到奈保尔的痛苦和愤怒。

美国作家保罗·塞鲁(Paul Theroux)曾是奈保尔的好友，1968年，他在非洲第一次见到奈保尔时，奈保尔给他留下深刻的印象："怀疑、不相信、在本能上对一切都不相信：我从来没有发现过这些品质会如此强烈地存在于一个人身上。"这种极其固执的独立性与他内心深处的孤独连为一体，造就了奈保尔极其独特的抗争性品性，正是这种品性使他对非洲大陆充满了深厚的兴趣，反过来他在非洲大陆的体验又进一步强化了他这种品性。①

奈保尔虽然生活在英国，但他的作品却执著地关注着第三世界，他四十多年来的创作反映的基本上都是非西方民族的生活，他对第三世界的文化和政治有着历久不衰的浓厚兴趣和深刻的洞察力。他的作品主要表现殖民主义和民族主义对第三世界民族建构的影响：混乱、落后、腐败为什么会像灌木丛一样四处横生？他难以相信非洲、印度、巴基斯坦和加勒比地区新独立的民族国家在经济和文化上的自治能力。政治上的怀疑主义和文学上的现实主义、后殖民主义的美学观决定了他对新生民族在政治、革命和前途方面的悲观看法。在与查尔斯·惠勒的谈话中，奈保尔说："我不得不承认……很多印度人的心态，那种埋藏很深的心态，可能也是我的心态——对于人类行为和人类生活的虚幻性我可能确有同感。"②

奈保尔的小说如《毕司沃斯先生的房子》、《河湾》等早已被公认为20世纪文学的经典之作了，奈保尔在艺术上取得了非凡的成就，深得批评界的青睐，但他的作品的市场效应总体来说并不理想，只有《抵达之谜》(1987)的出版给他带来了意外的惊喜，此书曾名列英国畅销书的榜首。他对此感到好奇，说读者喜欢的是快餐，而不是精工细作的佳肴。当然，这部杰作也是精雕细刻，奈保尔像人类学家一样考察、研究着伦敦和威尔特郡田园般的村庄，以看似随意的笔触，写出了殖民统治

① Robert M. Greenberg, "Anger and the Alchemy of Literary Method in V. S. Naipaul's Political Fiction: The Case of *The Mimic Men*," *Twentieth Century Literature*, Summer 2000.

② Charles Wheeler, "It's Every Man for Himself—V. S. Naipaul on India," In *Conversations with V. S. Naipaul*, ed., Feroza Jussawalla, 1997, pp. 39—44.

文化逝去的景象。英语读者之所以对这部作品有着特别的兴趣，其中一个方面的原因在于奈保尔写作这部小说之前已是一个大名鼎鼎的作家了，但他的作品多以第三世界为背景，当他将小说的背景转移到英国时，读者大多是好奇地想看看他对英国是如何描写以及他是如何认同英国的。奈保尔自然也没有使读者失望，他将一个作家的经历和感受与大英帝国以及整个欧洲文化的衰落融为一体，创造了一幅幅鲜活其外、冷漠其中的画面。小说题目中的“困惑”不仅是新来者即作家本人的困惑，也是英国及其文化本身的神秘：时间在流逝，昔日的英殖民帝国也在改变，平平淡淡中既有几分惨淡和荒凉，也有几分神秘和崇高，而奈保尔却依旧保持着他一贯的残酷风格，不时地以他讽刺的文笔演绎出一个个幽默的故事来。像以往的大多数作品一样，《抵达之谜》也是一部带有自传色彩的小说，它是一部关于作家自我的书，这个自我多多少少像是普鲁斯特或陀思妥耶夫斯基，他是一个作家，也是一个观察家，他不断地观察着英格兰。

在创作实践上，奈保尔将写实、考察和虚构结合在一起，一直不停地探索着小说的形式。长篇小说《世界上的一条道路》的副题是“A Sequence”（意谓“连续性的片断或插曲”），它意味着这部小说界于“历史”、“小说”和“自传”之间，强调了此书比小说、历史和自传所具有的更多的碎片、片断性质。[1] 它写的是相互分离而又有内在联系的一系列故事，结构上更为松散和开放，但这并非后现代式的东西，而更多地类似于 19 世纪的叙事性散文。当然，这种文类的出现也与后殖民主义美学思想密切相关，它深深扎根于后殖民作家的心理体验和从政治学的角度对流散生活所进行的细察，用奈保尔自己的话说是，小说作为一种形式不足以反映被殖民统治打乱了的世界，他打破小说和散文之间的界限表明的只是他对世界发展的看法。他的小说从历史人物到现实的虚构人物，故事是游移不定的，时间常常跨越几个世纪，从殖民时代的战争写到殖民统治的解体以及民族主义对第三世界的影响。他笔下的人物都是非线型的但又浓缩了历史。历史的相对性与叙事的开放结构有机地结合起来，很好地体现了后殖民主义的流散美学思想。

---

① Stephanies Jones, “The Politics and Poetics of Diaspora in V. S. Naipaul's *A Way in the World*,” in *Journal of Commonwealth Literature*, Spring, 2000.

流散理论家们试图打破传统的基于神话和地理因素的固定不变的文化“身份”(identity)说，而主张跨越时空的文化认同(identification)说，他们认为人的身份是在不断地变化并不断地形成新的自我。奈保尔的创作实际上是含沙射影式地摧毁着封闭的、线型的文化“身份”说，打破殖民文化与民族文化之间的界限，实现着开放的“文化认同”的流散政治理想。如此他就可以化解他失却了的民族身份的困惑和悲哀。

但是，奈保尔也拒绝后殖民主义和全球化理论中所谓的“世界主义”。他认为“世界公民”，是“绝望、失败以及通常意义上的无知”所导致的产物，是一个人“被抛弃出去、不能面对他的现在也不能面对他在世界上的地位”的反映。[①] 在英国社会和英语语境中，奈保尔试图寻找一个可以安身立命的角落。他不断在创作中结合自己复杂的文化背景塑造新的身份。他深刻的经历与复杂的人格构成本身就是一部写不完的小说。

附录：

拜见奈保尔

维·苏·奈保尔(V. S. Naipaul)是当今英国最有声望的作家之一，他于2001年10月获得了诺贝尔文学奖。2002年秋天，笔者在英国进行学术访问期间，有幸在伦敦奈保尔先生的住宅拜访了他。

奈保尔非常勤奋，他很珍惜自己的时间，不擅长也不喜好交际。起初我通过英国学术院的卡罗尔小姐与奈保尔先生联系时，他并没有答应我拜访他的请求。我很想见到奈保尔，他是我崇敬的作家，我近些年来一直对印度侨民文学很感兴趣，在他获得诺贝尔文学奖之前便阅读了他的一些作品；再者，在来英国进行学术访问前夕，中国社会科学院外国文学研究所拟议召开世界作家大会，奈保尔是特邀的作家之一，外文所的相关人士也托付我能够将有关材料亲自交给奈保尔，以示诚意。

---

① Robert M. Greenberg, "Anger and the Alchemy of Literary Method in V. S. Naipaul's Political Fiction: The Case of *The Mimic Men*," *Twentieth Century Literature*, Summer 2000.

经过反复考虑之后，我给奈保尔写了一封信，委托卡罗尔小姐转递。很快，卡罗尔小姐高兴地通知我，奈保尔先生同意了。

在人们的印象中，奈保尔似乎有些“冷酷”，他的作品也以深刻的思想、冷峻的讽刺和残酷的幽默而见长。但那天见到奈保尔时，他的无拘无束与热情给我以“如归”的感觉，我有点忘乎所以，在他阅读有关“世界作家大会”的材料并询问了相关的问题后，我与他从印度到中国畅谈起来，不知不觉间，已过了一个多小时。直到他的夫人说时间到了（奈保尔先生约好还有别的事件）时，我才知道我是多么愚蠢地浪费了宝贵的时间。准备好的“学术”问题还没有来得及向他提出来，我恳请奈保尔再给我半个小时的时间，看着我焦急的样子，奈保尔很爽快地答应了，只是他的夫人有点不太乐意。

回答问题时的奈保尔与聊天时的奈保尔判若两人。我的第一个问题提出来后，他表情严肃认真，显然，他对我提的问题还是有兴趣的。在接下来的问答中，有时他会稍微思考一下，有时则像老人对待小孩子一样细心地问我听懂了没有，说到幽默处，则又会像一个老小孩一样开心地大笑，他的思维极其敏捷，令我大开眼界。但由于我的英语不是太好，又没有采访经验，总害怕半个小时的时间很快就会到的，常常是迫不及待地提出了下一个问题，倒是他不时提醒我不要着急。无奈的是他的夫人有点儿着急，半个小时过去后，他的夫人又提醒了他。他解答完我的问题后，我提出合影留念的想法，他说不用着急，想照多少都可以，还让他的夫人和孩子帮着照合影，并询问我需要什么姿势，他会很配合地做出来，比如读报、看书或是别的。

临走时，我们约好当“世界作家大会”召开时，我在北京再好好陪他游山玩水或是逛北京城，他对开会不感兴趣，感兴趣的是到中国转悠一下，但遗憾的是，拟议中的“世界作家大会”因为种种原因，并没有如期召开。我心中留下的是永久的记忆和永久的遗憾。

下面便是我提出的问题和他的解答。

石：你是一位旅行作家，但你说过，只是在离开某地之后，你才能对某地进行创作——在你和你的经历之间获得一定的距离感是你进行创作的前提，你可否对你所说的距离多做一点解释，这是地理上、感情上的距离，还是审美意义上的距离呢？

奈保尔（以下简称"奈"）：是美学意义上的。这是一个非常好、非常好的问题，石先生。我想，只有对你经历过的东西有了距离之后，你才能看得清楚。你需要距离。如果让我对印度当代文学做出批评的话，我认为它们缺乏的正是距离感。对自己的经历越是能够保持超然的距离，创作出来的东西才会越好。这是一种伟大的距离。正是因为有了这种距离，你才能够对你所经历过的一切有更为深入的理解，你才能对你的经历进行不仅是地理、历史意义上的，而且是记忆、感情、美学上的沉淀和升华。不然的话，以你有限的视域要给出某种宽广的展望，那么，你的创作便只能是描绘性的。对于印度当代作家来说，这是一个很重要的问题，我认为他们并没有理解距离问题。

石：在《抵达之谜》中，你说："常人与作家原本是同一个人，但这是作家的伟大发现，认识到这一点，要花去多少时间——进行多少创作！"这话意味深长，你可以告诉我，你是怎样使常人与作家在你的身上合为一体的？

奈：正是因为伟大的距离，我开始认识到该怎样去创作。刚开始时，你知道，那时的我只是用第三人称进行叙事，作家自我是不露面的。只是在经历了很多的创作之后，距离，这个很重要的东西，使常人和作家在我身上结合起来了。这是一个与前一个问题相似的重要话题，距离、距离、再距离。

石：根据你的看法，你以父亲为原型而创作的《毕司沃斯先生的房子》在你的创作中是一个"伟大的桥梁"："开始创作这部著作的人与写完这部著作的人是很不相同的。"是不是可以说，正是通过这部作品的创作，常人与作家在你的身上合为了一体？

奈：我那话的意思是说，每一部作品都会使作家发生变化——我创作的每一部作品都使我发生变化，每一部作品的创作经历都在不断地充实着我的智慧。你知道，我年轻时代刚开始创作时，并不是所有的东西都已存放在我的脑子里了。

石：我想说的是，正如你在《家书：父子之间》中所说的那样，你常把自己的生命看作是你父亲生命的延续，你越是了解自己，就越是了解你的父亲。尽管你的父亲在1953年就去世了，但他像在世时那样帮助你完成了一个常人到作家的转变过程。所以,《毕司沃斯先生的房子》不仅是关于你父亲的故事,而且也是你作为一个作家的自我创造的故事,是这样吗?

奈:可能是这样。这是一个不错的观点,很好的观点。

石:《毕司沃斯先生的房子》是一部与西方现代、后现代小说颇为不同的小说,它使评论家想起19世纪的西方文学。你对19世纪的散文家如理查特·杰佛里斯、查尔斯·兰姆和威廉·柯拜特还是挺欣赏的,你说杰佛里斯是以散文写作为乔装的小说家。你可以解释一下《毕司沃斯先生的房子》与西方19世纪文学之间的关系吗?

奈:你知道吗?作家并不那样想。作家创作有各种复杂的原因,有艺术的、美学的。从世纪的角度来分析作品是批评家的事,作家并不去想这个问题。我并不去评判自己的作品,我并不那样想。

石:自詹姆斯·乔伊斯发表《为芬灵根守灵》以来,不少作家热衷于文学实验,有些评论家也喜欢谈论"小说之死"。你对此有什么看法?

奈:"小说之死"?对我们来说,最好还是这样来看待问题:重要的文学形式总是在不断地发生着变化,会有新的形式出现,会有新的东西占据主导地位。19世纪的欧洲对于小说的发展具有特别重要的价值和意义,我认为,自此之后欧洲人可能觉得没有什么东西可写了。但对世界上的其他地方而言,19世纪很少具备这样的意义,比如亚洲,就没有类似于欧洲19世纪的文学,它们需要自己的19世纪文学。

石:你在一次访谈中曾说:"乔伊斯要变成瞎子了,我看不懂一个瞎子作家的作品。"这话是不是意味着你不喜欢大多数西方现代、后现代小说?

奈:我不这样想,我的思维有不少学术性的,我并不从表象、从文学发展上去看问题。但我对乔伊斯确实没兴趣,从他的作品中确实找不到兴趣。我是典型的对现实世界、对社会感兴趣的这么一种人,我的兴趣不在……哼,我不像"瞎子"那样去感觉世界。(笑)

石:你曾说:"创作越自然越好,语言应该明白流畅。"你讨厌风格、风格家和象征主义等,你可以解释一下你所谓的风格,那种令你讨厌的风格吗?

奈:"风格"是一个很广义的词。有些人将风格看成是与内容相分离的东西，他们只在风格上下功夫。但是在我看来，风格并不只是语言问题，风格就是思想。

石：每个作家都有自己的读者，你心目中有自己的读者吗？

奈：没有。

石：那么这是否意味着，正如有些评论家所说的那样，你是一个无根的作家？

奈：可能如此，但我不这样想。

石：那在你看来，你的文化之根在哪里呢？是西方文化还是印度文化？

奈：你不能对世界作这样简单的划分。我们可以由多种文化成分构成，我们并不停留于单一的文化，这并不像是你的身份护照，你只能选择一种，你可以有多种选择。我是由多种复杂的文化构成的。

石：所以说你是一个文化上的环球旅行家。

奈：是，是，环球旅行。

石：下面这个问题比较尖刻，我只是把它提出来。在《抵达之谜》中，你曾说："过去对我——作为殖民地居民和作为作家——来说，充满了耻辱，然而作为一个作家，我练就了自己面对耻辱的能力。"在有些评论家，比如爱德华·萨义德看来，你对第三世界实际上根本就没有兴趣，你的兴趣只在于西方的知识分子，你……

奈：我不知道这个人，我想他不了解我的作品，他说这话是很蠢的。他在哪儿生活？他是干什么的？

石：他生活在美国，是个很重要的……

奈：这种废物怎么能在那里说出这种废话来！

石：有时，文学批评是很荒唐的。但不管怎么说，大多数文学批评家对你的创作都给予了很高的评价。后殖民文学批评中讨论较多的"效颦"、"文化认同"、"秩序"、"中心"等问题多与你的创作相关；霍米·巴巴在讨论"效颦"问题时就引用了你的小说《效颦者》中的一段话，你能谈谈"效颦"一词在你的作品中的含义吗？

奈：当然。我用"效颦"一词时，指的不仅是效颦，更多的是指那种模拟状态的人，他们不是真正的人，是假人，是模仿者。打个比方说，有些批评家，他们不是西方人但生活在西方，他们把自己模拟成学者，他们不是真正的学者，他们是假学者，是效颦者。

石：根据你的看法，我们生活在一个破碎了的世界，一切都崩溃了，只不过是历史还在延续着，这是一个没有道德只有金钱的世界。有一种说法是，伴随着军事征服的殖民时代已经过去了，我们现在生活在一个商人的时代，经过漫长的时期，人类将进入哲学的时代。你同意这种看法吗？

奈：不，不，但这太需要了，太需要了。

石：有人认为你是一个失望的理想主义者，依然相信人类有将世界变好的可能性。

奈：我不阅读这些。我写了什么就是什么，我心中并不想知道我是什么类型的作家，我从不对自己进行批评。

石：你能解释一下你的印度教观吗？

奈：可以。我不是一个盲信者。我没有狂热的宗教信仰。我认为世界是动荡不安的，总是处于不断的变化当中。我没有天堂的观念，也没有上帝的观念。

石：你对中国有何看法？比如说你心目中的中国是什么样的？

奈：我从未去过中国，对中国知道得很少。之所以没去中国，主要是因为语言，我不懂汉语，对中国不了解，但我对你的到来很感兴趣。

石：非常感谢。

二　评奈保尔对纳拉扬小说的评说

阿·克·纳拉扬（1906—2001）是著名的印度英语小说家。印度英语文学因为萨尔曼·拉什迪、维·斯·奈保尔等移民作家在西方的走红而受到了关注，因此，纳拉扬也常常被纳入后殖民文化批评的视野之中。

拉什迪等印度流亡作家大多是在20世纪三四十年代出生于印度并在五六十年代移居西方，到了80年代初，他们在创作上的模仿性、双重性、无根（失重）性、混杂性、戏谑性正好迎合了西方后结构主义话语批评的趣味，由此逐步形成了主要是由印度裔学者所倡导的后殖民文化批评的一套话语。后殖民文化指涉的主要就是这些流散作家（如奈保尔、拉什迪、穆克吉等）和流散批评家（如斯皮瓦克、霍米·巴巴等）的创作和批评。20世纪末，随着全球化呼声的高涨，他们在创作上的跨国家、跨民族的"世界主义"特质正好使他们积极地参与了当前世界化的跨国信息交流过程之中,因此他们在西方世界受到了较为普遍的关注。印度英语文学创作作为印度文化和英国文化的混血儿,似乎是在大英帝国在印度结束其统治五十余年之后才终于呱呱落地,真是生逢其时——这时代正是学者们热衷于谈论后殖民文化杂交的时代。

当然,印度英语文学并不是在80年代才产生,将时间追溯到1935年,也就是奈保尔刚刚出生不久,印度作家纳拉扬就用英语创作了他的第一部小说《斯瓦米和他的朋友们》,从此,他一直用英语进行着文学创作。奈保尔曾说:"四五十年之前,当印度作家不太受到人们的重视时,作家纳拉扬对我们这些想搞创作的人来说,既是安慰,又是榜样。纳拉扬用英语创作来反映印度的生活,他的英语富于个性,明白易懂,没有什么奇异感。"①

但是长大成人之后的奈保尔却远离了纳拉扬,不仅是奈保尔,几乎是整个年轻一代的印度英语作家,都远离了纳拉扬。自拉什迪于1981年出版了小说《午夜的孩子》以来,印度英语小说的创作似乎进入了后殖民时代,他们紧紧追随的是西方的潮流,而纳拉扬的创作则自始至终都是土生土长。但"土生土长"与稍有点"崇洋媚外"之间也并非一刀两断,奈保尔就颇为崇敬纳拉扬,他对纳拉扬的创作有着不同一般的认识,分析一下他对纳拉扬创作的看法,一方面可以为我们理解纳拉扬提供一个后殖民文化批评方面的参照,另一方面也可以使我们反思奈保尔、拉什迪等后殖民作家的创作及其批评。

1. 对"黑暗"的不同感受

在奈保尔看来,印度和英国的相遇是一种流产的行为,它使印度在双重的迷茫中不知所措。一方面,新的自我意识使印度人不再可能后退,另一方面,对印度性的珍惜又使印度人很难向前行走。我们可能会发现印度自莫卧儿王朝以来好像是没有发生什么变化,但实际上它发生了深刻的变化;我们也可能发现令人深信不疑的对西方进行模仿的

---

① V. S. Naipaul, "The Writer and India," *New York Review of Books*, March 4, 1999.

印度，直到有时我们会感到困惑或是焦虑不安地认识到完全的交流是不可能的。否定和肯定两种原则在此是互为消长、互为平衡的。印度的力量主要来自她忍受苦难的能力，来自否定性的原则以及她那无以考察的、非时间性的、非历史性的静止中的延续感。这种原则一旦消解，印度也就失去了它的特点。正是从这种否定性原则出发，纳拉扬通过小说的创作而魔术般地将印度文明在近现代的失败转变了性质，他好像是永远在沿着印度小说的无目的性的道路在行走——对小说的目的和价值有深刻的怀疑，但他又以幽默感和对一切都全盘接受的生活态度化解了自己的迷惘，他是那种不去进行自我评判和自我审视的老印度人，太多的令人困惑的东西都被他略掉了。①

奈保尔是一个典型的流散作家，在他的心理中，印度，正如他在《黑暗地带》所说的那样，"从来都不是一个有形的世界，因而也从来都不是真实的世界，它是远离特立尼达的、存在于虚空……悬挂在时间之中的国家。"②同样道理，我们也可以说，西方对纳拉扬来说也从来都不是一个有形的世界，因此他不会像奈保尔那样去思考印度和英国的相遇是不是一种流产的行为，他观察并加以思考的更多是他周围的人及其生活，他创作的立足点是实实在在的印度。有此立足点的差异存在，也就导致了奈保尔与纳拉扬在创作的思维方式和审美心理上的不同。奈保尔以西方文化的新眼光来看待印度文化时，他沉痛地发现印度是一个"黑暗地带"，他对印度文化感到的不仅是困惑和不安，而且是失望和幻灭，因此他笔下记录的多是印度丑陋与混乱的生活画面。而"对社会生活有着深刻洞察力的"（奈保尔语）纳拉扬却并不像奈保尔所认为的那样是一个缺乏自我评判和自我审视的老印度人，他更多地是以自己的感触对印度文化进行了他自己的再发现。

我们不妨从两位作家对黑暗中灯光的感受和描写中品味其中的差异。

奈保尔如此描写他记忆中"黑暗"的印度："对童年时代的我来说，记载着很多的人与事的印度没有什么特色。我想见（英殖民者对印度

---

① V. S. Naipaul, *An Area of Darkness*, London: Andre Deutsch Limited, 1964, pp. 227—228.

② Ibid., p. 26.

的)权力移交发生在黑夜之中,夜色一直延伸到整个的国土,就像傍晚时分围绕着茅屋的夜色,尽管在小屋周围还有一点亮色。这点亮色就是我在时间和空间中所感觉到的地带。即使是现在,尽管时间已经扩展开来,空间也已凝聚起来了,我在对我来说是一片黑暗的地带清清楚楚地旅行过了,但某种黑暗的东西仍然停留在我的脑海之中……"①

在奈保尔的心目中,印度显然就是苦难的化身。他的祖父本来生活在印度这块古老的土地上,但后来被殖民生活所迫而离开了印度,来到了加勒比地区的特立尼达岛国。虽然离开了家乡,但他的祖父的心灵却一直停留在印度,因此,当他建造自己的家时,他会忽略他在特立尼达所看到的殖民地风格而按印度北方邦村镇中的屋子建造那种厚重的平顶房。没有什么东西迫使他不再是他自己,他是带着他的村庄出去的。他会在一片新土地上,在中部特立尼达,令人满意地再建一个北方邦式的村庄,就像在印度那片广阔的土地上一样。童年时代的奈保尔的生活深深浸染上从祖辈到父辈一直延续下来的传统印度教家庭的生活气息。但就像年轻一代作家远离了纳拉扬的情形一样,奈保尔也无法忍受祖祖辈辈传下来的印度教式的生活。留学牛津之后,他再也不可能回到特立尼达那个充满印度教生活气息的家庭中来了,印度作为他更为遥远的文化之乡也就在虚空式的存在中永远被悬挂起来了。

本来,人们在时间的流逝中存留于脑海的大多是一些美好的、带有一点亮色的记忆,而一些阴暗的东西则会在记忆中慢慢地淡化下来,但在奈保尔对印度的记忆中,情形则正好相反,浓重的黑暗不时地吞食着他那脆弱的一点亮色。正因为他脑海中的印度是阴暗的,所以他在《黑暗地带》中所发现的印度也丑陋不堪:"印度人在铁路、海岸、山坡、河边、大街等各个地方大小便……从宗教角度说,如果印度教徒、穆斯林农民使用一个封闭的厕所的话,他们就会得幽闭症。北方邦某所大学里一个漂亮的、身着尼赫鲁服装的穆斯林学生对此有另一种解释:印度人是一个诗意的民族,他们总是寻求开阔地带,因为他是一个诗人,一个自然的热爱者,这是乌尔语诗歌所表现的内容:没有什么比黎明时分

---

① V. S. Naipaul, *An Area of Darkness*, London: Andre Deutsch Limited, 1964, p. 32.

蹲在河岸更有诗意了。”[1]虽说这种讽刺的笔调不乏幽默，但比之于纳拉扬的幽默风格，明眼人不难看出其中恶作剧式的心态和用意。

同样是面对苦难，纳拉扬对“黑暗”却有着与奈保尔截然不同的感受。在创作《英语教师》之前(1945)，纳拉扬经历了他一生中最大的苦难：爱妻不幸早逝，但是极度的磨难却使他在《我的生活》中最终认识到：“我们常人的目光停留在受到时间限制的感官之中，就像某一地点有火把在闪耀，而其余的地方则处于黑暗之中的情形一样。如果一个人能够对自我和他人有一种整体观，那么他就能够通过人从小到老以及生生死死的进化和发展而看到一种全面的境界。”[2]

无意之中，纳拉扬这段话好像正好是说给奈保尔这样的后来者似的，奈保尔在创作中也深深地触及到自我与他人的问题，但他一直在努力的却是融入西方主流社会，他笔下的人物也有类似的心理倾向：他们认为殖民主义是不公正的，但又不愿把自己归为殖民主义的“受害者”，而是渴望着加入到殖民主义的队伍之中，为西方文化的发展做出自己的贡献，并以西方文化来批判性地引导印度文化的发展。这其中缺乏的，恰恰是纳拉扬所说的某种发展的整体观，因此，在奈保尔的笔下，印度变成了一片黑暗的地带。而纳拉扬却通过一具火把的灯光而驱散了心灵中全部的黑暗，摆脱了外在感官的束缚而进入了内在心灵的明亮世界，这样，跳出时间的限制也就超越了生死，进入了全面的境界也就摆脱了无尽的苦难。妻子的去世给他的心灵留下了永久的印记，使他的创作发生了根本性的转折。他以常人不可理解的平静心态对待生活，他的人格也就是他的创作风格至此终得以丰满成型：客观冷静中不乏幽默与情趣。

2. 对“家国”的不同感受

奈保尔曾说，纳拉扬小说写的都是印度现实生活中的“小人物”和

---

① V. S. Naipaul, *An Area of Darkness*, London: Andre Deutsch Limited, 1964, p. 74.

② 转引自 Patrick Swinden, “Hindu Mythology in R. K. Narayan's *The Guide*,” in *Journal of Commonwealth Literature*, 2000, No. 3.

"小事件",而对印度的苦难和不安却没有什么反映。[1] 不管纳拉扬是否沉思过印度这个苦难国家的命运,但他在对小人物和小事件的逼真描写中也寄托了他从青年时代就一直存在的梦想:对各种事情都会转好的自信,因为事情的发展都应该如此。这与深受战争之苦的欧洲所弥漫的阴郁情调以及奈保尔对印度这个"受伤的文明"的忧郁、失望情绪正好形成对比。正是他根深蒂固的乐观主义使他能够从容平静地对待日常生活,并在对下层人物的细致观察中提炼出日常生活的真谛。比如,在小说《沙姆帕特先生》中,主人公希里尼瓦斯从《旗帜》杂志焦躁不安的工作中退还到下层世界时,他对赶车人所产生的感觉就像印度给人留下的永恒的记忆一样,假如纳拉扬的心灵中没有一束不灭的烛光的话,他就无法写出印度下层人物生活中的这种诗意来:

> 马车散发出古老的香味,那是青草的气味——将青草铺在车上,用黄麻布袋盖好,供乘客坐卧。马车和青草的气味使他的思绪回到他在塔拉布尔度过的童年时代……那个名叫穆尼的赶车人皮肤粗糙,很像眼前这个正在赶车的人。那好像是很久以前——几个世纪以前——的事件了,然而它又好像是同一个人,他的年龄好像是停止在某个特定的阶段。不知什么原因,看到这个皮肤粗糙、多毛发的赶车人给他一种感觉:生活的持久性与稳定性的感觉——就像是看到榕树或岩石而生发出的那种感觉一样……

在《英语教师》中,母亲的形象也在敏感的主人公心目中产生了类似的感觉:年老的母亲象征着生活的安宁与稳定。这种描写显然不同于奈保尔心目中悬挂在时间之中枯萎了的印度,它是鲜活生动的形象,是印度几千年来无所不在的传统。这种传统与纳拉扬这样的"老印度人"密不可分,而一般人尤其是外国人对此并不会有那么深的感受,无怪乎奈保尔说:"纳拉扬小说中的印度不是旅行者所看到的印度。他讲的是印度的真理。"[2]

1961 年,奈保尔在伦敦遇见纳拉扬,纳拉扬说,无论发生了什么事

---

① V. S. Naipaul, "Hindu Withdraw," in *Indian: A Wounded Civilization*, London: Andre Deutsch, 1997.

② V. S. Naipaul, *An Area of Darkness*, London: Andre Deutsch Limited, 1964, p. 227.

情，印度都将前行。这句话给奈保尔留下了深刻的印象，以至于他在《印度：受伤的文明》、《黑暗地带》、《作家和印度》等多部著作中反复引用纳拉扬这句话。纳拉扬这句话以及说话时无须强调的语气使他感到惊奇和有趣：印度独立 14 年之后，国家正面临着难以摆脱的困境，但纳拉扬却像他在早期小说中所表现的那样，依然对印度充满了自信。说完这句话之后，纳拉扬对奈保尔说，他得回去了，去散步(打着一把太阳伞)，与他的人物走在一起。奈保尔在《黑暗地带》中还从这次会面谈到纳拉扬的创作，说："他的创作反映印度南部一个小城中生活的人们：平常人物的平常事情，50 年来，他的创作一贯如此。一定程度上可以说，这也正是纳拉扬自己的生活。他从来没有游离于他的生活。"①

而奈保尔却是要永远地游离于印度的生活，他再不会像纳拉扬那样回家了，因为他主动选择了流亡，印度对他来说也就不再会有"家"的感觉了。他把西方想象成了自己的家园，但这种"想象的家也不是真正意义上的英国而是英国的建构，是一种典型的、对宗主国中心世界的迷狂，是某种理想化、现代化的第一世界。英国在此变成了一种神话，根据这种神话，宗主国变成了家，是世界的神圣中心"②。

但是，像奈保尔这样的作家，由于文化处境的特殊，他们在西方又难免有某种文化上的失落感，这使他们不时带着某种冲动来回顾过去的印度或是到印度再看一看，但他们心灵上与印度的疏远又意味着他们不可能再像纳拉扬那样深入到那个业已失落的世界之中了。因此他们创作所反映的并不是真实的城市或乡村，而是他们脑海里变形了的印度，是关于印度的破碎的记忆。

3. 文学的政治性与非政治性

与纳拉扬笔下鲜活生动的印度相比，差异不仅在于奈保尔、拉什迪笔下的印度只是一种破碎的记忆，而且在于奈保尔、拉什迪把文学描写

---

① V. S. Naipaul, *An Area of Darkness*, London: Andre Deutsch Limited, 1964, p. 228.

② Timothy F. Weiss, *On the Margins: The Art of Exile in V. S. Naipaul*, The University of Massachusetts Press, 1992, p. 88.

本身变成了一种政治行动,他们要通过对印度进行碎片式的再描述以便按照自己的意志来“解构”印度;而“解构”的目的却在于迎合西方后现代主义文学的趣味。这样,他们创作的真实性和艺术性首先是建立在政治化的基础之上。将文学政治化是后殖民主义文化批评的一个典型特征。正是从这种政治化的角度出发,奈保尔对纳拉扬的创作倾向感到不可思议:他从来都不是一个“政治性的”作家,他最初发表小说时,印度还是英国的殖民地,但在他的文学世界里,却感觉不到英国人的存在,英国的殖民统治在他所有的小说中似乎没有留下任何痕迹。太多的令人困惑的东西被他忽略了,他认为理所当然的东西也太多了。“一代代王朝兴起又衰落,一个个宫殿出现又隐没。全部国土沦落于入侵者枪炮与刀剑之下,但当沙拉玉河(印度的一条河流)泛滥时,一切又都被冲刷干净。它总是会再生并发展的。”奈保尔引用纳拉扬在小说《沙姆帕特先生》中的这段话来表明纳拉扬的创作思想,并进一步阐释道:“……刀枪好像是抽象的东西。没有什么真正的苦难,再生基本上是一种魔幻般的力量。”①

奈保尔对纳拉扬小说的看法对西方的相关批评产生了直接的影响。比如,艾勒克·博埃默在《殖民与后殖民文学》中对纳拉扬的评价就直接继承了奈保尔的衣钵:纳拉扬的创作“强调的是印度小城镇生活的延续性和和谐。他对殖民问题的处理主要是回避……所用手法极其简单,那就是无视英国人的存在。纳拉扬最初发表小说时,英国人还在台上,然而在他的小说里,他们却处于边缘的位置……纳拉扬 30 年代和 40 年代写小说的时候,正是国内民族主义运动极其活跃的时期,但他的小说却描写了一个在很大程度上独立于殖民主义势力的世界。贯穿于他的全部作品的一个重要结构原则就是,要尽量地挽回一种有时与国大党运动有关、具有印度特色的生活方式”②。

但是,纳拉扬的小说确实反映了一种平静随意的生活,小说中一页一页的片断性故事就像生活中不断展现的一幕幕场景一样,它似乎是

---

① V. S. Naipaul, “The Writer and India”, *New York Review of Books*, March 4, 1999.

② 艾勒克·博埃默:《殖民与后殖民文学》,盛宁、韩敏中译,辽宁教育出版社,1998,第200—201页。

没有开始，也没有结束，自然也就没有什么高潮的到来。表面上，纳拉扬似乎是在怀念传统的印度生活方式，但在殖民和后殖民时代的现实中不可能再回到前殖民文化的背景之中，实际上，纳拉扬的创作也并非为了重建印度传统的价值观，他只是生动地反映了印度的当代生活，他创作的灵感更多来自于好奇心以及对人和周围环境的兴趣。这是他的创作策略，其中也隐藏着他的创作思想，这种思想在他创作《沙姆帕特先生》时就已经孕育成熟了，这就是人类力量关系中的平衡观或说是和谐观：如果一个人能够全面地考察人性，那么他就能对世界做出正确的看法：世界没有绝对的错误，也没有绝对的正确，世界只是对与错的不断平衡罢了。正是基于这种和谐的生活观，他才能稳定扎实地生活于印度这个贫穷的国度并从中发现无尽的诗意。

纳拉扬通过他的小说创作而虚构出一个南方小城马尔古蒂，并将它视为印度传统社会的象征。马尔古蒂的秩序本来是不变的，但是它的平静常常被外来的因素所扰乱，这些外来的因素主要体现为旅游者、商人等所代表的现代生活方式。这样，传统与现代、平静与喧闹之间便碰撞出许多故事来。但是在纳拉扬的信念中，代表传统与宁静的马尔古蒂总是胜利者，外来的不安因素最后总是自我消亡了。因为原初的秩序是不可更改的，变化只是一种假象或幻觉。纳拉扬在他的小说创作中遵循的实际上是印度传统的神话信仰：原初的世界是秩序井然的，但魔鬼不断地扰乱众神的世界；而且魔鬼的力量如此强大，以致众神也无可奈何。可以说，每一个魔鬼在世界上的出现都带着某种不可摧毁的性质；但每一个魔鬼又都不知他在诞生的时刻就已埋下了毁灭的种子。这样，魔鬼总是在某个难以预料的时刻而自我毁灭了，于是宇宙的秩序又得以恢复。这是一个循环往复的过程：从秩序到秩序的被打乱，然后是秩序的恢复。

纳拉扬的这种信念反映出了“老印度人”的某种天性，他们把令人目眩的现代世界看成是真实世界的幻象，不仅英国在印度的殖民统治在纳拉扬的小说创作中见不到踪影，而且印度三四十年代轰轰烈烈的民族主义运动与纳拉扬早期的小说创作也无多少关涉；再者，随着印度的独立而出现的印巴分治以及印度独立后的五年计划、教派纷争等历史事件与现实问题，似乎也不触及纳拉扬笔下的马尔古蒂镇，洪水、灾荒、疾病等自然灾荒在纳拉扬的笔下也显得轻描淡写。所有的事件与行动在纳拉扬幽默与机智相结合的小说叙事模式中均变成了幻象。一定程度上也可以说，纳拉扬的小说是现代印度的神话和寓言。

但是，纳拉扬的小说不像印度传统神话那样散漫无序，在叙事方式上，他也不像另一位著名的印度英语小说家拉迦·拉奥那样采取印度老祖母式的喋喋不休的讲故事的形式，他的小说如《向导》等作品很讲究人物叙事方式的现代化，结构上显得非常严谨。他也不像一般小说家那样以爱情或是艳情取胜，他甚至是有意回避了这方面的内容。语言方面，他从不夸饰，也不故弄玄虚地以印度的语言词汇夹杂于英语文学的创作之中，他的语言总是标准且明白易懂的。风格方面，他的讽刺笔调既谈不上善意也谈不上恶意，而是充满了幽默与情趣。比如，在《金融专家》(1952)中，小说的主人公，也就是所谓的"金融专家"马尔迦耶，在寺庙里听到一个父亲在教训自己的孩子：不要在神面前啃指甲！马尔迦耶因此想了很多，若是自己的儿子在寺庙里啃指甲，情形会如何？他应该执著于他所喜欢做的事情，不仅啃自己的指甲，啃别人的指甲也无妨，伟大的"金融专家"自傲地想象着按自己的形象来塑造自己儿子的性格：自我中心主义者。纳拉扬的小说正是以这样的喜剧形式写下了富于宗教色彩的寓言：利欲熏心导致的必然结果不仅是精神的匮乏，而且是精神的扭曲和变形。印度人喜爱夸夸其谈，常常会说些不着边际的大话，通过马尔迦耶的心理话语，纳拉扬把印度人这种爱吹大话——用奈保尔的话说是喜欢"big talks"——的毛病毕现无遗。

4. 纳拉扬的小说风格

从所继承的传统上看，纳拉扬的讽刺似乎是借自于西方文学，但是他的讽刺又融合进了印度的某些难以言明的东西，这可能和纳拉扬对一切都采取漠然的处世态度有关——讽刺也是一种漠然的讽刺。"在后殖民社会的混合现实中不可能再返回到理想化的、纯洁的前殖民文化背景之中，纳拉扬的创作反映了这一问题，他的创作或被认为是极为传统的，或被认为是融合了英语文学传统的讽刺观。这两种阅读观都建立在虚假的二分法之上。后殖民文体常常是混合杂交的形成物，把它们读作纯粹传统价值的重建或是外来文化入侵所造成的结果都是不足取的。”①从本质上看，讽刺和印度的文学传统并不相融，纳拉扬是如何解决这一矛盾的呢？他采用的方式非常简单，这就是将矛盾非表面化，换言之，他以漠视的态度淡化或说是抛开了这一矛盾，他并不去深思这一问题，而是平静随意地拿来为我所用，也可以说是印度现当代社会光怪陆离的现实中自然而然地孕育了纳拉扬的创作风格。我们以《向导》为例对此风格稍加分析。

《向导》写的是一个假圣人的故事，但其中的真真假假颇有《红楼梦》式的“假作真来真亦假，无为有处有还无”的梦幻般的色彩。小说开篇，刚从监狱里出来的拉纠因为没地方可去，便暂时住在一个破落的庙宇里。农民瓦楞来到庙里，他失神而敬畏地凝视着拉纠，拉纠对此感到好奇与不安，就说：你愿意的话，请坐。瓦楞在拉纠盘腿坐着的地方下面两个台阶上坐下，把拉纠当作了半人半神的圣人。拉纠刚从狱中出来，为了不泄露自己有罪的过去，谈话极其谨慎，这进一步使瓦楞坚信他是一个圣人，日后，拉纠的话在瓦楞看来又是绝对地应验了，于是拉纠是一个圣人的说法很快就在村中传遍了，来膜拜拉纠的人从此络绎不绝。拉纠本来只是想在破庙里暂时居住，现在他不愁吃穿，于是就乐得做起圣人来。他并不是要欺骗人，只是他发现人们需要欺骗，他不能使人们失望罢了。拉纠慢慢地由被动转为主动，自觉地玩起圣人的游戏来。但在最后他却被自己编织的罗网套住了再也逃不出来，只得被动地为圣人角色的完成而进行绝食。在百年不遇的大干旱中，村民们为了生存而发生争吵，并进而发生了械斗，拉纠听说后深感不安，他怕警察来了之后，他的身份会暴露，因此对村里的一个小孩说：如果人们继续争吵，他就不吃饭了。这个小孩不明白村民们的争吵与拉纠的吃饭之间有什么必然的联系，于是昏头昏脑地告诉大家，拉纠要绝食；人们问他为什么，他想不出什么合适的理由，就说因为天不下雨。拉纠糊里糊涂地陷入了他自己的骗局之中：除了绝食至天下雨外，他别无选择。在村民们的精心照顾下，他想逃也逃不出去。无奈，拉纠最后只好连医生的劝阻也不听了，坚持绝食到他晕倒下去，而后天空出现了要下大雨的征兆。

---

① Bill Ashcroft, Gareth Griffiths, Hellen Tiffin, eds., *The Empire Writes Back*, Routledge, 1989, p. 109.

拉纠最后是死是活，作者没有交代。换句话说，拉纠最后是否真的成了圣人，作者让读者自己去判别。有评论家认为，拉纠假戏真做，最后抛弃了假圣人的面具而成为了真正的圣人；也有评论家认为拉纠至死都是一个骗子，因此整部小说自始至终采用的都是幽默和讽刺笔调。

这部小说采用主人公讲故事与第三人称叙述两种叙事方式将拉纠作为凡夫俗子的过去与现在的圣人生活有机地结合起来，形成鲜明的对照，这本身具有一定的讽刺效果。但从印度的文化传统上看时，这似乎又不是纳拉扬有意制造的讽刺效应。纳拉扬曾根据印度神话编写了《蚁垤仙人》的故事，这故事中的蚁垤仙人的前身，根据印度神话的说法，就是一个强盗，如果说蚁垤能从一个强盗再生为一个仙人的话，拉纠从一个骗子转变为圣人也就不违背什么常理了，这一切在纳拉扬的幽默的文笔下似乎也顺理成章——拉纠在破庙里被农民瓦楞当成了圣人，拉纠的心中只是好生奇怪：我这是在监狱里呢，还是已经经历了某种再生？连他本人也搞不清楚自己是不是一个圣人，后来他甚至把他的过去一五一十地讲述给瓦楞，但瓦楞却只是失神地听着，并依然把他当作圣人，好像拉纠讲的都是他前生的故事一样。这里面真真假假、虚虚实实，个中奥妙尽可由读者自己去体会，所以，我们在小说中看不出拉纠从一个骗子转化为圣人的心理变化，也可以说骗子和圣人本来也就是合为一体的，由此来考察小说的结局时，它的含混性也恰恰是它的魅力所在：一切矛盾都是非显现化的。这也显示出纳拉扬在创作中泰然自若的心态来：他的小说并不是要有意融合印度文学与西方文学，因此，不能认为他的小说是后殖民印度社会的杂交文本；再者，他也从不像拉什迪或奈保尔那样把小说的创作看得多么辉煌和崇高，他更多地把小说创作看成是对生活的充实和对生活情趣的发现和提炼，因此，他的创作也不是要造就一个新的印度或是思考印度在当今时代的命运等问题。纳拉扬更像是他笔下的拉纠一样不断地敷衍出一些看似荒唐实则辛酸的故事来。2001 年，当他以九十余岁的高龄离开人间时，他没有留下什么遗憾，因为他那种漠然而然的态度早已把死亡看得淡得不能再淡，甚至淡出了几分喜悦之情：“死亡就像是脱去了旧衣服和穿上了新衣服。”①

奈保尔对纳拉扬还是颇为敬慕的，他对纳拉扬创作的认识也可谓深入骨髓，他知道自己永远不可能有纳拉扬那样的创作心境，因此，在他看来，纳拉扬是无法模仿的："在纳拉扬所关心的形式和他的否定态度之间存在着他自身的矛盾；在这种非表面化的矛盾中隐藏着纳拉扬的魅力，有人称之为契诃夫式的魅力。他是不可模仿的，也不能认为他的创作是印度文学所要实现的综合性的产物。”②

附录：

幻象与女人

——读《蛇与绳》

《蛇与绳》(1960)是印度英语小说家拉伽·拉奥的代表作。拉伽·拉奥的作品不多，只有四五部中长篇小说和三部短篇小说集，但他却与安纳德、纳拉扬一起被并称为印度英语小说三大家。国内读者对他所知甚少，他的作品也没有译介过来，这主要是因为他的作品比较艰涩，或说是比较高深，不易读懂。印度和西方学界对拉伽·拉奥的小说尤其是《蛇与绳》多有纷纷纭纭、莫衷一是的讨论和说法，这说明他的作品本身不乏魅力，颇可玩味。

拉伽·拉奥1909年生于印度卡纳塔克邦哈森小城的一个婆罗门家庭，1928年去法国读书。1931年与法国人卡米耶·莫丽结婚，1949年两人离异。1965年，拉伽·拉奥与美国女演员凯瑟琳·琼斯结婚并生有一子，20年后，两人离异。在30年代，拉迦·拉奥与甘地及印度社会党领导人有不少交往，并积极参加民族独立运动。但到了40年代，他转而追求宗教解脱，四处寻找宗教圣人，先后进入奥罗宾多、拉曼那、塔拉纳等人创办的修道院进行修炼，最后拜阿特马纳德为师，③精神上的渴

① R. K. Narayan, in *Time*, August 24, 1992.

② V. S. Naipaul, *An Area of Darkness*, London: Andre Deutsch Limited, 1964, p. 227.

③ 《蛇与绳》的扉页上印着阿特姆南达的名言：波浪不过是水罢了，海洋也是如此。由此观之，此书有献于阿特姆南达的意思。

求才算是得以满足。

在40年代，拉迦·拉奥精神上处于极度苦闷的状态，婚姻生活也陷入危机。《蛇与绳》表现的主要就是他在苦闷的精神状态中对自我和永恒的追求，因此，这部小说被认为是拉迦·拉奥的精神自传。其"自传"的一面表现为作家在小说中叙述了他出生的家庭、成长过程、婚姻生活及婚外恋情等，但这部小说却截然不同于一般的自传体小说，因为它不注重自传体小说的时间、地点、人物、事件等要素，并且打破了它们之间的逻辑关系，故事情节极为淡化。一方面，它是印度传统叙事方式的进一步演变，故事情节发展中枝蔓横生：故事、神话、传说、寓言、诗与哲学结合在一起；另一方面，拉迦·拉奥也受纪德小说日记体文风的影响，将深刻的、富于诗意的思想与故事性的散文叙述融为一体。因此，M. R. 安纳德曾说，拉迦·拉奥挑战小说形式，把小说当作哲学论文来写。①

由于是一部"精神自传"，小说情节淡化的同时，人物形象也寓意化了，小说中全部的思想感情都倾注于"印度"二字。这样，小说主人公拉姆寻找自我的过程同时也成为发现印度的过程。

显然，从30年代投身于民族运动到四五十年代转而寻求宗教解脱，拉迦·拉奥经历了一个苦难的精神历程，他将自我极度苦闷的心理体验融化于民族的精神之中，发现"整个恒河平原是一首崇高的哀歌"。上世纪末、本世纪初，印度民族觉醒时，印度作家就普遍咏唱起民族的哀歌，②苦难成为一种人生哲学，体现出人自身价值的自觉性实现。甘地认为，崇高的真理只能在征服了自我之后才能体验到，而自我的征服又只能在一系列的苦难中才能实现。受耆那教影响的介南德尔等作家则进一步主张通过自身的折磨来解除业障，他们对于各种苦难，持的不仅是冷漠，甚至是沉湎于其中的心态，可以说是苦难折磨中的自我弃绝。拉迦·拉奥受印度传统文化精神的影响，也将苦难和真理化为一体，"悲伤是我们的河流和大地，但树上的绿叶与山上的白雪使我们坚信真理的存在"(第35页)。

---

① 可参阅 Shayamala A. Narayan 著 *Raja Rao*: *Man and His Works* (New Delhi, 1988)中有关 The Serpent and the Rope 的论述。

② Raja Rao, *The Serpent and the Rope*, Orient Paperbacks, Delhi, 1968, p. 35. 此附录以下凡小说中的引文均出自此版本，不另加注，只在引文后的括号中标出页码。

这部小说如何将苦闷、苦难化于解脱之道，作家又是如何将印度教的根本义理融化于艺术创作之中的，这是笔者所要探讨的问题。

像大多数的印度作家一样，拉迦·拉奥对严格的自我审视、自我批判不感兴趣，他更喜欢将印度理想化或神秘化。《蛇与绳》虽然是一部自传性作品，但印度的历史事件与现实问题似乎与这部小说无涉。当然，任何作家都不可能脱离历史与现实，拉迦·拉奥在这部小说中也没有放弃历史与现实，而是在更深的层面上对此加以思考。"历史不是一条直线，更不是一条曲线。历史是一条变成圆圈的直线，它没有开端没有结束，它是自身不动的运动。历史是一种否认事实的行为。"（第 401 页）在拉迦·拉奥的笔下，历史变成了哲学，现实随之也变成了存在。"真理就是存在的事实，就是说，真理是事实的本质；因此，真理与存在不二。"（第 170 页）在历史与现实之中，拉迦·拉奥都在探寻着真理，这也就是小说开篇所谓的"我"生为婆罗门，"我"要献身于真理的意思。有缘于此，生于印度并求学于西方的拉迦·拉奥，只能更为关心东西方文化冲突中的印度的命运，个人的苦恼与印度的苦难也由此而化为一体。

小说中，玛德琳与拉姆相爱并结婚时，就有某种死亡的感觉萦绕于心灵深处，婚后的玛德琳与拉姆也常常有莫言的空虚与痛苦横亘在他们两人之间；莎维德丽的性情表面上是阳光明媚，但她的内心却是痛苦的海洋；凯瑟琳与拉姆在一起时，也感到莫名的忧伤涌现于她的心头，使她想哭泣；拉姆则是沉浸于痛苦以求超越痛苦，他对凯瑟琳如是说道："死与生不是互相对立的两极，而是不断转换的事件，就像春天和冬天、夏季和雨季一样。雨季之前，印度人会感到焦躁不安，就像人死于春天一样——你知道很多老人在冬末春初时死去了？这就是原因所在。凯瑟琳，春天里有无尽的悲伤……对于人来说，我指的是男人，跳入春天便是他的死亡；对于女人来说，跳入春天则是苦恼，是痛苦，是圆形的知识，是继续。因为对女人来说，痛苦与继续是一体的，而对男人来说，死亡与欢乐则是一体。"（第 155—156 页）在《蛇与绳》中，痛苦作为一种体验，它无所不在，但痛苦作为一种认知，它又被抽象化了，有点虚无缥缈的感觉，因此，与其说《蛇与绳》写的是形体化了的痛苦，不如说它写的是融入幻觉、想入非非处的痛苦。如此，痛苦或苦难在拉迦·拉奥的笔下，弥漫于世界的同时也消融于世界，变成了神秘以及神秘中的欢乐。这也可谓拉迦·拉奥在《蛇与绳》所构造出的解脱痛苦之道——不仅解脱了自我的痛苦，同时也解脱了民族的苦难命运。生死轮回，自有天定，民族兴衰，莫非幻觉？拉迦·拉奥在"幻觉"二字上大做文章，从而对自我与印度做出了自己的深刻认知。

从小说的题目说起。"蛇与绳"是印度哲学和文学中广为引征的比喻性故事，其含义有点类似于汉语中所谓的"杯弓蛇影"，不过，这个比喻性的故事经过吠檀多哲学的阐发，其形而上学方面的意义却变得极其复杂。吠檀多哲学认为，就像在梦中一样，我们在觉醒中看到的一切也都是不真实的，这种哲学观着眼于本体论上的真实即梵的本质，把现实世界当作梦幻，认为它是梵天游戏的产物。现实中，我们有时会把绳误认为是蛇，说道：这是蛇。按照吠檀多哲学的代表人物商羯罗的说法，这时，我们所犯的错误不仅仅是把"绳"误认为是"蛇"，因为我们视觉世界中的"这"是绳但又不是绳，不是蛇但又是蛇，其根由在于我们对本真世界的无知，只要这种无知存在，"绳就会被认为是蛇，幻觉消失时，蛇便不复存在"。① 用小说中的话来说，就是"世界既是非真实的，又是真实的——既是蛇又是绳……真实没有名字，绳本质上并不是绳"（第335页）。对于幻象，我们无法界定它是真实的还是不真实的，吠檀多哲学的摩耶（意谓"幻象、幻觉"）像是不孕女子所生的儿子或兔子头上长出的角，神秘得让人觉得不可思议（第148页）。

"摩耶"一词最早出现于《梨俱吠陀》，原指神与魔以超自然的方式隐身变形的幻力。奥义书中，它引申为假象，指代与永恒的"梵"相对立的否定性原则。印度佛教中，它演化为空和虚无。吠檀多哲学借鉴奥义书与佛教的说法，进一步形成了自己的摩耶观，认为现实世界就是摩耶的产物，一方面它以千变万化的幻象形式出现，另一方面它又与本真的大梵发生关联；摩耶体现的是女性原则，她不是永恒的大梵，但又依据大梵而存在，女性原则或曰摩耶的功能在于使人们认识到自我，回归于永恒的大梵之中。②

---

① P. Dayal, *Raja Rao: A Study of His Novels*, Atlantic Publishers & Distributors, New Delhi, 1991, p. 23.

② Radhakrishnan, *Indian Philosophy*, Vol. 2, New Delhi, 1996, pp. 572—573.

《蛇与绳》受到吠檀多哲学的影响，不仅将世界看成幻觉，而且认为世界本身体现的也是女性原则；人们只能在女性原则中才能对世界和自我进行真正的认知。小说中，拉姆在寻找自我的过程中，与玛德琳和莎维德丽这两个女人发生了密切的关系，换句话说，是玛德琳与莎维德丽帮助拉姆发现了自我。

借助于西方有关特丽斯丹与伊索尔特的神话故事(盛行于12世纪)，小说表现出激情与死亡联系在一起的观念。西方人的婚姻观建立在激情的基础之上，而激情总是在对基督教的传统进行颠覆，因为激情把丈夫与妻子界定为人，这与神、上帝的原则是相违背的；婚姻、家庭是社会的基本构成单位，婚姻的不稳定导致社会的动荡。激情实际上也是一种幻觉，只有将这种神秘的幻觉转变为神秘的崇拜时，婚姻才能变成一种稳定的关系。这是法国哲学家鲁热蒙在《激情与社会》一书中所表述的婚姻观。拉迦·拉奥曾说，鲁热蒙的著作对于理解他这部小说是不可缺少的，实际上，他在小说创作中也接受了鲁热蒙的婚姻观。[①] 小说中成功的婚姻均是建立在义务感或契约制的基础之上，而不是激情。但小说的主人公拉姆在女人观上并没有接受鲁热蒙的看法。鲁热蒙强调男女平等，而对拉姆来说，女性或说女性原则与绝对永恒的男性原则是相对立的。女性体现的是客观，而人类的目标则是超越这个客观世界，换句话说，女性无法与男性平等。对女性的崇拜只是手段而不是目的，通过对女性的崇拜我们认知世界，但认知世界不是目的，目的在于超越世界。

这种女性观在莎维德丽等女性形象的刻画中表现得很充分。莎维德丽体现的是非本质、梦幻般的画面，她是传统与现代的奇妙结合体。一方面她是现代女性的化身：在剑桥读书，思想开明、性格叛逆、爱争论、吸烟、跳舞，但她的西化只是一层外衣。也是在剑桥，但是在拉姆的面前，她回归于印度女性被动与屈从的传统之中：

> 接着她跪在我的面前，脱掉我的拖鞋和袜子，把它们轻轻地放在远处。她取来浸着藏红花的圣水，用圣水轻轻地洗了我的脚。

---

① 可参阅 Shayamala A. Narayan 著 *Raja Rao: Man and His Works* (New Delhi, 1988)中有关 *The Serpent and the Rope* 的论述。

香炉被置于圣水的中央，在我的面前，香木一次、两次、三次地在阿罗蒂仪式中波起光焰。之后，她手蘸圣水抚摸着我的双脚，手掬圣水洒到自己的头上。她重新跪下，将头放在我的脚上，如此停留很久很久，她的喘息化作了轻轻的啜泣，而后她慢慢地止住了自己。（第213页）

哭泣中的女人跪在丈夫面前，拉姆认为莎维德丽是自己真正的妻子，他多少代以来都在爱着她。在这里，女人将丈夫尊奉为神，表达爱情的场面变成了祭神的场景。[①]

对拉姆来说，在他把莎维德丽理想化为女性原则时，他与莎维德丽的感情距离已变得似近实远。一方面，他难以接受莎维德丽与伯勒德伯结婚的事实，以至于他投身于勒克什弥的怀抱之中；另一方面，他又自欺欺人地把自己对莎维德丽的爱想象成一种超脱世俗的爱情。显然，阻挡莎维德丽与拉姆结婚的障碍不是伯勒德伯，而是拉姆自己。当莎维德丽期望拉姆将她从与伯勒德伯的痛苦婚姻中解救出来时，拉姆如此沉思：分离我们的，不是大地与河流，而是时间本身，是我自己。归根到底，拉姆对莎维德丽的爱，只是对自我的迷恋，而这恰恰体现出印度哲学中女性原则的功能，使男人认识到真正的自我："人不能占有世界，但可以融入世界；我不能占有莎维德丽，因为我成就了我自己。"这也正好应合印度古代圣人雅格尼亚耶尔格亚的名言："丈夫不因妻子而爱妻子，而因自我而爱妻子。"（第172页）用印度神秘主义哲学观来说，世界或者说生命的意义在于梵天的游戏，所谓命运，只不过是我们用恐惧系成的一系列的心理花结罢了，行动注定属于你自己，但在时间的流程中却只有永恒，我们的罪恶是我们想在行动中成为行动者本身，但绝对和永恒使我们永远不能是行动者或行为的享受者，千年的恒河圣水在不停地洗刷着我们的罪恶和我们尘世的命运：除了自我认知之外，没有什么是纯粹的成就。"我"多么想把莎维德丽拥入怀抱，如此的话，一切是多么自然、多么真实，但是莎维德丽有她自己神圣的领土，"我"无法占有这片领土。爱本身是一种动态行为或一种感情，而感情或行为

---

① Klaus Strinvorth, *The Indo-English Novel*, Chapter 3, Franz Steiner Vrelag Wiesbaden, 1975.

皆停留于身体、思想或自我的意义，是一种自私，因此只有自私者才能爱，而爱的真正意义则是无爱，“当你是大写的‘一’时，你可以结婚，即是说，当没有人与另一个人结婚时，你可以结婚。真正的婚姻像是00，而不像是0|0。当自我死去时，婚姻成真。”（第293页）如此，“我”不仅失落了莎维德丽，而且失落了“我”自己，恍如存在就是“我”自己，“我”因此而成为世界，因此而成为莎维德丽：“当变化（游戏）停止时，我会与莎维德丽举办婚礼，但如果变化停止，如何会有婚礼？”“我”与莎维德丽是分离的两个孤独，而不是化为一体的沉寂。世界因女人而变得丰富多彩，拉姆因莎维德丽而感知到世界的真性，但拉姆却永远不能拥有莎维德丽，望着映在湖中的科达伊城，拉姆怀着沉重的心情和焦渴的愿望吟咏起商竭罗的诗篇：

宇宙像是镜中的城，
幻化为世界，隐现于内心，
犹如梦境；
而在永恒的自我中它是真性
日月交替，他在自我一如中
看到不变的自在。
（第293页）

莎维德丽作为现代女性与印度传统女性的融合体，一方面，她在本质上体现出印度宗教哲学观上的女性原则，另一方面，她在表面上又显现为男性化的气质：女性原则是莎维德丽的本质，男性化气质是她的表面现象，而且她的男性化气质绝不是永恒原则的体现，从这种意义上说，阻碍拉姆与莎维德丽融为一体的，在小说中也被说成是莎维德丽自己（第179页）。小说在这方面的描写若隐若现，有如梦幻一般。如在某个特殊的下午，莎维德丽忽然出现了，在她向拉姆跑过来时，她的两个同伙紧随其后，她站在拉姆的面前，拉姆看上去非常孤独，且显得气愤：她与拉姆握手时好像是将双手放在了桥栏上似的。什么也没有说，什么也不需要说：伴着一声深长的叹息，她的悲伤喷涌而出。她的同伙站在桥的另一端，凝视着桥下的流水。小说在这里的描写让人有如坠云雾之感。莎维德丽本来是一个生动可爱的女性形象，但当作者把她抽象化为女性原则，并比照着男性原则对她进行描写时，她的形象就显得有些黯然失色了。

相对而言，玛德琳比西方化的莎维德丽更印度化。当拉姆生病时，她禁食祈求丈夫康复，她对佛教的迷恋也使她进一步走进印度文化世界之中，她在写给拉姆的信中说："孤独的女人是多么悲伤啊。没有男人，她看不到事物的伟大与神圣。印度教徒是正确的，男人必须引导女人走向神坛。"（第 40 页）她的这种思想观念也更为符合拉姆的宗教人生哲学。拉姆也在玛德琳身上更为深入地直觉到世界的秘密。当玛德琳怀孕时，小说如此写到："她（玛德琳）看到了作为女人的她自己。女性有眼，可以在男人想象不到的辉煌中看到她自身。因为男人是向外发现，而女人则是向内寻找，并扩大到整个世界。生孩子不是一个身体的创造，对女人而言，正如玛德琳所说的那样，是世界的创造……时间到时，她奉献于你的，不是一个继承人，一个儿子，而是创造的全部辉煌。"（第 65 页）而拉姆在此时也能深深地感受到玛德琳将他带入的世界：那时她能将"我"带入她自身，以前这是从不可能的，她使拉姆在虚无的辉煌中认识到自我；痛苦不是爱，痛苦只能融入爱之中，真正的男人将女人引向沉默，停留于她之中以获得对自我的认知。

但玛德琳毕竟是一个西方女子，她的印度化正像莎维德丽的西方化一样，只是表面现象，她以为拉姆不爱自己，只是因为她比拉姆大了五岁。她无法深入到拉姆的内心世界；而在拉姆的心中，玛德琳也永远难以被理想化为女性原则。玛德琳问拉姆："是什么使我们分离？"拉姆回答说是印度，玛德琳对此感到大惑不解，她认为自己是个佛教徒，已融入了印度文化世界之中，但拉姆却说："这正是佛教离开印度的原因。"

按小说中的说法，佛教之所以在印度消亡，是因为它遵奉苦行哲学，否定了女人之为女人的存在权利，而痛恨女人、贬低女人的人必自行灭亡（第 170 页）。佛教不像吠檀多哲学那样崇拜（不是尊重）女性，[1]而崇拜女性，在作者看来，则是重获世界的根本，黑天就是因为罗陀而认识了他自己，而湿婆若不是受到婆尔娃蒂的诱惑，他至今仍可能

---

① 历史上，是吠檀多吸取了佛教的思想，形成了与佛教"空"、"虚无"等紧密相关的摩耶说。再者，佛教不像吠檀多教派那样借助于女性原则将世界的真性（与摩耶、空等相关的本真或本体）具体化、世俗化。小说中的佛教观是一种偏见。

在雪山上苦苦地修行，再者，湿婆要是不睁开他那具有毁灭性的眼睛的话，世界也不会存在。崇拜女性主要是一种性力崇拜，而非性崇拜，颓废的印度教将纯粹的吠檀多引向将女性崇拜具体化的结局时，也是吠檀多的悲哀，殊不知，从吠檀多宗教哲学的观点来说，性爱不是激情，而是非个性化的行为。吠檀多从性力崇拜的角度对世界所作的肯定性认知与佛教对世界的否定性认知是殊途同归的，而今天大多数的印度人对佛陀所知甚少，玛德琳对此颇感惊奇：莎维德丽等人对佛教如此伟大的智慧竟如此陌生！拉姆解释道，佛教已融入印度教，所以我们无法区分两者——就像在南印度，人们无法区分达罗毗荼与雅利安的传统一样。拉姆在这里强调的是将思想与感觉融为一体的知识或智慧，而不是历史。他进一步说：印度没有历史，“将印度融入历史——就好像是与玛德琳结婚。这会是天真的，但却不是历史，无论如何，历史是对人类天真本性的接受，但真理超越天真，真理既在天真之中，又在非天真之中——它超越于两者。这就是印度。”（第 332 页）

对莎维德丽，拉姆是向往但却永远无法占有；对玛德琳，拉姆明白了生命的意义时，他与玛德琳的分离便不可避免，因为他爱的是自我，爱得越深，失落得也越深：“爱不是某种爱情，而是一种无状态的状态、自我一体的浑然。”（第 331 页）《蛇与绳》是一部有着迷人哲理情思的小说，它写的不是某种迷人的感情，而是一种无状态的心灵状态，沉浸于其中的是彻底的自我和自我的解脱。不过作者也将这种自我升华到文化的意义层面。在与玛德琳的对话中，拉姆说，对待人生的态度有两种，要么认为世界存在，因而自己才存在；要么认为自己存在，世界因而存在。前者是吠檀多的观点，后者是马克思主义，存在于两者之间的则是诗人观，如佛教、伊斯兰教等。吠檀多哲学认为世界是非真、是幻觉，人关涉于绝对的真理时必体现为女性，世界就是女性原则的体现，尽管国王对于他的王国来说是一种男性气质的体现，但如果他认识不到世界的女性原则，那么对人类来说，必然会是一场灾难。因此，作者认为：丑陋的革命词语“资本主义”显然诞生于（男）人自尊的 19 世纪：发明、帝国的世纪（第 171 页）。而纳粹主义，拉姆自言自语地说，一定产生于男性原则：尼采，纳粹主义的伟大先知，因为卢·安德列亚斯·萨洛米抛弃了他，他便想到了超人，拒绝女性世界，尼采将古波斯圣人锁罗亚斯德置于山巅,让他在那里诅咒世界(第173页)。

重新回到"蛇与绳"的话题上来,这个话题关涉的是世界是真或是非真的哲学命题,"你从蛇的角度来看蛇,你感到你是蛇……但实际上以任何眼光来看,均无蛇,从来都没有。"(第335页)"谁也不知道真实从哪里开始,幻觉从哪里结束。"(第12页)由此我们会进一步明白,小说开篇处拉姆为什么对父亲的去世并不感到悲哀:"父亲真的过世了……在贝拿勒斯,人们认为死亡就像早晨的雾一样是一种幻觉。恒河总是存在在那里——太阳升起时,哦,天气仍然很热……谁也不知真实从哪里开始,幻觉从哪里结束。"(第11页)这段看似平淡的文字却深深地隐藏着印度文化的真谛,受"奥义书"及吠檀多哲学的影响,拉迦·拉奥认为生与死均是"非我"、非本质的幻觉,[①]他不仅对父亲的去世拒绝哀伤,对自己的新生婴儿皮埃尔的死亡也表现出哲学观上的冷漠,或许是受到象征印度教文化精神的贝拿勒斯城的感染,小说主人公拉姆把世上的一切都看成了幻觉:"贝拿勒斯是永恒的城。那里死者不死,生者不生。死者会来到恒河岸边玩耍,而在岸上走动……的生者则生活于广袤的夜与明亮的城组成的幻觉之中。"(第22页)虽说通向永恒的道路是明亮的,但谁要想打破幻觉,从非真实走向真实时,那就会像一个人想竭力走进他在镜子中看到的道路一样,势必会打破镜子——在真实与幻觉、痛苦与幸福、短暂与永恒之间,似乎是咫尺天涯。

本来这是一种极其神秘的世界观,但拉迦·拉奥却偏说:"我们更像现代的科学家,而不像通常认为的那样是神秘的民族。"近一二百年来,在东西方的文化冲突中,印度传统文化变成了一种受伤的文明,拉迦·拉奥似乎是从吠檀多的观点出发,深思并重塑印度文明的形象,在痛苦中的"知识之道"中感受着神秘的欢乐。[②]

---

① P. Dayal, *Raja Rao: A Study of His Novel*, Atlantic Publishers & Distributors, New Delhi, 1991, p. 24.

② 商竭罗的宗教哲学体系也可谓"知识之道",然而它却不是一种知识体系。这里的知识与通常通过学习而获得的知识不同,它指因极密切的熟稔而得到的知识:是声言"我了解我妻子"的男人所具有的知识。可参阅A. L. 巴沙姆主编《印度文化史》,商务印书馆,1997年,第174页。

第三章
拉什迪与印度流散文学

拉什迪是一个典型的印度后殖民流散作家，同时又是西方后现代文学的代表人物，后殖民与后现代文学的种种特性在他的创作中都有生动的体现，拉什迪的创作反映的是一种文化上的断裂与弥合的现象；在“受伤的”印度文明中，他的自我变成了碎片，同时他又在自我碎片的重新整合中寻找着看待世界、创造自我的新的方式：不同文化之间的杂交或说是渗透。文化的杂交本来是一种抽象的观念，但拉什迪却通过小说而使这种观念具体化了，将历史事件融入小说人物的生活之中，使历史、政治与性巧妙地“杂交”于故事之中。拉什迪从“流散”和多元的角度来思考并重新书写殖民和后殖民印度历史，以演义、戏说、滑稽模仿、讽喻等各种方式使历史呈现出开放的性质。从风格上说，拉什迪的小说表现出较为魔幻与怪诞的色彩，评论界对拉什迪小说的怪诞风格多从拉美魔幻现实主义和巴赫金的狂欢理论进行评论，本章则更多地从印度传统文化与西方文化的“杂交”以及小说的听觉效果、神话寓言色彩、人物角色的定位等角度对此进行认知，认为拉什迪小说的怪诞是上层与下层、高贵与低贱、富足与贫穷、政治与妖术、现实与梦幻等结合后的产物，萨里姆等人物形象既是现代印度政治与历史的化身，又是现实生活中的常人，其荒唐与怪诞之处并不在于他与常人有什么区别，而在于现代政治与历史本身便是荒诞不经的。

一　破碎的镜子

一般来说，后殖民流散文学的创作大多是流散作家为了迎合西方读者的阅读兴趣而创作的，萨义德等批评家们也常常从这个角度对流散作家做出认知或批判。但实际的情形则比较复杂，比如，小说《午夜的孩子》(1981)问世之后，评论界多认为萨尔曼·拉什迪的小说主要是写给西方读者的，但针对这种说法，拉什迪却说："就《午夜的孩子》而言，我当然想到如果南亚次大陆的读者拒绝了它，那我肯定会认为这是一个失败，不管西方的反响如何。"①

拉什迪此话并不是故弄玄虚，印度的流散文学不同于中国、非洲或拉美的流散文学。即以中国流散文学为例，从作家的角度说，中国的流散作家大多是生活在西方的第二、第三代移民了，他们虽然与中国文化之间有着割舍不断的联系，但这已是隔代遗传了，他们的创作与当下中国并没有太多的联系；而印度的流散作家则大多像拉什迪一样，出生在印度本土，吸吮了印度文化的乳汁之后，才来到西方世界谋求发展，而且不少流散作家是在西方和印度之间不停地流动。从语言的角度说，因为殖民统治，印度流散作家在语言上有着得天独厚的条件，他们并不像大多数的中国流散作家一样存在母语与西方语言之间无法跨越的天堑，相反，印度英语背景却能使他们在西方社会如鱼得水：语言上既是西方的又不完全是西方的。从读者的角度说，中国流散文学主要是写给西方人看的，若想进入中国读者市场则必须经过翻译，而印度的流散文学则不然，本土与西方之间的界限并不是很分明，本土作家的英语作品常常是在西方先行出版，然后才在印度流行，而流散作家的作品也常常是在印度找到更多的受众：不必经过翻译，本土读者便可以直接阅读，这不仅是一个巨大的读者市场问题，而且也是印度流散文学是否可以直接产生社会效应的问题。

---

① Salman Rushdie, *Imaginary Homeland*, Granta Books, 1991, p. 20.

1. 破碎的记忆与破碎的自我

拉什迪是一个典型的印度后殖民流散作家。他在40年代伴随着印度的独立而出生，在60年代移居西方，到了80年代初，随着《午夜的孩子》的发表，拉什迪开始走红于西方文坛，他的创作随即成了印度以及西方大众媒体与学术圈子讨论的一个中心话题。

一般来说，文学创作大多与作家早年的生活有着密不可分的联系，而对于拉什迪这样的流散作家来说，因为身处异国他乡，早年的经历更显得弥足珍贵。在《想象的家园》一文中，拉什迪说：

> 像我这样的流散作家①，心头可能总是萦绕着某种失落感，带着某种冲动去回顾过去，寻找失去的时光……但当我们回顾过去时，我们会处于深深的困惑之中：离开了印度便意味着我们不再能够找回业已失落的东西；我们创造的不是真实的城市或乡村，而是看不见的想象的家园，即我们脑海里的印度。②

人们在回顾过去时产生的某种失落感，更多地表现为时间的变化给人带来的心理落差，只要找回了时间的感受，人们便可以消除其中的失落感。在"寻找失落的时光"时，普鲁斯特只要通过玛德莱点心打开时间的门锁，便可以线型的方式柔情似水地追忆着过去的年华，在他的心灵深处，过去的世界是完整无缺的，即便不完整，他也可以通过记忆的筛选而使之趋于完美；③但拉什迪在回顾过去时则陷入了深深的困惑之中，他的失落感不仅表现为时间的逝去，而且也体现为空间的错位，是时间与空间交错中的扭曲了的记忆："此情可待成追忆，只是当时已惘然。"拉什迪说，哈特利（L. P. Hartley）在小说《传信人》（*The Go-*

---

① "流散"(diaspora)一词，拉什迪在此表达为 exiles or emigrants or expatriates，指的是"流亡、侨居或移民"。迦·查·斯皮瓦克也用"diasporic"、"on the run"来指称"流散"，见斯皮瓦克1986年8月17日在澳大利亚的访谈录"Strategy, Identity, Writing", in *The Post-Colonial Critic*, *Interview*, *Strategies*, *Dialogues*, Routledge, New York & London, 1990.

② Salman Rushdie, *Imaginary Homeland*, Granta Books, 1991, p. 10.

③ 笔者在文中之所以比照着普鲁斯特来谈拉什迪所说的"记忆"问题，是因为拉什迪在《想象的家园》一文中多次说到普鲁斯特。

Between)中将时间转化为空间，说道："过去的时光便是异国他乡了。"[①]然而，对于身处英国的拉什迪来说，因为空间的错位，过去的岁月反而成了他永远的家乡，尽管那是一个失落于时间迷雾之中的失落的城市中的失落的家(a lost home in a lost city in the mists of lost time)。[②] 拉什迪在此连用三个"失落"(lost)，强调的实际上正是他心理上的错位感。在下面的一段文字中，他进一步从自己的流散处境和流散身份上表达了这种错位感：

> 在南部伦敦从事着自己的创作，通过窗户看到的完全不同于我在小说想象中的城市景象，这个问题一直困扰着我，直到迫使自己只是在小说文本中来面对它，我让自己明白(尽管我起初也试图像普鲁斯特那样去打开失去了的时间的门锁，以使过去的时光以它们原有的样子重新出现，不受扭曲了的记忆的影响)，我所做的一切不过是在创作一部关于记忆的小说，因此我的印度便只能如此，这是"我的"印度，它不过是千万个印度幻影中的一个罢了。我尽力使我的想象真实化，但是想象性的真实既是诚实的又是令人怀疑的，我知道我的印度可能只是我愿意归属的印度(我不再是过去的我，离开孟买的人可能从来不会成为我所谓的孟买人)。
>
> 这就是为什么我让叙述者萨里姆怀疑他自身的叙述，他的错误是人物角色和环境突变(quirks)中不可避免的记忆错误，他的印度是碎裂的记忆。这可能便是生活在国外的印度作家所努力反映的世界，他只能通过破碎的镜子来处理一切了，而且破碎镜子中的某些碎片已经不可挽回地失去了。[③]

生活在伦敦，脑海里翻腾着的却是孟买，这是空间或者说是地理意义上的错位感；但更为复杂的错位感却表现为心理即文化意义上的断裂(cultural displacement)，这便是拉什迪所说的"突变"(quirks)了，正是这种突变使他无法将记忆中的印度以原有的面貌重现出来，因为过

---

① L. P. Hratley, *The Go-Beteen*, London: Hamish Hamilton, 1953, p. 9.

② Salman Rushdie, *Imaginary Homeland*, Granta Books, 1991, p. 9.

③ Ibid., pp. 10—11.

去与现在不是以连续不断的方式连接起来的，如此，“破碎”(broken)、“碎片”(fragment)、“裂变”(crack)、“扭曲”(distortion)便成了拉什迪关于印度的记忆了。如果说普鲁斯特是以一面完整的镜子映照失落的世界，那么拉什迪则是以破碎的镜子打碎了过去。

在拉什迪之前，拉伽·拉奥也是一个长期生活在国外的印度英语作家，但他属于老一辈作家，在创作中表现出与拉什迪截然不同的风格。拉什迪的小说主要描写他心目中的孟买，孟买是拉什迪的出生地，是他身处异国他乡时魂牵梦绕的家乡，更是他在小说中反复描写的想象中的家园，可以说，孟买便是拉什迪的印度，但与此同时，在拉什迪的心目中，孟买也是“外国”，它是外国人(英国人)在印度这块殖民地上建造出来的现代化城市，它是外国文化之城，外来的东西把印度原有的一切都给扭曲了，当然也把拉什迪的生活给扭曲了。在以阿·克·纳拉扬、拉伽·拉奥为代表的老一代印度英语作家的笔下，印度永远是他们“不变的”精神依托，虽然这是一个幻觉，但他们却从幻觉和梦境中得到了精神上的无限慰藉。而拉什迪却打破了这种幻觉，结果便打破了“镜子”和“镜中的城市”，随之，拉什迪也打破了自己的心灵世界，印度作为永恒的精神家园便不复存在了。在小说《莫尔的最后叹息》中，拉什迪借助于小说人物莫赖斯(即莫尔)生动地表现了将“镜子”打碎后的心理状态——被抛出父母的家门之后，莫尔如此叹息道：

> 我跌跌撞撞地走出家门，茫然若失，分不清东南西北，我什么也不是，什么都不知道，空空如也，毫无意义；用一个常见但此时却忽然变得很贴切的说法是，我已经毁了。我失宠了，失宠的恐惧感使我觉得世界就像是一面被打碎的镜子。我感觉到自己好像也已经被打碎了，好像是我散落到了地上——不是我自己，而是一千零一个破碎了的自我镜像，[1]镶嵌在一个个破碎的镜片之中，散落到了地上。[2]

这段话可以说是拉什迪自我心理的真实写照。与此相应，在《她脚

① 在《午夜的孩子》中，拉什迪描写到，在印度独立时也就是1947年8月15日零点至一点诞生了1001个孩子，这是“午夜的孩子”也就是“一千零一个破碎的自我”的由来。

② Salman Rushdie, *The Moor's Last Sigh*, London: Cape, 1995, pp. 278—279.

下的大地》中,拉什迪也以他者的眼光从另一个侧面描写了破碎“镜子”中破碎的“自我”。维娜·阿芭萨尔是一个摇滚女明星,小说借叙述者莱易之口,对她的人格进行了解剖:

> 从第一次见面,我便看穿了她,她是一个轻佻的、破碎了的东西,好像随时都会从你身边溜去,她是一件多么奇妙的废弃物,一件被损坏了的东西。她真是个没心没肺的女人,她的人格就像一面镜子一样被生活的拳头粉碎了。她的名字、她的母亲和家人、她在家与安全方面的感觉、她的归属感、爱和被爱的心理、她对未来的期待,所有的一切都从她的身上剥落掉了。她漂浮在空虚之中,没着没落,她想留下什么痕迹,但却四下里到处摸索不到个东西来……她是一堆杂七杂八的自我碎片。①

维娜·阿芭萨尔出生于一个典型的移民家庭。她的生父是一个印度人,生母是美籍希腊人;父母离婚后,母亲再嫁给了一个美国人,但这次婚姻最终使她痛苦地自杀了;母亲死后,维娜被转送到西海岸的美国亲戚家中;但不久这家亲戚破产,他们与维娜的印度亲戚联系后,又把她转送过去;但由于无法忍受虐待,维娜又从印度亲戚家中逃脱出来,最终来到小说第一人称叙事者的家中,认阿米尔和微微作了父母。如此,维娜不停地变换了五个家庭,她的“父母”也不停地变换了五次,但她还是没有找到真正的家。对一个未成年人来说,其自我是完整的还是破碎的,家庭常常起着首要作用。失去了家和家园,人便成了飘浮在空中的无根之物;找不到归属感,人便没有了安全感。这便是拉什迪打碎“镜子”、从幻觉中走入现实的真切感受,也是流散文学不同于本土文学的根本所在,在此,维娜不停地变换家庭和父母这样一种生存状态显示的主要是她无家可依的心理状态。

2. 文化的错位与自我的创伤

就拉什迪这样从前殖民地移民到西方的作家而言,流散文学的产

---

① Salman Rushdie, *The Ground Beneath Her Feet*, New York: Henry Holt, 1999, pp. 121—122.

生是一种断裂或错位的文化现象，他们不愿回到母国，因为母国在他们的心目中早已破碎；他们也不愿在思乡的情愫中寻找失落的世界，因为传统的“乡愁”一类的情感早已不再是他们的心灵归属。拉什迪小说的主人公大多是自觉自愿的移民，他们常常需要在完全不同的社会环境中建立起自我的家和自我的身份。在《她脚下的大地》中，印度裔侨民乌米德·麦钱特看到自己在纽约的新房子时如此感受到：这就是人们能够感受到同时也就是我想象的根，它并不是生来就有的，而是在我们自己选择的土壤中种下的。但问题并不是有了房子就有了家，对于移民来说，“家”的感觉更多地代表着文化和社会归属问题——移民是否真的在新的土壤中扎下了自己的文化之根。移民自己的身份可能远远游离于他所选择的文化环境，这是因为移民在新的社会环境中总是少数族群，他们常常体会到自我与他人之间的差异与不协调。在小说《撒旦诗篇》中，正是这种差异和不协调导致移民的自我分裂——萨拉丁的自我分裂为世俗与社会、伦敦与孟买、东方与西方；吉伯利勒则是灵魂的分裂，他失去了自我原有的信仰，渴求但又找不到新的信仰。小说写的便是他们对新的、完整自我的追求。移民如何对待不同文化之间的差异是他们能否在新的社会环境中生存下来的根本问题。萨拉丁努力接受英国的一切（最后他变得比英国人还英国人），选择了“杂交”，他对自我进行革新，对于他过去的历史进行反叛，他的自我是“虚假”的？与萨拉丁不同，吉伯利勒则固守自己的“印度性”，他意图保持自我文化身份的连续性，这是他真正的自我？从结果上看，吉伯利勒一步一步走向失败——他不仅失去了工作而且也失去了女友，最后以自杀结束了自己困惑的生命；而萨拉丁在生活中则一步一步走向成功——最终他与父亲和解了，继承了父亲的财产，并与女友言归于好。因此，是萨拉丁而不是吉伯利勒，在移民自我身份的建立中最终取得了成功。小说描写道，取得成功的萨拉丁重新回到了他的国家，恢复了他原来的名字，也说起了他的母语乌尔都语，这并不是他杂交身份的失败，反而是其成功之处。甘地曾说，任何一个印度人在任何领域取得的任何成就，都是西方教育直接或间接的成果，同时，他要想对大众产生任何有益的影响时，都只能回到印度这个社会环境之中，对西方的完全拒绝也就是对印度传统基本结构的拒绝；悖论性地，对西方的完全接受实际上也是对西方的完全拒绝。[1] 萨拉丁在英国能生存得好，在印度也能成功，而吉伯利勒不仅在英国生存不好，而且回到印度依然是个失败。显然，拉什迪赞同萨拉丁的做法。

一般来说，任何移民都会竭力融入新的社会和新的文化环境之中，尤其是对自觉自愿地从前殖民地来到西方国家的移民来说。拉什迪在此塑造的两个截然不同的移民形象，实际上是同一个移民自我在性格和心理上的分裂：既接受西方又排斥西方。移民都渴望融入新的社会文化之中，但母国文化在他们身上留下了难以磨灭的印记，不同文化之间的融合并不是一蹴而就的事。在《莫尔的最后叹息》中，当莫赖斯乘坐飞机来到加拿大时，他确实是"飞速"地失去了他熟悉的家乡、语言、民族和习俗，一切都要从零开始，自己变得什么也不是。更有甚者，移民的自我还会从人忽然变成了一个怪物，在《撒旦诗篇》中，萨拉丁第一次从印度来到英国，他刚下飞机便被作为非法移民逮捕了，他被扔到警车上，在潜意识中他发现自己的身体忽然之间产生了可怕的变化：

> 他的大腿毛茸茸的，变得异常粗壮有力。膝盖以下，没长什么毛，他的小腿萎缩，小腿肚上几乎没有肉了，瘦骨嶙峋的小腿连接着两只干巴巴的、开了口的羊蹄，正像人们从任何一头公山羊身上都可以发现的情形一样。看到自己的阴茎，他更是大为吃惊，硕大无比且令人难堪地坚挺着，他实在难以想象那会是他的生殖器官。[2]

萨拉丁迷惑不解，警察如何轻而易举地便将他变成了一个怪异的动物？他动物性的外表与强烈生殖能力的象征，既可怕又可笑，他的夸张与漫画形象实际上是白人中产阶级心目中异常的"他者"——移民是肮脏的动物，正是种族主义者的态度使萨拉丁这样的移民在心理上将自己等同于鬼怪似的存在：不仅是动物，而且是怪诞的动物。[3]

---

① Ashis Nandy, *The Intimate Enemy: Loss and Recovery of Self under Colonialism*, Oxford University Press, 1983, p. 75.

② Salman Rushdie, *The Satanic Verse*, London: Viking, 1989, p. 157.

③ "Rushdie and His World: The Carnivalesque, Masquerade, and Grotesque Realism in His Fiction," in Rajeshwar Mittapalli, Joel Kuortti, eds., *Salman Rushdie: New Critical Insights* (2), Atlantic Publishers and Distributors, 2003, p. 181.

显然，移民来到新的社会，并不是一下子就进入了一个新世界，相反，他们常常会产生压迫感和恐惧感，要想在新的文化土壤中扎下根来，移民需要不断地舍去一个又一个自我，就像书被翻去了一页又一页一样，也如蛇蜕去一层又一层的皮一样。面对异质文化、多数人（白人社会）对少数民族、对移民的压迫，萨拉丁不仅要抛弃自我身份中旧的东西，同时也要不断地反抗西方社会的不公正之处。他说："今天我不再是我自己了，他自言自语。他的心在颤抖。生活已经被毁坏了，我们没有什么人还是我们自己，人人都在变。"[①]这种变化的过程是艰辛而痛苦的过程，因为，按拉什迪的说法，我们人人都是"受伤的生灵"（wounded creatures），[②]我们的变化，我们的蜕变，实际上是我们治疗创伤的必要过程。显然，"受伤的生灵"在此指的并不是外伤，而是心灵深处的伤害；心灵上的伤害也不是缘自个人或某件具体的事情，而是一个民族和文化的问题，正是在这种意义上，《莫尔的最后叹息》中的莫赖斯、《撒旦诗篇》中的萨拉丁都在不停地叹息着"我已经毁了"、"生活已经毁了"；也是在这种意义上，同样是印度裔的流散作家 V.S.奈保尔写下了《印度：受伤的文明》，文化上的创伤使整个印度变成了一个受伤的民族。对拉什迪这样的印度作家来说，"流散"文学的创作总是和殖民、后殖民故事分不开的，它发生于不同的人种和不同的文化之间，反映的正是文化接触与文化创伤的复杂问题："创伤性的变化是文化接触的必然产物……殖民入侵实际上也是一种文化迁徙现象，要在一种新的文化土壤中生存，这并不单是一种领土占领或权力扩大的问题。战争、暴力等外在的创伤只是某种暂时的影响，文化上的创伤以及由此带来的内部变化则是真正的、长久的影响。"[③]殖民时代，印度主要是在民族独立运动中经受着外在的创伤，而在后殖民时代，拉什迪等流散作家反映的则是长久的心灵上的创伤：古老的印度被打碎了，人们处于无所适从的精神状态之中。

在《午夜的孩子》中，拉什迪也将心灵上的创伤外化为身体上的残

---

① Salman Rushdie, *The Satanic Verse*, London: Viking, 1989, p. 65.

② Salman Rushdie, *Imaginary Homeland*, Granta Books, 1991, p. 12.

③ Sara Suleri, *The Rhetoric of English India*, the University of Chicago Press, 1992, p. 5.

缺。小说主人公萨里姆·西奈受到老师的惩罚，他的一缕头发被生生拽掉了；在与同学为一个女孩而发生的争斗中，他的中指被同学用房门卡断了一截；随着故事的发展，他不断地发现自己身上的裂缝越来越明显了。萨里姆的外公因为发誓再也不愿在人或神面前低头，从而在心中永远留下了一个洞(象征他在宗教上失去了信仰)，显然，这些身体上的创伤和残损是在隐喻的意义上出现的：人不再是一种完整的社会存在了。

3. 流散作家：文化“翻译”阶层

在传统社会中，人的身份基本上是固定不变的，人在社会上的角色是事先给定的，人不会产生自我的危机感，因为人的身份不会发生突然的本质性的变化。但在后殖民时代，单一、固定的传统文化身份已无法保持。由于是从一种文化走入另一种文化之中，传统自我身份的连贯性与一致性在移民身上被打破了，他们的身份再也无法固定，文化上的断裂使他们变成了流散的“碎屑”；流散的过程实际上是他们不断异化的过程，他们自我身份的重新构建实质上是对自我不断否定的过程。进一步说，这样的一个否定过程，并不单单发生在移民身上，而是现代社会的普遍现象：殖民主义打破了世界，使东方和西方不可分割地联系在一起，东方社会在变，西方社会也在变。拉什迪认为英国文化并不像其居民所认为的那样是单一的，因为移民从边缘地区来到“中心”，也给英国文化带来了异质的文化因素。有些因素融入了主流文化之中，另一些因素则受到抑制，多种文化因素不停地对抗着，使英国文化呈现出杂交和多元的性质。[①]

早在1835年，在印度殖民统治阶层中的英国总督立法成员麦考莱在《印度教育备忘录》中就说：“我们现在必须尽最大努力在我们与我们统治的数百万人之间形成一个可以称作翻译的阶级；这样一个阶级的人，在血统和肤色上是印度的，但在兴趣、见解、道德和知识上都是英国

---

① “Rushdie and His World: The Carnivalesque, Masquerade, and Grotesque Realism in His Fiction,” in Rajeshwar Mittapalli, Joel Kuortti, eds., *Salman Rushdie: New Critical Insights* (2), Atlantic Publishers and Distributors, 2003, p. 172.

的。我们可以放心地让那个阶级去纯化那个国家的方言土语，用从西方名词中借来的科学术语来丰富那些方言，并将其转译成适当的工具以向那里的广大民众传达知识。”[①]时隔150年之后，正如麦考莱预料的那样，印度出现了强大的“翻译”阶级，但令麦考莱始料不及的是，这个强大的“翻译”阶级不仅出现在印度，而且也以移民的身份开始渗透于英国社会和文化之中。

或许是受到麦考莱上面一段话的影响，拉什迪也在“翻译”二字上大做文章，时代不同了，拉什迪既继承了麦考莱的“翻译”理论，同时又有发展，可谓别出心裁：

> “翻译”一词，从词源学上说，它来自拉丁语 translatio，其本来的意思是中性的“跨越”（bearing across）。跨越了不同的文化，我们（移民）是被翻译了的人（translated men）。一般说来，在翻译的过程中，某些东西总是要失去的；同时，我也固执地认为，在翻译的过程中，我们也能获得某种东西。[②]

小说《耻辱》中也出现过类似的话。《耻辱》中有个人物名叫欧玛儿·海亚姆·沙基尔，这个名字来源于波斯诗人欧玛尔·海亚姆：“‘东方诗人’欧玛儿·海亚姆，据他的翻译者所说，在波斯是默默无闻的，他只是通过翻译而存在于西方世界，而对于他（诗歌）的翻译是一种全新的创造。”通过翻译，欧玛儿·海亚姆的诗歌在内容和精神上都不同于原作了。小说的叙述者接着说：“我也是一个被翻译的人，我的跨文化性质是天生的，人们一般都认为，翻译会失去某些东西；但我坚持认为——就菲茨杰拉德对海亚姆的成功翻译而言——也能获得某些东西。”[③]不难明白，拉什迪在此强调的并不是失去的东西——印度文化，而是获得的东西——通过西方文化而使印度文化得以更生。有失才有得，有得也会有失，“失”与“得”相辅相成，缺一不可，这就是“翻译”的微妙之处：身处二者之间，交释于两种文化，在此意义上，拉什迪变成了两种文化的翻译者。当然，这种角色，从另一个侧面来看，也有点不伦不类，在小

---

① 转引自罗钢、刘象愚主编：《后殖民主义文化理论》，中国社会科学出版社，1999年，第116页。

② Salman Rushdie, *Imaginary Homeland*, Granta Books, 1991, p. 17.

③ Salman Rushdie, *Shame*, London: Picador, 1983, p. 29.

说《莫尔的最后叹息》中，拉什迪也通过小说人物S.S.麦迪纳之口说道："男人和女人，只要是离开了他们土生土长的地方，便有点古怪了，他们的灵魂中不是失去了某些东西，便是添加了某些东西——某些邪恶的种子。"①

小说创作是一种直觉的方式，更多地诉诸感觉或感情，文学理论则是一种理性的方式，更多诉诸思想。联系霍米·巴巴的相关看法，我们会对所谓的"翻译"问题有更一层的体会。关注印度流散文学的后殖民理论家霍米·巴巴，也像拉什迪一样，在麦考莱的"翻译"理论上做过文章："通过批评语言的作用而消除对立，开辟'翻译'的空间即杂交的空间……改变我们对当下政治的认知形式。"②"翻译"在此变成了"杂交"，杂交的要义在于消除"得"与"失"之间的对立，这并非单纯的合二为一，而是一个新的文化空间。

从麦考莱的"翻译"，中经拉什迪的"跨越"，再到霍米·巴巴的"杂交"，谈的实际上都是文化定位的问题。当后殖民与流散文学结合在一起时，文化定位的问题便不可避免地出现了：文化上的断裂与变异需要人们对自我与他者文化重新定位(relocation)。霍米·巴巴之所以写下《文化的定位》(*The Location of Culture*)一书，并不是要在地理上对文化进行归类和划分，而是因为在文化断裂与文化变异中产生的流散文学创作，迫切需要人们对自我、对不同的文化在新的认知中做出新的定位。③ 拉什迪打碎"镜子"，使自我变成碎片，也是为了对自我进行新的定位和新的组合，如果用学术界较为时髦的说法，这便是"解构"了——自我虽然变成了碎片，但拉什迪同时也从"破碎的镜子"中发现了新的空间：

> 破碎的镜子(the broken mirror)实际上与一面完美无瑕的镜

---

① Salman Rushdie, *The Moor's Last Sigh*, Vintage, 1996, p. 327.

② Homi Bhabha, "The Commitment of Theory," *New Formations* 5 (1988): 10-11. From Syed Mujeebuddin, "Centres and Margins: *Shame's* 'Other' Nation", in Rajeshwar Mittapalli, Joel Kuortti, eds., *Salman Rushdie: New Critical Insights* (2), Atlantic Publishers and Distributors, 2003.

③ D. Ramakrishna, "Bhabani Bhattacharya's *A Dream in Hawaii*: A Study in Postcolonial Spirituality", in P. Mallikarjuna Rao, Rajeshwar Mittapalli, K. Damodar Rao, eds., *Postcolonial Theory and Literature*, Atlantic Publishers and Distributors, 2003.

> 子一样宝贵。让我再次从自身的经历中对此加以解释。在开始创作《午夜的孩子》之前,我花了好几个月的时间来尽力回想五六十年代的孟买,不仅是孟买,还有克什米尔、德里、阿里格尔、阿格拉等城市。我很惊奇那么多的事物都在我面前栩栩如生……
>
> ……当然,我无法使回忆变得完整,它们都是片断性和局部性的,但我却对这些记忆的碎片产生了强烈的感情共鸣。记忆的碎片变得越来越清晰、越来越生动,它们是我记忆的沉淀,能使一些不太显眼的事有了象征的意义、平凡的日常生活具有了崇高的性质。这与考古学有点相似。从古代文物的碎片中,我们有时能够重新建构过去的时代,这种发现令人极其兴奋,即便那是生活日用品的碎片。①

实际上,对任何人、任何作家来说,记忆都是碎片性的,由此而言,无论是拉什迪,还是普鲁斯特,其追忆过去的心路历程大体上都是相似的,其中的差别只在于如何追忆:是尽力使之完整,将过去变成一个美好的世界;还是故意打碎记忆中的过去,追求碎片性的效果抑或是"毁了"的痛苦感觉?进一步说,正如创伤总要弥合一样,"毁了"总是要更生的,因此,破镜总会以各种方式重圆,这就是拉什迪在此所用的"重新建构"(reconstruct)一词的真正含义,它准确地表达出拉什迪的心理,其意显然不在于用一面完整的镜子来映照过去,对过去进行修补和装饰以维持一个失落的世界,该失去的实际上已经不可避免地失去了,拉什迪得到的只是"碎片",不过,当拉什迪以这些"碎片"来重新组合、重新定位"过去"时,他在得失之间突然找到了自我的平衡,由此获得了新的空间。对此,我们不妨以《午夜的孩子》中阿米娜·西奈第二次结婚后的心理变化为例加以说明——一定意义上说,移民来到西方,就像是走入第二次婚姻生活一样。

4. 破碎自我的重新组合

阿米娜嫁给了穆斯林富商艾哈迈德·西奈,但前夫纳迪尔汗的影子

① Salman Rushdie, *Imaginary Homeland*, Granta Books, 1991, pp. 11—12.

总在阿米娜的心里出现，为此她经常失眠。与新的丈夫生活在一起，尽管她觉得自己应该全心全意地爱上自己的丈夫，但她一时又无法适应新的环境中新的生活，有一天清早起来，她无意中喊道：太阳升起的地方不对。实际上这是她的错觉，因为她与新的丈夫生活在一间新的房间中，太阳升起的地方并没有变化，变化的只是她自己的位置。她知道这是自己的错觉，但心头却总是乱糟糟的，没法使自己完全定下神来。她想转移自己的注意力，每天一刻不停地收拾着房间，反复地挑选地毯，不断地改变摆放鲜花的位置，为了一张椅子摆放在哪里最好，她可以左思右想上好半天，她手脚一刻不停，什么东西都擦得干干净净。但外表的变化还是没能将她带入新的生活之中，夜里她还是经常梦见前夫，白天她的口里也还是含着那个无法说出的名字。她咬紧牙关，努力恢复正常的心态。她像传统的印度女人那样，坚定地认为自己应该绝对忠诚于丈夫，全心全意地爱自己的丈夫。“因此，她便发挥自己勤勉的天性，训练自己来爱上他。为了做到这一点，她在自己内心里，将新丈夫的身体分成一个个组件，同时她将新丈夫的行为习惯一个个地孤立开来，认为他是由嘴唇、口头语、偏见等一个个格子组合而成……总之，她也堕入到她父母那开洞的床单的魔法之中，她决定一点一点地爱上她的丈夫。”[①] 每天她选择新丈夫艾哈迈德·西奈的一个碎片(fragment)，然后将自己的全部心思都集中在这个碎片上，直到自己完全熟悉了这个碎片，直到自己内心喜欢上这个碎片，爱慕上这个碎片，最后爱情便产生了。用这种方式，她渐渐地爱上了他的大嗓门儿，尽管他的大嗓门儿经常震得她耳膜鼓荡，浑身发抖；用这种方式，她爱上了他兀鹫一样半张半合的眼睛以及下唇突出的嘴巴。在这种方式的不断重复中，她惊奇地发现：“看来每个男人身上都有成千上万种不同的东西值得你去爱呢！”她寻思道：“有谁能真正理解一个人呢？……如此想来，他身上总会有新的东西值得我去爱的，这样，我们的婚姻就不会索然无味了。”[②] 与此同时，阿米娜在房间的布置上更加精心，将他们住的房间改建成了一个由软垫子和帷幕构成的天地，挂的窗帘尽可能不让光线照进屋来，就像是一个地下室，所有这一切都像是在施展魔法似

①② Salman Rushdie, *Midnight Children*, Vintage, 1995, p.68.

的，而且是一种极其用心、极其隐蔽的魔法，不过也许阿米娜自己也没有认识到这是一种魔法，她只是在用心良苦地完成一件极其艰难的工作，那就是逐渐承认她必须爱上一个新的男人。结果，这种魔法不仅改变了阿米娜，而且也改变了艾哈迈德·西奈。不知不觉中，艾哈迈德受到了妻子的影响，渐渐地发生着变化：他的头发越来越细；他的腹部也开始扩张。艾哈迈德身体上的变化，可以说是阿米娜的杰作，这种变化多多少少融入了阿米娜前夫纳迪尔汗的影子，因为阿米娜在竭力改变自己时，她依然很容易受到梦中前夫形象的影响，这种影响最终也化入了艾哈迈德不知不觉的变化之中。阿米娜的前夫是一个头发又细又长、肚皮软软的男人，阿米娜对此很有好感，结果艾哈迈德便像是被施了魔法似的发生了变化，只不过他的头发越来越细的同时也越来越稀，最后只剩下了几根；他的肚皮变得软绵绵的同时也变成了一个圆鼓鼓的将军肚，因此，没有哪个人会将艾哈迈德的变化与阿米纳心目中的纳迪尔汗联系起来。

小说在此以阿米娜的视角来讲述一切，我们也可以从隐喻的意义上来解读阿米娜的故事。阿米娜"周旋"于两个男人之间，这样的角色正好应和了拉什迪的文化身份：文化上的侨居使拉什迪这样的流散作家处于一种比较特殊的地位，他们身处西方主流文化世界，但却来自第三世界，介于两种或多种文化之间，首鼠两端就会两头落空，立足于自我便得天独厚：

> 我们的身份既是多元的又是局部的。有时，我们会感觉到我们身处两种文化之间，有时，我们又有两头落空的感觉，但是不管我们这种处境如何含混、游移，对一个作家来说，我们拥有的并不是一块不毛之地。如果说文学一定程度上说便是发现进入现实的新视角的话，那么，我们的距离、我们在地理差别上的观察点，可能正好为我们提供了这样的视角。[①]

显然，这里强调的不是地理上的差别，而是由地理差别演化而来的心理差别："流亡地与家乡并非纯粹的地理概念，它们更多地表现为心理作用和心理建构。家乡实际上代表着某种看待问题的方式，而对流

---

① Salman Rushdie, *Imaginary Homeland*, Granta Books, 1991, p. 15.

亡者来说，新的家乡就意味着以新的眼光来看待世界的方式的产生，是对世界的新发现。”[①]这也正是巴巴所说的杂交与异他性理论，以新的自我、以“第三空间”来消除自我与他者之间的界限。尽管阿米娜认为自己必须忠诚于新的丈夫艾哈迈德，但实际上，她在第二次结婚之后还经常与前夫纳迪尔汗幽会；而艾哈迈德原本是阿米娜姐姐的情人，这种婚姻本身从一开始便表现为杂交。在努力适应新的婚姻生活的同时，阿米娜不仅改变了她自己，也改变了她的丈夫，同时还改变了没有抛头露面的纳迪尔汗，他们三者相互影响，相互发生着作用，形成复杂的杂交关系：自我的文化身份总是在与他人的关系中构建而成的，只有参照他人，才能理解自我；人与人之间如此，国与国、文化与文化之间也是如此，移民身份的构成正是在东方与西方不同文化之间不断地分裂并重新组合成的新的自我。

“流散”的含义并不是从边缘向中心的移动，也不是将中心文化的价值向边缘地区输送，它是从里到外、从外到里的双向渗透。在小说创作中，拉什迪经常使用“渗透”(leak into)一词，表示的正是自我身份的杂交状态，如《莫尔的最后叹息》所说：“叹息不单单是叹息，我们吸入了整个世界，而后叹出其中的意味。”[②]也如《午夜的孩子》中萨里姆所说：“我可以肯定地告诉你，要理解一个人，你必须吞下去整个世界。”“我们带着多少事件多少人多少观念来到了这个世界，有多少的可能性以及对可能性的多少限制！”[③]在后殖民时代，晚期资本主义经济的运转方式、新的信息交流形式，将人们的生活、心理和感情都打成了碎片并重新加以组合，后现代与后殖民本来是互相对立的，但当拉什迪以文化杂交的身份出现时，后现代与后殖民之间的界限被他轻易弥合了：拉什迪既是西方后现代主义的先锋人物，又是一个非西方的后殖民作家；后殖民与后现代所关注的民族、种族、性、性别与阶级等问题因此重叠在一起。《午夜的孩子》中，萨里姆的身份碎裂了，但在碎裂中他又变得无所不容，他如此自问自答：“我是谁？这是我的回答：我是所有在我眼前发

---

① Timothy F. Weiss, *On the Margins: The Art of Exile in V. S. Naipaul*, the University of Massachusetts Press, 1992, p. 111.

② Salman Rushdie, *The Moor's Last Sigh*, Vintage, 1996, p. 54.

③ Salman Rushdie, *Midnight's Children*, Vintage, 1995, pp. 108—109.

生的事情、所有我做过的事情和别人对我做过的事情的总和。每一个受到我影响的人和事物都是我。”①

二　故事与历史

1.《午夜的孩子》:殖民与后殖民历史的重新书写

自从沦为英国的殖民地之后,印度的传统便被打破了,其历史的发展被纳入了以英国为代表的西方现代社会的进程之中;西方殖民主义历史常常标榜自我对印度的“发现”:在英殖民入侵之前,印度社会处于落后保守的封建状态,它是一片散沙,从来都不是一个统一的社会,也没有统一的文化和历史,是英国将印度带入到现代文明社会的发展之中。随着英殖民统治在印度的解体,印度的现代历史面临着重新书写的问题,印度民族主义者认为,印度需要从殖民主义的阴影中摆脱出来,“一个民族的解放,是对该民族历史属性的重新把握,是使它的人民又重新回到历史之中”②。贾瓦赫尔拉尔·尼赫鲁(1889—1964)写下《印度的发现》一书,正是为了驳斥西方的殖民主义论调,使印度从殖民奴役的屈辱中解脱出来,使印度人重新认识、重新回到自己的历史之中,以此来重新塑造印度民族的历史自豪感。这不仅是一个重写历史的问题,同时也是对未来的设想。尼赫鲁在印度独立后,梦想着把印度建设成一个不与西方帝国结盟、摆脱西方束缚的东方大国,拉什迪在《午夜的孩子》中以聆听者的角色断断续续地重新“演绎”尼赫鲁在印度独立日发表的雄心勃勃的演讲:

> ……午夜的钟声敲响,③当世界正在沉睡时,印度苏醒过来,获得了自由……一个时刻到来了,一个历史上千载难逢的时刻到来了,我们从旧世界跨入了新世界,一个时代就此结束了,一个长期被压制的民族的精神得到了解放……④

---

① Salman Rushdie, *Midnight's Children*, Vintage, 1995, p. 383.

② 艾勒克·博埃默:《殖民与后殖民文学》,盛宁、韩敏中译,辽宁教育出版社,1998 年,第 211 页。

③ 英殖民者向印度移交权力,也就是印度的独立发生在 1947 年 8 月 15 日午夜时分。

④ Salman Rushdie, *Midnight's Children*, Vintage, 1995, p. 116.

伴随着尼赫鲁的演讲，印度沉浸于狂热的想象之中，到处都是喧闹的声音，拉什迪描写道，当时整个印度民族都患上了乐观主义疾病(optimism disease)，印度似乎一下子进入了真正自由的世界。但1962年尼赫鲁去世时，他的梦想基本上落空了。到了70年代初，印度中产阶级普遍认为是尼赫鲁的"社会主义"白日梦想抑制了印度经济的发展；而在英迪拉·甘地执政以后，印度政治上的"民主"也被进一步削弱。到了80年代初，随着印度国大党在国民心目中威望的下降，尼赫鲁家族的时代已趋于衰退，同时印度经济自由政策使印度出现新的商人阶层，虽然这时期的印度经济发展缓慢，贫富悬殊问题严重，但印度中产阶级的力量却进一步壮大。这个中产阶级在经济和意识形态上均以国际势力为后盾，他们企图以自己的意志来重新塑造印度，同时他们又深感悲观和绝望。

《午夜的孩子》正是以"喜剧史诗"的形式反映出印度中产阶级的处境和心理。"史诗"意味着以神话、魔幻、超现实的方式来叙述一个时代，而"喜剧"在拉什迪的笔下实际上是悲剧的一种极端形式，正像乐极生悲一样，悲极也可以生乐，它不是像阿Q那样麻木不仁的喜剧，而是觉醒后四处碰壁、无路可走的喜剧。拉什迪的小说倾诉出了印度国内的愤懑情绪，同时它也迎合了西方的心理和口味，在后殖民的文化背景中写出了后现代的一些精神面貌。阿米德·乔杜里在《混血儿的魅力：后殖民印度小说对西方意味着什么》中曾说，《午夜的孩子》是尼赫鲁时代的史诗，它于1981年出版时，碰巧也是尼赫鲁时代开始终结之时：拉什迪通过文学而创造了一个政治神话，他以文学的形式结束了尼赫鲁的时代。[①]

所谓"尼赫鲁时代"，实际上是世界殖民体系崩溃后出现的较为普遍的现象，前殖民地国家在独立之后对自己的未来充满了信心，这正如拉什迪小说中描写的尼赫鲁在独立日的演讲中所说的那样："我们要建立一个自由印度的雄伟大厦，在这里她所有的孩子都能好好地生活。"[②]对于独立日出生的"午夜的孩子"们，印度对他们更是充满了希

---

① 阿米德·乔杜里：《混血儿的魅力——后殖民印度小说对西方意味着什么》，载英国《泰晤士报文学增刊》(TLS)，1999年9月3日。

② Salman Rushdie, *Midnight's Children*, Vintage, 1995, p. 118.

望，新印度政府的总理大臣们说，伴随着印度的独立而出生的孩子，在某种意义上，是他们所有人的镜子。[1] 但随着印度独立时代梦想的破灭，这些“镜子”在上世纪80年代便都像萨里姆一样成了“碎片”，萨里姆作为新印度的象征，其形象正好应了小说中算命大师对他所做的预言：“他没有老的时候已经老了，他没有死的时候已经死了。”[2]

尼赫鲁时代的结束也昭示了后殖民时代的到来。经历过民族解放运动的作家常常会认同于尼赫鲁时代对印度民族历史的重新书写，但对于拉什迪这样在印度独立前后出生的作家来说，其文化认同感却变得极其复杂。一方面，在一个殖民时代就受到西方文明侵袭的后殖民社会中，印度根本就不可能有所谓纯粹的传统了，尼赫鲁时代的民族自豪感和民族凝聚力在拉什迪这样的作家身上几乎是荡然无存了，现实生活中的经历早已粉碎了民族独立时的自由梦想；另一方面，印度独立后出生的一代，在六七十年代正好赶上“留学”和技术移民的浪潮，时代使他们变成了“流散”的一代。20世纪后期，世界人口迁移空前活跃，这种迁移以第三世界向第一世界移民为典型特征，与殖民时期第一世界向第三世界的入侵正好形成对比，像是一场大逃亡运动，到了八九十年代，流散于西方的知识分子将大逃亡运动转化成了颇为引人注目的后殖民文化思潮。移民的涌入不仅改变了西方社会的人口构成，自然也会使其文学发生变化。

流散文学的出现与发展，实际上是前殖民地文学的大迁移与大移植，同时也是东西方文学的大“杂交”。拉什迪作为一个移民，他在东西方不同的社会环境中有着极其复杂的个人感觉，因此，他的小说创作在回溯个人经历的同时，又穿越了广阔的地域、历史与文化空间，变成了漫游性的文本，这本身便是杂交。早在殖民时代，鲁·吉卜林、伊·摩·福斯特等帝国作家以“入侵”的形式将东方“杂交”于西方文学，并对西方文学的发展产生了相当大的冲击波，如今，流散文学好像回到了自己的老“家”，“回到了原来的、但现在已是多种语言并存的殖民地宗主国的时候，所有这一切则进一步扩大了。原先在殖民地外围杂交形成的小说，现在回到了后帝国的西方大都市，这些城市早已无可挽回地改变

---

① Salman Rushdie, *Midnight's Children*, Vintage, 1995, p. 86.

② Ibid., p. 88.

了，而这些小说的杂交性则更加突出了”。V. S. 奈保尔在《抵达之谜》中说，20 世纪后半叶“人民群众的伟大运动”从根本上改变了伦敦这样的城市：“它们多多少少已不再是一个国家或一个民族的城市；它们将变成世界性的城市，现代的罗马。”[①]伦敦变成了一个世界城市，生活在伦敦的作家自然也是一个世界作家，拉什迪说：“当小说越来越成为一种国际形式时，我们不可避免地是国际作家(international writers)。”[②]流散作家在创作上的模仿性、双重性、无根(失重)性、混杂性、戏谑性正好迎合了解构主义批评话语的趣味；再加上 20 世纪末全球化呼声的高涨，他们在创作上的跨国家、跨民族的“世界主义”特质正好使他们的创作参与了当前世界化的跨国信息交流过程之中，因此他们在西方世界能够日益走红。

但世界作家、国际主义等毕竟是空洞的，比如，奈保尔便拒绝世界主义。“世界公民”，他说，是“绝望、失败以及通常意义上的无知”所导致的产物，是一个人“被抛弃出去、不能面对他的现在也不能面对他在世界上的地位”的反映。[③] 实际上，流散作家总是由特殊性和世界性二个方面构成的，他们感受并吸收了西方文化的价值观念，但他们的文化兴趣却在于第三世界。表面上看，他们的创作缺乏民族文化、民族历史的根基，对前殖民地国家的民族主义和民族建构表现出极其冷漠和玩世不恭的态度，但实际上，流散作家，至少对拉什迪和奈保尔来说，总是极其关注并深刻思考着前殖民地国家的政治和文化命运，只不过他们身处西方，对问题的观察和思考有着自己独特的角度而已。

2. 历史与故事

独立带给人们的兴奋早已成为过去，流散作家开始以“流散”和多元的角度来思考并重新书写殖民和后殖民历史。拉什迪说：“在我们的

---

① 艾勒克·博埃默：《殖民与后殖民文学》，盛宁、韩敏中译，辽宁教育出版社，1998 年，第 269—270 页。

② Salman Rushdie, *Imaginary Homeland*, Granta Books, 1991, p. 20.

③ Robert M. Greenberg, "Anger and the Alchemy of Literary Method in V. S. Naipaul's Political Fiction: The Case of *The Mimic Men*," in *Twentieth Century Literature*, Summer 2000.

面前有很多陷阱,最大和最危险的陷阱是我们在精神上将自己限定在移民区内。忘记在我们所属社区之外还有一个世界,把我们限定在一个狭窄的文化圈子之中,将会使我们自动走进内在心理上的离乡背井……创作是产生于心灵深处的一种激情,心灵最为自由时,创作下的作品才能最好……在英国的印度作家除了自己的民族历史传统之外,还有第二传统,这就是移民生活圈子里的文化与政治传统。胡格诺教徒、爱尔兰人和犹太人是我们的前辈。我们所属的过去是英格兰的一种过去,是移民不列颠的历史。斯威夫特、康拉德和马克思如同泰戈尔或拉姆·摩罕·罗易一样是我们的文学前辈。美国是一个移民国家,我们也可以像美国移民那样创造出一个新的世界。"[①]正是在两种传统的交汇中,拉什迪意图创造一个新的"想象的家园"——重新书写现代印度的历史。

当然,拉什迪不是一个政治家,也不是一个历史学家,他是一个作家,他以演义、戏说、滑稽模仿、讽喻等各种方式来"解构"业已被定型了的历史,使历史呈现出开放的性质,这给文学及其读者开辟了可以无尽想象的天地。[②] 他这样做的目的并不是玩世不恭,而是有其政治目的的,拉什迪说:

> 我认为(文学)描写本身首先是一种政治行动。美国黑人作家理查德·赖德曾说,美国黑人和白人都在为到底什么是事实而进行着战争,他们的描述无法调和。显然,对世界进行再描述是改变世界的第一步,尤其是当统治集团将事实攥在自己的手里,试图歪曲事实,掩盖事实的真相以使过去适应当下的需要时,艺术包括描述记忆的小说选择其他的方式来说出真相便具有了政治意义。米兰·昆德拉说:"人们对权力的对抗,表现为为了忘却记忆的斗争。"作家与政治家是天生的敌人。双方均想按照自己的意向来塑造世界,他们为了同一片领土而在进行着战争,小说是否定官方、政治家关于事实看法的一种手段。[③]

---

① Salman Rushdie, *Imaginary Homeland*, Granta Books, 1991, p. 19.

② A. S. Rao, *Myth and History in Contemporary Indian Novel in English*, Atlantic Publishers and Distributors, 2003, p. 2.

③ Salman Rushdie, *Imaginary Homeland*, Granta Books, 1991, pp. 13-14.

拉什迪认为政治家和小说家天生是一对冤家，小说总是要否定官方政治对于历史真实性的记述，他意图打破虚构与真实、故事与历史之间的界限，在他的小说中，故事就是历史，历史就是故事："我以非历史的方式来考察历史，这便是随意的虚构。我确实认为，切记历史(history)与故事(story)之间的密切联系是极其重要的。意大利语中storia既有'历史'的意思也有'故事'的意思，乌尔都语中qissa的意思既是'传说'又是'历史'。"[①]印度的历史观念，实际上是在近现代才从西方引进的，按印度的传统观念，历史与神话、传说、故事是混为一体的，比如印度的大史诗《摩诃婆罗多》和《罗摩衍那》既是神话传说，又是印度最重要的历史和文化典籍，从这种意义上说，《午夜的孩子》是印度的现代史诗。但拉什迪毕竟生活在现代社会而不是史诗时代，他打破历史与故事之间的界限，其用意并不是要回到史诗时代，也不是为了戏弄历史，而是以反政治、反历史的姿态来建构新的政治和新的历史：

> 如此设想一下，在我的文本中，历史将在1947年8月15日(印度的独立日——引者注)进入一个新的时代，但这是另一种文本，这个注定要来到的日子不过是我们急速地进入了黑暗的迦利时代(Kali-Yuga)……在掷骰游戏中，我们的民族孤注一掷地失去了一切，[②]这是最糟糕的事，一个时代因此到来：金钱使人的地位上升，财富就是美德，男女之间的唯一纽带便是激情，谎言带给人的是成功。(在这样的时代，如果我也混淆了善良与丑恶，又有什么值得大惊小怪？)[③]

在拉什迪的笔下，印度的独立恰恰使印度进入了历史上最黑暗的时代，印度的独立与印巴分治接踵而至，在一片鬼哭狼嚎声中，在不同宗教教派的激烈冲突中，成千上万人血流成河，这样的"序曲"过后，金钱、财富、谎言、丑恶便纷纷扬扬地登台亮相了。显然，拉什迪对印度独

---

① Syed Mujeebuddin, "Centres and Margins: Shame's 'Other' Nation", in Salman *Rushdie: New Critical Insights* (2), eds. Rajeshwar Mittapalli, Joel Kuortti, Atlantic Publishers and Distributors, 2003.

② 在印度大史诗《摩诃婆罗多》中，俱卢族设计出掷骰子赌博的骗局，结果代表正义的般度族长子坚战在掷骰子中输掉了财产、王国以及他们自己的人身自由。(引者注)

③ Salman Rushdie, *Might's Children*, Vintage, 1995, p. 194.

立这样的历史所进行的演绎多少让人觉得悲观、残忍，不过，在拉什迪看来，印度的现实，甚至是在《午夜的孩子》发表多年之后，变得比他想象的还要黑暗。[①]

当然，我们也不能将《午夜的孩子》读作真实的“历史”，尽管拉什迪说，“切记历史与故事之间的密切联系是极其重要的”，但他的小说创作只是借助于历史的框架来编造文学的故事。拉什迪曾说，印度的读者常常参照历史来读《午夜的孩子》，忘记了这是一部小说；而西方读者中一般只是从想象、魔幻的角度来看待《午夜的孩子》，不知道其中也蕴含着历史的意味。实际上，《午夜的孩子》作为流散文学和后殖民文学创作的一部代表作品，恰恰应迎合了西方后现代所谓的开放的、不确定文本的说法，它表现的是支离破碎的历史，将历史变成了脱离中心、四处流散的碎片，它具有历史性宏大叙事的表象特征，但同时又使尼赫鲁、甘地等人的“自传”性宏大叙事破碎了，随着殖民帝国的崩溃，一切历史的或官方的关于真理或真实的权威说法也随之崩溃。因此，流言飞语便与历史不分上下了，《午夜的孩子》便从印度的神话、传说、电影、报纸、街市文化、腌酸菜的习俗、奇迹、星象、算命、预言、巫术、妖术、耍蛇、驯猴、政府的五年计划等各种政治事件与生活习俗以及普通人的生活中吸取各种历史的意象，形成了一个大杂烩。

拉什迪认为，小说只是故事，而不是历史，这样说，并不是要人们放弃严肃的态度来读这部小说，小说并不是小事(trivial matters)，小说是看待世界的一种新方式，[②]拉什迪也从烹饪的角度来解释文学化了的历史：将历史进行一番“搅拌”(chutnification)，用水果、胡椒、糖、醋等制成的酸辣酱或调味品来“烹饪”历史。在拉什迪看来，小说的创作过程一定程度便等同于烹饪(cook up)。在《莫尔的最后叹息》中，孟买富豪亚伯拉罕·佐格伊白的犹太基督教家族便是由印度向西方输入调味品而发迹的，调味品的贸易也使印度和西方在文化上发生了联系，小说主人公莫尔研究了很多有关烹饪的书籍，对厨艺极感兴趣，家庭厨师

---

① Salman Rushdie, "The Riddle of Midnight: India, August 1987," in *Imaginary Homeland*, Granta Books, 1991, p. 33.

② Salman Rushdie, "In Good Faith", in *Imaginary Homeland*, Granta Books, 1991, pp. 394—394.

伊奇基尔曾对他说："先生，坐下来，我们会烹饪出一个幸福的未来。将大蒜、丁香等香料去皮、捣碎，点一下小豆蔻的数量，将生姜切碎，将未来的酥油加热，煎炸一下调味品，使之散发出扑鼻的香味……我们还将烹饪我们的过去和现在，从中烹饪出我们的明天。"现代印度社会不同于西方，流言飞语与历史真实相互掺杂，民主政治与传统迷信、多元文化与原教旨主义混为一体，这为拉什迪的想象与讽刺提供了肥沃的土壤，其讽刺就像是胡椒粉一样起着辛辣和提神的作用。[①] 与小说内容上的"杂烩"性质相适应，其叙事也在上层与下层、过去与未来、精英与通俗之间来回穿梭，以众多小叙述构成了蜂窝状结构。

3. 历史、政治与性

故事杂交性的内容和形式暗示了故事的阅读方式，《午夜的孩子》以扭曲的方式来达到瓦解历史和政治的目的："展示一个'后'殖民的世界，意味着如何在这个世界中生活，并以一种与过去大不相同的方式再现这个世界。"[②]之所以如此，是因为拉什迪认识到：

> 人无法对事物获得全面的认识，我们不是神灵，而是受伤的生灵和裂缝的镜头，只能获得破碎的认知。人无完人，就此意义而言，我们都是残缺不全的。意义是我们用争吵、教义、幼小心灵的伤害、报纸上的文章、机遇的评说、老电影、小小的胜利、人们的痛恨和人们的爱等建成的不稳定的大厦；或许正是因为我们感觉到它是以不充分的材料建构出来的东西，所以我们顽强地、甚至于至死不渝地维护着它。[③]

在拉什迪看来，生活是一个混乱的谜团，它由一个个碎片组成，一个完整的、有意义的过去对拉什迪来说恰恰是一个"不稳定的大厦"，与

---

① P. Balaswamy, "A Post-Modern, Provocative, Metropolitan Mother India: Aurora Zogoiba of Rushdie's *The Moor's Last sigh*", in *Salman Rushdie: New Critical Insights* (2), eds. Rajeshwar Mittapalli, Joel kuortti, Atlantic Publishers and Distributors, 2003.

② 艾勒克·博埃默：《殖民与后殖民文学》，盛宁、韩敏中译，辽宁教育出版社，1998年，第213页。

③ Salman Rushdie, *Imaginary Homeland*, Granta Books, 1991, p. 12.

其加固或维护着这个大厦，不如推翻这个大厦重新建造，正像英国人在印度建造了孟买一样，拉什迪意图在小说中重建“孟买”并开辟一段新的历史。

《午夜的孩子》中，阿米娜与艾哈迈德结婚不久，在印度独立前，他们从德里移居到了孟买。德里是印度的历史文化名城，而孟买则是伴随着英国的殖民统治而建立起来的商业中心。拉什迪在《午夜的孩子》中描写道，孟买原本只是一个状似哑铃的岛屿，渔民千百年来一直生活在这片盛产鲳鱼、螃蟹、椰子和稻米的土地上。葡萄牙人是第一批入侵者，他们利用这里天然的港口来停泊商船、驻扎军队。但1668年之后，英国的东印度公司把手伸到这个岛屿上，从此以后，孟买的历史便滚滚向前：英国人的城堡一下子建立起来了，围海造地，人们的眼睛还没有来得及眨一下，孟买城便出现了。有一首老歌如此赞美孟买：

印度的第一，
印度的门户，
面向西方的
东方之星。[①]

这里的“第一”(prima)，既可以理解为孟买是英殖民者在印度建造的第一座城市，也可以理解为印度是从孟买开始其现代历史进程的：现代印度伴随着孟买城的出现而诞生了；孟买是“东方之星”，但它却“面向西方”，因为它是英殖民者在印度的土地上建造的现代城市——孟买自出现之日起，便是东西方“杂交”的产物。

为了强调孟买的“杂交”性质，拉什迪在小说中还特意提到，孟买之所以会成为英国的属地，是因为英格兰国王查理二世与葡萄牙王室的凯瑟琳订婚后，孟买作为凯瑟琳的嫁妆，从葡萄牙人的手中转到英国人手中，而与此同时，查理二世却一直与他的情妇内尔厮混，对凯瑟琳则不管不问。因此，在小说《莫尔的最后叹息》中，拉什迪说，孟买是葡萄牙人与英国人婚配的杂种，印度大多数城市都是杂种的后代。拉什迪真真假假地以查理二世与凯瑟琳之间不纯洁的婚姻(其中夹杂了查理二世的情妇内尔)将孟买和现代印度杂交化了。

---

① Salman Rushdie, *Might's Children*, Vintage, 1995, p. 93.

正是基于“杂种”的说法，拉什迪创造了“孟买性”（“Bombayness”）一词来表达他的东西方杂交的思想，小说的主人公莫赖斯说：“所有的印度人都在孟买汇集、融合，也是在孟买，印度所有的东西与非印度的东西相遇了，通过黑水洋流入我们血脉的东西在此汇合了，孟买的北方便是印度的北部，孟买的南方便是印度的南方，孟买的东方是印度的东方，孟买的西方是世界的西方。孟买就是中心，所有的河流都注入到它的人海之中。它是一个故事的海洋，我们都是它的叙事者，所有的人都在谈论着孟买。”①

在印度民族运动中，甘地曾写下《自传：我体验真理的故事》（1927—1929），尼赫鲁也出版过《自传》（1936），这些自传反映的常常是一个有自觉意识的民族诞生的过程，主人公的一生常常被看成是一个民族走向成熟的标志。但在拉什迪看来，尼赫鲁和甘地的自传只是现代印度的一个版本，它们是关于现代印度的千万种叙事中的一种。在《午夜的孩子》中，拉什迪虚构了尼赫鲁为萨里姆的出生而写来的贺信，说萨里姆是印度那个既古老又永远年轻的面貌的最新体现；萨里姆的生活在某种意义上就是印度社会的镜子。模仿着尼赫鲁、甘地等人的做法，拉什迪也以自传的方式来描述萨里姆的一生，并将萨里姆的诞生、成长与印度的独立、发展巧妙地结合起来，不过，与尼赫鲁、甘地关于现代印度与民族意识的看法形成对比，作为独立后印度的象征，萨里姆似乎命里注定要成为一个“杂种”。

萨里姆是新印度的象征，但他的出生却是英国人威廉·梅斯沃德的杰作。梅斯沃德在《午夜的孩子》中是英国的象征，小说描写道，孟买便是他的祖先开辟建造的，他在孟买有精心建造的豪华宫殿——梅斯沃德山庄，不过，他现在决定以极其低廉的价格将山庄出售给艾哈迈德了，正像英殖民者将自己一手建造的学校、铁路、火车、工厂、议会制度等一并移交给将要独立的印度一样，尽管这一切都很值钱，但现在它们却变成了一堆烂摊子。梅斯沃德像所有衣冠楚楚的英国人一样，做事井然有序，不慌不忙地决定将山庄在 1947 年 8 月 15 日午夜随着印度的独立“移交”给艾哈迈德。与做事一丝不苟、有条不紊的风格相适应，

---

① Salman Rushdie, *The Moor's Last Sigh*, Vintage, 1996, p. 350.

梅斯沃德精心设计了一个中分的发型，一头浓发从中间向两边分开，中分线笔直、分明，“就像一条历史或时间的线条一样”，拉什迪在小说中颇为戏谑地描写道，“梅斯沃德头上这条界限分明的中分线对女人具有难以抗拒的魅力，她们都觉得无法抑制自己地想把他的头发弄乱”[①]。这里的“女人”一定意义上象征着印度，在英殖民统治者的眼中，印度充满了女人的气质和特征——印度的一切都是混乱无序的，她对于井然有序既充满了渴望又意图将之弄乱。印度独立前的某一天，梅斯沃德若有所思，便唤来街头艺人温吉和他的妻子范妮塔来到自己的山庄里为他一个人唱歌，不一会儿，他便借口将温吉支开了，留下范妮塔一人在他的身边，范妮塔看着梅斯沃德的一头浓发和浓发中间迷人的分界线，觉得手指发痒，不由自主地抚摸、揉弄起来，“历史”和“性”在梅斯沃德头上笔直的中分线上汇合了，萨里姆因此被播种了，他精确地在印度独立日的午夜时钟敲响时诞生了。

虚构与真实随意结合，将历史事件融入小说人物的生活之中，是拉什迪常用的手法。在范妮塔将梅斯沃德头发上的中分线弄乱的同时，小说描写道，助产士玛丽·佩雷拉失恋了，她的失恋发生得不早不晚，从而将“20 世纪的印度历史”彻底搅乱了。[②] 玛丽·佩雷拉与乔瑟夫·德哥斯塔正在柔情蜜意地谈情说爱，但乔瑟夫突然从孟买刮起的北风中嗅出死亡的气息，他发现印度闹独立只对有钱人有好处，穷人则要互相残杀，因此，他对富人恨之入骨，他要进行唤醒穷人的爱国主义事业，为此，他开始烧公共汽车、炸电车。玛丽无法让乔瑟夫回心转意，便让自己的妹妹艾丽斯去劝说乔瑟夫，结果艾丽斯回来后，反倒说起玛丽的不对来：玛丽应该支持乔瑟夫的事业才对。自此以后有了新的谣言，说艾丽斯与乔瑟夫“好”起来了。玛丽恶狠狠地说：“她什么东西，她懂什么政治不政治的？乔瑟夫说些什么废话他都像一只笨八哥一样重复来重复去，不过是为了接近我的乔瑟夫罢了。”[③]玛丽作为一个痛苦不堪的恋人，为了博得乔瑟夫的欢心，她利用自己助产士的身份漂亮地干了一件“革命的”的事情：“她一边想着为了这件事他（指乔瑟夫——引者注）

---

① Salman Rushdie, *Midnight's Children*, Vintage, 1995, p. 95.

② Ibid., p. 104.

③ Ibid., p. 105.

肯定会爱我，一边调换了两个巨大婴儿的标牌，让那个穷娃娃过上优越的生活，而让那个富人的儿子去跟拉手风琴的过穷日子。”[①]就这样，英国人梅斯沃德与印度街头艺女范妮塔这个烂摊子杂交而生的萨里姆堂堂正正地进入了穆斯林富商艾哈迈德和阿米娜的家中——富丽堂皇的梅斯沃德山庄，而艾哈迈德与阿米娜真正的孩子湿婆则成为街头艺人的孩子，在穷困中四处流浪。

这是一个奇特的故事，通过这样奇特的故事，拉什迪将印度的历史、政治与性杂交为一体：“实际上，在整个新印度，在我们所有人共同的梦想中，当时出生的孩子只是部分地是他们父母的骨肉——午夜的孩子同时也是这个时代的孩子，你知道，他们是历史的孩子。这种情况并不奇怪，尤其是在一个本身就是梦幻的国家里。”[②]印度独立了，但它却无法与殖民主义历史一刀两断，尼赫鲁等印度政治家曾试图为独立的印度书写新的历史，但到了 1981 年，拉什迪通过真真假假、似真似幻的《午夜的孩子》又“解构”了新印度神话，如果说萨里姆是现代印度的象征，那么他的生身父亲恰恰是英国人梅斯沃德，因此，萨里姆说现代印度的父亲是英国的拉伽(大王)，尽管英国在印度的统治已经宣告结束，但英国的遗产被新诞生的国家继承了——独立的印度像萨里姆一样不过是英国的一个私生子，一头驴子与马杂交而生的骡子，其不伦不类之处进一步表现为他命里注定没有儿子但他在名义上却又有了一个儿子。在小说的最后，萨里姆与婆婆蒂结婚了，但萨里姆与婆婆蒂的婚姻只是名义上的，婆婆蒂是湿婆的情侣，她身上怀的孩子其实是湿婆的骨肉，因为婆婆蒂救了萨里姆一命，为了顾全婆婆蒂的名声，萨里姆与她结婚了。[③] 萨里姆与湿婆在出生时即被助产士玛丽调换了身份，长大后他们作为“午夜的孩子”又相互敌对，直到最后他们又纠缠不清地联系在一起，他们的关系多多少少隐喻了印度教与伊斯兰教之间的复杂恩怨，但表现这种恩怨并不是拉什迪的目的，他的目的主要还在于表现不同文化之间的杂交——英殖民主义的入侵使印度的一切都在发生

---

① Salman Rushdie, *Midnight's Children*, Vintage, 1995, p. 117.

② Ibid., p. 118.

③ 湿婆是印度教中著名的大神，在印度神话故事中，婆婆蒂(即雪山神女)是湿婆的妻子。拉什迪在《午夜的孩子》中借用了印度的神话故事。

着千奇百怪的变化。《午夜的孩子》是有关印度独立的现代神话故事，它将隐喻与神话联系在一起、现实与魔幻结合为一体，打破了单一的、概念化的历史观，充分展示了现代印度的矛盾性和多样性，一切都没有高下贵贱之分，一切都发生着相互的内在的联系。①

4. 后殖民时代印度女性化的文化隐喻意义

小说《耻辱》中的巴基斯坦，在语言和宗教上都是统一的，但这种统一并没有给巴基斯坦带来富强与发展，反而给专制提供了肥沃的土壤，使巴基斯坦成了压迫者和专制者的用武之地，这部小说描写的主要是统治阶层的生活，其中的巴基斯坦是一个既没有物质文明也没有精神食粮的荒漠，从中看不出任何新生的希望。② 相对而言，《午夜的孩子》的描写面要宽广一些，人声和人群加上多元文化和广阔的领土，使小说中的印度给人以多元和开阔的感觉。

《耻辱》主要围绕着伊斯肯德尔·哈拉帕(以佐勒菲卡尔·阿里·布托为原型)和拉扎·海德两位巴基斯坦政坛上的重要人物的腐败和争斗展开叙事。像印度一样，巴基斯坦在独立后也在重新书写自己的民族历史，不过，与印度相比，巴基斯坦不仅要抹去殖民历史的印记，同时还要抹去印度多少世纪以来给它留下的印记，将历史掩盖起来之后重新书写自己的过去，以保持自己民族的"纯洁性"。③ "重写"(palimpsest)一词是理解《耻辱》这部小说的政治和文化意义的关键所在，一方面是官方语言对其历史、政治的重新书写，另一方面则是拉什迪对这种重新书

---

① P. Balaswamy, "A Post-Modern, Provocative, Metropolitan Mother India: Aurora Zogoiba of Rushdie's *The Moor's Last Sigh*," in *Salman Rushdie: New Critical Insights* (2), eds. Rajeshwar Mittapalli, Joel kuortti, Atlantic Publishers and Distributors, 2003.

② Syed Mujeebuddin, "Centres and Margins: Shame's 'Other' Nation," in *Salman Rushdie: New Critical Insights* (2), eds. Rajeshwar Mittapalli, Joel Kuortti, Atlantic Publishers and Distributors, 2003.

③ 印度和巴基斯坦在历史上是合为一体的存在，在英殖民时代也是如此，但由于印度教与伊斯兰教的矛盾与冲突的不断加剧，伴随着英殖民统治的结束，印度教与伊斯兰教以分治的形式各自独立成国。这种分裂局面的形成也与英殖民统治者对印度教徒和穆斯林所采取的分而治之的政治策略有关，因此拉什迪在小说中也流露出，英殖民统治者对此应担负一定的历史罪责。

写的“颠覆”:尽管企图全面抹杀历史已经写下的东西,但原始的、历史的印迹依然不会完全消失,在多元的历史与文化被抑制、被抹杀之后,巴基斯坦必然会变成一片死寂的荒漠。①

文化的杂交本来是一种抽象的观念,但拉什迪却通过小说而使这种观念具体化了,对官方的历史进行“革命化”的改写,使政治、历史与性不折不扣地结合在一起了,这也可以说是拉什迪所谓的性政治或身体政治。在《午夜的孩子》中,阿米娜尽管是一个不忠诚的女人,但她多多少少还有印度女性的传统色彩,她曾努力爱上自己的丈夫,至少在表面上对丈夫表现得百依百顺。但到了《耻辱》中,当女人与政治结合在一起时,一方面女人使政治淫荡化了,另一方面政治也使女人变得阴险狡黠、手段毒辣且富于侵略性。《耻辱》中专断独行、脾气暴躁的苏菲亚·齐诺比亚是“耻辱”的化身,她是印巴分治中千百万人的梦魇。在《莫尔的最后叹息》中,政治女性进一步表现为专横跋扈而又放荡不羁,政治变成了家庭争吵的一种形式,专制实际上便是家长制。拉什迪生活在英迪拉·甘地执政时代,他的小说与现实社会的政治事件有密切关联,拉什迪将自己对印度的不满化为对政治和政治人物的不满,他认为,英·甘地在公众面前是高贵典雅、机智果敢的理想化的女性领导人,但这只是表面现象,内心里,她是一个狂躁的、想吞食掉她的子民的女魔王。印度历史上,在英·甘地执政的巅峰时期,她的追随者曾声称:“印度就是英迪拉,英迪拉就是印度。”②这个口号也反复出现在《莫尔的最后叹息》之中,当莫尔想到“英迪拉母亲是我们所有人的活着的母亲女神”时,他感伤地发出了他“最后的叹息”。

《莫尔的最后叹息》是20世纪90年代印度的寓言,其中莫赖斯(即莫尔)的母亲奥罗拉(即达·迦姆)也是一个英·甘地式的女性人物形象。奥罗拉自幼便铁石心肠,她的母亲与婆婆不和,二人之间一直进行着冷战。奥罗拉16岁那年,看到婆婆孤独无助地突然瘫痪倒地后,她冷若

---

① Neluka Silva, “The Politics of Repression and Resistance in Salman Rushdie's *Shame*,” in *Salman Rushdie*: *New Critical Insights* (2), eds. Rajeshwar Mittapalli, Joel Kuortti, Atlantic Publishers and Distributors, 2003.

② 小说中说到的“英迪拉就是印度,印度就是英迪拉”是印度国大党(执政派)主席巴鲁阿于1975年提出的荒唐口号,当时的反对党立即抓住巴鲁阿的口号,指责国大党将英迪拉与印度等同起来,就是把印度看成了英迪拉的家天下。

冰霜、纹丝不动地“欣赏”着婆婆的痛苦。亚伯拉罕是奥罗拉的父亲所开办公司的一个雇员，比奥罗拉大20岁，奥罗拉疯狂地爱上了他并克服各种阻力与他结婚了，但婚后几年，当发现亚伯拉罕有不轨举动后，她便以牙还牙，成了一个荡妇。小说中描写道，据说她曾与印度总理贾·尼赫鲁有染，而莫赖斯也经常满腹狐疑尼赫鲁是否就是他的生身父亲。奥罗拉在印度民族独立运动中扮演着重要的角色，在1942年的民族独立运动中，她曾被捕入狱，这使她成为民族运动中一个“伟大的”女性。在公众面前，奥罗拉表现得谦恭随和，但在内心里她却是一个工于算计、残酷无情的女人。传统的印度女性是苦难和忍辱负重的代表，而奥罗拉则不仅受不得苦难，而且易怒、充满了强烈的报复心理，她对丈夫的背叛行为便是如此，相反，亚伯拉罕却成了“忍辱负重”的化身，他不仅觉得愧疚，对不起妻子，认为妻子对他的报复都是由他自己的错误行为引起的，而且对她的不忠默默忍受，从不生气，甚至因此而更加爱她：“她越是对他不忠，越是将这种不忠公开化，他对她的爱反而越是强烈、深沉。”[①]这是印度传统女性的心理。温柔的女性，无论丈夫对她如何不忠，她总是怀着崇敬的心理对待丈夫，现在的情况正好相反。

在殖民时代，西方常常将印度形容为女性化的民族，而在后殖民时代，拉什迪将印度政治与女性结合在一起时，不仅是现实政治生活的反映，而且有着不同于西方作家笔下女性化印度的文化隐喻意义。传统的、“边缘化”的女性形象在独立后的印度社会中扮演了重要的角色；而一旦她们在政治上从边缘走向中心，在拉什迪看来，她们被压抑的本性便报复性地膨胀起来，这是西方文化与印度传统“杂交”后的畸形产物，在人变成男不男、女不女的同时，印度社会也变得不伦不类，既非西方也非东方：既想抛弃传统的重负，又想保持自己的文化传统；既要现代化，又恐惧西方化；在非殖民化的同时走入了后殖民的困境之中，当拉什迪以小说将这一切表现出来时，这便是怪诞了。

---

① Salman Rushdie, *The Moor's Last Sigh*, Vintage, 1996, p. 170.

三　怪诞与魔幻

1. 拉什迪小说的听觉效果

自《午夜的孩子》(1981)出版以来,拉什迪一直渴望着能将这部小说搬上银幕或舞台。1997年他这一宿愿差不多就要实现了,英国BBC投资500万英磅,计划以印度为背景,将《午夜的孩子》拍摄成一部长达5个小时的电视剧,但当一切准备就绪,三百多名演员来到拉什迪的家乡孟买之后,印度政府却担心穆斯林制造麻烦,拍摄计划由此也告吹了。最后,拉什迪只是发表了他根据小说创作的电视剧本,心中充满了无尽的哀伤:"这是一个永远不会上演的故事。"但拉什迪是一个不甘心失败的人,2002年,拉什迪的愿望终于实现了,英国皇家莎士比亚剧院将他的电视剧本改编成了3个小时的舞台剧。按拉什迪的构想,这部剧作由三个故事构成:一、西奈的故事,他是一个中心人物,同时也是叙述者;二、西奈家族的故事,包括他的祖父和他的父母的故事;三、历史故事,包括1919年的阿姆利则惨案、圣雄甘地从南非回国、印巴分治、巴基斯坦的军事独裁、孟加拉国从巴基斯坦分离出去以及英·甘地的被刺等历史事件的文学演绎。拉什迪认为,要把《午夜的孩子》这样一部复杂的长篇巨著改编成剧本并非易事,但是舞台布景本身就是一种语言和艺术,现代科技包括一些电影手段和技法也使舞台演出变得更具创造性,这一切使《午夜的孩子》被搬上舞台不仅成为可能,而且还有充分的想象与再创造的余地。比如,小说本身以滔滔不绝、绵延不断的讲故事的风格取胜,但将故事搬上舞台之后,这种风格显然无法再得以保存,拉什迪别出心裁,他将戏剧演出的重点用于捕捉现代印度的"吵闹"上,以此彰显传统印度的梦幻与现代印度的荒诞。从效果上来说,小说是一个平面,它只是诉诸视觉;而电影与戏剧则是立体,它同时诉诸视觉与听觉。拉什迪说,在创作《午夜的孩子》时,他有一种突出的感受是,现代印度像是某种说不出的东西一样一直在敲打着他的各种感觉,现在他正好以舞台表演的"喧闹"性来表现他这种怪诞的感觉。

拉什迪在此实际上是将他的小说创作与舞台表演或电视、电影通过听觉效果而联系在一起了,只不过戏剧、电影或电视更容易表现"喧闹”，而在小说创作中，拉什迪却只是更多地感受到这种听觉上的效果。拉什迪从舞台表演的角度对《午夜的孩子》所做出的看法有利于我们对这部小说做出更为深入的理解。

在从事小说创作之前，拉什迪曾在广播电台工作过，并长时间地为电视广告片撰写文稿，在拉什迪的小说评论中，也有批评家从电影小说的角度对拉什迪的创作进行分析。拉姆钱德拉恩认为，印度电影对拉什迪小说创作的影响不仅包括视觉效果，更重要的是听觉效果。熟悉或看过印度（通俗）电影的人都会发现，印度电影常常在歌曲、舞蹈和音乐的结合中表现出极其“热闹”的听觉效果，而拉什迪的小说创作着力追求的也是这种效果。

在小说《撒旦诗篇》的开头，拉什迪以“叙述者”的身份要求读者对人物的接受不要停留于视觉，而要注意“听”人物的声音。小说中的一个主要人物吉伯利勒曾是孟买电影界的明星，他说的是印度英语，其中夹杂着不少未经翻译的印地语或乌尔都语词汇，他生活在英国，但他的口中不时地会出现上世纪 50 年代印度电影黄金时代的歌曲，他的独特“声音”的效果在于，打破了国内与国外、大众文化与精英文化、过去与现在、印度英语与英国英语之间的界限，模糊了其中的差别。与吉伯利勒没有遮掩的南亚次大陆语言风格形成对照，小说中另一个主要人物萨拉丁的语言则是过分英国化的。萨拉丁曾是一个播音员，在小说中，我们常常能听到他的声音（他是能发出千万种不同声音的人），但却见不到他的真实面孔，后来即使他出现了，小说中的描写也有意给人以模糊不清的效果。拉姆钱德拉恩认为，拉什迪在小说叙述中有意使吉伯利勒与萨拉丁对立起来，吉伯利勒代表了传统印度的声音，它不时地将读者引向印度“圣洁”的过去，而萨拉丁则代表杂交的、现代印度的声音，不停地将读者拉回到现实之中。

除了聆听人物的声音之外，拉姆钱德拉恩认为，拉什迪小说中最重要的幻听效果来自无所不在的叙述者“我”的声音，这种画外音至少分裂为两种较为明确的声音：在谜一样的、无所不在的上帝—撒旦的声音和现实性的、亦庄亦谐的传统作家（社会学家和观察家）的声音之间不断地游移。这种似真似假的全知全能的声音（更多表现为魔鬼或撒旦而非上帝）常常直接参与到叙事之中，使叙事变得复杂化，既以高高在上的局外人的身份为叙事的断裂、荒唐、怪异做出辩解或是引发严肃而庄重的社会评论，又以参与者的身份对人物寄予同情、嘲笑、挖苦或讽刺，其叙述语言也混合了方言土语、个人言语方式、正式与非正式等各种语言以及对话、旁白等多种表达方式。[①] 以众声的"喧闹"来表现生活的无序与怪诞，是拉什迪有意追求的效果。

2. 拉什迪小说的怪诞风格与巴赫金的狂欢理论

针对拉什迪小说创作的怪诞风格和众声喧哗的效果，有些学者也从巴赫金狂欢理论的角度来认知《午夜的孩子》等作品，这不失为一种有益的视角，但拉什迪作品的"喧闹"、"怪诞"与巴赫金所说的"狂欢"实际上并不相同。

首先，狂欢理论是巴赫金在对拉伯雷《巨人传》的分析中提出的，他所谓的狂欢与民间文化密切相关，而《午夜的孩子》等作品，正如上文所分析的那样，侧重于从历史的角度来"解构"印度和巴基斯坦的政治神话，民间文化在拉什迪的小说中并不占据主导地位，萨里姆关于寡妇的梦以及他对寡妇的痴迷、他的通灵术、他的遗忘症式的词语等反常状态与其说是狂欢，不如说是怪诞。在巴赫金看来，由民间狂欢文化中衍生出的怪异行为是一种积极的、肯定性的、能使事物发生变化的力量，他们针对官方的、政治的力量而以狂欢的行为违抗并打乱既定的一切，民间文化与狂欢结合在一起时，常常表现出乌托邦式的幻想来，借助于奇形怪状的身体或奇装异服的打扮以及怪诞的行为暂时回到人类的黄金时代，回归于人的本性和自我之中，回归于粗野之中，以获得更生。显然，巴赫金所谓的"狂欢"的这种乌托邦性质与拉什迪的作品中所反映的印度的现实生活在本质上是不相协调的，如果说巴赫金笔下的民间狂欢就像是一个化装舞会的话，那么，在拉什迪的笔下，民众已经名副其实地变成了乌合之众，变成了某种怪诞的存在。在贫民区，在算命大师肮脏的房间里，聚集着狂呼乱叫的正骨师、耍蛇人、驯獴人、驯猴人等，算命大师也不像古代神话故事里描写的那样飘荡在离地面六英尺

---

① Hema Ramachandran, "Salman Rushdie's *The Satanic Verse*: Hearing the Postcolonial Cinematic Novel," in *Journal of Commonwealth Literature*, 2005, No. 3.

高的空中，而是口吐白沫、装神弄鬼的妖魔鬼怪，与他们的精神状态相适应，猴子不停地蹿来蹦去，獴在上蹿下跳，蛇在篓子里不停地摇摆，兀鹫凶狠地瞪着眼睛，一动不动。[1] 这一切都没有任何粗犷豪放可言，人与动物都失去了其应有的灵性与活力，在大惊小怪中变得空虚、无聊、猥琐、呆滞。政治与历史对民众长期的压制和压抑早已使他们麻木不仁，他们的怪诞行为显示出他们试图或渴望着"狂欢"，但他们的行为却被局限于一个狭小的角落，从他们故意的、单调无味的"狂欢"中表露出来的，不过是他们掩饰不住的无望或绝望的情绪罢了。

其次，巴赫金在《弗朗索瓦·拉伯雷的创作与中世纪和文艺复兴时期的民间文化》中特别注重人的身体的下部二窍——粪便由之而出的地方——的描写和分析，上七窍高贵，下二窍低贱，但是，高贵与低贱在民间狂欢文化中常常正好颠倒过来。而在《午夜的孩子》等作品中，虽说拉什迪也注重性的描写，但他笔下的"杂交"更多表现为人与人之间的相互"渗透"，换句话说，他是从政治、历史的角度而不是从性的角度来描写"杂交"的，人的生命如同呼吸一样，在一呼一吸之中，个体生命与整个世界不可分割地联系在一起，因此，任何人、任何事都不是一种孤立的存在，要真正理解一个人，就要理解整个世界，在后殖民时代，任何人都不再是单一文化、单一社会的产物："正像在烹饪时要入汁入味一样，我们所有的人，无论是黑人、白人还是黄种人，都在互相渗透。"[2] 在《午夜的孩子》有关器官的描写上，拉什迪特别注重鼻子及其特殊功能，以各种气味的相互渗透来表现文化氛围的交叉性感染。亚当姆·阿齐兹的鼻子在小说中被描述为外部世界与他内心世界相遇的地方；萨里姆的巨大的黄瓜式的鼻子也具有特殊的嗅觉功能。当然，拉什迪在小说中也经常描写到身体的杂交，但这种杂交并不表现为身体的自由或宣泄，而常常是在政治、历史或文化的隐喻意义上发生的。文学是政治，这就像拉什迪所说的那样，作家与政治家都在争夺"同一块领地"并因此而互为"敌人"，但与此同时，文学毕竟也不是政治，文学一直在不断地摆脱政治的束缚而进入"自由的"自我天地：可以对政治或历史说

---

① Salman Rushdie, *Midnight's Children*, Vintage, 1995, pp. 72—81.

② Salman Rushdie, "In Good Faith," in *Imaginary Homeland*, Granta Books, 1991, p. 394.

三道四，可以说出自己所知道的真实或说是真理。所以，文学说到底，尤其是对拉什迪这样的作家来说，是一种激情或冲动；而且这种激情或冲动的表达，无论是隐喻还是神话，也无论是现实还是魔幻，最终都将化为实实在在的生活问题而不是文化、历史等方面的思想问题，它并不是“思”的问题，而是“灵”的问题，一定情况下也表现为“肉”即身体的问题。因此，印度的现代历史，在拉什迪的笔下，也可以转化为怪诞的身体史或性杂交史，印度的政治同时也是怪诞的身体政治或杂交政治。

再者，拉什迪笔下怪诞的身体(grotesque body)并不表现为奇装异服或是化装舞会，而更多表现为身体的创伤与摧残。在《午夜的孩子》中，萨里姆伴随着印度的独立而出生，给人以兴奋和希望，因此，印巴分治所引发的暴力冲突虽然使印度血流成河，但民族的巨大痛苦没有激起萨里姆或说是拉什迪的愤怒，也没有在他的心灵上留下什么创伤，因为这些事件并没有直接伤害到他，他对此没有真正的感受，只是当萨里姆失去了他的头发和半根手指之后，身体的残疾才使小说从第三部分开始转向悲观失望，这预示着独立后的印度社会现实给人带来的真正的创伤，身体上的残疾隐喻了心灵上的萎缩。在《想象的家园》中，尽管拉什迪对巴赫金喜欢用的概念，诸如“杂交”(hybridity)、“多元化”(pluralism)、“混杂”(impurity)、“变形”(transformation)和“新生”(newness)等，常常是深表赞同，而且《午夜的孩子》中萨里姆的自我在各种因素的影响下早已变成了一种“混杂”的存在，但他最终也没有在“变形”中获得“新生”。萨里姆之所以没有“新生”，之所以未老先衰，是因为他的身体被印度的政治与历史压迫、抑制得无法创造、无法发展。

从政治与历史的角度说，萨里姆的身体是彼特·布鲁克斯所谓的推论的、文本化的身体的典型代表。[①] 萨里姆的身体代表着非完整性的符号，它暗示了各种可能性与可变性，但印度历史与政治的现状却不停地扼杀萨里姆的可变性，使他无法从中解脱出来，直至干裂、枯萎。人的身体是维系于社会团体的符号，健全的身体是健全民族的象征，年轻的萨里姆是年轻印度的象征和隐喻，老化的萨里姆和他身体功能的衰退和残疾也是印度政治和社会的写照。从后现代理论的角度说，萨里

① Peter Brooks, *Body Work: Object of Desire in Modern Narrative*, Cambridge: Harvard UP, 1993, pp. 5—6.

姆一生都致力于从语义学上重新找回(认识)自我的身体以使其达到表意或暗示的功能,但他无法摆脱自己的窘境,他陷入了"亲自书写(或讲述)身体与阅读(或聆听)被他人书写的身体之间的矛盾。书写/阅读、讲/听的关系可以转化为主观/客观、自我/他者、控制/被控制、创造/毁灭、积极/消极、肯定性的梅尼普讽刺/否定性的谴责性的讽刺,等等。在这种关系中,前者是价值的体现,后者则威胁着前者,否定性历史事件在萨里姆身体上留下的客观印记毁坏、限制了他的身体对历史的积极的主动的作用。"[①]福柯认为,人的身体总是强制性地被体制化、被意识形态化,以满足道德和权力的功利性要求,道德和权力要求身体归顺或是控制于社会、政治和经济的网络之中,历史和现实却在不断地毁灭着人的身体,不断地使人的身体发生伤残,历史在人身上留下的印记便是历史摧毁人的身体的过程。[②] 萨里姆的身体上写满了印度独立后的政治和历史,是政治和历史影响了他,而不是像他声明的那样是他影响了政治和历史;政治和历史最终毁灭了他的身体。从根本上说,萨里姆怪诞的身体体现的并不是巴赫金所谓的狂欢或乌托邦性质,而是喜剧性的"杂交"和"杂交"失败中的阴郁色彩。

所谓"杂交",从风格的角度,我们也可以理解为喜剧和悲剧色彩的相互交错,但我们无法准确表述出在拉什迪的作品中到底是喜剧还是悲剧色彩更为浓重,或许拉什迪本人的悲喜剧观在现实生活中也处于不停的变化之中,他总是试图从悲剧的生活中发现喜剧的情调,或是以喜剧的情调来冲淡悲剧的色彩。

3."危险的游戏":拉什迪创作"自由"的奥秘

生活是热闹的,同时也是散乱无序的,拉什迪试图以自己的热情"拼凑"、想象出一个新的家园,于是创作出一部又一部的小说,他既不向神也不向人卑躬屈膝,而是以自问自答的对话,以争论、挑战、怀疑和

① P. Balaswamy, "A Post-Modern, Provocative, Metropolitan Mother India: Aurora Zogoiba of Rushdie's *The Moor's Last Sigh*," in *Salman Rushdie: New Critical Insights* (2), eds. Rajeshwar Mittapalli, Joel Kuortti, Atlantic Publishers and Distributors, 2003.

② Foucault, Michel, "Nietzsche, Genealogy, History", in *Language, Counter-memory, Practice: Selected Essays and Interviews*, Cornell UP, 1977, p. 148.

说出不能说的话来创造出一个新的天地。创作使他变成了一个“自由的人”，他可以不受制于任何意识形态，但反过来说，一个人“完全自由”时，“自由”实际上也就不存在了，“自由”的存在是以不自由为前提条件，“自由”只是在追寻时才有意义，否则“自由”便没有任何价值可言了。我们可以说，拉什迪的小说创作都是漫游的文本，在《格里姆斯》(*Grimus*)中，孤儿伊格尔(Flapping Eagle)被迫离开他的部落，在世界上无目的地漫游；在《午夜的孩子》中，萨里姆不仅凭借通灵术在印度到处游荡，而且他在生活中也确实游遍了整个印度；《撒旦诗篇》中的萨拉丁和吉伯利勒从印度移民到英国又从英国回到了印度，这不仅是现实的、真正的游历，而且也是从古到今、从东方到西方的精神漫游；《莫尔的最后叹息》中，莫赖斯既游历了印度也游历了西班牙；《愤怒》从英国写到美国，是在西方“自由世界”的旅行。所有这些小说文本都像是断了线的风筝一样在空中四处飘荡，它们时不时地与印度发生联系，同时又越荡越远，但另一方面，所有的“飘浮”实际上都是假象，都不是自由的飘浮，就像风筝总是要有线牵连才能飘浮起来，失去了牵连，风筝便会从空中飘落——拉什迪在任何文化中都回想起自己的文化之根，同时母国文化即自我从中长大的文化也无法将自我的身份固定下来，这样他才能“飘浮”起来。

因此，拉什迪“自由”的奥秘恰恰存在于他的不自由以及与不自由的抗争之中：“西方试图给东方以自由，但东方从来都没有自由。”[①]拉什迪的小说就像一朵朵“莲花”一样，只是在污浊的印度“牛粪”之中才绽放得特别灿烂，他的“家园”说是想象性的，实际上这种“想象”的奥秘并不在于创造出一个新的世界，而在于“暴露”现存东方世界中肮脏的东西，他的“自由”更多是凭着自己的激情和想象将他经历的一切都暴露于光天化日之下，而且这种“暴露”与怪诞、魔幻结合在一起，不仅是“无遗”的，而且是“愤怒”和破坏性的；不仅是丑恶的，而且是侮辱和猥亵的；不仅是“流言飞语”，而且还要“惹是生非”。拉什迪的第一部小说《耻辱》就被巴基斯坦政府禁止在本国发行，《午夜的孩子》在印度又遭受到同样的命运，而《撒旦诗篇》更招致伊朗对他颁布了“追杀”令，从而

---

① Salman Rushdie, “In Good Faith,” in *Imaginary Homeland*, Granta Books, 1991, p. 396.

使他的生活笼罩在死亡的阴影里。他的小说总是放诞不羁地涉及政治和历史，因此总是“惹是生非”。不仅在东方等前殖民地国家“惹是生非”，而且对“自由的”西方国家也不例外，在小说《愤怒》(2001)中，拉什迪依照其一贯的风格，在“骂”够了伊斯兰和印度教世界之后，他开始骂美国了，他笔下的巴基斯坦籍出租司机骂得极为开心：“嗨！美国佬！你是不信神的、同性恋的、你祖母的宠物山羊的强奸者！”早在《撒旦诗篇》中，拉什迪就将撒切尔夫人戏谑性称为“撒切尔疯人”(the Mad Thatcher)，不过没有英国批评家去关注这些细枝小节，对于他对美国的辱骂，美国批评家也大多会感觉不痛不痒，英美批评家关注的倒是这部小说不再像他以前的作品那样读起来有味了。①

小说《愤怒》的主人公马里克·索兰克是一个比萨里姆还要怪诞的人物形象。他的故事发生于新千年第一个炎热的夏季，地点在纽约。索兰克是一个55岁的、性情不安的历史学家，比“午夜的孩子们”大一两岁。作为一个学者，他总以为自己是一个平静的人，但一天晚上喝酒之后，他发现自己在精神上处于崩溃的边缘，手中拿着刀子，几乎要杀死自己的家人。原来，他的心中一直隐藏着莫名其妙的愤怒。事后，他开始反省，为了抑止自己内心非理智的愤怒、疗治扭曲的心灵、消除自己根深蒂固的怀疑和不安情绪，他把自己的妻子和可爱的儿子丢在伦敦，只身逃到美国纽约的曼哈顿地区。他羡慕菲茨杰拉德笔下那个可以使人脱胎换骨的美国，他渴望自己来到美国后能获得心灵上的宁静。因此，他在曼哈顿尽力使自己变得默默无闻，但他那颇为显眼的衣着打扮和言谈举止使他成为几桩谋杀案的怀疑对象。索兰克古怪的行为显示出他并没有从他在伦敦时几乎崩溃的精神状态中解脱出来。他像是身处异境、身份分裂的奥赛罗(莎士比亚悲剧中的人物)，逃到纽约只是他一系列悲剧的开始。

拉什迪的小说常常借助于神话故事使小说呈现魔幻的色彩，但同时又通过世俗性的、滑稽性的生活情节的描写使神话破灭于怪诞的现实之中。将现实的偶然性与寓言以及迷狂的想象结合起来，魔幻与现实、理性与非理性之间的矛盾不仅表现为主题也表现为写作技巧。早

---

① John Leonard, "Puppet Show," in *The New York Review of Book*, October 4, 2001.

在伦敦时，索兰克就通过BBC通俗的哲学史节目塑造出一个超越时空的电视明星“小智囊”，通过与历史上一系列思想人物的对话，从而使它成为一个家喻户晓的形象，起初，这是一个玩具，后来变成了木偶，又变成一个富于活力的卡通人物，最后变成了一个女演员、电视访谈节目主持人和超级模特以及杂志的封面人物。在纽约，“小智囊”这一形象又演化成了现实生活中与索兰克发生爱情纠缠的蓝眼睛、黄头发的米拉·米洛。他的创造发明既给他带来了自由(金钱、享受等)又给他带来了生活的折磨。米拉对索兰克说：“我们做的没有什么错，这是个游戏，严肃的游戏、危险的游戏，或者，只是游戏。”在纽约，索兰克也通过科幻故事创造出一个比“小智囊”更为有名的“木偶王”，它同样变成了连接神话与现实的似真似幻的形象。带有面具性质的木偶形象在这部小说中具有重要意义，它使小说的主题在鲜活生动的同时也不失寓言和神话的色彩：拉什迪的小说多从文化意义上表现自我在移居和变迁之中的变形。《愤怒》描写的是一个躁动不安的世界，它本身是一个悲剧故事，但拉什迪通过玩偶形象而使悲剧故事具有了喜剧的效果。索兰克来到美国，本来是渴望着美国能使他更生，但随着小说的发展，索兰克逐渐认识到他以及他周围人的自我变形也就是美国化的可怕的含义：跟上时代的步伐，依照着社会法则努力向上，最终是在一步一步地扼杀自我。小说中的其他人物如米拉·米洛、杰克·莱因哈特、尼拉·摩罕德拉像索兰克一样都是移民，通过他们的故事，小说表现并探究了美国以及拉什迪自己的神话般的人物变形(身份的变化与改造等)故事。

拉什迪像奈保尔一样，认为殖民统治打乱了世界，在后殖民时代，人类的道德价值崩溃了，他们的小说着力揭示帝国主义对第三世界的破坏效应，他们的创作都充满了挖苦或鄙视，只不过是奈保尔的笔力越来越深沉、悲观，而拉什迪的笔力则愈来愈怪诞、愤怒：“生活就是愤怒……欲望、俄狄浦斯、政治、魔幻和野蛮等方面的愤怒使我们极其崇高又使我们极其粗鲁。从复仇女神那里诞生的不仅是创造力、灵感、独创性和激情，而且是暴力、痛苦、毁灭以及灾难。”

在小说《愤怒》中，拉什迪虽然激情依旧，但他笔下的人物却多多少少显得有些麻木似的，给人以营养不良的感觉，艾丽娜、米拉和尼拉都被索兰克迷得神魂颠倒，但在读者眼中，索兰克则是死气沉沉或是脾气暴躁的人，丝毫看不出令女人着迷的真正魅力来；这一形象的塑造也会使人想起弗兰肯斯坦可怕而迷人的故事，但这种联系多表现为苍白的思想，小说在情节上并没有展开。虽然拉什迪将凶杀情节引入了小说，但随着莱因哈特的死亡，这种情节也就突然结束了，故事本身没有多少深度。拉什迪意图写一本关于纽约的小说，但读者从中读到的只不过是一些纽约的街道、俱乐部等的名称罢了，纽约在此只是某种背景式的摆设。① 风格上，拉什迪的小说本来是以喜剧和魔幻色彩取胜，而这部小说读起来虽然“怪诞”依旧，但却比《午夜的孩子》还要阴郁，很难再“魔幻”起来，或许可以说，是印度文化而不是西方文化造就了拉什迪，尽管他一直试图“飘浮”于西方，但他的文化之根却深扎于印度文化之中，一旦离开印度而去描写西方时，他失去的恰恰是他的用武之地。

4. 神魔之间：拉什迪小说中的人物定位

在有关拉什迪的评论中，也有不少学者从拉美魔幻现实主义的角度来认知《午夜的孩子》等小说创作，②这有一定的道理，但若从传承的关系上，拉什迪小说创作中的魔幻色彩更为接近的是印度的神话和史诗传统。拉什迪的小说常常将神话、寓言、后现代小说与通俗文化等融为一体，于怪诞神奇的风格中显示出机智与幽默；如果说拉什迪的小说创作与拉美魔幻现实主义之间有什么联系的话，那也只是在后现代的意义上发生的，而从神话与寓言的角度说，他的传统显然来自印度的史诗。当然，拉什迪小说的怪诞风格也不同于印度大史诗中的魔幻色彩，因为大史诗的魔幻充满了斑斓瑰丽的色彩，即便描写到夜色，它也是柔和、迷人的月夜；与明朗的色彩相互和谐，印度大史诗充满了健康、乐观的精神，不仅意象宏远，而且其中活动着的人物都充满了迷人的英雄色彩，即使是反面形象罗波那，也是一个产生于英雄时代、充满了斗志的

---

① Bharat Tandon, "Confusion in the Doll's House," in TLS, Sept., 7, 2001.

② Christopher Warnes, "Avatars of Amadis: Magical Realism as Postcolonial Romance," in *Journal of Commonwealth Literature*, 2005, No. 3.

魔王。但《午夜的孩子》等小说中的故事，按拉什迪的说法，却发生在人类历史上最为黑暗的“迦利时代”，[①]“独立”虽然也是特殊的节日，充满了欢庆的气氛，但这种欢庆不过是魑魅魍魉欢蹦乱跳的场面，乐观主义蜕化变质成了四处传播的疾病；“午夜”里出生的孩子萨里姆与湿婆也不再是史诗时代的罗摩式的英雄，而是介于神鬼之间、会点魔法的精灵式的人物；而史诗时代长着十个脑袋的魔王罗波那重生于现代印度时，他一方面演化成了打砸抢的商业组织团伙，另一方面又幻化成了无所不在的公众：“贪婪的多头怪兽就是公众”，“阿米娜来到贫民区，她发现到处都是瞪着她看的眼睛和脑袋。阿米娜想，这就像置身于某个可怕的妖怪的包围之中，这个妖怪长着无数的脑袋。但她修正了自己的看法，这些可怜的穷人当然不是妖怪，他们是什么呢？某种还不明白自己是多么强大的力量，由于从来没有使用过，也许已经衰退到完全无用的地步了”。[②]

《撒旦诗篇》中的“吉伯利勒”这个名字具有天使的意义，拉什迪给他这样一个名字一定程度上赋予了他天使一般半人半神的魔幻色彩，但他在现实生活中失去了信仰，因此他也失去了天使的色彩，如此，这个名字反而给他带来了各种磨难，他无法在上帝那里找到爱，同时又无法在世俗的男人与女人之中寻找到爱，最后只好自杀了。拉什迪小说中的人物常常与神话、传说或是像《一千零一夜》等著名文学作品中的著名人物发生联系，但这些著名人物在黑暗的“迦利时代”都发生了变形，他们常常只是在名字上与古代、与“魔幻”发生联系，而在业绩上再也没有什么伟大或奇迹可言，至多不过是表现出一些旁门左道一类的怪异的色彩。

总体看来，拉什迪笔下的人物是印度传统文化与荒诞的现实生活相互结合的产物，拉什迪对其小说中的人物角色有着特殊的定位，他们的生活是悲剧性的，但却充满了喜剧的色彩；他们既不是“邪恶”或某种破坏的力量，也不是什么崇高或伟大的精神，而是介于神与魔之间——

---

① 在印度神话传说中，人类社会的发展分为四个时代：圆满时代、三分时代、二分时代和迦利时代，四个时代不停地循环，迦利时代也叫争斗时代，是恶神迦利统治的时代，是人类社会充满罪恶的黑暗时代。

② Salman Rushdie, *Midnight's Children*, Vintage, 1995, pp. 72－81.

精灵一类——的角色，他们常常具有一定的神通或法力，有时他们与妖精或魔鬼混为一体，有时他们又表现为向善的精灵或是天国的仙女。[①]借助于这样的角色，拉什迪穿梭于历史和文化的时空，凭着自己的激情随意地进行怪诞的想象和虚构。

《她脚下的大地》中的维娜·阿帕莎尔便是“精灵”一类的角色。“维娜”(Vina)本是一种印度乐器的名字，同时也是音乐和艺术女神。[②] 而阿帕萨尔(Apsara)，根据印度神话，是美丽的天国歌伎，不仅擅长乐器，而且善于勾引男人。[③] 在小说中，维娜·阿帕萨尔的外表与行为正如其名字一样，她不仅漂亮迷人，而且擅长音乐、善于诱惑并享受男人。维娜是摇滚乐队里的女明星，奥姆士·卡玛也是流行音乐的一个明星，他热恋着维娜，将自己的全部生命都贡献给了维娜，与此同时，小说的叙述者希利·皮劳·都德瓦拉和小说中的另一个人物莱易也对维娜充满了爱恋之情。小说中的故事与人物都具有魔幻般的色彩，奥姆士·卡玛具有特异功能，在现实世界中能看到另一个世界的真相；维娜这一女性

---

① 在古印度人的思想观念中，不仅有神的世界、人的世界，而且还有半人半神的世界。在这半人半神的世界里活动着的形象主要有乾达缚(也译作伎乐天，指天国乐师)、那伽(蛇)、药叉(精灵、神仙一类)，等等。按印度世俗的观念，天神始终幸福，但幸福久了也没有什么意思，这也就是所谓的身在福中不知福；凡人永远痛苦，痛苦得总是在渴求着解脱尘世的烦恼，也没有什么意思；只有半人半神的神仙最为快活，因为他们既不像天神那么高贵，又不像凡人那么痛苦烦恼，他们既不生活在天上，又不生活在地上，人所欲望的他们都能易如反掌地获得，因为他们有神通的本领，所以人间的英雄好汉都无法与他们比试高低，这使得他们的行为显得无比迷人，尤其是当他们要偷情时，他们会使出各种花样。

② 印度有一则神话故事讲述了“维娜”琴的由来。说是远古时代有一颗神秘的大树，高过雪山之巅，其根部又深入冥界，成为宇宙的化身。有仙人截取这颗大树的一部分制造出维娜琴，但无人能弹奏它。后来，生活于洞穴之中，长着长发的帕利亚姆瓦德用它演奏出弥漫于宇宙的和谐音乐。当人们因美妙绝伦的琴声而对帕利亚姆瓦德倍加赞美时，他说，我毫无功劳，我自身浸入浩瀚的宇宙之中，通过维娜琴的中介，我奉献出一切；琴声不来源于我，也不来源于维娜琴，而来自无限沉寂的永恒。维娜在印度神话中也被认为是音乐和艺术女神。

③ 在印度古代神话传说中，阿帕莎尔(Apsara)是乾达缚的配偶。在吠陀时代，乾达缚是天帝因陀罗的仆从和天国乐师，他们都是半人半神的男性精灵，其配偶叫阿帕莎尔，指的是仙女，她们本来居于水中或树林，后进入了天国，成了乾达缚的配偶，总是伴着乾达缚的音乐翩翩起舞，她们不仅漂亮迷人，而且充满欲望。在《故事海》等民间故事中，天女的典型特征并不是温柔，而是荡人心魂的美丽，而且这种美多与性欲联系在一起。正是由于天国仙女们的放荡无羁，人世间也流传着一种名叫乾达缚的婚恋方式：自由恋爱、自主结婚，男女的性爱在这种婚姻方式中占据着主导地位。尽管乾达缚结婚方式不符合印度传统的宗教婚姻习俗，但在印度古代这种结婚方式也并不受人歧视，印度古典文学中著名的女性人物形象沙恭达罗、莎维达丽、达摩衍蒂、悉多等都是通过自主选择的方式来完成婚姻的。

不仅表现为印度神话中艺术女神的现代化身，更是西方神话中欧律狄刻、海伦以及现代生活中的戴安娜王妃等形象的综合体。

小说中"维娜·迪维娜"一章写于戴安娜王妃逝世之后，拉什迪说："在戴安娜王妃去世之前我就已经拟好了这本小说的提纲，所以当那事发生时，当巨大的、半真实半媒体的事件接踵而至时，我确实被震惊了。我已经把它写进去了。于是，当然，我不得不吸收，或是说努力去吸收在她去世后发生的种种事情，在这事的余光照耀下重新构思和写作……在戴安娜王妃死后五分钟，很显然，人们在感到吃惊的同时也被一种巨大而自然的悲哀所笼罩，包括大部分媒体。没人料到影响会如此之大。"①当然，拉什迪对戴安娜王妃去世事件的关注和思考不同于大众传媒，他将戴安娜王妃与他正在创作的小说联系起来，奇特地将戴安娜王妃揉进了摇滚明星维娜的形象之中，这看似不伦不类，实则正好表现出拉什迪的怪诞。他的小说关注当今社会，总离不开政治与历史，但他又常常采取神话、寓意甚至是荒诞的方式将他的政治思想和历史观加以艺术化，若不从怪诞的叙述风格上去看待问题，人们便很容易把他的小说看成是纯粹的恶作剧。

萨里姆也是一个产生于现代印度怪诞文化氛围中怪诞的人物形象："如果我看上去有点怪诞，切记这是因为我继承下来的这么多的杂七杂八的东西吧……或许，一个人要想在川流不息的人海中保持一点独立性，他便必须使自己变得古怪些。"②从血统上说，是高贵的英国人梅斯沃德"诱奸"了街头手风琴艺人的老婆而生下了他这个"杂种"，但乔瑟夫的"革命"热情却促使失恋的助产士玛丽将萨里姆在出生之日便被调换到一个富商家庭，从而使他成了阿米娜的"月亮宝贝"，③而在后来颠沛流离的日子中，他又变成了"拖鼻涕"、"花面孔"、"吸鼻子"、"秃子"，等等。他神通广大、具有通灵的本能、鼻子比军犬还要灵敏。拉什

---

① 参阅《沙龙》杂志记者劳拉·米勒于1999年4月16日的采访《有关粗俗》，载《中华读书报》1999年6月23日。

② Salman Rushdie, *Midnight's Children*, Vintage, 1995, p. 109.

③ "月亮宝贝"是阿米娜对萨里姆的昵称，"印度"在词源上也有"月亮"的意思，在炎热的印度，与月亮相伴的月色历来是印度文化的象征。因此，"月亮宝贝"也可以理解为"印度宝贝"，既指刚刚独立的印度，又指刚刚诞生的萨里姆，这个昵称与萨里姆后来的外号"拖鼻涕"、"秃子"等外号正好形成反讽的效果。

迪在小说中并不着意于人物性格的发展逻辑与人物心理的揭示，而着意于以讽刺的笔法“戏弄”并“揭露”面孔严肃的政治与历史。萨里姆的怪诞是上层与下层、高贵与低贱、富足与贫穷、政治与妖术等结合后的产物：政治与历史事件影响甚至能摧毁人们的日常生活，同样，人们的日常生活也能影响并改变政治与历史，萨里姆既是现代印度政治与历史的化身，又是现实生活中的常人，其荒唐与怪诞之处并不在于他与常人有什么区别，而在于印度现代政治与历史本身便是荒诞不经的。

拉什迪小说的怪诞风格与他笔下怪诞的人物角色的定位，实际上是流散作家现实生活境遇的真实写照。拉什迪在《想象的家园》中说，他在伦敦从事着创作，眼前看到的是西方大都市的繁华景象，而脑海中翻腾的却是“丑陋肮脏”的印度。显然，这是一种错位，是记忆与现实之间的错位，而且是再也无法复原的错位——回到印度，错位感不仅无法得到消除，反而会进一步加剧。在《幽暗国度——记忆与现实交错的印度之旅》中，奈保尔描写他第一次回到印度时的可怕感觉：他平生第一次发现自己置身于大多数成员之中，人人看上去都与他长得差不多，他好像不再是一个外国人了，但实际上他的穿着打扮和言谈举止却是一副有教养的英国绅士的派头。在英国，他只是外表上“与众不同”，而在印度，他却是内心里“与众不同”，因此，置身于印度时，他们的错位感反而更加强烈，在自我歇斯底里一般的感受中，印度变得更加怪诞、更加难以理喻了。

尽管批评家们常常将拉什迪、奈保尔等流散作家与吉卜林、康拉德等作家相提并论，但他们是来自殖民地的作家，这样的文化身份决定了他们小说创作中的人物角色定位：不尴不尬、不上不下。他们既无法认同西方文化，又不愿认同母国文化，其文化上的异化常常表现为双重否定的力量，他们的文化身份处于不断的分裂且永远无法聚合、定型的状态。他们的流散并不是有目的的流散，他们的故事不是完成了的完整故事，而是游移不定的开放性故事。在不同文化空间的游动自然而然地触发了他们的历史感，他们的创作从现实深入到历史之中，时间常常跨越几个世纪，从殖民时代的战争写到殖民统治的解体。他们认为小说作为一种文学形式已不足以反映殖民主义对世界的破坏作用，他们一方面深入研究几个世纪以来的殖民历史，并将一些档案资料性质的东西揉进了他们的创作之中，另一方面又以文学形式对他们观察到的一切进行自由的演绎。

与人物角色的定位和文本的开放性质相适应，拉什迪的小说多是政治寓言、自传、史诗、成长小说、流浪汉小说、“魔幻现实主义”、幻想小说、对话体、电影小说、讽刺作品等多种体裁混合而成的杂交文本。他意图打破政治与传统文学的束缚，进入一个自由的、想象的空间：一个碎裂的、可以重新组合的、变化无穷的空间，在神话与史诗般的叙事风格中将艺术拉回到历史和现实生活之中，将历史与政治化入他想象中的富于魔幻、怪诞色彩的“家园”之中。

四 “想象的家园”与“第三空间”

拉什迪的“想象的家园”实际上与巴巴所谓的“第三空间”有着相似的含义。“第三空间”既非东方文化的空间，也非西方文化的空间，而要在对两种文化的超越中实现新的文化空间。巴巴将我们时代的文化问题定位于文化之外(the realm of the beyond)来加以考虑，也就是说，超越于某一具体文化，驻足于两种或多种文化之间来进行文化问题的研究或商讨。但“超越”二字毕竟有点空泛，为了使他的“第三空间”理论有着更为坚实的基础，巴巴也从两种或多种文化的接触或“空隙”之处入手来加强文化之间的联系：“之外”也就是“中间地带”(in-between)或说是“裂缝”、“缝隙”(interstices)，在这样的连接点上来看待并思考种族、阶级、文化身份、文化地位、性别等问题，使不同的文化之间发生杂交。[①] 因此，“第三空间”并不存在于第一或第二空间之外，而存在于两者的交错之中，与其说“第三空间”谈的是文化超越的问题，不如说它是不同文化之间的杂交问题。但无论怎么说，巴巴所谓的“第三空间”只是一种理论空间，它带有含糊不清的性质，像是不切实际的空中楼阁。小说创作不同于理论构建，当拉什迪在小说中沉醉于他心目中“想象的家园”时，他将模糊不清的“第三空间”变成了一个怪诞、充满魔幻色彩的世界；与巴巴所谓的在文化的“中间地带”进行杂交的说

---

① Homi K. Bhabha, “Introduction: Locations of Culture,” in *The Location of Culture*, Routledge, London and New York, 1994, pp. 1—3.

法有点类似，拉什迪强调的是人与人、事物与事物之间的“渗透”，不过，这并不是殖民时代西方文化向殖民地社会的全面“渗透”，也不是当今帝国主义所奉行的文化渗透与政治颠覆；后殖民与后现代理论中常常出现“颠覆”的问题，实际上这是将文学与政治混为一体了。拉什迪特别担忧这种阅读效应的出现，而现实中这种效应却像影子一样一直追随着他。无奈之下，拉什迪只好反复声辩自己的小说不是政治、也不是历史，但同时他又无法使他的小说创作与历史、社会、政治脱离干系，这好像是一个怪圈。

1. 文学与意识形态之间

拉什迪何以跌入这个怪圈之中走不出来呢？我们以小说《耻辱》为例对此加以分析。《耻辱》是一个关于巴基斯坦的寓言故事，它以巴基斯坦国的成立为开端，随着故事的发展也讲到了巴基斯坦国的分离，但拉什迪在小说开头便明确说道，这个故事也可能发生在14世纪或别的国家：

> 这个故事中的国家不是巴基斯坦，或说不完全是。（小说中）有两个国家，一是真实的，另一是虚构的，两者占据着同样或说是几乎同样的地位。我的故事，我虚构的国家，像我一样，微妙地存在于现实之中。我发现，这种对于中心的游离是必要的，但它的价值意义、社会意义如何，当然是一个值得讨论的问题。我的观点是，我写的并不仅仅是巴基斯坦。①

拉什迪的说法在此形成了一个悖论，小说写的是巴基斯坦，但拉什迪却说不是巴基斯坦；小说写的是一个国家，但拉什迪却将这个国家分化成“真实”与“虚构”的两个国家，而尽管拉什迪声称，真实与虚构在小说中占据着同样重要的地位，但两者却不可能是泾渭分明的存在，读者也大多不会细究其中的差别，而将这部小说看成是巴基斯坦的现实写照或政治寓言。显然，拉什迪描写了巴基斯坦“肮脏”的政治，但他却让读者忽略其中的政治意义，或者至少说，不要让政治意义冲淡了小说的

---

① Salman Rushdie, *Shame*, London: Picador, 1983, p. 29.

价值意义，不要将小说等同于政治。然而，拉什迪这样做，效果却有点“欲盖弥彰”，而且客观上，小说对于巴基斯坦“耻辱”的描写也是无所不用其极：“设想一下，耻辱就像是一种液体，或说它是贮藏在自动售货机中的甜蜜的、起泡的、腐蚀牙齿的饮料。对准按钮按一下，一杯液体便会像小便一样流出来。”[①]在此，拉什迪通过日常生活中常见之物——甜蜜的饮料——而将“耻辱”这一无法触摸的抽象概念具体化了，进而将饮料与小便在液体的性质和“流”的方式两方面肮脏地结合起来，在荒唐可笑的讽刺效果中也给人以恶心的感受。小说涉及原教旨主义、政治欺骗、英国的责任和罪责、警察的欺压、军事权力，等等，所有这些交织于政府、市民、宗教界、军界和家庭中各式各样的“耻辱”之中，耻辱已深深地融入巴基斯坦的血液之中。

小说的主题本来是严肃而迷人的，但拉什迪却自我陶醉于扭曲和歇斯底里式的“暴露”之中。按威廉姆·威尔士的说法，在即兴随意、不受逻辑限制和自我克制、充分考虑到叙事的每一个细枝末节这两方面，拉什迪并没有找到恰当的平衡点，印度传统的叙事像是流在河床或渠道里的溪水一样，河床或渠道对溪流起到了规范和制约的作用，这是无序中的有序，《午夜的孩子》在有序与无序之间对平衡把握得比较好，而在《耻辱》中，混乱无序的状态却有点泛滥。[②]

威尔士主要是从印度传统叙事的角度来对照拉什迪的小说创作的，在上文我们说过，拉什迪小说中人物角色的定位和创作风格都与印度传统神话传说的叙事方式密切相关，但这种联系在拉什迪的小说创作中并不表现为印度传统的回归。A. S. 拉奥在谈到拉什迪小说创作的神话性质时说：“神话是一种直觉的方式，它能开发人的意识，使人的意识将他人包容于自我之中。自我必须约束自己，扮演各种角色，成为他人而不是自己。正如 W. B. 叶芝所说：‘如果我们不能将我们想象成不同于自我的对象，成为第二个自我，那么我们便不能约束自己。’通过神话，自我与历史结合在一起。”[③]但当拉什迪以神话的方式将自我与

---

① Salman Rushdie, *Shame*, London: Picador, 1983, p. 122.

② William Walsh, *Indian Literature in English*, Longman, 1990, p. 123.

③ A. S. Rao, *Myth and History in Contemporary Indian Novel in English*, Atlantic Publishers and Distributors, 2003, p. 17.

历史混合为一体时,他不仅没有约束自己,反而随着自己的冲动,任由自己的激情于豪放不拘的文笔中纵横驰骋。当然,拉什迪在创作中也使自我扮演了各种角色,但他的自我对于印度来说更多地表现为分裂而不是包容。所以,尽管有不少学者从印度神话的角度对拉什迪的小说做出了探究,但拉什迪的怪诞与魔幻更多地着眼于当下的现实与政治,与印度神话和史诗传统是大相径庭的,这正如阿米德·乔杜里所说,史诗传统与印度英语小说有很大差别,神话想象中诞生的史诗表现出不属于任何道德范畴之内的一些奇妙难解的内容,正是这种超越于道德是非观念的描写,史诗向我们显示出人性和宇宙的奥秘,而印度后殖民小说则植根于印度中产阶级的思想意识,表现出后殖民、后现代的文化处境和心理。[①] 拉什迪不仅没有表现出超越于政治和道德的思想境界,相反,他却以介入、讽刺、丑化、戏弄的笔法使自我纠葛于政治之中,印度后殖民流散作家在目前紧紧追随的是西方后现代的潮流,而不是印度的神话传统。

后殖民、后现代恰当地形容出拉什迪当下的文化处境,在飘忽不定或说散乱无序的流散状态中,与其说拉什迪"想象的家园"表现的是他心目中的印度或印度与西方的融合,不如说是拉什迪有意将印度散乱化、无序化了,它并不是真实或虚假地表现印度的政治与历史这样一个问题,因此,我们也不能从事件与文本、事实与虚构的关系上来简单地理解拉什迪小说创作中的政治、历史与文学故事之间的关系。

A. S. 拉奥曾借助于以德里达"延异说"为代表的后现代理论来分析拉什迪的小说创作,认为后现代理论反对从反映论的角度来看待文学。反映论是一种将文学局限于意识形态的狭隘的观点,而文学的真实性是与文学的多义性联系在一起的,固定的、不变的意义只属于僵死的、无意义的东西,实际上也无法存在。阅读文学,一方面是在阅读历史,需要我们有某种历史感,另一方面也需要我们与历史、与传统进行自由的交谈或对话,如此历史才能真正复活。"延异说"的意义在于将文学从意识形态的桎梏中解放出来,使文学变成一个自足体,在政治、历史、文学各学科的关系中不存在"文化霸权主义",文学不是意识形态

---

① 阿米德·乔杜里:《混血儿的魅力——后殖民印度小说对西方意味着什么》,载英国《泰晤士报文学增刊》(*TLS*),1999 年 9 月 3 日。

的附庸；但与此同时，文学又紧紧依靠于意识形态，离开了意识形态，文学也就不存在了，文学与意识形态既对立又统一，既自给自足又相互依存：文学永远在反抗着现实中的一切，实现着对一切既定价值的否定。[①] 拉什迪的小说正是这样一个既脱离又依存于历史与政治的自给自足的存在体，“第三空间”正是在文学的“想象”之中才得以存在，这种“想象”离开了政治与道德便无法“渗透”于现实生活，而过于强调政治与道德，将文学等同于政治与历史时，则又会使其僵化、窒息。文学创作是一种自由的存在，但它却纠缠于不自由之中，它是一个自足体，但又无法分离于意识形态。

拉奥从后现代理论角度对拉什迪小说所做出的分析并不是凭空捏造，拉什迪反复强调他的小说与政治、历史的复杂关系，实际上这也正是文学与意识形态之间既独立自足又相互依存的问题。后殖民主义和后现代主义虽然是交互发生、交互影响的，但二者也不是完全对等的，后现代主义更多致力于消除传统的、权威的价值观念以及与之相伴的各种规则，而后殖民主义是在政治分析影响下形成的历史分析运动，[②] 它致力于消除殖民主义在物质、历史、文化政治和文本中的影响，与后现代作家相比，后殖民流散作家常常怀有更为明确的政治目标和政治意图，他们的创作看似致力于消除基于“我们和他们”、“第一世界和第三世界”，“白人和黑人”二元对立思维模式上的不平等关系，实际上却更多表现为对前殖民地国家的权力结构的暴露与解构。

2. 拉什迪小说的语境错位问题

受德里达“延异说”的影响，A. S. 拉奥在分析拉什迪的小说创作时也注意到，尽管文学的意义是在各种不同的关系中产生的，但文学符号享有语义学方面的意义，具有独立性；从古典主义和人文主义中解脱出来的文学，其语言不再是社会、感情或诗学真实的背景或工具；文学的

---

① A. S. Rao, *Myth and History in Contemporary Indian Novel in English*, Atlantic Publishers and Distributors, 2003, pp. 7－8.

② Helen Gilbert and Joanne Tompkins, *Post-Colonial Drama: Theory, Practice, Politics*, Routledge, 1996, pp. 2－3.

建基于语言之上，如果说文学是一个独立的知识自足体，那么这种自足体的意义也表现为自成一体的语言，每一个文本都是一个抽象的结构体。正是在这种意义上，拉什迪在创作中对语言问题也给予了足够的重视，无论在小说创作还是在有关小说创作的解释性文字中，拉什迪都反复涉及语言问题，当然，这与印度语言和印度英语语言的复杂性也有相当重要的联系，[①]但更与后现代理论从语言角度对文学所做出的认知有密切的联系。

在小说《午夜的孩子》中，主人公萨里姆的孕育与诞生也被比喻为小说及其语言的生成过程：

> 等到六月底雨季来临时，胚胎已经在她的肚子里完全成型了……在一开始时比句号还小的东西已经扩展成了一个逗号，一个句子，一个段落，一个章节，这会儿它忽然一下子进入了更为复杂的发展阶段，我们不妨说，它成了一本书，或许是一本百科全书，甚至可以说成为了一整套的语言。[②]

尽管在小说中拉什迪是借助于语言的特征来描述萨里姆的“成型”过程，但反过来，我们也可以借助小说中的这段话来理解拉什迪的“一整套语言”(a whole language)是如何形成的。正像萨里姆是一个“杂种”一样，拉什迪的语言也是杂交的产物。这种杂交性孕育于其特殊的语境。拉什迪说，他在伦敦从事着创作，眼前看到的景象与他脑海中翻腾着的印度社会生活完全是一种错位，对于这种时空上的错位，我们也可以从语境的不同上来加以分析：拉什迪身处英国文化语境之中，意图表现的却是印度文化。不仅小的语境如拉什迪亲身经历的一些话语场景不再存在了，而且大的语境如当时印度的社会环境等也不复存在了，这是语境在时间中发生的变化；而从空间上说，拉什迪生活在英国，便是生活在完全不同于以往的新语境之中，“新”与“旧”在此不是以连续而是以断裂、突变的方式出现的，拉什迪小说创作的目的并不是要“复活”过去的一切，而是要在英国和印度这两种不同的文化语境的错位中

---

① 参阅拙著《20世纪印度文学史》“序言”中有关印度文学语言的介绍，青岛出版社，1998年。

② Salman Rushdie, *Midnight's Children*, Vintage, 1995, p.100.

寻找到自我的立足点，使新与旧、过去与现在、真实与虚构等“杂交”于自然的生态，从而使自我得以更生：时空的变化不仅是自我心理的变化，同时也是由“逗号”、“句号”、“句子”、“段落”等文学语境构成因素不断变化、不断更生的过程。萨里姆从孕育到胚胎的成型直至最后诞生这样一个复杂而艰难的过程，既是一部小说的诞生过程，也是想象的家园或“第三空间”由无到有、由空白到具体的生成过程，更是一整套语言自然而然的产生过程，这套语言产生的语境既不是英语也不是印度语言，同时又两者都是；既独立自足，又纠缠于两者之中。

在拉什迪之前，印度英语文学虽然早已存在了，但《午夜的孩子》的创作却有着不同于以往的意义。评论界较为普遍的一个看法是，以拉什迪《午夜的孩子》(1981)为标志，印度英语文学进入了一个新的阶段。这种说法的含义，按阿米德·乔杜里等学者的看法，主要表现为两个方面，从政治上说它是以文学的形式结束了尼赫鲁时代，使印度英语文学进入了后殖民状态；而从文学的意义上说，《午夜的孩子》则使印度英语文学从印度走向了西方。①

在拉什迪之前，印度英语作家 M. R. 安纳德、拉伽·拉奥以及阿·克·纳拉扬都是相当有名的英语小说家了，但在 1981 年之前，我们注意到，相关的评论都把他们当作印度作家，其间不存在什么文化身份的定位问题，而随着后殖民文化批评的兴盛和奈保尔、拉什迪等作家在西方的走红，安纳德、拉伽·拉奥、纳拉扬等作家则像是沾了光似地在后殖民文化批评中从印度走向了世界，评论界常常将他们也纳入到有关文化认同的讨论之中，他们的“身份”也从固定之中走向了“流散”：作为印度英语作家，他们的“印度性”更多地“流散”到了英语之中。后殖民基本上不评论印度本土语言作家的创作，而只要是英语创作，则不管什么文化背景，则一概被纳入到后殖民的“流散”批评之中，因此，“印度”作家并不存在于后殖民文化批评之中，存在于其中的只是英语作家，这正如阿米德·乔杜里所说，“印度”一词在当代文学中只是与“英语”发生关联时才用，说孟加拉语、乌尔都语、卡纳达语小说时，没人想到要加上“印度”一词，这里潜在的意义在于，只是在英语中，印度作家才有一种优势

① 阿米德·乔杜里：《混血儿的魅力——后殖民印度小说对西方意味着什么》，载英国《泰晤士报文学增刊》(*TLS*)，1999 年 9 月 3 日。

感，或者至少说是一种义务感，才能说出被称为“印度”的后殖民整体，换言之，看来被唤作“印度”的这样一个后殖民时代的整体的东西只存在于印度英语小说家中的作品或相关的评论之中。

阿米德的说法并不是耸人听闻，因为英国殖民统治给印度留下的最大遗产也就是英语了，可以想象，今后还会有更多的印度作家用英语来进行他们的创作，这是一种必然的趋势。在《午夜的孩子》中，从物质的层面上讲，萨里姆虽然继承了杂七杂八、各式各样的东西，但物质的东西大多是无法长久的，真正能够长久且能够不断增值的是非物质的、永远活动着的英语。从历史上看，英语代表着大英帝国，英国与印度是两个敌对的大家庭，而现在，它们的子女却结成了婚姻关系，诞生了“印度英语文学”，虽然这是一种幸福的结局，但拉伽·拉奥、纳拉扬等老一辈印度英语作家的心里毕竟有点儿不自在，因此，他们不断地强调英语的印度性，是印度容纳了英语。而在拉什迪等作家的心里，这种不自在的感觉却早已消失得无影无踪，随着《午夜的孩子》的发表，在上世纪80 年代，英语已不像英国统治印度时那样是殖民者的语言，它堂而皇之地成了印度英语，俨然身份高贵的皇家成员，受到了非同一般的注意，这便是拉什迪的神话了——他以文学的形式使“印度”通过“英语”而融入了西方的话语世界，印度“家园”以开放、游移的形式在拉什迪的“想象”之中“流散”到了西方。当拉什迪说他的小说创作反映的并不是现实的印度或巴基斯坦时，他正是在“流散”和“碎片”的意义上将他的“家园”想象成既存在于东方又存在于西方的“第三空间”。正是在这样的语境和想象之中，拉什迪不仅在政治与历史方面惹出了很多的麻烦，而且也在对印度文学的认识上不断地“惹是生非”。

3. 本土文学与流散文学

1997 年是印度独立 50 周年的大庆年，印度文学界引人注目的献礼是由 K. M. 乔治（K. M. George）主编的《印度文学的杰作》（*Masterpieces of Indian Literature*）的出版。此书共分三卷，前两卷就印度 19 种语言（包括梵语和英语）中的 500 部著作作了评介，包括作家的背景资料、作品内容提要以及对作品的评价，第三卷列出了大量的诗歌、短篇小说、戏剧的篇目，并用一段文字加以简介。此书企图超越印度文化中语言的屏障，尽可能全面地搜集了印度各语言文学的资料，使读者对印度当代文学创作有一个全面的了解。

与此形成对照的是，萨尔曼·拉什迪和伊丽莎白·韦斯特主编的《1947—1997 年间印度文学精品》(*The Vintage Book of Indian Writing 1947—1997*, Random House,1997)也于此时出版了。姑且不论此书所选的作品是否精品，单是拉什迪为此书所作的序言已有点惊世骇俗了：时间正在证明，这时期(1947—1997 年)印度人用英语创作的小说类和非小说类的著作比 16 种印度本土语言几乎全部的创作都更为重要。他进一步说，只有 S. H. 明都这样一个印度本土语言作家，[①]是他愿意将之与印度英语作家并列的。

如同在小说创作中以激情和直白取胜一样，拉什迪在文学评论上也是狂放不羁的，他对印度多语言文学创作的状况并无多少了解，然而却毫无顾忌地对其判了死刑。K. M. 乔治是颇有声望的印度当代文学研究专家，他主编的《印度文学的杰作》是印度独立 50 周年大庆中的一项文学献礼工程，带有点政府行为的色彩，但无论如何，这部三卷本的巨著作为众多印度学者的学术成果也还是比较科学、全面的，显然，拉什迪和韦斯特的小说选本本身更多地带有个人的感情色彩，而拉什迪在为选本所做的序言中对印度当代文学的断言也充满了自我想象的色彩，谈不上什么科学性，但由于拉什迪在西方特殊的地位以及英语的优势，其选本无疑会在西方产生更大的影响，无论是正面的还是负面的。

我们可以从科学性上认可 K. M. 乔治的文学选本，但在权威性或说影响性上，拉什迪的选本则可能得到更为广泛的接受，这其中除了文学和语言的因素之外，尚有更为复杂的文化背景问题。两个不同的文学选集反映出来的，不仅是如何认知印度当代多语言文学创作问题，而且是印度本土文学与流散文学的关系问题，进一步地，从印度文学与西方文学的定位问题中反映出来的是如何认知印度性与现代性或说是本土文学与流散文学的问题。显然，这是一个纠缠不清的问题。

即以印度英语文学来说，既然被称作印度英语小说，就有一个印度

---

① S. H. 明都(Saadat Hasan Manto,1912—1955)，印度著名的乌尔都语小说家，以对性爱的直露描写见长，常常被印度文学评论界归为另类。

性的问题，而印度，按人们的一般看法，或者是按阿米德的说法，是一个无所不容的怪物，因此容纳这个怪物的小说也必然是一个无所不容的怪物，每一个印度英语小说家都在以不同的方式丰富着这个怪物无所不容的性质。拉什迪之后，按阿米德的说法，印度英语小说建构起了不同于传统印度英语小说的形式，其体裁多种多样，其风格变化无穷，读者已很难分清其中的印度性与现代性了。[①] 阿米德有关后殖民和拉什迪小说的评论强调的虽然是印度性与现代性的杂交，但其倾向则如拉什迪一样明显地偏向现代性。

而印度的文学评论家虽然也像阿米德等评论家那样强调现代性与印度性的融合，但他们却偏向于印度性。印度文学的历史是不连贯的，语言、文化、宗教传统是复杂多样的，其古代文学与神话、宗教典籍融为一体，现代文学则伴随着英国的殖民统治又与西方传统复杂地绞合在一起，印度传统的文学批评常常孤立地对印度各语言文学进行专门的研究，但近三十年来，印度文学批评家则更多地致力于对印度文学进行综合性的考察和分析，企图对印度文学做出全面的、整体的认知，既强调印度文学的多样性，又强调印度文学的统一性。S. K. 达斯(Sisir. K. Das)一直致力于多卷本综合性印度文学史的写作，K. M. 乔治(K. M. George)也早在 1985 年就出版了两卷本《比较印度文学史》，印度文学理论家纳姆沃尔(Namwar Singh)也竭力主张对印度文学尤其是 20 世纪印度文学进行综合研究，穆尔蒂(U. R. Anantha Murthy)、卡普尔(Kapil Kapoor)、德利维蒂(Harish Trivedi)和代维(G. N. Devy)等也都是这方面的文学批评大家。

S. 盘迦(Sharmishtha Panja)于 2000 年出版了一本名为“很多的印度，很多的印度文学”的文集，[②]收入了 16 位印度当代最为优秀的诗人、批评家和文学翻译家写的文章，着力探讨的便是印度文学的统一性和多样性问题。盘迦在此书序言性质的文章《存在着一个印度文学吗?》中强调，印度大学里目前盛行的文本理论或是文化批评理论都产生于西方都市文化环境之中，而对印度文学来说，对文学地域性质的强

---

① 阿米德·乔杜里：《混血儿的魅力——后殖民印度小说对西方意味着什么》，载英国《泰晤士报文学增刊》(*TLS*)，1999 年 9 月 3 日。

② 可参阅德里《印度文学》杂志 2000 年第五期上的书评。

调则是批评的关键所在。文集中的文章涉及的作家基本上都有明显的地域文化的色彩(以各地方语言为主要特征),如泰戈尔、希里·希里、帕西尔、摩罕·拉盖什,等等。在批评方法上,他们采取的多是新历史主义和新地理主义(New Geographism)的视角。盘迦认为,印度文学有其特定的地域性,相应地,其批评也应该是印度特色的。但实际上,即使不说新历史主义,就是所谓的新地理主义,也来自西方(主要是后殖民主义理论),因此,盘迦意图以对地域文化的强调来对抗西方都市文化中产生的文学批评理论本身便是一个悖论。文集中的文章并没有什么统一性可言,如果要寻求共同点的话,作者们倒是比较一致地反对拉什迪在《1947—1997年间印度文学精品》"序言"中提出的印度英语文学在成就上远远高于印度其他语言文学的观点,他们对V.S.奈保尔在《黑暗地带》中把印度说成"死亡、虚无、堕落"的滋生地也大为不满。当流散作家在西方大力倡导"后殖民"、"杂交"观念的同时,印度本土作家则在强调印度文学的印度性和地域色彩,从前殖民地国家分化出来的流散与本土作家有意无意地分成了两大敌对的阵营。

4. 话语的策略:"第三空间"与"第三传统"

流散文学与本土文学之所以形成两大阵营的对立,是因为存在着边缘与中心的对立,而中心与边缘的存在——斯皮瓦克道出了其中的天机——不过是一个策略问题。显然,拉什迪、奈保尔等作家的流亡并不是迫不得已,而是他们有意选择了这样的一种生存状态:生活在西方,便好像是生活在世界的中心。但实际的情形是,流散作家生活在西方,只是相对于东方而言而进入到(西方)主流话语的行列之中;而在西方主流话语之中他们却处于边缘的地位,中心与边缘只是相对的存在。迦·查·斯皮瓦克曾说:"我已经厌倦了人们把我叫做一个流亡者(exile),因为这是一个由来已久的问题,我自己并不愿意认定这种身份。问题很复杂,从一定程度上说,中心并不存在,中心总是相对于边缘才出现的……有些人总是爱把精力集中于边缘,这样他们就被界定为中心了……唯一的策略就是把自己表现为中心。”[①]奈保尔笔下的人物常常被吸引到幻觉中象征着“真理”和“秩序”的世界中心，而客观的事实是，真实的中心是不存在的，这就像不存在事先设定的真实一样，如果语言能够建造世界的话，边缘同样也可以被建造成中心，它也可以根据不同的习俗、期望和体系来建造世界，如此一来，边缘也就是中心了。

因此，无论是边缘还是中心都无法建造世界，如果中心失去了边缘地带的支持，世界的政治游戏也就结束了，所以说，有序的中心只是一种假象，从最终的意义上说，它也是无序且不真实的。如果说奈保尔、拉什迪等作家是深入到宗主国文化内部，以模仿求融合、求同一的话，那么，身处第三世界的作家却不像流散作家那样迫切地要与西方主流文化进行商讨或杂交，他们大多也没有什么边缘作家的感觉，因为他们并不像移民作家那样身处中心（主流）文化的边缘地位，而是身处边缘文化的中心地位。实际上，本土作家的创作也并非为了重建印度传统的价值观，而多是从印度生活的角度生动地反映了印度的当代生活，这与流散作家深入到西方文化内部的做法看似对立，但两者却是相互依存的：否定和肯定两种原则在此互为消长、互为平衡，正如庄子所说：“因是因非，因非因是……是亦彼也，彼亦是也。”[②]过于强调本土作家的传统化或过于强调流散作家的西方化都是建立在虚假的二分法基础之上的不足取的阅读和理解，因为本土作家与流散作家的创作实际上是后殖民模仿时代混合杂交的产物。

从语言上看，英语和印度语言在杂交的过程中同时失去了其纯洁性。“英国当初认为是自己的文化丰碑之一的英语——那莎士比亚所知道的英语——现在已经四分五裂，并被人随便抛弃，那无数的碎片已难以辨认出是否还是‘英语’。”[③]与此同时，印度的本土语言受到英语的侵袭，也变成了杂烩的语言，印地语中夹杂着英语，于是出现了

---

① 斯皮瓦克 1986 年 8 月 17 日在澳大利亚的访谈录：“Strategy, Identity, Writing”, in *The Post-Colonial Critic*, *Interview*, *Strategies*, *Dialogues*, Routledge, New York & London, 1990.

② 《庄子·齐物论第二》。

③ 艾勒克·博埃默：《殖民与后殖民文学》，盛宁、韩敏中译，辽宁教育出版社，1998 年，第 241 页。

Hinglish(意为印地语 Hindi 与英语 English 的结合)，不知再过多少年，英语(印度英语)是否会完全吞食掉印度的各种语言。桑吉德南登在《全球化与文化》一文中悲哀地说，印度在当今世界全球化过程中所面临的最大的文化威胁是民族语言的死亡，因特网上的通行语言——英语，主要是美国英语——正在取代印度的各种语言，印度文学正在变成印度英语文学。[①] 经历了殖民主义之后，英语和印度本土语言都再也无法回到殖民化之前的状态之中了。所以，不仅拉什迪在伦敦从事流散文学创作时会感受到语境的错位，即使在印度本土用印度语言从事文学创作时，也无法故步自封于传统语境之中，这实际上也是一个语境错位的问题。

正是因为存在着或明或暗的语境错位问题，不仅后殖民理论家霍米·巴巴在谈论着“第三空间”，而且印度本土作家和理论家也在谈论着“第三剧场”、“第三传统”等。

在五六十年代创作和导演了很多戏剧之后，印度当代剧作家厄本·比亚斯(Urban Bias)发现，加尔各答是一座建立在英国教育体制之上的外国文化之城，它扭曲了印度的文化；从一开始，加尔各答便是一座基于外国殖民者的利益而建造的城市，随后，它一直吮吸着印度广大乡村的血液而不断地扩张。在这座城市中，明显活跃着两种对立的文化，一种是城市文化，另一种是乡村文化。与此相适应，印度实际上存在着两种剧场，一是都市的，一是乡村的。比亚斯试图综合两种文化和两种剧场而创作出“第三剧场”：让城里人意识到乡村的苦难，让乡村人感知到现代文明。他着力表现乡下人即被压迫者的生活，虽然他知道只有在社会—经济环境真正发生转变之后，城乡文化的对立才能得以消除，但他努力以剧场来为这种改变服务。“第三剧场”，按剧作家本人的说法是，并不是要在城乡之间制造综合或平衡，而是要创造出新的剧场，但在实际操作中，“第三剧场”更多变成了街头剧场。[②]

---

① 桑吉德南登：《全球化与文化》(“Globalisation and Culture”)，载《印度文学》，德里，1999 年，第二期。

② E. Renuka and Shampa Bhattacharjee, “Urban Bias as a Postcolonial Distortion: A Note on Badal Sircar's Third Theater,” in *Postcolonial Theory and Literature*, eds., P. Mallikarjuna Rao, Rajeshwar Mittapalli, K. Damodar Rao, Atlantic Publishers and Distributors, 2003.

纳姆沃尔(Namwar Singh)是近五十年来活跃于印度文学批评界的一个重要人物,他先后出版了《探索别的传统》、《历史与批评》、《主调、复调和对话》、《小说和新小说》和《诗歌的新标准》等批评著作。早在霍米·巴巴提出"第三空间"之前,他就致力于探讨印度古代文学批评传统和西方文学批评传统之外的"别的传统"或"第三传统",不过,与巴巴明显不同的是,纳姆沃尔的理论着眼点在于印度文学。

纳姆沃尔起初专攻印地语文学,尤其是印地语诗歌,后来则从诗歌转向了文学,研究的角度也不再局限于印地语文学,而是从整体上探讨印度文学。他认为,一个印地语或是印度其他语言的文学批评家要想真正在他所从事的语言文学批评上有所成就的话,就必须有全印度文学的视野和感受,这一点,无论是对印度古代文学的研究还是对现代文学的研究都同样重要;再者,随着英国对印度的殖民统治,印度近现代文学的统一性表现得更为明显,因此对于殖民和后殖民时代的印度文学更不能孤立地从印地语或某种其他印度语言的角度来进行研究,而要有更为广阔的文化视野。

从总体上来看 20 世纪的印度文学,它有没有创新性? 对此如何评价? 纳姆沃尔采取了例证的办法让人们去思考这个问题。第一,印度近二十年来创作的小说、诗歌和戏剧有不少都被翻译成英语加以出版,这是一种好的现象,印度本土文学正在走向世界;第二,创新并不意味着对西方文学进行复制,而是对印度生活中的印度问题进行艺术的反映与表现,这里面大有文章可做。印度戏剧的传统性很强,但在近二十年里也有变化,这就有创新的问题;小说就更是如此了,如雷奴(印度独立后印地语小说大家)等人创作的乡土小说便是真正的创新,在艺术风格上,尽管明显受到了西方的影响,但它们与西方文学又有很大的差别;诗歌的语言更具有普遍性(更容易接近西方),但这种普遍性只有在特殊的生活与心灵感受中才能被赋予灵性。纳姆沃尔借用美国批评家米切尔(W. T. Mitchell)的说法,认为第三世界的文学创作本身更有活力,更有内容可写,而西方文学似乎是无路可走。[1] 实际上,纳姆沃尔的说法也是一种文学策略,正像流散文学强调"流散"视角的特殊性和

---

① 见《印度文学》(德里)1999 年第三期发表的阿瓦迪什·古玛尔·辛赫对纳姆沃尔所作的长篇访谈录。

优越性一样。

我们姑且承认纳姆沃尔的看法，但不可否认的是，即使第三世界的文学创作更有活力，这种活力也是在西方文学的刺激中产生的，而且这种活力目前在印度本土主要表现为有待开掘的潜力，而不是创造力。相比较而言，流散的特殊处境倒是更有利于激发出来自于前殖民地作家身上的活力，表现出既非印度又非西方同时又两者都是的杂交状态，其特有的文化身份以及基于地理、文化的差异而特有的距离感使他们的创作自然形成了一种新的文学生态系统，说它是“第三空间”也好，说它是“第三传统”或想入非非的“别的传统”也好，因为它介于两者之间，即使是把握不好中正和平衡，但也是见缝插针，在穿针引线之中，将殖民时代“毁了”的一切在后殖民时代重新弥合起来。

第四章

殖民与后殖民话题中的吉卜林

吉卜林是第一位获得诺贝尔文学奖的英国作家，他之所以能够获此殊荣，是因为他对英属印度有着特殊的感受以及他对这种感受所进行的细致生动的表达，但与此同时，无论是西方学界还是印度学界对他的诸多非议也与他在小说中对印度的描写与感受有着密切的联系。“印度”曾使他走红于东西方世界，又使他在有生之年几乎被人们所遗忘，这一切都源于殖民主义。

后殖民文化研究兴起之后，吉卜林又因殖民主义而再次受到学界的关注和研究，一方面他成了萨义德等后殖民理论家重新“批判”的靶子，另一方面，他也成为东西方学界重新审视并反思的文学对象，吉卜林的身份、思想、人格、心理在嘈杂的批评之声中被分裂成“白人吉卜林”与“印度人吉卜林”：“白人吉卜林”使他逃脱不掉帝国意识的话语网络，“印度人吉卜林”又使他有了“后殖民文学之父”的称谓，有学者甚至认为“印度现当代文学的一切都来源于吉卜林”。本章主要考察后殖民和印度学界对吉卜林的评说。剖析殖民与后殖民话题中的吉卜林，这不仅有助于我们深入了解吉卜林和西方自浪漫主义文学以来对东方的认知传统，而且也有助于我们理解印度现当代文学与西方文学之间复杂的互动关系。

附录的文章《混沌与蛇：〈印度之行〉》，是侧重于印度传统文化而对爱·摩·福斯特《印度之行》有关印度描写的解读，这种解读与后殖民文化研究的视角还是有很大的差别的。不过，此文与后殖民式的研究有相通相连之处。吉卜林与福斯特都是以对殖民地印度的描写而闻名的英国作家，学者们因此也常常将他们相提并论，比如，萨尔·苏莱里便注意到，吉卜林《基姆》中设计的“大游戏”是《印度之行》中描绘的“玛拉布尔山洞”的前身，其隐喻性的意义都在于难以把握的变幻与空虚。① 尽管本章考察的主要是吉卜林的小说创作，但笔者在写作的过程中，脑海中也常常回转着福斯特，依笔者看来，不仅《印度之行》中的“混沌”式描写与吉卜林对印度“没法说”和说不清楚的感受一脉相承，而且福斯特笔下的“蛇”的形象与意蕴也与吉卜林在小说《基姆》中如下一段描写有内在的联系。喇嘛和基姆在印度的田间小路上行走到一条河边，突然，基姆喊道：

> “当心！当心！”基姆冲到喇嘛身边，将他拉了回来。一道黄褐色相间的斑纹从沙沙作响的紫外线芦苇丛根底处滑行到溪岸边，往水里伸长脖子，喝水，然后静卧不动——是一条大眼镜蛇，没有眼睑，眼睛不转。
>
> “我没有树枝——我没有树枝，”基姆说，“我去找根树枝来打断它的背。”
>
> “为什么呢？它和我们一样也是受轮回束缚的——一个或上升或下降的生命(a life ascending or descending)——它远没有解脱。那个灵魂一定造成了大孽，才投胎成这种模样。”
>
> “我就是讨厌蛇”，基姆说。无论当地人怎么训练，都无法消除白种人对蛇的恐惧。
>
> “让它过完它的一生吧。”那条蛇盘卷起来，嘶嘶吐信，半张着蛇冠。“老兄，愿你能早日解脱，”喇嘛平静地说，“顺便问一下，你可知道我要找的那条河吗？”
>
> “我从来没有见过像你这样的人，”基姆困惑不解，轻声嘟囔道，“难道蛇真能听懂你的话？”
>
> “谁知道呢？”喇嘛跨过眼镜蛇，距离昂起的眼镜蛇的头部不到一尺，蛇将它的头部缩回到盘卷着的身体之中。
>
> “过来吧！”他回头喊道。

---

① Sara Suleri, *The Rhetoric of English India*, the Unversity Chicago Press, 1992, p. 116.

"我才不呢，"基姆说。"我绕过去吧。"

"过来吧，它不伤人的。"

基姆犹豫片刻。喇嘛低声颂读起长段的中国经文让基姆相信他的话，基姆以为他在念咒语，便遵命跳过小溪。那蛇果真一动也没动。

"我从没见过你这样的人。"基姆擦去额头上的汗珠。[①]

吉卜林在关于印度的创作中不乏对眼镜蛇的描写，但他对蛇的描写大多是写实性质的，没有什么渲染与夸张，基姆不明白喇嘛的行为，糊里糊涂地跟着喇嘛从眼镜蛇的身上跨过去了，他的问题也是不了了之。尽管在小说《基姆》中，吉卜林通过喇嘛的形象对印度的轮回说和由无数圆圈构成的轮回图有反复的描写，但吉卜林对这些却没有随意的联想，他只是生动如实地对此加以描写，而把想象的余地留给了读者。

而福斯特是一个与吉卜林有着截然不同风格的作家，他不像吉卜林那样能够如实生动地描写印度，但他对印度有某种说不出但又克制不住的言说之感，因此，在他笔下印度的蛇是一种虚幻性的存在，而且这种存在与《基姆》中有关轮回和圆圈的描写有着密切的关系，从附录的文章中，我们可以发现，吉卜林小说中"一个或上升或下降的生命(a life ascending or descending)"的说法在福斯特笔下被想象性地延伸开来，构成了《印度之行》的一个重要的隐喻。

将吉卜林之"蛇"与福斯特之"蛇"加以比照，我们既可以看出两位作家不同的创作风格，也可以对英属印度社会生活与历史文化有着更为深入的感受。再者，拉伽·拉奥的《蛇与绳》从印度传统的"摩耶"(幻觉)与真实的关系这一角度对于蛇的描写与感受，与吉卜林和福斯特的相关描写相比，自然又是另有一番情趣。

一　从殖民主义到后殖民主义

早在1936年鲁迪亚德·吉卜林去世之前，美国的一家报纸就说，对

① Rudyard Kipling, *Kim*, Oxford University Press, 1987, pp. 43－44. 可参阅吉卜林：《基姆》，黄若容、周恒译，辽宁教育出版社，1998年，第47—48页。

于大多数英国人来说,吉卜林已经变成非常遥远的记忆了,他好像已经变成了过去时代民间传奇的组成部分或是早已作古的经典作家。[1]

为什么吉卜林会遭遇如此命运?我们不妨重新思考一下乔治·奥威尔在《鲁迪亚德·吉卜林》(1946)一文中早就说过的观点:吉卜林的惯用语和专用式的表达方式——如“白人的累赘”,“东方就是东方,西方就是西方,两者永远不会交汇”,等等——早已成了殖民主义日常生活话语的组成部分。奥威尔的这段话无意之间在吉卜林与殖民主义话语之间划上了等号,长期以来人们对吉卜林的认知也一直定型化于殖民主义和帝国主义的意识形态之中,认为吉卜林是英国殖民主义的旗手和“英王的吹鼓手”,是大英帝国殖民主义意识形态的代言人,随着英殖民帝国辉煌时代的过去,吉卜林似乎早就应该作古了。与意识形态上对吉卜林的定性相适应,学界从文学研究的角度来认识吉卜林时也是小心谨慎,人们多从英国海外殖民活动的魅力与浪漫的色彩来评说吉卜林,认为吉卜林与康拉德一样,对英国文学学者来说一直都是个谜:“他们觉得这两人乖僻,很难理解,最好谨慎地对待他们或干脆不讨论他们,而不将他们归入正宗的英国文学的轨道上来,不与狄更斯和哈代那样的同时代作家相提并论。”[2]相比较而言,吉卜林比康拉德更早赢得读者的喜爱,但他也比康拉德更早地被读者遗忘,吉卜林的文学创作虽然不像康拉德那样具有讽刺性和语言上模棱两可的含混性,但吉卜林在文学创作中夹杂了大量的印度语言词汇,这也使得他的创作不容易为一般的读者和学者所接受。

但随着后殖民主义文学批评的兴起,吉卜林这个帝国时代的人物在搁置了将近百年之后,重新成了热门话题。

1. 从《东方学》到《文化与帝国主义》

后殖民主义最初谈到吉卜林时,沿用的依然是奥威尔从吉卜林的名言中引申出来的观点:吉卜林的创作体现了典型的殖民主义话语

---

① Tom Paulin, “The Imperial Theme,” *TLS*, March 8, 2002.

② 爱德华·W.萨义德:《文化与帝国主义》,李琨译,生活·读书·新知三联书店,2003年,第187页。

特征。

爱德华·W. 萨义德在《东方学》(1978)中并没有对吉卜林进行专门的研究，但《东方学》一书所批判的西方话语体系自然会使人们联想到吉卜林及其名言，受萨义德影响的后殖民批评的学者们最初也正是从这个角度谈论吉卜林的。萨义德从后殖民的角度对西方话语体系的考察和分析，触发了学者们对吉卜林进行再批判性的再认识，但在这种再批判和再认识中，学者们也进一步发现了更为复杂同时也更为迷人的吉卜林，定型化了的吉卜林由此发生了新的变化。显然，学者们对吉卜林的新认识与人们对《东方学》一书的深入思考和批评是同步发生的。我们要认知后殖民文化批评中的吉卜林时，首先要认知的是学界对《东方学》一书的剖析。

人们很容易形成这样的印象：后殖民主义文化批评以萨义德的《东方学》为开端。比如，霍米·巴巴就认为此书“开辟了后殖民研究领域”①，而迦耶特丽·斯皮瓦克则把此书描写为“我们这个学科(指后殖民文化研究)取之不尽的源泉”②。尽管萨义德的著作非常重要，但在此之前或与此同时也有很多著作涉及后殖民这一课题，后殖民实际上是帝国主义文化与本地文化之间交互作用的产物，正是前殖民地国家中出现的复杂的文化现象引发了与后殖民相关的术语、理论、概念、文化认同等方面的争论，“后殖民理论”也早在这一特定的名词之前就出现了。③

后殖民理论本身一直处于散乱无序的状态之中，只不过是萨义德借助于当代理论尤其是福柯关于知识与权力的论述而使后殖民理论进一步深化并具体化。《东方学》主要分析西方的知识系统及其在政治和美学领域对非西方世界的支配作用，萨义德认为，在东西方关系中，话语起着关键的作用，这种话语就是他所谓的东方学或东方主义。东方学问题的关键并不在于西方学者对东方文化是否具有同情心理，而在

---

① Homy K. Bhabha, “Postcolonial Criticism,” in *Redrawing the Boundries: The Transformation of English and Amercian Literature Studies*, eds., Stephen Greenblatt and Giles Gunn, New York: MLA, 1992, p. 56.

② G. C. Spivak, *Outside in the Teaching Machine*, London: Routledge, 1993, p. 56.

③ Bill Ashcroft, Gareth Griffiths and Helen Tiffin, eds., *The Post-Colonial Studies Reader*, Routledge, 1997, pp. 1—2.

于东方学中的东方是文化霸权影响下的产物，它区分出东方和西方并用二元对立的方法将东方在本质上加以定型化，东方永远是低劣于西方的"他者"。[①]

依照萨义德的逻辑和分析思路，吉卜林"东方就是东方，西方就是西方，两者永远不会交汇"的说法可以说是定型化东西方关系最恰如其分的表达。自我与他者之间的关系，本来是一个哲学命题，黑格尔对此早有深入的探讨：他者指主体之外的一个不熟悉的对立面或否定性因素，因为他者的存在，主体自我的权威才得以界定。精神分析学，特别是经过拉康改写后的精神分析学，则进一步将人的"自我"看成是按他人的看法建构出来的一种认识。在哲学与精神分析学中，自我与他者之间实际上并不存在高低、优劣等不平等关系，但当萨义德将自我与他者演化成为东西方之间的关系时，西方殖民者与殖民地他者之间的关系变成了不平等的话语和权力关系。

马克思主义认为观察者与真实是各自独立的存在，至少从理论的层面讲，"真实的"知识是可以获得的，但萨义德追随着福柯，把东方看成是西方的话语建构，这种建构与"真实的"东方只有表面的联系，这导致萨义德在观点上出现一系列矛盾之处。比如，它讲不清楚东方主义是帝国主义的起因还是结果；同样，如果"真实"本身是由话语建构而成的话，东方主义是否可以被看成是对东方的错误表征或意识形态上的曲解？再者，我们也无以明白，如果"真实"是关涉于权力的虚假建构，那么以什么来替代东方主义呢？[②] 同样道理，当我们按照萨义德的理论将吉卜林的创作在东西方二元对立的关系中定型化时，我们便只能将吉卜林看成是帝国主义、殖民主义的旗手而无法解释吉卜林的小说创作对英属印度社会生活生动而逼真的描写等种种复杂的因素。显然，吉卜林的思想中存在着浓厚的帝国意识，但同样不可否认的是，吉卜林关于印度的小说并不是对印度的错误表征或曲解，他笔下的印度也并不是基于话语权力的虚假建构。

萨义德在《东方学》中的论证中出现的难以解决的矛盾之处在于，

---

① Bart Moore-Gilbert, Gareth Stanton and Willy Maley, eds., *Postcolonial Criticism*, Addison Wesley Longman Limited, 1997, pp. 23—24.

② Ibid., p. 24.

一方面，西方话语体系中的任何学者，包括萨义德本人，都在遵循着人文主义传统来提供“客观的”、“真实的”东方，萨义德也承认存在着挑战东方主义话语结构的“好”东方学家；另一方面，东方主义又被描述成为一种进行虚假建构的话语体系，其支配性的作用在于没有什么人能够逃避这种体系，在东方主义话语内部出现任何反叛最终都是不可能的，这样，即使是马克思也只是被表述为一个东方主义者。在这样的悖论中，当萨义德试图超越东方主义（能否超越，他自己在这个问题上是矛盾的）时，他吁求的只能是跨民族、跨文化和跨种族甚至是超验的“人类经验”等抽象的东西。

可能正是有感于二元对立在理论上的悖论与空洞，在1993年出版的《文化与帝国主义》一书中，萨义德试图以融合的思想取代他在《东方学》（1978年）一书中殖民和后殖民文化二元对立的观念，《文化与帝国主义》一书共四章，前两章的标题“重叠的领土，交织的历史”和“融合的观念”显示的也正是这种变化。[①] 再者，与《东方学》侧重于旅行记一类作品的分析不同，在《文化与帝国主义》一书中，萨义德将分析的重点从殖民话语中的非文学作品转移到文学作品上，致力于对西方文学中的重要作家如吉卜林、简·奥斯汀、康拉德等的分析研究。

但《文化与帝国主义》一书延续的依然是《东方学》的思想和方法，萨义德通过小说《基姆》而对吉卜林进行的分析正是如此。萨义德说，要理解《基姆》，必须记住两个因素：

> 一是，无论你喜欢与否，作家在写作时不只是从一位住在殖民地的白人统治者的观点出发，而且是从一种经济、功能与历史已经获得自然的地位的巨大的殖民体系出发的。吉卜林认为存在着一个基本上无可抗争的帝王。在殖民主义分水岭的一边是白种人的基督教欧洲，其中主要是英国、法国，还有荷兰、比利时、德国、意大利、俄国、葡萄牙和西班牙，等等。他们控制着地球表面的大部分地区。分水岭的另一边是大片的各种各样的领土和人种，被认为是不重要的、低等、依附他人和臣服于人……白人与非白人的界限

① Bart Moore-Gilbert, "I am going to rewriting Kiping's *Kim*: Kipling and Postcolonialism," in *Journal of Commonwealth Literature*, Vol. 37, No. 2, 2002.

在印度和其他所有地方都是绝对的，并渗透在《基姆》和吉卜林的其他作品中。绅士就是绅士，不论有多少友谊或同志式的感情，都不能改变种族差别的最基本的内容。吉卜林不会怀疑这种区别和白人进行统治的权力，就像不会怀疑喜马拉雅山脉一样。

第二个因素是，正像印度本身一样，吉卜林既是一位大艺术家，也是历史的产物。《基姆》是在他的经历中的特定时刻、在英国和印度人民的关系正在改变的时候写成的……英国与印度人正在演变，而且是在共同演变。他们有着共同的相互依赖的历史。在这一历史中，敌对、善意与同情时而使他们分开，时而又使他们走到一起。《基姆》这样一部卓越的、复杂的小说是对那段历史清晰的反映。[①]

萨义德对吉卜林《基姆》的分析，首先设定了一个大的二元对立的框架，然后在此框架中又承认《基姆》是一部复杂的小说，在二元对立的历史背景中表现出英国人与印度人相互依赖的历史事实。显然，萨义德注意到《基姆》作为一部伟大小说的复杂性，认为这部小说并不是英殖民主义的文学图解，它在某些方面甚至与殖民主义是不相协调的，但萨义德最终还是将这部小说归入了无处不在的殖民主义话语体系之中，认为它是帝国主义意识形态的反映。正因为萨义德无法舍弃他在《东方学》一书中所设定的框架，所以学者们多认为，尽管萨义德在《文化与帝国主义》一书中表现出对新的研究域的开拓，对一些文本也表现出了创造性的阅读，但它不过是《东方学》的续篇，而且，这种延续到处都是表面化的，困扰他早期著作的方法论上的问题在此再次出现，因此，《文化与帝国主义》也常常被看成是《东方学》的重复。[②] 萨义德对吉卜林等小说家的阐释都基于帝国主义对西方文化的决定性影响这一有些简单化的思想。同样，尽管萨义德在后期著作中对殖民秩序的反抗表现出更为广泛的兴趣，但他对帝国霸权和殖民反抗之间关系的分析则多表现为一些显而易见的皮毛问题。

---

① 爱德华·W. 萨义德：《文化与帝国主义》，李琨译，生活·读书·新知三联书店，2003年，第190—191页。

② Bart Moore-Gilbert, Gareth Stanton and Willy Maley, eds., *Postcolonial Criticism*, Addison Wesley Longman Limited 1997, p. 26.

比如，在对小说《基姆》的分析中，萨义德所关心并思考的问题依然是：吉卜林是把印度描绘为次等的还是平等但又不同的？一个印度读者的答案自然会更集中在种族偏见上，例如，吉卜林关于印度民族性格的丑陋描写，常常会被印度读者看成是种族主义在文学上的反映；而英国和美国读者则更多强调吉卜林对象鼻大道上印度社会生活的生动描写中所表现出来的异域文化色彩。当萨义德将小说的分析囿于某种历史和政治环境时，尽管他认识到"不能简单地指责它（指《基姆》）是混乱的、极端反动的帝国主义的种族主义想象力的产物"，但萨义德最终认可的依然是乔治·奥威尔的老观点："乔治·奥威尔是对的。他说吉卜林的独特能力给语言增加了一些短语和概念——东方是东方、西方是西方；白人的负担；苏伊士以东某地。他还说，吉卜林所关心的事涉及一般与永久性的利害关系。吉卜林之所以有力量，原因之一在于他是个有极高天赋的艺术家。他在艺术里所做的是充分表现一些思想……他也得到了权威的19世纪欧洲文化潮流的支持（从而可以利用它们）：非白人人种低劣。他们必须由高等民族来统治。他们不变的本质是现代生活中无人怀疑的公理。"[①]简而言之，在萨义德看来，吉卜林虽然是帝国主义的吹鼓手，但他是一个天赋极高的"吹鼓手"，他将自己的帝国主义思想生动地化入了艺术的创作之中。

2. 在后殖民文学研究中重新走红的吉卜林

显然，以萨义德为代表的后殖民主义文化批评对吉卜林的认知是一针见血，但随着后殖民文化批评的深入，人们对吉卜林的认知并没有限定于萨义德所设定的二元对立的框架之中，相反，学者们不断地打破这一框架，使早已僵化了的吉卜林又重新"活"了过来。近来，伴随着一系列的吉卜林传记的问世，有关吉卜林的学术研究形成了不大不小的热潮。

吉卜林的主要作品都是在1900年前后或之前创作的，这是吉卜林走红的时代，他于1907年获得诺贝尔奖，之后他便慢慢地淡出了人们

---

① 爱德华·W.萨义德：《文化与帝国主义》，李琨译，生活·读书·新知三联书店，2003年，第213—214页。

的文学视野之外，只不过在儿童文学创作方面，人们依稀记得他的名字。但将近百年之后，当历史进入新的千年时，吉卜林又走了回来。1999年2月19日和10月15日的英国《泰晤士报》文学增刊、2000年1月6日和2002年3月8日2002年4月25日《伦敦书评》以及2002年7月18日《纽约书评》上相继出现文章，评介了近年来出版的三部吉卜林传记：哈利·里基茨（Harry Ricketts）的《不予原谅的瞬间：鲁迪亚德·吉卜林传》（*The Unforgiving Minute: A Life of Rudyard Kipling*, 1999），安德鲁·莱西特（Andrew Lycett）的《鲁迪亚德·吉卜林》（*Rudyard Kipling*, 1999）和戴维·基尔默（David Gilmour）的《长篇退场诗：鲁迪亚德·吉卜林的帝国生活》（*The Long Recessional: The Imperial Life of Rudyard Kipling*, 2002），有关吉卜林的传记和书评从不同角度对吉卜林做出了新的认知。

戴维·基尔默等学者之所以重新撰写吉卜林传记，是因为在他们看来，吉卜林的人格构成相当复杂，比起包括爱·摩·福斯特在内的大多数的英国作家来，吉卜林对印度人和印度文化有着更为深入的体会与感知，他的创作一方面表现了英国殖民者自以为是、高高在上的道德优越感，另一方面他又对印度文化充满了敬畏之情。抛却吉卜林创作中的帝国意识形态这层面纱，读者会发现一个迷人的印度文化世界，如果没有对印度的切身感受，他就不会创造出一个异常生动且富于魔幻色彩的东方世界。吉卜林对印度有一种亲和感，他活动于印度的集贸市场，对印度人的风俗习惯、语言、思维和行为方式都了如指掌，他能与印度各色人物自由交谈，尽管吉卜林在创作中表现了白人的优越感，他在生活中和感情上都能够接近并真正接受了印度的文化和生活。①

有关吉卜林的传记以及这些传记的书评，有一个共同的倾向是，将吉卜林从帝国主义、殖民主义的意识形态中解脱出来，他们特别注重对吉卜林早年生活的描述，认为吉卜林是印度文化哺育出来的作家，或用印度学者阿希斯·南帝的说法，尽管在思想、政治和道德等方面是西方帝国主义文化的鼓动者，但吉卜林在文化上是一个印度孩子。

吉卜林于1865年生于印度孟买，6岁之前他一直和家中的印度仆

---

① Tom Paulin, "The Imperial Theme," *TLS*, March 8, 2002.

人生活在一起，首先学会说的语言是印地语。6岁之后，他被送回英国接受教育，但因父母供不起他上大学，他在16岁时就又回到印度的旁遮普省拉哈尔市(现属巴基斯坦)当了一名记者和助理编辑。拉哈尔的集市、鸦片、赌场、妓院以及奇异、肮脏、神秘的蚁穴等令吉卜林无限着迷。他自幼就和印度人生活在一起，这使得他能够接受印度：观察、理解而不是谴责印度，他熟知当时印度人的习俗、语言和思维方式，可以走遍印度，与任何一个印度人进行自由交谈。在长相上，他不同于大多数英国人的一个特征是：皮肤深黑，这使他易于接近印度人，同时也引起了人们的一些流言蜚语，说他真正的父亲可能是一个印度人，他是一个英印混血儿。实际的情形只是吉卜林的母亲有着爱尔兰血统，而当时流传着一种奇怪的说法是，爱尔兰人是印度的土著达罗毗荼人的后代。

吉卜林的肤色给他的现实生活带来了一定的麻烦，他在三岁时曾回到英国，但招致了他的英国亲戚的不满甚至是愤恨，这一方面与他从小在印度养成的"不良"习气有关，另一方面可能也与他的肤色不无牵连。长大以后，在英国同伴之中，他也常常成为不受欢迎的对象。这对他的心理或明或暗产生了影响，一方面，他借助殖民帝国的梦想进一步培养了他倔犟不屈的性格，另一方面，他也通过创作来不时地表现他心中莫明其妙的身份困惑。长篇小说《基姆》的主人公形象的塑造就多多少少地再现了吉卜林这种复杂的人格构成，基姆曾经自问："我是谁？穆斯林，印度教徒，耆那教徒还是佛教徒？"基姆一方面体现了白人的优越性和白人的文化价值观，但另一方面他的身份又是含混且游移不定的。《长篇退场诗》(*The Long Recessional*)更多表现出来的是吉卜林漂泊无根的文化心理，他一方面做着帝国的梦想，另一方面又深切地感受到了帝国将从历史舞台"退场"的必然趋势，因此，他在竭力重塑他心目中的帝国形象。①

吉卜林从小生活在印度，他没有其他英语作家对印度的偏见，相反对印度有特殊的感情，了解印度也热爱印度。相对于早年在印度的五年生活，吉卜林认为自己在到英国后的生活(接受正式教育)充满了痛

---

① Tom Paulin, "The Imperial Theme," *TLS*, March 8, 2002.

苦。后来他重新回到了印度，到拉合尔市当了一家报刊的记者。作为记者，他对英印殖民社会有了更深一步的接触和理解，对军官、工程师、医生、律师以及印度各阶层的生活都更为熟悉。当然，作为一个英国人，他忠诚于英殖民政府，同时也难免英殖民者的偏见，但由于对印度的特殊感情，他又能更为深刻地考察印度。他童年和青年时代在印度的经历对他日后的创作起到了很大的影响作用，尽管在1889年他离开了印度并且再也没有回到过印度，但他创作的灵感却一直来源于他在印度的经历和感受。[①] 他大多数小说的背景都是殖民时代的印度社会，尽管他不是那种富于同情心的作家，但在心灵的深处他对印度充满了好感。吉卜林唯一经久不衰的长篇小说《基姆》于1901年问世，这已是吉卜林离开印度12年之后的事了，正是通过这部小说，吉卜林的名字永远和印度联系在一起了。而《基姆》的创作并不是为了宣扬殖民与被殖民者的二元对立，相反，它是吉卜林对早年在印度生活的回忆与怀念，一定程度上也带有点文化"思乡"的情愫；当然，正像吉卜林的人格分裂为印度人吉卜林和英国人吉卜林一样，他心目中或说文化上的家乡也既是英国又是印度，它们是一种对立的存在，但在吉卜林的创作中，两者却总是不可分割地联系在一起。

在有关基尔默《长篇退场诗：鲁迪亚德·吉卜林的帝国生活》一书的书评中，汤姆·鲍林、伯纳特·波特和约翰·贝利都认为吉卜林是一个悲剧性的人物，[②]这种悲剧性不仅表现为吉卜林一直以憎恨自我的方式消除自己身上的印度特性，同时也表现为他对英殖民帝国的失望与悲观情绪。在《想当国王的人》这篇短篇小说中，吉卜林将印度描写为地球上最为黑暗的地方，认为印度到处都充满了混乱，印度人虚伪、狡猾、没有道德；同时，吉卜林对于英殖民者也没有好感，尽管他竭力维护英国的殖民统治，但他对英殖民统治者常常充满了歇斯底里式的愤恨，他对西方所谓的民主也充满了不信任的情绪，自由主义、社会主义等都是他仇恨的对象。一方面，他好像总是不合时宜，也有评论家认为他的天

---

① William Walsh, *Indian Literature in English*, Longman, 1990, p. 160.

② 分别参见2002年3月8日《泰晤士报文学增刊》、2002年4月25日《伦敦书评》和2002年7月18日《纽约书评》。

性存在问题,[①]总是将自我孤立起来,总是与英国人合不来;另一方面,他又充满真诚,有激情,富于幽默感,对生活充满热情,尤其能与印度社会中的三教九流打成一片。正是性格上的这种矛盾性和悲观性使吉卜林身处英国与印度之间而无所适从,他既无法认同英国文化,也无法认同印度文化,从而使他在文化身份上产生了混乱与困惑,当他说东西方之间无法融合时,表达的正是他这种矛盾与困惑的心理,而不是殖民主义意识形态的二元对立。所以在谈到二元对立的殖民主义思维模式时,也有批评家认为,在殖民与被殖民的二元对立之中,吉卜林寻求的恰恰是融合:"广义地,殖民文学可分为'想象'(the 'imaginary')和'象征'(the 'symbolic')两种类型。想象性的殖民文学倾向于将被殖民者表现为邪恶的本质,而象征性的殖民文学则倾向于观察他者与欧洲及其文化之间的差异,并表现欧洲文化价值观念的有效性,这种文学又可分为两种:其一以福斯特《印度之行》和吉卜林《基姆》为代表,企图寻求殖民者与被殖民者之间的融合;其二以康拉德和南丁·戈迪默尔的小说为代表,表现在殖民社会的权力关系中两者的融合是不可能的。这两种象征性的文学又与想象性的文学发生联系。"[②]笔者并不赞同对殖民文学进行类似的具体的划分,但认为,从差异、混杂、融合而非对立的角度来认识吉卜林的创作无疑是可取的视角,从这个视角得出的结论将会与萨义德从二元对立的角度对吉卜林所进行的分析形成云泥之别。

3. 吉卜林:后殖民文学之父?

早在上世纪80年代,在做了大量的考证性研究之后,理查德·克罗宁声称,萨尔曼·拉什迪《午夜的孩子》与吉卜林的《基姆》之间存在着密切的联系,可以将《午夜的孩子》看成是《基姆》在印度独立后的翻版。[③]克罗宁的这种分析和研究,实际的意义在于,它使吉卜林从殖民时代进入后殖民时代的文化背景之中,吉卜林从殖民主义的代言人摇身一变

---

① Dobree, B., *Rudyard Kipling*, London, 1967, p. 28.

② Abdul R. JanMohamed, *The Economy of Manichean Allegory*, pp. 19—20.

③ Richard Cronin, "The Indian English Novel: *Kim* and *Midnight's Children*," *Modern Fiction Studies*, No. 2, 1987.

成了后殖民主义的先驱了。

1994 年，迈克尔·戈拉则进一步扩大了吉卜林对印度文学的影响，他认为，不仅拉什迪的创作受到了吉卜林的影响，而且所有印度英语文学作家都受惠于吉卜林，吉卜林是印度英语文学之父。[①] 这种说法使吉卜林与后殖民印度英语文学发生了全面的联系，吉卜林因此与后殖民主义打成了一片。

1996 年，巴特·穆尔-吉尔伯特则将吉卜林的殖民话语转换成了后殖民的混杂叙事方式，认为吉卜林的《基姆》一方面借鉴了印度史诗和宗教文学的传统，另一方面又吸取西方侦探小说和教育小说的营养成分，在混杂的叙事方式中生发出一种特殊话语形式，颇有讽刺意味的是它预示了后殖民的叙事追求，从主题上说，吉卜林对文化差异和文化融合的兴趣昭示出来的或许是后殖民文学创作的关键性主题。[②] 萨义德曾从东方主义、后殖民主义的角度批判吉卜林的创作体现了典型的殖民主义话语特征，而随着后殖民文化批评的发展，吉卜林却从殖民主义二元对立的话语体系中跳到了后殖民主义“杂交”话语的圈子之中，这可能是萨义德无法想象的。从根源上说，后殖民文化批评产生于对殖民主义的考察之中，它致力于揭示殖民主义二元对立的思想体系，而到了上世纪 90 年代，后殖民主义将文化批评的焦点从对立转向了融合，在这样的文化氛围中，吉卜林研究也发生了根本的变化。

沿着上述学者的思路走下去，到了 1998 年，费罗左·朱瑟瓦拉甚至认为，后殖民的一切似乎都来自吉卜林，吉卜林即使不能被看作后殖民理论之父，也应该被视为后殖民文学之父。[③] 显然，朱瑟瓦拉的观点有点偏激，我们无法在后殖民非洲文学创作与吉卜林之间寻找到什么直接的关系，但考虑到印度曾是大英帝国最重要的殖民地这一历史事实，后殖民文化研究又与印度裔流散作家和学者有着特殊的关系，朱瑟瓦

---

① Michael Gorra, "Imperialism to Postcolonialism: Rudyard Kipling to Salman Rushdie," in John Ricchetti, ed., *The Columbia History of the British Novel*, New York: Columbia UP, 1994, p. 635.

② Bart Moore-Gilbert, *Writing India 1757—1990: The Literature of British India*, Manchester: Manchester UP, 1996, p. 130.

③ Feroza Jusssawalla, "Rereading Kim: Defining Kipling's Masterpiece as Postcolonia," in *Journal of Commonwealth and Postcolonial Studies*, No. 2, 1998.

拉的话也不是完全没有道理。

萨义德曾说，吉卜林和他的《基姆》在英国文学中有着独一无二的性质，只有康拉德，另一位风格大师，被认为与比他年纪稍轻的吉卜林能同样强有力地把帝国的经验当作主要题材来写，而康拉德的创作虽然从非洲写到南美，但他从未试图涉足印度，描写英属印度是吉卜林的特长。在英国文学和思想中，涉及和写作印度题材的大作家的数目多得惊人，但只有吉卜林笔下的印度才是经久不衰的。吉卜林不仅写印度，而且还属于印度。[①] 如果说吉卜林是殖民文学中最伟大的代表作家之一，那么随着后殖民文学和文化批评的深入，吉卜林注定会成为当今作家和学者重新关注的对象，因为后殖民文化批评本身便是在对殖民文化、殖民历史的重新审视中产生的；再者，对殖民文化和殖民历史的重新审视并不是为了摧毁过去，而是为了重新书写、重新建构过去，以使之服务于当下，吉卜林之所以在后殖民文化中显得越来越重要，主要是因为东方和西方相遇——也就是现代性对前现代社会所发生的影响——这样的话题在当下依然具有极其重要且令人沉迷的意义，它表现的是不同文化之间交流的可能性、困难性和含混性以及自我、民族或种族身份如何确立等问题。而这样的话题实际上是吉卜林在殖民时代便已面临且令他困惑不已的问题。吉卜林深深地感悟到东西方不同文化之间的差异，但他的创作并没有将印度表现为不可理喻的他者，《基姆》中的基姆与喇嘛的关系正是建立在相互依存、相互理解的基础之上；进一步地，在不同文化之间的融合与杂交这样的问题上吉卜林也没有妄下断语，它告知我们的只是英属印度历史本身是一部倒错的、身份不确定的喜剧。[②] 吉卜林深知这出喜剧的背后隐藏着无尽的悲剧色彩，因此，他在英殖民统治的鼎盛时期就充满了莫名的危机感，这种危机感的产生并不是殖民主义思想体系或意识形态可以解释的简单问题，而更多地产生于不同文化在差异之间如何共生、如何融合的问题。比起大多数的英国作家来，吉卜林更为真切地感受到了印度生活和印

---

① 爱德华·W.萨义德：《文化与帝国主义》，李琨译，生活·读书·新知三联书店，2003年，第187—188页。

② Bart Moore-Gilbert, "I am going to rewriting Kiping ' s *Kim*: Kipling and Postcolonialism," in *Journal of Commonwealth Literature*, Vol. 37, No. 2, 2002.

度文化，即使是萨义德也不得不承认，吉卜林的一切都来源于印度并最终归属于印度。但与此同时，吉卜林也深知自己无法归属于印度，他在本质上还是一个英国人，一个高高在上的白人殖民统治者，因此，尽管他竭力在两种文化之间寻求着融合，但他寻求的结果只是深深的困惑。

殖民时代身份倒错的喜剧延伸到后殖民时代之后，印度流散作家和流散理论家也从吉卜林的经历和创作中产生了共鸣和回声，不过，在后殖民时代，吉卜林身份倒错的喜剧被拉什迪、维·苏·奈保尔重新上演时，他们所扮演的角色却比吉卜林更加尴尬。与吉卜林相似，印度流散作家也面临着两种文化的选择和认同，但他们是否也像吉卜林一样在外表和思想上认同于西方，而在感情上却倾向于印度？这是一个难以说清的问题，不过，当我们从吉卜林的话题中来认识这一问题时，我们会发现一些有趣且令人深思的东西。

二　印度和印度裔作家与学者眼中的吉卜林

1. 拉什迪的看法：白人吉卜林与印度人吉卜林的对立与统一

当西方学界津津乐道于对吉卜林进行重新认识和重新书写时，阿米德·乔杜里却在对哈利·里基茨《不予原谅的瞬间：鲁迪亚德·吉卜林传》的书评文章中谨慎提醒人们，试图为吉卜林全面恢复“荣誉”的做法是难以设想的。[1] 阿米德·乔杜里像拉什迪一样是在印度独立前后出生并且在西方流亡的小说家，时代和环境促使他不得不承认吉卜林是一个非常伟大的作家，然而，他又强调，伟大作家吉卜林同时也是一个糟糕的种族优劣论者。

即使是常常被指责为“迎合”西方世界的拉什迪在谈到吉卜林时也是是非曲直，自有辨析，拉什迪本人在上世纪80年代之后出现的关于吉卜林的“新”批评中扮演着一个重要角色。拉什迪认为，两种截然对立的人格奇特地统一在吉卜林身上，他是一个英国人，同时也是一个从小在印度的集市上到处游逛的孩子，他在印度人中间说印度语言，在家

① Amit Chaudhuri, “A Feather! A Feather Upon the Face!”, *London Review of Books*, 6 January, 2000.

中或是在英国人中间时则说英语，在他早期创作的短篇小说集中，[①]这种人格上的对立处处可见，吉卜林对此可能并没有明确的认识。十多年后，当他创作《基姆》时，他对艺术的控制能力加强了，但基姆身上表现出来的人格却是分裂的，这种分裂的人格构成远没有《城墙上》等早期小说中表现出来的含混游移的英印之间的复杂关系更有吸引力。《城墙上》是吉卜林创作的著名的短篇小说，小说描写发生在印度名妓拉伦家中的故事，在这个故事中，白人吉卜林与英国人吉卜林不停地较量着，在拉什迪看来，印度人吉卜林最终战胜了英国人吉卜林：

> 早期的吉卜林是一个内心涌动着风暴的作家，他的创作在读者心中也会激荡起这种矛盾的风暴，对印度读者来说，尤其如此。我从来不能安安静静地阅读吉卜林，愤怒与兴奋是两种不可协调的情绪，但吉卜林的早期小说却既使我感到愤怒又使我极度沉迷。
>
> 对于吉卜林的种族偏见，人们常常从他的创作是他所处时代倾向的反映的角度来予以谅解，但对于被认为是劣等民族的成员来说，他们是很难接受这种借口的。我们能够基于同样的理由为纳粹德国时代的反犹作家开脱罪责吗？如果吉卜林本人和他所记录的时代偏见之间保持了某种距离，那么事情便会是另一种情形。但随着创作的发展，作家吉卜林……越来越认同于他笔下的白人形象，印度人被描绘为杀妻者（'Dray Wara Yow Dee'）、流氓（'At Howli Thana'）、自己同胞的叛徒（'Gemini'）、不忠的妻子（'At Twenty-Two）……
>
> 但除了白人吉卜林之外，也有一个印度人吉卜林，这是他在印度至今仍广受欢迎的原因所在，从中表现出来的恰恰是文化上的宽容精神。没有哪个西方作家比吉卜林更了解印度，正是他对印度、印度传统以及印度生活细节的熟悉使他的小说具有了无法否认的真实性。[②]

拉什迪认为，吉卜林的小说充满了失去世界的信息，要想了解英属

---

① 拉什迪在此主要指吉卜林早期创作的小说集 *Soldiers Three* 和 *In Black and White*。

② Salman Rushdie, "Kipling," in *Imaginary Homeland*, Granta Books, London, 1991.

印度，吉卜林的小说是最为生动的教材。尽管拉什迪对吉卜林小说创作中英印混杂的语言风格、精致逼真的细节描写极为称道，但他在后殖民时代依然无法原谅吉卜林对印度的种族歧视，这是因为尽管拉什迪生活在西方，但他却来自一个“劣等民族”，这与吉卜林生活在印度但却来自一个“高等民族”的情形正好形成对照，两人在身份上各自都有一个无法更正的种族属性。不过，拉什迪在此强调的并不是种族的属性，而是文化上的属性。当人们处于两种或多种文化之间时，人的文化属性并不是固定不变的，这样，文化之间的交流与共融才有可能发生，当拉什迪将吉卜林分成白人吉卜林和印度人吉卜林时，他强调的也不是两者的对立，而是吉卜林在文化身份上的变化所导致的人格和心理上的分裂，正是这种分裂，使吉卜林能够在两种文化之间不停地游移，在两种文化的接触与碰撞中寻求共存的空间。因此，当拉什迪说在早期创作中印度人吉卜林战胜了英国人吉卜林时，他并不是从种族身份上而是从文化上肯定了吉卜林，它强调的是文化上的宽容精神即两种不同文化之间的融合，这与萨义德通过吉卜林的创作而印证的二元对立式的东方主义具有完全不同的意义——东方主义，一定程度上，更为接近印度作家和学者在独立前对吉卜林所形成的意识形态上的定型化认知。

2. 印度作家在国家独立前与独立后对吉卜林的不同态度

在独立之前，出于民族感情，很多印度作家对吉卜林都持强烈的反感态度。吉卜林同时代的印度英语作家萨拉特·古玛尔·高斯（Sarath Kumar Ghosh），在小说《命运之神》（*The Prince of Destiny*，1909）中，便通过主人公之口将吉卜林称作帝国主义的旗手和小丑；当西方世界高度赞美吉卜林时，印度作家却极力诋毁吉卜林，显然这与当时的政治与时代背景密切相关。泰戈尔在1913年获得诺贝尔文学奖之后，有人将他称为印度的吉卜林，对此他极为愤怒，因为泰戈尔对吉卜林的帝国主义情感一直极为反感，他认为吉卜林在小说《基姆》中丑化了印度社会、歪曲了印度人的形象。泰戈尔的一些创作有意针对吉卜林，比如小说《戈拉》（1909—1910年）便是对吉卜林小说《基姆》的文学反击。在泰戈尔看来，印度虽然处于英国的殖民统治之中，但印度社会正在进行轰轰烈烈的社会改革，正是这种改革给印度社会带来了伟大的变化，而吉卜林却将印度描写为一个落后迷信、不思进取的国家，将印度民族表现为一个愚昧、狡诈的民族。《戈拉》的主人公与吉卜林笔下的基姆一样，也是个爱尔兰孤儿，但与基姆完全不同的是，戈拉全身心地投入到印度的宗教和社会改革运动之中，认为印度人应该自信地拥抱一切属于自己民族的东西，不应为此感到羞耻，戈拉作为一个白人，但最终完全融入了印度社会。另一位著名的印度英语小说家穆尔克·拉伽·安纳德认为，吉卜林的创作好像是对印度充满了浪漫主义的奇思异想，其实吉卜林的心胸是非常狭窄的，他总觉得自己作为一个英国人而高高在上。对吉卜林的敌意，可以看成泰戈尔和安纳德的政治和文化思想的必要组成部分，在独立之前，印度学者对吉卜林的评价难免受到政治因素的影响。[①]

印度的独立，促使人们重新评价吉卜林，正如印度作家和学者尼拉德·乔杜里(Nirad Chaudhuri)在 1957 年所说的那样，英殖民统治的结束即使不是全部也是在一定程度上使得印度作家和学者不再从政治上对吉卜林充满敌意。[②] 他积极肯定《基姆》，认为政治和意识形态并不是吉卜林文学创作中必不可少的构成因素，而不过是他小说创作的表面现象。1965 年，乔杜里进一步说，吉卜林不仅是唯一以印度生活为主题进行创作而在英语文学中占有永久地位的英国作家，而且对于任何一个不但想了解英属印度而且也想了解永恒(timeless)印度的读者来说，吉卜林都是最好的阅读对象。[③] 泰戈尔和安纳德等作家认为吉卜林的小说创作远离印度的社会现实，对印度当时的社会改革视而不见，是对印度社会形象的丑化和歪曲，而乔杜里等作家在印度独立后则从传统和不受时间影响的角度对吉卜林的创作给出了新的认知，认为吉卜林的创作表现了无时间性的印度精神，这正是他作品的魅力所在。

R. K. 纳拉扬是另一位著名的印度英语小说家，他在《英国统治之后》一文中也曾谈及吉卜林，他对吉卜林的功过是非并没有过多的表述，不过，与印度独立后大多数作家和学者对吉卜林有点文过饰非的做

---

① Bart Moore-Gilbert, "I am going to rewriting Kiping's *Kim*: Kipling and Postcolonialism," in *Journal of Commonwealth Literature*, Vol. 37, No. 2, 2002.

② Nirad C. Chaudhuri, "The Finest Story About India—in English," *Encounter*, April 1957, p. 47.

③ Nirad C. Chauodhuri, *The Continent of Circe*: *An Essay on the Peoples of India* (1965), Bombay: Jaico Publishing House, 1974, p. 8.

法相反，纳拉扬认为吉卜林对印度的知识也是有限的，他对印度的描写也说不上什么真实与生动，更谈不上什么永恒的魅力："即使是吉卜林和福斯特这样伟大的作家，当他们写到印度时，表现出来的也只是有限的理解，这不可避免地与他们的种族身份以及其他背景联系在一起。他们想描述一个整体的印度，而实际上这是不可能的，印度太大了，各种宗教与文化并存。尽管我是一个印度人，小说的背景也总是印度，但我也只是描写南部印度的生活，从来不敢尝试描写总体性的印度，当某人拿一张照片给我说'这是典型的印度'时，我总是感到可笑或是气愤。吉卜林的知识局限于营房、托钵僧、仆从、小官员，以及夏日里到山上避暑的官僚和他们的太太。"①吉卜林和爱·摩·福斯特总是想将一个总体的、典型的印度呈现给西方读者，但在纳拉扬看来，这不仅是他们力不从心之所在，而且也是他们的种族身份以及政治、文化背景的局限性的真实反映，真正了解印度的话，便不会通过"典型化"的方式而将印度简单化了。纳拉扬说："在英国，曾经流行着关于印度的奇怪而无知的看法，眼镜蛇、绳子戏法、躺在尖钉上的圣人等便是印度日常生活的情景。我曾到英国什罗普郡，在那里，有一位老太太问我：'从印度来？告诉我，在眼镜蛇到处爬行的地方，你们是怎么生活的？'这是很无知同时又很典型的关于印度的问题。"②英国人之所以形成有关印度的这种奇怪的印象，与吉卜林以及福斯特不无联系。不过，纳拉扬这一段话的用意并不在于对吉卜林、福斯特等作家说三道四，而是要从吉卜林的话题中引申出英国和印度之间相互不理解的复杂关系："英国与印度亲密接触长达一个多世纪，二者缔结的不是神圣的婚姻，接下来便是僵局，最后是离婚。印度独立之后，两国关系的正常化反而使印度和英国更为密切地联系在一起。"③

3. 奈保尔从吉卜林的小说中读出大英帝国的文化性格

与纳拉扬的"婚姻"说法相适应，奈保尔也说，印度和英国的相遇，是一场不期而遇的邂逅，但这场邂逅最终却变成了"一种流产的行为；

①②③ R. K. Narayan, "After the Raj," in *A Story-teller's World*, Penguin Books, 1989.

它是在双重的迷茫中结束的。”[①]英国人想改变印度，但最终他们发现印度是无法改变的；印度人不愿接受英国，但印度最终还是通过与英国的碰撞而发生了很大的变化，二者在相互的接触中又相互拒斥，这便是奈保尔所谓的“双重的迷茫”：东西方之间的全面沟通和交流是不可能实现的。由此我们再来体味一下吉卜林所谓的“东方就是东方，西方就是西方，二者永远不会交汇”的说法，我们或许会有新的体会，这并不是单纯的二元对立的关系，其中有着复杂的感情与心理纠葛。

吉卜林的小说主要描写英属印度，英属印度指的是英国殖民者统治下的印度，奈保尔也称之为“盎格鲁-印度”或英国的印度，俱乐部是英属印度的一个典型特征。奈保尔认为，吉卜林正是这样一位英属印度俱乐部作家，他那独特的真诚，他作为英属印度文学编年史家的价值，全部展现在他的作品之中，这是吉卜林的优点，同时也正是他的弱点所在，因为他的创作表现的是俱乐部特有的价值观，描写的也都是俱乐部中发生的事，其中活动着的人物既真实可信又虚假做作：

> 我们只需阅读他的小说，就能够找到当年活跃在印度殖民地的各种典型人物。我们发觉，这些人时时刻刻意识到他们的身份、角色、权力和独特性，然而，对于他们的处境，他们又不敢公开表示欣喜和得意，因为他们全都是肩负重责大任的殖民地父母官。这些责任可都是真的，但表现在吉卜林的作品中，所产生的整体效果却是：这帮人全都在演戏。他们全都是演员；他们知道观众对他们的期望。他们努力演出；没有人愿意搞砸这出戏。典型的吉卜林式殖民地行政官员，身边永远跟随着一大群鞠躬哈腰、阿谀奉承的仆从；他们生活在一个充满传奇色彩的国度中，但一辈子都在流亡，饱受骚扰、迫害和误解——误解他们的人，往往是他们的上司和他们试图拉拢的本地人。身为他们的代言人，吉卜林有时会装出一副愤愤不平的模样，大声疾呼，从而产生出一种假惺惺的、咄咄逼人的、自怜自艾的效果，简直就像一出“戏中戏”。[②]

① V. S. Naipaul, *An Area of Darkness*, London: Andre Deutsch Limited, 1964, p. 228.

② V. S. 奈保尔：《幽暗国度：记忆与现实交错的印度之旅》，李永平译，生活·读书·新知三联书店，2003 年，第 277—278 页。

小说《基姆》的主要情节便是英国在印度这个大舞台上上演的“大游戏”(象征英国在印度所实行的殖民统治),在“大游戏”中,基姆通过自己在印度的游历,演出了一出又一出的“戏中戏”,并逐步变成了“大游戏”中的一个重要角色。基姆像吉卜林一样,时时刻刻意识到自我的身份、角色、权力和独特性,在与喇嘛和印度人的接触中,尽管基姆有时也对自我的身份产生某种困惑感,但这种困惑感显然不同于奈保尔生活在西方所切身感受到的迷惘。按照奈保尔的说法,吉卜林与生活在印度的英国人一样处于“流亡”的状态之中,在这种充满传奇色彩的流亡生活中,在“大游戏”的演出之中,因为受到了“误解”,吉卜林有时也会“装出”某种饱经沧桑、自怜自艾的样子。现实中隐藏着戏剧,戏剧中隐藏着现实,吉卜林小说描写的是处于权力巅峰的英国人,正是因为处于权力的巅峰,英国人便难免产生自以为是的感觉,从而以“俱乐部”的方式将自我自外于印度社会,虽然生活在印度,但他们的活动却大多限定于英国俱乐部的天地之中,这样狭小的天地使他们在心胸上也逐步狭小,与印度社会格格不入;印度人也将英国人看得比自己高贵,对英国人竭尽阿谀奉承之能事,所以在与印度人的交往中,英国人感受到的只是印度人在景仰之中对他们所产生的高贵期待,英国人的“高贵”一定程度上正是印度人的杰作,英国人正是按照印度人的高贵期待来扮演自己的角色;与此同时,印度人也学着英国人“高高在上”的样子竭力使自己“高贵”起来,东施效颦的结果使自我变得不伦不类了。双方都极其真诚,同时又极其虚伪,奈保尔从中发现的是一种假戏真做的感觉:“预谋”和“演戏”的成分过重,结果不仅英国和英国人本身不真实了,而且印度人也做作得不知所以了。

这并不是吉卜林本人的过错,而是英帝国在权力巅峰状态中自我幻想出来的“英国性”所酿造的必然结果。从天性上说,吉卜林与奈保尔所说的“英国性”并没有直接的联系,他从小生活在印度,在印度生活中养成的一些“不良习性”反而使他与所谓的“英国性”形成了对照;但随着生活的磨难,他不得不有意向英国人和“英国性”靠拢,但与此同时,他又对所谓的“英国性”不断地生发出反感和抵触的情绪,并在这种“英国性”中感受到英帝国自身最终将要面临的自我挫败。奈保尔发现,吉卜林小说表现的与其说是帝国主义意识形态,不如说是帝国幻想和英国民族神话中所隐藏的各种矛盾和危机，因为，“追根究蒂，英国在印度的统治经验所显示的，是英国人跟他们自己的关系，而不是英国人跟他们统治的那个国家之间的关系。严格说，这不是帝国主义作风。它指陈的并不是英国殖民统治的善恶、是非，而是它的缺失和挫败”[①]。奈保尔这段话已将吉卜林从帝国主义意识形态中解放出来，不再从政治和军事的角度来解读吉卜林，而是在对吉卜林的认知中引入了文化和社会心理意义上的分析。政治和意识形态上的分析一般都侧重于对立，而在文化和社会心理上对吉卜林进行认知时，虽然奈保尔也对吉卜林的种族优越意识持批判态度，但奈保尔的分析侧重于融合以及融合的失败，他认为，英国和印度的相遇之所以会在双重的迷惘中“流产”，主要是因为英国人自外于印度，将自己局限于天地狭小的“俱乐部”世界之中，拒绝融入印度社会，因此，到最后他们全都逃回到了英国；撤离印度后，在奈保尔看来，除了虚伪、做作、滑稽的“英国性”之外，英国在印度似乎什么都没有留下，这使印度既不可能再回到从前的淳朴世界，又无法迈步向前。

显然，奈保尔对吉卜林的分析侧重于殖民统治及其在印度留下的恶果，它侧重于从殖民历史的角度来分析印度当下的境遇，因此，我们也可以说这是一种后殖民批评；而从后殖民文化杂交的角度说，奈保尔既批判了印度文化性格，又批判了以吉卜林为代表的英国文化性格，而且他侧重于批判英国文化性格，这一切都表明，奈保尔渴望印度“杂交”于西方文明之中，而不是与西方缔结一纸虚假的“婚约”，他无法接受英属印度社会中英印之间缺乏互动和竞争、任由一种文化凌驾于另一种文化之上的关系，他觉得，“对印度来说，这样的结合不但是一种亵渎和侵犯，而且荒谬可笑，因为它制造了一些非常滑稽、诡异的效果，譬如，英印服装的混合穿着与大量的、一知半解的外来语的使用”[②]。在《幽暗国度：记忆与现实交错的印度之旅》中，奈保尔举出不少例子来说明印度对英国的滑稽模仿所产生的不伦不类的效果，因此，有些批评家也认为，奈保尔滥用了自己的印度文化背景，他书中印度人的衣着和措辞

① V. S. 奈保尔：《幽暗国度：记忆与现实交错的印度之旅》，李永平译，生活·读书·新知三联书店，2003年，第293页。

② 同上书，第276页。

都极为古怪，他对印度对英国的滑稽模仿的描写，就像吉卜林一样，只是为西方读者提供笑料，这实际上是新"东方主义"的一种表现。[①]

4. 人格的分裂：阿西斯·南帝从社会心理学的角度对吉卜林的深入剖析

印度学者阿西斯·南帝认为，奈保尔继承了吉卜林那种既对西方感到愤懑又不得不归属于西方的文化心理品质，西方污辱、鄙视、摧毁了他们真正的自我，他们在内心里渴望印度既是英国的同盟又是英国的真正对手，而不是奴性的模仿者。[②] 正是从奈保尔有关吉卜林的分析中，南帝从后殖民文化批评的角度进一步揭示了英国的殖民统治在文化心理上给印度留下的种种后遗症。

南帝认为，殖民主义伴随着现代科学与历史的发展而在英国知识分子和作家中产生了多种不同的反应，吉卜林的创作正是多种反应中最为明显的一种。[③] 吉卜林是殖民统治需要维持自尊这样的政治神话的最富于创造力的建造者，但他又是一个远比狂热的帝国主义者这样单一身份复杂得多的作家。

---

① Rana Kabbani, *Europe's Myths of Orient: Devise and Rule*, Basingstoke: Macmillan, 1986, pp. 130—133.

② Ashis Nandy, *The Intimate Enemy: Loss and Recovery of Self under Colonialism*, Oxford University Press, 1983, p. 70.

③ 阿西斯·南帝认为，现代世界的两个神话是科学与历史，英国现代文明的发展也因科学与历史而引发了种种复杂的反应。其中表现得最为明显的是吉卜林和奥威尔，吉卜林在感情上对自我充满了憎恨，并使自我的发展限定于殖民主义，与殖民主义协调一致；而奥威尔则代表着自由和道德批判意识，这是殖民主义的对立面。两者都是殖民主义直接或间接的产物。虽然方式不同，但两者都从统治思想、责任感、心理安全、自我尊重、等级观念、权力、政治热情等方面极力抗争着不合理的殖民主义。第三种反应是间接的、无意识和非政治性的，表现为对过于男性化和社会化的模糊的、个人的、"病理性的"抗争，如奥斯卡·王尔德、大多数的布鲁姆斯伯里文学社团的成员以及牛津与剑桥的知识精英。他们并不是正规的、有着明显政治意识的激进主义者，而是一些非政治性的知识分子。最后，是数量上较少的、但在心理学意义上却占据着重要地位的、为印度事业斗争的知识分子。他们在西方文化和社会中常常处于边缘地位，成为科技乌托邦和现代性之外的社会理想的追求者，如 Margaret Noble (1867—1911)、Annie Besant (1847—1933) 和 Madeleine Slade (1892—1982)，等等。见 Ashis Nandy, *The Intimate Enemy: Loss and Recovery of Self under Colonialism*, Oxford University Press, 1983, pp. 35—37.

童年时代在印度的美好经历使吉卜林在文化上成了一个印度孩子，按阿西斯·南帝的说法，吉卜林小时候曾经是一个有点女性化、软弱的但又富于反叛精神的孩子。他不仅生于印度，在印度的生活环境中被印度仆人带大，他的思想、感情和梦想都是在印度的语言环境中生成的，他与印度人交谈，长得也像印度人，年轻的吉卜林被印度的神秘色彩和迷人景象深深吸引。

但回到英国时的痛苦经历却使吉卜林年轻的心灵受到了残酷的创伤，在英国受到压抑和歧视的生活经历使他逐渐明白过来，他的印度自我的构成不仅没有使他受益，反过来却使他成了一个受害者，因此，他不得不否认他身上的印度性，不要与被迫害者认同，而要与英国文化认同，他意识到自己作为一个被迫害者的身份可以避免，通过与压迫者认同，尤其是与压迫者的价值观认同，他那原本会成为受迫害者的身份不仅可以避免，甚至还可以转化为优势。吉卜林必须使自我心理经受从印度文化到英国文化的痛苦转变，而这种转变并不是也无法一蹴而就，而是一个反反复复、无法完成的过程。因此，吉卜林命里注定将会成为一个悲剧性人物，他在自我痛恨中极力否认自我身份构成中的印度因素和印度人的种种人性弱点，他有意使自我摆脱印度人的习性，而比起一般的英国人来，吉卜林及其创作似乎也更加充满了帝国的傲慢品性和阳刚之气，他从来没有意识到英国人吉卜林和印度人吉卜林之间只不过是一步之遥，他也从来没有意识到反殖民主义的自由主义者和同情印度的边缘人同样也是他自身的真实写照。虽然他极力赞美英国文化，但英国文化不是他喜爱的文化，他心中真正喜欢的是印度文化。这种自我心理上的矛盾性构成了吉卜林人格上的复杂性，他的创作反映的正是他这种复杂的人格：他看似认同于英国文化，但他对英国文化的感受却从来没有对印度文化那么亲切友好，他在创作上真正融入的是印度文化。英国和印度两种文化在他身上交互发生着作用，他说不清哪一种文化是他真正自我的重要组成部分，借用后殖民文化批评的术语，他成了两种文化的中介者，同时也是两种文化的边缘人，他不仅在英国人中间和英国文学史上成了一个边缘人和边缘作家，而且在印度人和印度作家眼中,他同样也面临着被边缘化的命运。[①]

按阿西斯·南帝的说法,吉卜林的两难处境也可以简单表述为,他既不能成为一个西方人又不能成为一个印度人,或者说,他既可以成为一个西方人又可以成为一个印度人,正是这种可加利用的选择将吉卜林的自我毁灭性与他的生活悲剧结合起来:他声称赞同西方的价值观,拒绝了他身上的印度性,他不得不在两者之中做出选择。如果能有别的选择的话,他会在一身兼备的东方和西方之间做出妥协,他至少会承认自己的双重文化身份,没法使自己成为一个巴布(印度对男人的尊称,印度绅士)。但因为吉卜林被构建于整个殖民体系之中,他只能按殖民主义的要求来构建自我的身份,他的自我不可能是非西方的,他只能将印度和东方作为自己的否定性身份的构成来加以研究、解释和理解。[②]

西方殖民主义对东方的重新"发现"的过程,同时也是一个消除中世纪欧洲的东方观念的过程;而且"发现"与"消除"的过程不仅是西方的行为,同时也是东方自身的行为。吉卜林的创作正是这一过程的文学再现。吉卜林既陶醉于印度文化的情调之中,又在消除印度文化的情调。

在中世纪欧洲,东方虽然也是作为西方的对立面出现的,但西方对东方也充满了敬意。东方不仅是另外一种世界观的体现,它同时也是西方知识的参照物和来源。在18世纪启蒙主义时期,中国曾是西方人心目中最具魅力的国度,而到了19世纪浪漫主义时期,这种东方魅力转移到了印度。启蒙时期主要是因为对欧洲思想与宗教信仰的幻灭而把中国想象成一个政治乌托邦,而浪漫主义则渴望儿童式的天真想象、宇宙的整一和宗教哲学艺术的融洽,这是一种形而上的渴望,印度正好成为这样的一个精神王国,它变成了西方梦想中的一个失落了的智慧世界。对许多西方浪漫主义者来说,印度变成了所有智慧的源泉。[③]

---

① Ashis Nandy, *The Intimate Enemy: Loss and Recovery of Self under Colonialism*, Oxford University Press, 1983, pp. 67—68.

② 否定性身份(negative identity)是阿西斯·南帝从 Erik Erikson 的著作 *Yong Man Luther*(New York: Norton, 1958)中借来的概念。

③ J. J. Clark, *Oriental Enlightenment: The Encounter between Asia and Western Thought*, Routledge, London, 1997, p. 60.

西方对东方的浪漫主义的情调和兴趣主要是为了逃避到一个遥远而迷人的"他者"世界或黄金时代，并在那里得到一种虚幻而崇高的感觉，如印度现代思想家拉塔克里什那所说："对西方来说，东方永远是浪漫之谜，是一个像《一千零一夜》那样充满冒险色彩的地方，是魔幻的世界和心灵欲望的国土。"①

与德国浪漫派对印度文化的着迷不同，黑格尔并不尚古，他认为历史在前进，文明已经从东方转移到了西方，他把东方文明当作人类精神发展的初期，而将西方的基督教文明看成是人类精神自由发展的一个巅峰。东方文明早已僵化并停滞于过去，它无法对自身进行超越。尽管东方的古老文明已不再能指导我们，但人类童年时代的文明则对理解我们现在的处境很有助益，它可以纠正西方文明的片面性，比如浪漫主义的极端自我性等。马克思接受了黑格尔对东方的思想和看法，认为亚洲人缺乏自我进一步发展的潜力，倾向于专制主义，专制统治是东方明显的政治结构形式，它是亚细亚生产方式的结果。这种生产方式的典型特征是缺乏私有制、缺乏阶级斗争以及大规模公共工程的需要，这些因素强化了中央集权，形成了抗拒改革和现代化的强有力的障碍。②

伴随着殖民主义的侵略和扩张，欧洲社会中过于男性化和社会化的人格逐渐取代其文化中与女性化、童真化等"原始主义"相关的特性。作为农民宇宙观的组成部分，返璞归真曾是欧洲文化价值观的一个重要体现，但现在它被作为殖民地"低级文化"而被排除在欧洲主流文化之外。殖民地一方面是天真的孩童化的世界，吉卜林认为，孩童化的积极一面构成了未开化民族的好的品性，如忠诚老实、被动顺从的印度人，印度人与"野蛮"非洲人不同，他们是孩童化和女性化的民族；另一方面殖民地又是邪恶的、被动屈从的世界，在《想当国王的人》等小说中，吉卜林将印度表现为地球上的黑暗地带，它的残酷与邪恶令人难以想象且具有女性化的特质，殖民主义的历史使命便是改造、开化被殖

---

① Radhakrishna, *Eastern Religions and Western Thought*, Oxford: Oxford University Press, 1939, p. 251.

② J. J. Clark, *Oriental Enlightenment: The Encounter between Asia and Western Thought*, Routledge, London, 1997, p. 73.

民者。

但在如何开化印度殖民地的问题上，吉卜林并没有什么现代思想，他是一个作家而不是一个哲学家或思想家，他更多注重的是自我对现实生活的感受，如果说吉卜林在这方面有什么传统可以继承的话，显然是浪漫主义的传奇印度而不是黑格尔和马克思运用理性思维所分析出来的历史进程中落伍了的印度。

但为什么他会在心理和情感上接受印度而在行动与思想上又拒斥印度呢？从表面上看，这是一个再简单不过的事实了，一般学者也正是从这种事实上来看待吉卜林的：在英帝国和殖民地印度之间，吉卜林认为他知道自己站在哪一边，他认为统治印度是英国的义务，被英国统治则是印度的天命。吉卜林熟知英印两种文化，他自认为有责任维护印度的权力和英国的义务。但这就是吉卜林故事的全部意义？阿西斯·南帝在对复杂的吉卜林进行分析时也发出了自己的追问：吉卜林的人格是分裂的，一是忠于西方文明的英雄，一是在内心里痛恨西方、印度化了的西方人；一是将两种文化联系起来的英雄，另一是反对文化杂交、对自身模糊的自我意识深感伤悲的反英雄，到底是什么将两者联系在了一起？

阿西斯·南帝的回答是：盲目的暴力和对复仇的渴望。吉卜林认为，暴力是对付暴力的最有效的手段，他赞美英国的殖民主义，同时又渴望着印度强大起来，发扬传统刹帝利（武士）精神，成为英国真正的对手，而不是懦弱、顺从的羔羊。爱德芒德·威尔逊认为，吉卜林的著作对受害者没有什么同情之心，但阿西斯·南帝则认为，吉卜林对受害者并不是没有同情心，如果他对受害者没有同情之心，那么他对自我便也没有了同情心。在吉卜林看来，受害者分两种，一是积极反抗的受害者，另一是消极被动、女性化的、非暴力的受害者。前者是吉卜林喜欢的、精神高尚的受害者，后者则是吉卜林痛恨的受害者。英殖民主义对印度来说是一种暴力行动，吉卜林从小培养出来的反叛精神使他一直崇尚暴力，我们很容易将吉卜林对暴力的崇尚简单置换为对殖民主义的崇尚，而实际上，按阿西斯·南帝的说法，暴力问题在吉卜林的创作中却表现为一种极其复杂的现象，在此，暴力和非暴力实际上并无本质性的差别，而是两种不同的形式。暴力是直接的、公开的，并具有合法性与权威性，这是充满自信的文化群体在极其恶劣的环境下所采用的暴力行为；而非暴力则是软弱和被支配者在不得已的情形下面对暴力所采取的方式，它带有点绝望、悲观、懦弱和盲目的性质，这种反抗大多表现为心理而非现实性的。英国在印度的殖民统治表现为暴力形式，吉卜林认为，征服者以暴力形式所取得的荣耀感是社会进化和殖民主义的理论基石，只要不放弃以殖民主义作为社会进步的方式，暴力与军事便不可避免。[①] 而甘地所采取的非暴力抗争方式，在吉卜林看来，显然是无济于事的，他对甘地的思想从来都没有好感。甘地主义倡导的主要是一种道义和精神上的力量，而吉卜林是一个外向性作家，他更注重外在的社会行动，而不注重内省、反思内心深处的道德冲突；他更注重社会、种族问题，而不是人与人之间的关系，他以外在的对英帝国的文化归属感来摆脱焦躁不安有时会感到压抑的自我，以对印度自我的压抑来张扬他的英国自我，反映出来的恰恰是外在的殖民体系强大的、无所不在的、压制性的力量。

晚年的吉卜林放弃了他关于战争与暴力的思想，这时他在印度和英国都是一个文化名人了。他最可爱的儿子死于保卫帝国的战争之中，这给他带来了巨大的打击。吉卜林既不是 19 世纪充满自信的殖民主义者，又不是现代战争的拥护者，他既是帝国的赞美者，又是孤独、愤怒的自我的压抑者。尚武、自以为是的吉卜林总是拒绝安宁，以战斗为荣，但与此同时，他又常常感受到自我的压抑，对恐怖与怪异充满了好奇心，一直生活在精神分裂与死亡的恐惧感之中。这是道德上的混乱与矛盾所带来的巨大代价。殖民主义既崇尚暴力又恐惧暴力，暴力既是殖民统治赖以建立的手段，又是殖民主义最终毁灭的根源。吉卜林个人生活中的两难处境生动反映出殖民主义对社会集体和个人在情感、心理上所造成的后果，这是长期的、可怕的后果。在阿西斯·南帝看来，对吉卜林两难处境的深入分析之所以重要，是因为殖民主义在经济、政治和道德方面所造成的直接后果已被广泛讨论了，但殖民主义在人类情感、社会心理和认识价值方面所产生的更为隐蔽也更为深远的影响却被忽略了。

---

① Ashis Nandy, *The Intimate Enemy*: *Loss and Recovery of Self under Colonialism*, Oxford University Press, 1983, p. 69.

殖民主义曾使印度遭受巨大的痛苦，但重要的是要从这种痛苦中建设出一个更为成熟的、更为当代、更能自我批评的印度传统，要"消化吸收"曾使自己遭受巨大苦难的另一种文化。阿西斯·南帝说，当吉卜林想成为一个西方人时，他并不能既是西方人又是印度人，同样，每一个印度人，即使单纯地想保持着印度人的特色，他也不再是一个单纯的印度人了。[①] 早在殖民时代，通过文化上的接触，吉卜林便已不再是一个单纯的英国人了，而在后殖民时代，每一个印度人也早已都既是印度人又是西方人了。当吉卜林说"东方就是东方，西方就是西方，二者永远不会交汇"时，人们常常从意识形态和文化上的对立上加以理解，忽略的恰恰是印度不变的本质，假如印度在与西方的接触中完全西方化了，那么印度也就不再存在了，印度对吉卜林也就没有什么魅力可言了，吉卜林笔下的印度之所以具有无尽的魅力，恰恰在于印度具有其自身永恒不变的本质。

三 "无时间性的印度"

在18、19世纪，当西方将印度想象成一个充满浪漫情调和异域色彩的国度时，印度同时也变成了东方古老智慧的象征。比如叔本华(1788—1860)便对印度哲学很欣赏。他年轻时曾对奥义书极为着迷，后来又深受佛教的影响。与黑格尔坚信历史有其固定发展方向的观点不同，叔本华认为历史是一个闹剧，是盲目的宇宙意志的产物，没有方向也没有目的，他不像黑格尔那样将印度哲学看成是人类童年的产物，而认为印度是一个充满了古老智慧的国度。[②] 显然，将印度与东方古老的智慧联系起来，是与西方对印度的浪漫主义情调相互协调的，即使在殖民主义兴盛的时代，西方对印度的这种情调并没有消退，吉卜林的创作，一定程度上说，正是这种浪漫情调的延续和升华；而且这种浪漫主义情调也感染了印度本土文学的创作，比如泰戈尔的《吉檀迦利》迎

---

① Ashis Nandy, *The Intimate Enemy: Loss and Recovery of Self under Colonialism*, Oxford University Press, 1983, pp. 75—76.

② J. J. Clark, *Oriental Enlightenment: The Encounter between Asia and Western Thought*, Routledge, London, 1997, p. 68.

合的，也正是西方读者的这种阅读期待，在泰戈尔之后，印度有很多作家继承的也都是吉卜林的传统，包括拉什迪这样的后殖民主义作家的创作都明显受到吉卜林无所不在的影响。因此，也有学者认为，印度现当代文学中的一切都肇始于吉卜林，这不仅是西方与东方相互融合的叙事传统，而且是源远流长的既现代又传统的浪漫情调。[①]

1."后殖民"吉卜林与西方浪漫主义意识形态的研究

令人深思的问题是，吉卜林对印度文学的影响既然如此深广，它与西方自浪漫主义以来对印度的认知传统到底有什么本质性的联系？它是否真的反映了印度文化的永恒性？

一方面，"许多描写印度的作家，包括帝国后期的福斯特在内，都惯于用'没法说'来唤起对次大陆的庞大及隔膜感的想象：正如吉卜林所说，'在印度啥事都甭想看个一清二楚'(《欧提斯·伊尔的教育》，收入《想当国王的人》)。印度已成为普天下不可理解之事物的符号。西方的描述范畴对它一筹莫展：它不美丽，它太大了。《印度之行》中的马拉巴尔洞群除了指向自己的空空如也，没有任何意思。《橡园》中，对威廉·阿诺德来说，和印度大平原一样硕大无比的喜马拉雅山全然不理会'对它个性化人格化的理解'。印度本身就足以代表神秘和复杂，英国人是彻头彻尾的局外人。阿诺德在作品开头部分描写了孟加拉，他观察到的情景是'草木繁茂得几乎令人害怕'，'牲畜发出的嘈杂声响不绝于耳'，'密密麻麻的本地人住在泥窝棚里。'……阿诺德的描述很说明问题。他说，给他留下至深印象的是'英国人居然在这里进行统治的离奇事实：到处可见英国管辖的迹象，看上去它已经牢牢地扎进了这片土壤，但是显而易见它又游离于这片土壤之外。虽然英国势力给驱逐出去的情景无从设想，但你看看四周，很容易就会以为它已经不复存在。'"[②]对于身处殖民地的西方作家来说，浪漫的情调在现实生活中变

---

① Bart Moore-Gilbert, "I am going to rewriting Kiping's *Kim*: Kipling and Postcolonialism," in *Journal of Commonwealth Literature*, Vol. 37, N0. 2, 2002.

② 艾克·博埃默：《殖民与后殖民文学》，盛宁、韩敏中译，辽宁教育出版社，1998年，第108—109页。

成了难以想象的情景，印度和东方似乎变成了凝固的、任何东西都无法穿透的混沌一般的存在，尽管印度已经变成了英国的殖民地，但英国人与印度人之间却分成了两个截然不同的阵营，英国人变成了格格不入的局外人，似乎永远无法融入印度社会生活之中。印度社会中的一切都凝滞不动，似乎也很难走入现代文明的行列之中，这使西方人感到难以理解。

另一方面，西方"作家们也主动接受了来自曾被看作堕落、黑暗的土地的'启蒙'教育。叶芝为泰戈尔自译的《吉檀迦利》所作的序，赞美了泰戈尔诗歌的素朴、温雅、浓烈的情绪和文化整体感，说多年来都没有读到那么令他'热血沸腾'的东西了。这段时间内欧洲非常热情地推崇泰戈尔，到了20年代，维特根斯坦也研究泰戈尔的作品，从中感受其宗教悟性。对思想家和作家来说，印度代表了可能出现的新的觉醒。19世纪末，进行精神探索的年轻的叶芝就已经走向印度文学，并从中找到了支撑起自己作品的母题。他相信重视仪式、有严肃宗教的亚洲会对欧洲有许多启迪。日后他在《幻景》中构筑的神话体系，其最初的根基就是从东方传统中悟出的意义结构，那个孕育了他们祖祖辈辈的'母体'……T. S. 艾略特也在钻研他那具有影响的神话理论。他深信，乔伊斯的《尤利西斯》中的那种神话结构，为战后世界的无谓和混乱赋予了某种形式。在《荒原》中，艾略特将互不相关的礼仪和宗教体系的碎片拼凑起来，如弗雷泽和杰西·韦斯顿所描述的生殖力崇拜，印度《奥义书》的残篇等，他认为这些东西是那个已经逝去但却富有意义的文化整体的构成部分。为了阅读印度哲学著作，诗人学了梵文和巴利文，他在《荒原》的注释中说，'佛的火诫……之重要可与摩西在山上的布道相比'。作家们认识到，欧洲需要那个被压抑的'他者'来阻遏道德和精神的崩溃"[①]。在英国本土生活的作家与在印度实地考察的英国作家对印度的感受显然具有天壤之别，可怕混乱、无法言说的印度似乎因为遥远的距离反而生发出可以无尽言说的美感，并进一步在这种言有尽而意无穷的美感中一直将印度推回到古老的神话之中，使之变成了永恒智慧的象征。

---

① 艾克·博埃默：《殖民与后殖民文学》，盛宁、韩敏中译，辽宁教育出版社，1998年，第144—145页。

按艾克·博埃默的说法，将印度神秘化这种现象之所以产生，是因为"早期殖民地民族主义从神话中寻找民族性的活动和欧洲通过神秘主义、秘术、'返回自然'的运动而寻找新的信仰是同步进行的。"[1]这也可以说是一种共时性，当我们从历时性上思考一下时，英国作家渴求印度古老智慧的浪漫情调迎合的恰恰是中国古老的成语"叶公好龙"所描述的情形：距离越远，越有利于无尽的遐思；距离越近或是没有了距离时，不仅没有了遐思，而且会在近距离的接触中产生恐惧心理。

而后殖民主义对浪漫主义的研究正是在远距离和近距离对照的情形下发现了浪漫情调和浪漫美感背后隐藏的与诗意相对的政治与意识形态。1983年，J. M. 杰罗姆(J. McGann Jerome)发表了《浪漫主义意识形态》(*The Romantic Ideology*)，着力从政治、思想、阶级和性别等意识形态角度来"解构"浪漫主义主要是一种美学和文学运动的传统观念：不理解法国大革命及其对当时社会的政治影响，就无法理解浪漫主义创作。在这种背景下，浪漫主义的研究范围扩大了，浪漫主义与殖民主义以及帝国主义之间的关系也成为人们考察的对象。从马克思主义观点来看，殖民主义是"对他人领土的征服和直接控制"，是资本主义整个发展过程中的一个历史时期，它使资本主义生产方式走向了全球化；而在后殖民主义看来，尽管殖民时代已经成为过去，但帝国主义是殖民主义在文化上的一种延续形式，这引出了后殖民主义所着重探讨的文化与帝国主义、西方与他者之间的复杂关系问题。[2]

显然，西方学者对浪漫主义的再认识深受萨义德《东方学》的启发，着力于揭示东方被浪漫化的同时也被他者化的现象：他者总是"非正常的他者"，他者化是异化和认识暴力(实际暴力的前提)化的过程，并由此形成西方白人与被殖民者之间的差异。在帝国主义殖民扩张过程中，在18世纪晚期和19世纪早期，这种他者化的过程也就是被殖民者被妖魔化的过程。[3] 如霍米·巴巴对东方他者化的问题的论述："他者绝非(自我的)映象，在现象学意义上它是定型的，正好是自我的对立

---

① 艾克·博埃默：《殖民与后殖民文学》，盛宁、韩敏中译，辽宁教育出版社，1998年，第144页。

② Tim Fulford and Peter J. Kitson, eds., *Romanticism and Colonialism: Writing and Empire, 1780—1830*, Cambridge University Press, 1998, pp. 1—3.

③ Ibid., p. 6.

面，它代表着文化上的异化心理。他者必定被视为文化或心理上原始身份的反面，从而引出一系列差异。”[①]但巴巴并没有像萨义德一样停留在对殖民主义的简单批判上，而是从帝国主义内部的非中心和殖民模仿两个方面分析了被萨义德低估了的殖民话语的矛盾性和不确定性。比如，柯勒律治、布莱克等浪漫主义诗人既对殖民主义进行了赞美，同时又坚决抵制奴隶制等，即使从政治和意识形态上分析，浪漫主义诗人对东方的认知也不是单一和一成不变的。吉卜林在现实生活中从远近高低、各不相同的距离所观察、所深刻体会到的正是一个复杂而难以说清楚的印度，它既令人感到无所适从，又使人觉得难以割舍；在创作中，吉卜林的人格也表现出分裂的倾向，他既不能逃避到印度文化的光晕之中，又无法摆脱这种光晕，他的荣耀与他的痛苦都隐藏在浪漫主义式的印度光晕之中。从辩证的角度来看，一方面，我们可以说，吉卜林的创作是在西方对东方的浪漫主义历史传统中诞生的，其中显然存在着殖民主义的政治偏见；另一方面，吉卜林在创作中对印度寄予了复杂的感情，他的创作无论如何也不是对印度的妖魔化，文学并不等同于政治，而表现为一种复杂的文化现象。

作为一种复杂的文化现象，我们对吉卜林的创作可以从多个侧面进行研究，下文试图通过“无时间性的印度”(timeless India)这样的论题而对吉卜林的创作进行较为具体的讨论。选择这一论题，不仅因为它是吉卜林对印度进行描述的一个至为重要和关键的问题，而且它也是被萨义德等学者广泛讨论且引发不少争论的问题，吉卜林的赞美者与批判者都因“无时间性的印度”而各有不同甚至是截然对立的说法。

2. “永恒的印度”如何被萨义德“异化”为大英帝国的“永恒幻想”

在《东方学》中，萨义德说：“作为一种已知并且一成不变或没有创造性的存在，东方逐渐被赋予一种消极的永恒性：于是，即使当人们在肯定的意义上说到东方时，使用的也是诸如”东方的智慧“这类静态描

① Homy K. Bhabha, “Remembering Fanon,” in *Colonial Discourse*, eds., William and Chrisman, p. 118.

述性的用语。”[1]“永恒”、“古老的智慧”等本来是深含褒义的词语，但当萨义德在这些词语前面加上“消极”、“静态”等修饰词时，这些褒义词便都变质了：在西方人眼中，浪漫的东方实际上是“一种已知并且一成不变或没有创造性的存在”。从一定程度上说，萨义德的这种分析是一针见血的，它深刻地揭示出浪漫情调的幻觉性质，对印度人认知自我能够起到警醒的作用，比如，现代印度常常强调印度文化的精神性，认为印度是精神文化的代表，而西方则是物质文化的化身，这种说法一定程度上能够激励印度的民族自豪感，但显而易见的是，这种说法本身也带有幻觉的性质，不宜过于强调。当然，萨义德在这方面的批评侧重于西方而不是印度，意在指出西方对印度的“永恒化”不过是将印度凝固成了不变的幻觉；这种分析本来也是无可厚非的，但当萨义德按照他的思维逻辑将论题围绕着帝国主义意识形态层层递进，并将他的看法确立为不变的真理时，他对吉卜林的分析不仅没有深入，反而有点僵化了。

在《文化与帝国主义》一书中，萨义德延续了《东方学》的思想，并结合西方文学创作的实际而对《东方学》的思想进一步加以印证。在对吉卜林文学创作的分析中，萨义德在“无时间性的印度”这样的话题上大做文章，但最终要表现的依然是在《东方学》中便已确立了的二元对立的思维模式：“‘欧洲’与‘亚洲’或‘西方’与‘东方’之间古老的区分将所有的人性类型聚集在一个非常宽泛的标签之下，并且在此过程中将其简化为一两个终极的、一般性的抽象形式。”[2]

在有关吉卜林的评论中，通过“无时间性的印度”而对吉卜林文学创作加以肯定的评价具有典型的意义，萨义德在《文化与帝国主义》一书中正是由此入手对吉卜林的创作进行了解剖：“吉卜林的敬慕者和助手时常谈论他对印度的描述。似乎他笔下的印度是个不受时间限制、永恒不变和‘本质’的印度，是一个既实在、具体，又具有诗意的地方。我以为，这是对他著作的极大误读。如果说吉卜林笔下的印度带有本质性的、不变的性质，那也是因为他故意这样看印度。”[3]西方学者多认为，“无时间性的印度”这样的论题，一方面反映出印度超越时空、永恒

① 爱德华·W.萨义德：《东方学》，王宇根译，三联书店，1999年，第265页。

② 同上书，第200页。

③ 爱德华·W.萨义德：《文化与帝国主义》，李琨译，三联书店，2003年，第189—190页。

不变的传统文化特征，另一方面也与吉卜林具体的文学创作密切相关，吉卜林的小说对殖民地印度的描写不涉及印度的社会改革以及英国与印度之间的各种冲突，它似乎超越了时代与政治的局限而具有永恒的魅力，这正是吉卜林文学创作的伟大意义，学者们也正是在这种意义上肯定了吉卜林的创作，但在萨义德看来，“无时间性的印度”并非印度文化传统的、本质性的特征，它也不是吉卜林漫不经心的创造，而是吉卜林经过深思熟虑后的精心打造，而学者们恰恰被他的精心所蒙蔽了。

在接下来的分析中，萨义德就小说《基姆》而引用了在“无时间性的印度”话题上极为有名的两种观点：

一是马克·金凯德-威克斯的观点：

> （小说）是不同的看问题方式之间特殊冲突的产物：对万花筒般的外部现实本身的着迷；能够看透人与人之间，或与自己的态度的不同的反思的能力；最后，是对喇嘛的塑造。着墨最多、最有创造性的喇嘛的自我否定形象十分有力，成为其他所有事物的试金石。这意味着设想出与吉卜林自己的观点相差甚远的视角和人物。然而，这个探索是这样的成功，它简直能成为某种更深层的合成物的催化剂。在这一特殊的挑战中——防止自我困扰；进行比超越自身的对现实的表面观照更深的探索，能使他超越自我地去进行观察、思考与感觉——产生了《基姆》的新视角，比任何其他作品的范围都更广阔、更复杂、更有人性、更成熟。[1]

另一是埃德蒙·威尔逊对《基姆》的著名评价：

> 吉卜林用相当大的戏剧性效果为他的读者设置了东方与英国人之间的对比。东方带有神秘色彩和肉欲，混合着神圣与狡诈的两个极端；英国人则有卓越的组织、对现代方法的信心和拂去土著的神秘与信仰的束缚的本能。我们看到两个完全不同的世界并存，双方都不真正了解对方。我们看到基姆在两者之间摇摆不定。但是两条线从来没有交叉过。基姆所感受到的来自双方的吸引力

---

① 马克·金凯德-威克斯(Mark Kinkead-Weeks)《吉卜林小说的视角》，载安德鲁·卢瑟福编：《吉卜林思想与艺术》，伦敦：奥利弗与伯伊德出版社，1964 年。转引自萨义德《文化与帝国主义》，三联书店，2003 年，第 205 页。

从未引起过真正的斗争……因此,吉卜林的小说并未将任何根本冲突戏剧化,因为他从来不想面对这种冲突。[1]

埃德蒙·威尔逊着重于政治和历史而对吉卜林做出的评价出现在1947年,马克·金凯德-威克斯着重于美学和艺术的观点出现于1964年,按照惯例,对于这两种观点的引用,应是埃德蒙·威尔逊在前,而金凯德-威克斯在后,但萨义德的做法却正好相反。显然,其中隐藏着萨义德在论证上的精心设计,他是为了接着埃德蒙·威尔逊的政治与历史分析而继续自己的政治与历史论述,虽然金凯德-威克斯对《基姆》的细腻解读不乏真知灼见,但萨义德还是认为金凯德-威克斯的分析"过分地违反了历史真实";虽然萨义德也承认吉卜林在某种程度上能够不囿于历史与政治环境的局限,然而,萨义德说道:"基于同一理由,我们也一定不要否定其中被吉卜林小心翼翼谈到的与当时现实的联系。"金凯德-威克斯意图将吉卜林从狭隘的意识形态批评中摆脱出来,使吉卜林的文学创作回归于美学和艺术之中,但萨义德却又把吉卜林拉回到政治与历史之中,以帝国意识形态对他的创作进行再审视。正是在这种思想的引导下,萨义德并没有接着马克·金凯德-威克斯的话题论述下去,而是将埃德蒙·威尔逊的政治与历史分析向前推进一步:

我认为,这两种观点之外还有另一种观点,对19世纪末英属印度的现实比吉卜林和其他一些人的观点更准确、更敏感些。基姆在殖民地的服务和对他的印度伙伴的忠诚之间的冲突之所以未能化解,不是因为吉卜林不能面对它,而是因为对吉卜林来说,根本就没有冲突。小说的一个目的事实上是要表明,一旦基姆摆脱了他的疑虑、喇嘛不再渴望那条河,印度没有了少数暴发户和外国特务,就没有冲突了。假如吉卜林认为印度是不幸屈服于帝国主义,就可能存在冲突,对此我们不会怀疑,但他并没有这样认为:在他看来,受英国统治是印度的最佳命运。按照同样但相反的简单化的逻辑,如果我们不把吉卜林仅仅看成一个"帝国主义行吟诗人"(他的确不是),而是一个读过弗朗兹·法农的作品、见过甘地、

---

① 埃德蒙·威尔逊(Edmund Wilson)《没有请到的吉卜林》,载《伤口与弓》,纽约:牛津大学出版社,1947年。转引自萨义德:《文化与帝国主义》,三联书店,2003年,第206页。

听过甘地的教诲并且固执地不相信甘地的人，那我们就严重歪曲了他的故事的大背景。他将这个背景进行加工和描述、澄清。重要的是要记住，吉卜林所持有的帝国主义世界观是明白无误的，正像康拉德的帝国主义世界观是明白无误的一样，尽管他对帝国主义的罪恶有所认识。①

埃德蒙认为，吉卜林在《基姆》中有意化解印度与英国之间的冲突，而萨义德则将"冲突"的问题分析得更为彻底，他认定，不是吉卜林不能面对冲突，而是根本就不存在什么冲突，而在这种一语破的的分析中，萨义德并没有将吉卜林简单化，而是要将吉卜林对冲突的精心策划说穿说透。在对吉卜林进行重新审视时，萨义德认为吉卜林的确不是"帝国主义行吟诗人"，但在对吉卜林文学创作进行复杂的政治与历史性的观察与分析之后，萨义德将吉卜林的小说创作"明白无误"地融入了帝国主义的话语结构之中，如此，在精心的设计和论证之中，他对吉卜林文学创作的分析便自然而然地与弗朗西斯·哈钦斯对帝国主义的分析合二为一，吉卜林虽然没有被简单化，但萨义德最终还是在吉卜林与帝国主义之间划上了等号：

一个想象中的印度被制造出来了。它既不包含任何社会改革的因素，也不含有政治威胁的因素。东方化是这种把印度社会设想成为没有敌视英国渗透的结果。因为，东方化的执行者是在这个设想中的印度的基础上建立永久统治的。②

吉卜林的文学与艺术的想象在此被分析成了政治和帝国的想象，萨义德说，吉卜林的小说《基姆》正是对这种帝国想象中的东方化了的印度的一大贡献。如此，本来属于浪漫主义范畴之内、与浪漫情调和浪漫主义美感密切相关的"无时间性的印度"被"异化"于帝国主义意识形态之中，变成了"永恒的帝国主义"，印度的"无时间性"(timelessness)也变成了"帝国的时间"(imperial time)而具有了稳定不变的性质。③

---

① 爱德华·W. 萨义德：《文化与帝国主义》，李琨译，三联书店，2003年，第206—207页。

② 弗朗西斯·哈钦斯(Francis Hutchins)《永恒的幻觉：印度的英帝国主义》，普林斯顿大学出版社，1967年，第157页。转引自萨义德：《文化与帝国主义》，第212页。

③ Sara Suleri, *The Rhetoric of English India*, the University of Chicago Press, 1992, p. 114.

在《东方学》中，尽管“古老的智慧”被赋以僵化不变的、停滞不前的消极性质，但它尚属于东方和印度，而在《文化与帝国主义》中，超越时空限制的永恒的东方式智慧则变成了帝国主义的“永恒幻想”。

如此，我们发现，尽管萨义德也不否认吉卜林笔下的印度有时也具有田园诗般的情调，但这种情调更多变成了基姆——帝国“监视者”——怡然自得的心理和生活的写照。如小说第三章中的一段描写：

> 阳光照耀大地，田野里的各种小生命都在嗡嗡地叫闹着，给人以昏昏欲睡的感受，鸽子咕咕噜噜，水井上的辘轳嘎吱嘎吱的，也催人入眠。缓慢而生动地，喇嘛开讲了。十分钟后，老军人从马上溜下来，说是为了听得清楚些。他将马的缰绳绕在手腕上，坐了下来。喇嘛的声音变得含糊不清、断断续续——时间被拉长了。基姆正在仔细地观察着一只灰松鼠。当那团小小的、该死的茸毛贴着树枝隐去不见时，说法的和听众都酣睡起来，老军官那轮廓分明的头枕在臂膀上，喇嘛的头向后靠在像是黄色象牙一样的树干上。一个光着身子的孩子蹒跚地走过来，呆呆地看着，内心里忽然涌动起虔诚的感情，便对着喇嘛毕恭毕敬地鞠躬行礼——只是那孩子太矮、太胖，结果侧着身子摔倒在地上。基姆看着他伸开的两条胖胖的小腿，笑了起来。那孩子有点羞涩，也有点气恼，便大声地哭闹起来。①

这一段描写主要表现印度生活缓慢的节奏，突出的是印度的“无时间性”，但萨义德却别开生面地将时间与空间联系起来，从空间结构的散漫无序中来分析吉卜林小说中的时间性。萨义德说：“想一想基姆在各地游荡的模式，因为它影响小说的结构。”对照着同时期的欧洲小说，萨义德认为，基姆无忧无虑的闲荡使小说穿越了印度广大的地域，“现在，我们把建立在广大的地理与空间基础上的《基姆》的松散结构，和与它同时的欧洲小说的紧密、无情的压抑的时间结构做一个对比。卢卡奇在《小说理论》中说，在这些小说中，时间是个巨大的嘲讽者，几乎成了一个角色，因为它把主人公进一步引向幻想和疯狂，并且显示出他或

---

① Rudyard Kipling, *Kim*, Oxford Unversity Press, 1987, p. 55. 可参阅吉卜林：《基姆》，黄若容、周恒译，辽宁教育出版社，1998 年，第 60—61 页。

她的幻想是无根据的、空想的、可悲地徒劳的。在《基姆》中,你得到的印象是,时间钟情于你,因为,你可以在空间或多或少自由地走动。基姆肯定觉得,他的出现和消失都是不慌不忙,断断续续,甚至模模糊糊的。印度空间的广大和处于指挥地位的英国人的存在这两个因素的相互作用所传递的自由感受,加强了《基姆》的奇妙、积极的氛围”①。

主人公四处游荡的生活决定了小说的时空结构,而在时空结构中的基姆又成功地扮演了他在英国和印度之间来回穿梭的角色。萨义德从时间谈到空间,从吉卜林的小说谈到欧洲同时期的小说,将小说的结构与小说人物形象的塑造联系起来,确实能给人以不少的启发,但萨义德在此进行的并不是艺术的分析,而是政治分析,这决定了他的分析最终将会变成某种政治性的判断。按照萨义德的分析,基姆是一个无所依附、善于“伪装”的“边缘人”,他像一个演员或是变色龙似的能够适应印度社会各个阶层的生活节奏和环境,游刃有余地在其中进进出出,一切都应付自如。他好像是一个局外人,当大家都痴心于喇嘛的讲述时,他却颇感兴趣地观察着一只在树枝上来回窜动的灰松鼠,这正是他的伪装才能,他既觉得眼前的场面奇怪、无意义,又对周围的一切表现出友善的态度和温和的心理,所以当小男孩的虔诚突然变成了滑稽的行为,他禁不住笑了起来——他的笑既不是会心的笑,也不是动情或沉迷的笑,而是局外人镇静而轻松的笑。

进一步,萨义德从基姆的“伪装”谈到了吉卜林的“伪装”,认为小说的轻松气氛来自吉卜林在印度镇静自若、自由自在的感觉,统治印度对英国人来说并不需要感到自我歉疚、难堪或不安,英国人占有了印度广袤的地域,他们可以在那里自由自在、周而复始地统治下去:“假如一个人把《基姆》当作一个男孩子的冒险故事或一幅印度生活丰富、可爱、详尽的全景图来看,那就不是在阅读吉卜林事实上所写的小说。吉卜林在其中加进了这些经过深思熟虑的观点、真相的隐瞒和事实的删除。”②至此,在萨义德的分析中,印度无时间性的生活,喇嘛那悠长的说话声、鸽子的咕噜场以及无邪的童趣等似乎都化入了大英帝国天地无限的广大空间,印度的无时间性也轻松愉快地变成了大英帝国的永

---

① 爱德华·W.萨义德:《文化与帝国主义》,李琨译,三联书店,2003年,第227页。

② 同上书,第211—212页。

恒性，吉卜林文学创作中更多富于美学与艺术色彩的无时间性也被转化为帝国主义的政治性判断了：

> 吉卜林对《基姆》的地理与空间的掌握，与欧洲小说的时间性不同，由于政治与历史因素而显得突出。它表现了吉卜林不可低估的政治判断。他好像在说，印度是我们的，所以，我们能以这种最不可思议的、轻松的、令人满意的方式看待它。印度又是别人的。重要的是，它很大、很丰富多彩，但它却被英国稳稳地保有着。[①]

一方面是“监视”，但这并不是福柯在《规训与惩罚》中所描述的监狱性的监视，而是“以最不可思议的、轻松的、令人满意的方式看待它”；另一方面是“控制”，但这也不是福柯所谓的监狱式的控制，而是在保有印度的丰富多彩的同时又稳稳地保有着整个印度。受福柯理论的影响和启发，萨义德进一步将基姆的“伪装”奇妙地变成了英帝国对殖民地印度的“政治监视与控制”：“基姆，这个伪装起来在整个印度旅行、越过边界、登上屋顶、进入帐篷与村庄的活跃的男孩是永远忠于克莱顿的‘大游戏’所代表的英国的权力的。”“我们必须把这部小说看成是一个积累的过程：一方面是对印度的监视与控制；另一方面是对它的每一个细节的热爱和执迷的关注。一方面是政治上的掌控，另一方面是美学和心理上的愉快，英帝国主义本身使两者的重叠成为可能。吉卜林了解这一点，而他的许多读者却拒不接受这一恼人的甚至使人难堪的真相。”[②]当萨义德使吉卜林文学创作的真相大白于天下时，尽管萨义德并不否认吉卜林小说具有很高的美学价值，但这种价值在与帝国主义意识形态的重叠之中实际上已经不存在了，因为在这种分析中，吉卜林虽然不再是帝国主义的旗手和小丑，但他的面目似乎变得更为狰狞可怕了，他似乎变成了一个美学阴谋家，一心一意地为了帝国主义的“永恒”而精心地将真相隐瞒在被他修改、删除了的事实之中。

---

① 爱德华·W.萨义德：《文化与帝国主义》，李琨译，三联书店，2003年，第228页。
② 同上书，第209—230页。

3. 还原印度，还原吉卜林

受萨义德的影响，学者们包括印度的学者大多认为，吉卜林的小说《基姆》对英殖民统治下的印度有着栩栩如生的描写，作家对印度生活的观察可谓无微不至，但吉卜林笔下的印度似乎超越了时空，没有任何变革的迹象，它表现的实际上是大英帝国殖民统治的稳固和永恒——置于英国的统治之下，印度似乎没有任何变革的必要，它不过是大英帝国的背景而已。

再者，萨义德从对《基姆》的分析中引出的"监视与控制"的说法，对后殖民主义的发展也有较为广泛的影响。比如，斯皮瓦克便将"监视"与殖民主义的世界化和他者化过程联系起来，认为西方的游记与小说所描写的在殖民地的实地考察便是对被殖民者的"监视"与驯化，帝国主义至今仍在通过这种方式不断地扩大自己的版图。

后殖民文化研究是一个各种说法交错芜杂的领域，我们在前文说过，针对萨义德的《东方学》和《文化与帝国主义》，既有各种批评之声，也有各种赞美之词，正是在风起云涌的后殖民研究中，吉卜林被卷到了风口浪尖，他的身份、他的人格以及他的心理都不断地被学者们加以后殖民式的分裂，吉卜林虽然变得越来越复杂，但从殖民主义的旗手到后殖民主义的先驱，他始终摆脱不掉"帝国"这样的话语困境，西方与印度都在不断地撕扯着他，使他无所适从了。

但实际上，吉卜林从来都没有分裂，分裂的只是各种各样的文学批评，在阅读吉卜林时，印度读者以及熟悉印度文化的读者感受到的，依然是他笔下生动逼真且不带感情色彩的故事——没有什么雕琢与精心设计的痕迹。从这些故事中表现出来的"无时间性的印度"，至今仍让读者回味无穷。我们从基姆与喇嘛长久分离后到贝拿勒斯一家寺庙去见喇嘛的情形对印度的"无时间性"稍加分析，便会发现它并非什么僵化的智慧，而是一种鲜活的、流动的存在，其中既充满了现实生活苦难而不屈的生机，又蕴含着让人琢磨不透的韵味。

贝拿勒斯虽然肮脏不堪，但它却是印度教的圣城，其居民对各种各样的圣者历来充满了敬畏之情，当基姆穿着象征着圣人的袈裟来到寺庙门口时，一个贾特人在基姆背后喊着给他的孩子治病，接着又用旁遮普语嚎叫："圣者啊——圣者的徒弟啊——看啊，不幸就坐在门口。"这种哀号在贝拿勒斯随处可见，路人根本不予理会：

> 在去往贝拿勒斯的火车上，喇嘛居然对恒河所知不多，不知道是什么神灵创造了恒河，这引起大家的惊愕，有人问喇嘛信什么教，他便开始用乌尔都语讲述世尊佛陀的事迹，但是，随着自己的思路，不知不觉地用藏语引用起了一本中国古书上记载的关于佛陀生平的大段大段的原文。那些温和宽容的人在一旁恭恭敬敬观看着。在印度，到处都可以见到各种圣者操着各种陌生的语言结结巴巴地传布各种教义；他们被自己烈火般的热情激动得浑身发抖，筋疲力尽；他们想入非非，胡言乱语，如痴如梦。从古到今，这番景象恒久不变，直到永远。①

这是典型的吉卜林式的笔法，在这段描写中，没有作家的有意铺陈，也没有什么强烈的感情流露，更没有什么深邃的哲理性的思考，它展示的只是一幅逼真的印度生活画面，从中我们可以读出印度古老的宗教文化传统，也可以了解印度的现实生活，变与不变、永恒与暂时均孕育其间。从场面上看，人们的嘈杂显示出印度社会生活处于混乱无序的状态，而喇嘛对宗教的沉醉则一下子使场面变得安宁起来，这是印度生活的真实写照。但我们也可以从帝国主义的话题中对此做出另一种分析："在吉卜林的直觉中，虽然大英帝国在印度的统治是秩序井然，但他意识到表面现象下面的混乱，并且害怕这种混乱无序浮出水面，他的小说创作致力于抑制这种混乱，并强调对于秩序的控制。"②如果从客观冷峻的叙事笔调上说，我们可以说，作家吉卜林像是一个局外人，这种局外人所扮演的也可以说是萨义德所谓的"监视者"的角色；而从浪漫情调上，读者在此也可以尽情地"想入非非"；而从印度虔诚的宗教情感出发，我们也可以将作家看成是一个"如痴如梦"般的圣人，描写的是"恒久不变，直到永远"的印度。

"无时间性的印度"并不单单表现为一种不变而永恒的时间观念或生活节奏，它同时也是印度文化传统与精神的体现。比如下面的一段

---

① 吉卜林：《基姆》，黄若容、周恒译，辽宁教育出版社，1998 年，第 35 页。

② William Walsh, *Indian Literature in English*, Longman, 1990, p. 163.

描写充满了生活的热闹情景，但在“动”中反而更加显示出“无时间性的印度”的“静”：

……不计其数的东方时间一分钟一分钟悠闲自得地流逝；喇嘛在禅房里睡着了，没有一个僧侣敢去把他叫醒。内院里立着一座默默无言的阿罗汉塑像，当喇嘛念珠的咔嗒声再次打破禅房深处的寂静时，一个沙弥才轻声说道：“您的弟子来了。”老人家也不管祷告还没有结束，便大步走了出来。

喇嘛高高的身影刚在门口出现，那贾特人已冲到他的面前，举起孩子喊道：“圣者，瞧这孩子；如果你愿意，他就能活——他就能活！”

……

(因为那贾特人的干扰，基姆与喇嘛无法好好交谈。基姆便给那贾特人的孩子“治病”，喇嘛很奇怪基姆什么时候变成医师了。)还在学校时，基姆就梦想着给老人家开个玩笑，以一个圣人的样子去见喇嘛，然后再露出自己的真实面目——这不过是一个孩子的想法。现在，当他皱着眉头心不在焉地在药瓶里找来找去时，他表演得更加逼真，时而停下考虑考虑，时而念念有词。他有奎宁片和深褐色的干肉片——很可能是牛肉，但这不关他的事。那小家伙不爱吃东西，但吸吮起肉片来却是一副贪婪相，说他喜欢这咸咸的味道。

“把这六片都拿去吧，”基姆将干肉片递给那人，“赞美神灵吧。三片放在牛奶里煮；另外三片放在水里煮。喝完牛奶后给他这个(半粒奎宁丸)，把他盖暖和。睡醒后，给他喝用另外三片(肉干)煮的水，另加剩下的这半粒白药片。这里还剩有一片褐色药可以让他在回家路上吸吮。”

“神灵啊！多有智慧，”那坎波赫一边说，一边拿过药片。

基姆对自己曾经治疗过的一场秋季疟疾就记得这么些——除了念咒语部分，那是做做样子给喇嘛看的。[1]

从艺术上分析，我们可以从这一段的描写中发现：“吉卜林的小说艺术也深受印度传统文化的影响。他的叙事风格来源于他小时候在印

① Rudyard Kipling, *Kim*, Oxford University Press, 1987, pp. 188—189. 参阅吉卜林：《基姆》，黄若容、周恒译，辽宁教育出版社，1998年，第204—205页。

度的保姆和男仆讲给他的古老的印度传说，他对他们充满了感情和热爱，他的短篇小说创作表现讲故事的风格，常常在轻松、亲切，无拘无束的日常聊天式的话语中融入印度古老的仪式、象征和神话色彩，将日常生活与神话故事结合起来，既是印度文化的古老传统，也是吉卜林小说创作对印度文化的自觉接受，他在这方面表现得自在自如，丝毫没有什么造作。"[①]与此同时，从这段描写中，我们也会发现，与印度文学传统中随意铺陈、随意想象的叙事笔法不同，吉卜林的小说叙事表现出西方现实主义式的简约和紧凑。从感情和心理上加以分析时，从客观冷峻的描写中，我们既可以感受到吉卜林作为一个殖民者高高在上的心理以及这种心理中隐藏的固执与偏见；又可以感受到作家吉卜林对印度人的好感，发现他们是非常善良且值得同情的民族，这也可以说是西方对印度的浪漫情怀的些许表露。

吉卜林不像一般的殖民者一样与印度社会格格不入，而是善于与各色人物打交道，他对印度生活的方方面面都有自己深刻的观察和独到的感受，善于从日常生活中提炼出故事题材，善于将平常事件和日常人物与自己的经历和感受结合起来，从而使故事既生动迷人又富于深意，正是在对"无时间性的印度"的展现之中，他的小说具有了永恒的魅力。

附录

混沌与蛇

——《印度之行》

1. muddle的含义

爱·摩·福斯特早在第一次访问印度(1912—1913)之后，即已开始《印度之行》的创作了。至1921年第二次访问印度，福斯特随身携带着写就的几章书稿，意图在印度期间继续这部小说的创作。但是他发现记忆中的印度与见闻中的印度之间的鸿沟太宽太大了，致使他在创作

① William Walsh, *Indian Literature in English*, Longman, 1990, p. 161.

中深感绝望。[1] 只是在友人的鼓励与催促之下，他才最终于1924年完成《印度之行》的创作。但是萦绕于心头的创作上的困惑却没有随着《印度之行》的完成而离去。所以在1934年，也就是《印度之行》出版后的第十年，他还不无遗憾地说："我借助于一场无可解释的混乱(muddle)——奎斯迪小姐在山洞中的经历——来着力表现印度就是不可解释的混乱(muddle)。"[2]福斯特在他第二次访问印度时所写的书信集《黛维山》写道："我永远无法描述这地方的混乱(muddle)，真是一塌糊涂。"[3]

这里的"muddle"一词生动地表现出福斯特在创作《印度之行》时的困惑，这种困惑也较为直露地表现于小说之中。"muddle"一词在小说中反复出现，因此弄清其复杂而难以把握的含义成为理解这部小说的一个关键问题。

表面上看，"muddle"一词指示的是某种混乱无序的客观存在，但实际上，它呈现出的却是某种迷惘无知的精神状态。

奎斯迪小姐满怀热情地来到印度，希望自己能够了解真正的印度，但一到印度，她就发现自己像是进入了一个古老的迷宫："在印度，什么东西都辨认不清，如果你单纯提个问题，这问题本身便会消失不见，或是化于别的事情之中了。"[4]戈德贝尔教授在反复吟唱"来吧，来吧"，奎斯迪小姐自始至终都不明白这歌声的意义。印度也好像时时刻刻都在以千万种声音呼唤着"来吧，来吧"，但到了印度，一个真正令人糊涂的问题便出现了：为什么而来？谁也搞不清楚。在印度这样的古老文明中，奎斯迪小姐发现，一切都好像是被放错了位置，到处都是混乱和无序。

在经历了山洞中那场不可解释的混乱之后，奎斯迪小姐本来就已迷茫的精神状态进一步恍惚：她的心灵和思想上不断地出现病态的幻觉，耳边常有窃窃私语声。法庭判决之后，奎斯迪小姐与菲尔丁先生发

---

① E. M. Forster, *The Hill of Devi*, Penguin Books, 1965, p. 153.

② P. N. Furbank, *E. M. Forster, A Life*, Vol. 2, London: Martin Seckor 82 Warburg, 1978, p. 124.

③ E. M. Forster, *The Hill of Devi*, Penguin Books, 1965, p. 73.

④ E. M. Forster, *A Passage To India*, London: Edward Arnold, 1931, p. 103. 以下凡小说中的引文均出自于此，只在括号中注出页码，不另加注。

现他们需要一次“彻底的交谈”，但这种交谈被作者有意放置于遥远的空间背景中，因而变成了一个巨大的空白。他们敏感、真诚，甚至陷入微妙的感情之中，但实际上他们是处于梦幻阴影的阴影之中（the shadow of the shadow of a dream），一切告别的话语都像是来自另一种世界的信息（pp. 265—266）。

在离开印度返回英国的途中，莫尔太太也完全进入一种迷蒙的精神状态，宇宙的恐怖与渺小都显现出来。这时的莫尔太太不仅淡漠了人间的是非荣辱，而且也将生死置之度外，因此，她对阿齐兹是否有罪的法庭审判毫无热情，她深感自己一生都是在说与听的嘈杂声中度过，现在该归于平静了。

除了表现迷惘、恍惚的精神状态以外，《印度之行》中“muddle”一词更难以把握的地方还在于，它被赋予了某种神秘性，与“mystery”（神秘）一词一起构成了扑朔迷离、模棱两可的胶着状态，如小说中描写的那样：

> “我讨厌糊涂（muddies），但喜欢神秘（mysteries）。”莫尔太太说。
>
> “神秘就是糊涂。”
>
> “哦，你认为如此吗，菲尔丁？”
>
> “神秘不过是糊涂的动听说法……我和阿齐兹都深知：印度就是糊涂。”（p. 67）

在“桥会”上，一对孟加拉夫妇邀请莫尔太太和奎斯迪小姐上门做客，前者只是在应景客套，后者却信以为真，并翘首以盼，结果出现了关于糊涂（muddle）的对话。奎斯迪以为这种糊涂就是神秘，因而对此深恶痛绝，但显然印度的神秘并不是这种糊涂，所以在奎斯迪小姐经历了山洞里的奇怪事件而处于精神崩溃的边缘时，她才发现：“或许生活就是神秘而不是糊涂。”（p. 264）

对于“muddle”与“mystery”在意义上的交叉重叠，我们还可援引福斯特的有关言论做出进一步的理解。《印度之行》于1924年出版后，D. H. 劳伦斯和 G. L. 狄金逊等评论家对小说中“山洞”场景的神秘描写多有异议，于是福斯特在1924年6月24日写信给狄金逊说：

> 并不是人或超自然或幻觉出现在山洞里，甚至于我也不明所以，因此我的写作思想在此是糊涂不清的——正像日常生活中的许多事实一样，我宁愿这一切成为含混不定的糊涂案。这并非什么艺术哲学，而是我在尝试中感到合理的特殊处理方式，因为我的主题是印度。这种处理方式直接从我的描写对象中跃然而出，若是对其他国家，我可能不这样描写，尽管其他国家也存在着神秘或糊涂(mysteries or muddles)。①

福斯特在困惑之中不是去营造什么艺术哲学，而是直接走进自己的描写对象之中，因而他的困惑便笼罩于印度文化的神秘光环之中。正是在这种光环之中，记忆中的印度与见闻中的印度之间的巨大空白才慢慢缩小，并最终融为一体。下文就《印度之行》的中心事件——奎斯迪小姐在山洞中的经历——再作进一步的分析，以深入探究"muddle"的意义及其与"mystery"的交叉联系。

2. 蛇与圆

《黛维山》中记述了福斯特访印期间亲身经历过的一个事件。1921年4月12日，马尔劳先生等三人带着福斯特出游，沿着西伯尔河岸散步：

> 在那里发生了一个典型的令人兴奋的历险事件。随行于我们的一群村民停下来，指着对岸，高喊有蛇。最后，我看到了蛇——一个一动不动，从底部直立起有三米高的黑东西。我说："看上去像株小小的死树。"村民们却告诉我说："哦，不"，并将这蛇的准确种类和习性都指出来了——不是眼镜蛇，但极其凶狠且好复仇，如果我们朝它开枪，它就会在我们去德瓦斯土邦的今后几天一直追逐我们。接着，我们拿石子投向西伯尔河对岸想把蛇吓跑。但它还是没动，当石子击中它的底部时，它也没动。原来是株小小的死树。村民们都大笑起来。②

---

① P. N. Furbank, *E. M. Forster, A Life*, Vol. 2, London: Martin Seckor 82 Warburg, 1978, p. 125.

② E. M. Forster, *The Hill of Devi*, Penguin Books, 1965, p. 59.

这个事件被纳入《印度之行》，出现在阿齐兹、莫尔太太、奎斯迪小姐等一行人去往山洞的路上，以奎斯迪小姐的口吻写出：

> 还有，一个关于蛇的糊涂事件到底也没搞清楚。奎斯迪小姐看到河对岸有一个细长的黑东西，从尾部直立起来，她说："蛇！"村民们也说是的。阿齐兹解释道：是的，是一条黑色的眼镜蛇，可毒啦，它直立起来，看着大象走过。但是，通过罗尼的双筒望远镜看时，她发现那不是蛇，而是一株棕榈树的弯弯曲曲的枯干，因而她说："不是蛇。"村民们就反驳他。她已经在他们的脑子里放进了个"蛇"字，他们就固守成见。阿齐兹承认通过望远镜看像树，但他坚持说那确实是一条黑色的眼镜蛇，并对蛇的保护性拟态信口胡诌一番。什么也没有得到解释，也没有什么浪漫可言。(p. 141)

这个事件的插入，其意义远不止于"将小说染上一种地域化的色彩"或是"暗示奎斯迪小姐游历玛拉布尔山洞时的精神状态"。[①] 依笔者看来，这个事件像酵母一样发生着奇妙的作用，对这个事件的拓展和升华，是福斯特最终写出山洞场景的关键。对照两段文字，两者明显的差异在于，前者强调那是一场典型的令人兴奋的历险，但结果却是一场虚惊；后者明言这是一个无浪漫情调的糊涂事件，直到最后也不明所以；前者只是一时的震惊，后者却留下了相当的余味。对这种余味的体验一直延续到小说中山洞场景的描写之中，直到读者发现一场真正意义上的历险：原来，蛇一直在"追逐"着阿齐兹、莫尔太太、奎斯迪小姐等一行游客。

玛拉布尔山洞很有名，但它为什么有名，似乎是谁都回答不上来的问题，因为没有任何意义与这些山洞发生联系，因此玛拉布尔山洞的名声不是建立在人类的话语之上，而像是周围的平原或是天空的飞鸟在那里高呼"不凡"，于是这声音便扎根于空中并蔓延于人类。在这样的环境与气氛之中，莫尔太太等一行人向着玛拉布尔山洞的行进，多少就意味着他们向着人类洪荒时代的回归。进入山洞之后，山洞中的回声更将这种回归具体化了，因为人类的一切在这回声之中都变成了富有原始色彩的沉闷声音，回旋缭绕，左右振荡。表达希望的话语、礼节性

① J. Beer, *The Achievement of E. M. Forster*, London, 1968, p. 141.

的招呼声、鼻子的出气、靴子的吱吱嘎嘎等，都毫无二致地发出沉闷的“噗噗”(boum)声。“如果是几个人同时说话，便响起一种重叠的闹嚷声，回声生发回声，整个山洞都被由一条条蠕动着的小蛇组成的大蛇给挤满了。”(p. 148)

这种回声的可怕之处在于它如同法力无穷的咒语，莫尔太太出了山洞之后，还与莫尔太太形影不离，在莫尔太太身边化作了越来越令人心烦同时也愈加使人恐惧的喃喃耳语声：“怜悯、虔诚、勇敢——这些都存在，但都是一样的，淫秽也是。凡事都存在，一切都没有价值。”“巨蛇会下降并回升于华盖之中”，(p. 150)莫尔太太在漠然之中对《圣经》中描写的“创世神话”有了新的感受：从“让有光”到“创世的完成”，其神圣的话语不过等同于“噗噗”之声罢了。

将回声与喃喃耳语声化作更富于直感性的蛇的形象加以描绘，这可以说是文学的一种通感手法，但福斯特在这里的描写却富有深刻的文化意蕴。

在西方，蛇与撒旦联系在一起，是魔鬼的象征，但在印度的典籍中，蛇却是东方的守护神。蛇(Naga)崇拜早在前雅利安时代就盛行于南亚次大陆，人首蛇身的神话故事在古代印度曾得以广泛流传，各种“往世书”以及《摩诃婆罗多》等印度典籍中记载着许多蛇王的故事。如蛇王湿舍，又名阿南，“阿南”的字面含义就是“喜”、“无尽”的意思，他巨大的身躯将地球缠绕一周，因而成为“无限”和“永恒”的象征。[①] 直至今日，印度庙宇门前的通道上也还常常铺着石蛇，因为蛇更直接地被认为是庙宇的守护神。在印度的雕刻中也常出现蛇吞其尾形成的圆圈，它无始无终，代表了“无限”和“永恒”。印度耆那教认为，蛇在圆圈中的“降”(avasarpini)的过程是前继着并将回归于一个“升”(utasarpini)的过程。“sarpini”表现蛇的游动，象征着时间永远在上升与下降之间交替进行。印度教中，蛇的圆圈也表示灵魂的轮回(samsara)。[②] 佛教中的转世观念及法轮常转的说法，显然也与蛇的圆圈不无联系。从一定意义上说，印度文化的精髓可归结为“圆”，它认为世界一直处在创造、

---

① Benjarmin Walker, *Hindu World*, Vol. Ⅱ, New Delhi, 1983, p. 388.

② V. A. Shahane (ed), "Focus On Forster's *A Passage To India*," Bombay, 1989, p. 108.

生成、毁灭(表现为梵天、毗湿奴、湿婆的三位一体)的无限循环之中。蛇与湿婆连为一体,在世界毁灭之日,蛇喷出大火,与泛滥的洪水一起毁灭世界,而后是新的梵神的诞生过程。

《印度之行》中,福斯特在对蛇的形象进行描写时,显然是抓住了印度文化的精髓,在“圆圈”上大做文章。玛拉布尔的山洞都呈圆形,在这样的山洞中发出的回声自然也是圆的振荡,“即使是划着一根火柴的声音也会生发出一个小小的蠕虫似的蜷曲,只是这种蜷曲之声过于微弱而形成不了一个可以觉察出的圆圈罢了”(p. 148)。福斯特之所以把回声化为蛇的形象,是因为这回声与蛇在“圆”的文化意蕴上发生了本质的联系。

不过,福斯特笔下的蛇虽与“无限”或“永恒”的象征意义联系在一起,但福斯特却没有遁迹于“圆”的神秘主义的美好幻景,相反,处于深谷中的印度文明却使他将历史的巨大反差化为莫尔太太把巨蛇看成是蠕虫与蛆的奥妙;“是什么居住在第一个洞穴(按:莫尔太太只游观了这一个洞穴)之中?某种很老又很小的东西。它存在于时间之前,也存在于空间之前,鼻子扁平,心胸狭窄——不死的蠕虫本身”(p. 209)。“深渊也可能是个小坑,永恒的巨蛇没准是由蛆虫构成。”(p. 209)这一切不无反讽的意味,同时也反映出福斯特在创作《印度之行》时的 muddle 情结:印度是一条巨蛇,还是一条蛆虫,抑或什么都是,又什么都不是?这种情结反映在莫尔太太身上,表现为她对玛拉布尔山洞及其回声的惘然心绪:莫尔太太要离开印度了,成千上万的棕榈树都在向她挥手告别:“所以你以为回声就是印度;你把玛拉布尔山洞作为终极?”他们笑了。(p. 211)

“蛇”对奎斯迪小姐心理和思想上的影响虽不像对莫尔太太那样明显和深刻,但“蛇”对奎斯迪小姐的“追逐”却更为可怕。奎斯迪小姐是在克瓦·杜尔山洞中迷途并发现(幻觉到?)有人要在山洞中强奸她的。克瓦·杜尔山洞周围丛林密布,蜿蜒的小径像是蛇行之道。洞内墙壁光滑,像是透明的圆罩;它无顶无底,从各个方向映照出自己无尽的黑暗,犹如复活节的彩蛋。在这样一个极富“圆”(同时也就意味着蛇)的色彩的洞中,恰巧奎斯迪小姐又是独自一人走入其中,其无知无识的精神状态就可想而知了。她用手指去摩挲洞壁,玛拉布尔山洞那惯常的“噗噗"之声就开始回旋了(意味着蛇的复苏?),接着奎斯迪小姐就发现一个阴影或说是阴影似的东西出现在这山洞的入口处,将奎斯迪小姐围困起来,并扯着奎斯迪小姐身上望远镜的皮带在洞中回转。这前前后后不过30秒钟光景,但奎斯迪小姐的感受却像经历了一个时代。回想一下,奎斯迪小姐曾通过望远镜发现路途中印度人所谓的蛇不过是一个错觉,而如今她又是拿着随身的望远镜击向洞中的阴影,这颇让人回味起印度吠檀多哲学中关于蛇与蝇的寓言:幻觉(maya)甚至错觉也就是真实,反之亦然。再联系前文耆那教关于蛇行象征着时间的无始无终的说法,30秒钟和一个时代也无差异了,因为奎斯迪小姐是在30秒钟的时间中走进了无限的"圆圈"之中。这就是印度文化的"圈套",跌入这个"圈套"之后,蛇的形象便与奎斯迪小姐不离左右了——洞穴中的回声在奎斯迪小姐心中(像在莫尔太太心中一样)也化作了喃喃耳语声:人们看上去都极其相像,只不过一些人挨你近些,另一些人离你远些罢了,是陌生还是熟悉?恍恍然已经不明所以了,就像她在病中搞不清楚"空间里万物相聚,时间中万物相离"的说法是哲理名言还是双关诙谐语一样:时空观念的混乱昭示出世界观、人生观的深刻危机。因而,从回声中转化而来的喃喃耳语声便支配了奎斯迪小姐的精神生活,直到她在法庭上承认阿齐兹无罪之后,喃喃之声才逐步平息下来。"我要再活一些时日"(p.265),奎斯迪小姐在告别印度前对菲尔丁说,这时的奎斯迪小姐就像蛇蜕了一层皮一样,在死亡中更生了。她虽没有消弭于神秘的印度文化之中,但对西方文化的回归使她的脑子空空如也。所以福斯特颇有点幽默地借一个美国传教士之口对她说:"每一个生命都应包含着转(turn)与回转(re-turn)两个方面。"(这里特意在re与turn之间加上半字符以强调"回"的意思。)从耆那教的哲学观点来看,转与回转恰恰构成了一个蛇的圆圈,而从佛教的角度看,这正好是轮回说的意义。

3. 混沌的启示

奎斯迪小姐一来到印度,就渴求见到真正的印度,可是直到离去,印度的一切仍好像是一个谜。她搞不清楚跟随她进入山洞的那团阴影是什么,到最后也就淡漠了那团阴影,遗之于忘川。前文曾说,福斯特认为奎斯迪小姐在山洞中的经历是一场不可解释的混乱(muddle),他借此表现印度就是不可解释的混乱。这表明了福斯特本人的困惑,他创作《印度之行》时,实际上已陷入“muddle”的诱惑之中,“muddle”一词,像幽灵一样支配着他。如果说记忆中的印度与见闻中的印度是遥遥相峙的两极,那么福斯特在这两极的徘徊之中,最终走向了见闻中的印度,而记忆中的印度就成了模糊的远景——在“muddle”的不可解释性上增添几份朦胧的色彩,这就是神秘了:在苍穹之外总还有更为神秘的东西覆盖着苍穹,在最为遥远的回声之外便是永恒的沉寂了。只有在这样的沉寂中,人们才有可能像莫尔太太那样瞥见真正的印度;这时的印度也就化为某种精神性的东西了。

就“muddle”一词的神秘性质而言,笔者认为汉语中最恰当的对应词应该是“混沌”了。庄子所谓“七窍凿而混沌死”的寓言对我们理解福斯特的糊涂或困惑应该是大有裨益的:

> 南海之帝为倏,北海之帝为忽,中央之帝为混沌。倏与忽时相遇于混沌之地,混沌待之甚善。倏与忽谋报混沌之德,曰:“人皆有七窍以视听食息。此独无有,尝试凿之。”日凿一窍,七日而混沌死。[1]

从东西方文化冲突的角度看,福斯特在创作《印度之行》时的困惑,体现的正是大英帝国与其殖民地印度之间不可逾越的鸿沟,只要英国的殖民统治不被推翻,那么阿齐兹与菲尔丁等人之间的友谊就永远不能真正建立起来,因为这种友谊不是建立在平等的文化基础之上。因此,福斯特不像美国诗人惠特曼那样,去放声高歌东西文化之间相互沟通的宏伟理想,相反,他的小说充满了反讽的意味:在充满无知、傲慢与偏见的殖民统治的氛围中,英国人能走进印度文化的门户吗?奎斯迪小姐走入洞穴的经历象征性地给出了这个问题的答案。福斯特在此并没有用西方文化的思维定式对西方人难以理喻的印度“凿”以七窍“以视听食息”,他只是以无奈的笔调尽力描述自己依然眷恋但却未必真正理解的东方文明,这就像小说结尾处以插科打诨似的文笔写出的颇有象征意味的场景一样:阿齐兹与菲尔丁并马走出山谷,他们似乎是真正

---

① 见《庄子》内篇第七《应帝王》。

的朋友了，但地上的石头使他们两人不能并辔而行；山谷外城市的一切景象也都不需要他们的友谊，城市中的一切都在呼喊；“不，还不到时候！”苍天也在呼喊：“不，不在此地！”

再者，正由于福斯特没有以西方文化的思维定式去“凿”开印度这个“混沌”，印度这个“混沌”作为某种神秘的、精神性的东西才在他的笔下有了生命的气息。这样，当福斯特受到印度的诱惑，失落于混沌之中时，好像不是福斯特在创作《印度之行》，而是神秘之蛇蜿蜒游动于小说的字里行间，“每一个词语被放进《印度之行》后，都在发出回声”，[①]苍蝇、黄蜂、鸟，甚至岩石、泥土、空气也都在行动和说话，人的一切言行倒像是布景一样成为大自然的陪衬。不少世纪以来，随着人来与大自然的关系的不断发展与变化，尤其是西方工业文明对人类霸权意味的不断加强，人类早已改变了自己与大自然的原始关系，小说家们随之也把大自然变成了人类活动的背景，如此这般的风景描写更是颠倒了人与自然的关系。而《印度之行》的叙事风格却多少使人回归于远古神话中人与自然相互崇敬的关系之中：混沌中的一切都在窃窃私语，然而一切又都处于永恒的静穆之中。人只有在天空和岩石的永恒静穆中才能重新找回自己。这样的一种情思或可看作是福斯特在东西方文明的冲突中对古老的东方文明的些许神往？

---

① J. Beer (ed), *A Passage To India*: *Essays in Interpretation*, Macmillan, 1985, p. 69.

第五章

民族主义与后殖民主义

从文化上看，民族主义是西方殖民主义兴起的必要条件，在欧洲中世纪，是宗教支配着社会，而到了近现代，与民族国家联系在一起的种族主义和民族主义则取代宗教而支配着西方社会，正是在民族救世般的狂热中，西方开始了“开化”东方的殖民主义狂潮。而随着西方的殖民入侵，民族主义从西方传到东方，并促成了东方民族意识的觉醒。民族主义与殖民主义、世界主义、种族主义和反殖民主义联系在一起，是一个语义极其复杂的符号。随着经济的全球化，与民族国家密切相关的民族主义问题日益成为与现代性相提并论的重要话题，不过，与殖民扩张时代对民族主义所进行的张扬大为不同的是，在当代西方主流话语中，“民族”和“民族主义”变成了被抑制、被抹杀和被超越的对象。本章主要从后殖民和后现代的角度分析民族主义的历史作用和当下的境遇；同时也借鉴后殖民主义文化理论来审视泰戈尔的文化思想，着力从民族主义的角度来考察泰戈尔眼中东方和西方及东西方之间对立的根源，泰戈尔认为，历史上一切深重灾难的根源是基于民族主义和种族主义而产生的文化误解，唯有合作、友爱、互相信任、互相帮助，才能使东西方文明显示出真正的伟大价值。

本书第七章有关甘地主义、种族意识与种姓制方面的问题也与民族主义问题密切相关。

一　从民族主义到后殖民主义

1. 从安德森到霍米·巴巴

按照霍米·巴巴在《民族与叙事》一书中的看法，"民族"和"民族主义"原本并不存在，只是到了18世纪时，伴随着宗教权力的衰弱，民族国家的观念与形式才逐步在西方出现并取代宗教而成为政治、文化活动的中心，因此，产生于西方的民族主义是一种非常特殊的近代文化现象。[①]

为什么说这种文化现象非常特殊呢？这是因为"民族"的观念自从诞生之后就是一个矛盾体，征服、侵略与反征服、反侵略，正义与非正义等都可以打出"民族"的旗帜。因此，恩斯特·盖尔那说，民族主义是一种类似于宗教和神话的文化伪装，是被"捏造"(fabricate)出来的"虚假存在"(falsity)[②]。著名的民族主义问题专家本尼迪克特·安德森发展并修正了盖尔那的看法，认为民族并不是一种"虚假存在"，而是一种"想象性的政治社区"，一方面，它是至高无上的，因为伴随着民族和主权(sovereign)思想，欧洲摆脱了宗教的束缚，摧毁了专制王朝，人类历史由此进入了以民族国家为基本形式的现代社会；另一方面，虽然民族主义把一定疆界之内生活的人想象成为一个统一的社会共同体，致使每个人的心灵之中都存在着一个共有的形象，然而民族主义本身却又无法摆脱其内在的有限性："即使是最小民族的成员也从来都无法认识其民族的大多数成员，无法见到甚至是听说过其他成员。"[③]这样，民族实际上是一个虚实相间、似是而非的抽象存在，是民族主义创造出了"民族"的精神和神话。

安德森对民族和民族主义的看法对霍米·巴巴产生了很大的影响，按巴巴本人的看法，他之所以能够编写成《民族与叙事》，是因为安德森

---

① Homi K. Bhabha, ed., *Nation and Narration*, "Introduction," Routledge, 1990.

② Ernest Gellner, *Thought and Change*, London: Weidenfeld and Nicholson, 1964, p. 169.

③ Benedict Anderson: "Introduction," in *Imagined Communities: Reflections on the Origin and Spread of Nationalism*, Verso, 1983, p. 15.

的《想象的共同体》一书在这方面为他铺平了道路,[①]实际上,霍米·巴巴的后殖民主义的理论起点和基点都在于他对民族和民族主义的思考和探讨。他认为,殖民统治本身存在着很大的含混性和矛盾性,之所以如此,是因为与殖民统治形影相随的民族主义本身使世界充满了对立和矛盾。在《文化的定位》(1994)一书中,受德里达、拉康、福柯等人的影响,巴巴进一步将他对民族主义的解构性思考与后殖民主义以及拉康的心理分析结合起来,运用模仿、缝隙、杂交、阈、商讨等词语,对民族主义和第三世界对西方文化的对抗心理进行重新思考,强调对立之间的交融与渗透,认为文化的发展常常产生于含混和矛盾之中。一方面,他通过对殖民模仿的分析企图使殖民反抗含混化,认为被殖民者虽然反对殖民统治,但在文化上东方也在不断地向西方学习;另一方面,他也反对欧洲文化中心主义,主张东西方文化之间的"杂交",并以此来消解不同民族文化上的对立和矛盾。

后殖民理论研究起初主要是揭露西方文化中的"东方主义"与霸权性质,弗兰兹·法农曾生动地描绘了殖民与被殖民二元世界的对立,爱德华·W.萨义德也深刻地分析了这种二元对立在后殖民世界留下的阴影,他们的著作对我们认识殖民统治及其在当今社会的影响都产生了深刻的作用。但过于强调对立并不能解决问题,因此,迦·查·斯皮瓦克将解构分析作为一种理论工具来重新思考被过于简单化的殖民与被殖民的二元对立问题,进而质疑后殖民理论家包括她自己在方法论上的假设;萨义德在他的后期著作中也在苦苦寻求着文化上的世界主义;而霍米·巴巴则进一步利用解构分析来取消文化理论与政治实践的对立。巴巴认为,在文化理论与政治实践之间存在着"缝隙",正是在这种"缝隙"之中,文化与政治交互发生着作用。具体地说,在理论与政治之间发挥着调节作用的是写作,是诸如小说、电影和音乐等的文化实践。它们不是单纯地对社会"现实"进行记录,而是通过话语的功能对不同文化之间的差异进行调节。殖民时代基本上是以民族身份来界定作家的身份,但到了后殖民时代,对拉什迪这样的流亡作家来说,他的身份已经无法用民族来界定了,这些作家跨越了不同的民族、阶级、性别和文

① Homi K. Bhabha, ed., *Nation and Narration*, "Introduction," Routledge, 1990.

化传统，其融合与杂交的复杂身份使二元对立的文化之间出现了缝隙、重叠和交叉，使原来的征服与奴役、统治与反抗等二元对立的形式发生了变化。巴巴因此认识到，文化身份并不是先天给定和不可更改的事实，“殖民者”与“被殖民者”也不是相互分离且一成不变的两种存在，二者是相互依存且不断转化的，正是这种不断的杂交和影响制约着文化的形成与发展。文化并不是在对立中求得发展的，而是在“商讨”中相互促进并求得共识的。因此，不同文化的冲突并不是文化发展的根本，而是冲突中的接触才使得不同文化之间搭起桥梁，从而实现了交融。在巴巴看来，后殖民、后现代等各种术语中的“后”字，表现的恰恰是文化上的这种含混性和矛盾性，如果说近现代和殖民时代是较为明确的二元对立的话，那么20世纪末则是消解二元对立的时代。

显然，巴巴的后殖民理论试图解决的是当下的文化问题，但他对当下问题的思考则与殖民时期的民族主义这样的历史问题盘根错节地纠缠在一起，因此，我们有必要理清与民族主义相关的二元对立问题，才有可能进一步剖析后殖民理论家为什么要将民族主义看成是需要超越和抹杀的对象。

2. 殖民与被殖民世界的二元对立

在安德森和巴巴看来，民族的起源早已失落于时间和神话之中，大致说来，民族观念的出现与现代社会较为密切地联系在一起，尽管民族主义在近现代社会中发挥着极为重要的作用，但民族本身却具有两面性，构造民族的语言本身也具有两面性，正是这种两面性孕育了近现代殖民世界的种种矛盾和对立。

从文化上看，民族本来是一个无法进行科学定义的抽象物，“种族、地理、传统、语言、特性，或是这些因素的综合，似乎最终也不足以决定民族的本质，但人们却愿为民族而死，为民族而战，为民族而进行着小说的创作”[①]。从作用上看，文化上的民族主义并不亚于政治、军事上的民族主义，它从精神和意识上进一步创造并强化了本不存在的“民

---

① Timoth Brennam: “The National Longing for Form,” in Homi K. Bhabha, ed., *Nation and Narration*, Routledge, 1990, p. 49.

族”。

在欧洲中世纪，基本上是宗教控制着人们的思想和精神，而到了近现代，民族主义因为和国家政体联系在一起，其影响远远超出了宗教。它之所以具有如此巨大的号召力，按照科恩的说法，是因为现代民族主义从《旧约》神话传说中吸取了三种观念：“（上帝）选民的思想，对遥远过去共同种族记忆和对未来希望的强调，最后是民族救世的乌托邦思想。”[①]显然，在民族主义的神话中，原本是宗教传说性质的东西现在变得实实在在，民族主义逐渐取代宗教而占据了人们精神生活的主导地位。抛开经济上的利益，从文化上看，正是上帝选民的观念和民族救世的空想使得民族主义染上了“国际主义”的色彩。

早在达尔文发表《物种起源》(1859)之前，欧洲就有了生物“存在链”的理论，这种理论在对人进行分类时，欧洲人被认为是最优秀的民族，其他文化传统的次等民族则被界定为退化或有待进化的类型，充当着欧洲人与动物之间的生物链条。种族分类的生物学理论使殖民者相信白人与黑人等其他有色人种之间存在着巨大的沟壑，泰勒的《原始文化》、弗雷泽的《金枝》等人类学著作就是在这种背景下产生的，“野蛮人头脑”是“文明人头脑”的原始形式之类的观念曾在西方风行一时。查尔斯·迈克尔的文章《从生物学角度看我们的对外政策》(1896)、托马斯·亨利·赫胥黎的著作《人类社会的生存竞争》(1888)、本杰明·基德的《社会进化》(1894)、约翰·克罗泽尔的《现代进化过程中的学术发展史》(1897—1901)等都是达尔文进化理论的奇怪变形。勒罗伊-波利叶从“社会生理学”的角度出发，认为殖民主义表现的就是一个民族的扩张力和繁殖力：“当一个民族自身已达到高度成熟的状态并且拥有巨大的力量时，它就会走向殖民”，将其他落后民族纳入这一民族的语言、习俗和法律之中。[②]

殖民者试图在世界上建立政治、经济、文化和精神领域的绝对统治，他们认为，白人种族的优秀性注定了他们拯救世界的使命。夏多布里昂在《阿拉达》中，带着满腔热情对基督教文化的殖民扩张进行了诗

① Timoth Brennam: “The National Longing for Form,” in Homi K. Bhabha, ed., *Nation and Narration*, Routledge, 1990, p. 49.

② 爱德华·W. 萨义德：《东方学》，王宇根译，三联书店，1999 年，第 279 页。

意般的赞美：

> 曙光从高山背后显现，朝霞染红了东方的天空。荒野中的一切全抹上一层金色或玫瑰红。最后，灿烂的红日从万道霞光中喷薄而出，霎时，金色的光辉将神父托向空间的圣饼照得通明。呵，宗教多迷人！基督祭祀真壮丽！老隐士当祭司，山岩作祭台，荒野为教堂，头脑单纯的野人在顶礼膜拜！[①]

在夏多布里昂笔下的殖民世界是一个隐藏在浪漫主义和神秘主义面纱之中的近代神话世界，民族主义披上了神圣宗教的外衣而具有崇高的历史使命感：白人将拯救世界。正是这种“使命感”使西方的民族主义将殖民世界变成了一个二元对立的世界：殖民者把自己的民族想象得至高无上，而在疆界之外生活的其他民族，尤其是被殖民者则被想象成低下的、劣等的种族。殖民者永远不会把自身与全人类想象为处于同一疆界之内的民族，或是梦想着全人类都会加入到他们的民族之中。这是因为一旦如此，殖民者的优秀感和优秀地位也就丧失了。

近代社会的病症正是基于殖民统治和种族歧视的事实而产生的。殖民者试图建立政治、经济、文化和精神领域的绝对统治：白人种族的优秀性，由他们来拯救其他的世界，使其他世界文明化。受征服和支配欲望的刺激，帝国主义者把殖民地表现为基于种族、语言、社会习俗、文化价值和生产方式之差异的冲突地带。面对不可理解的混杂性的他者，如果欧洲人把自己与被殖民他者想象成在本质上是同一的，那么，他就会根据自己的文化价值来判断他人并忽略其间的巨大差异；如果他把被殖民者想象成与自我根本不同的他者，他就会转向自己的文化并很难接受他者文化的观点；只有以某种方式对自我进行否定或至少是对他者文化价值观念和形态进行真正肯定的前提下，才能对他者有真正而全面的了解。文化习性一旦形成是很难改变的，殖民者总是认为自己在文化和道德上是高人一等的，这就意味着他很难质疑自己及其社会的价值观念，他也不会花精力去理解无价值的被殖民的他者。

---

① 夏多布里昂：《阿拉达》，时雨译，杨维仪校，见《法国中篇小说选》（下），人民文学出版社，1988年，第44—46页。

这样，传统的自我与他者之间的平等关系便不可避免地被扭曲了；[1]近代意义上“人”的观念以及人与人之间的关系也随之被扭曲了。在这种文化心理和文化背景下，伴随着殖民活动而产生的殖民文学也不会去真正探讨文化意义上的他者。表面上它们是描写西方与不同种族之间的相遇，一定程度上对被殖民者的文化境遇也寄予了相当的同情，但潜在地，它们表现的是欧洲文化的至高无上和被殖民者的低劣无能，这样，殖民征服与殖民侵略被作为一种理所当然的社会存在的同时，被殖民者实际上也就被作为不可更改的“他者”形象而被固定下来。

霍米·巴巴说：“殖民话语的一个重要特征是对在他者化意识建构中‘定向性’(fixity)概念的依赖。定向性作为殖民话语中文化/历史/种族差异的符号，是表征的一种矛盾形态：它既表示混乱无序、堕落和恶性循环，又表示不变的秩序。同样的，作为推论的主要策略，其文化认同方式变成了刻板的模式……在这种话语中，亚洲的表里不一和非洲的淫荡好像从来都不需要证明。”[2]在殖民者看来，当地人无法管理好他们的社会并开发他们的自然资源，不仅个人如此，而且整个社会都是如此，因此，康拉德笔下的非洲大陆变成了“黑暗的中心”，他是从西方关于非洲是罪恶丛生和缺乏秩序的角度来使用这一术语的，认为人性的黑暗面在此得到最为充分的暴露。

殖民主义不仅背离了启蒙时代“人”的观念，而且其更深的影响还在于它扰乱了人类的社会和心理。对欧洲的殖民者和统治者来说，殖民生活使他们难以协调他们本国的政治自由、民主、平等与他们对殖民地人民的政治压制之间的矛盾。为了解决这种两难处境，他们发展出一种白人职责的理论。但这又导致了另一个矛盾的出现：如果他们真的是为了使落后地区文明化，那么他就会损失自己优越的社会地位，如果民主从他们的本土扩展到他们统治的国家，殖民者就不再能够保持他们高人一等的地位。所以萨特说，殖民体系既想消灭又想扩展被殖

---

① Abdul R. JanMohamed, "The Economy of Manichean Allegory," in *The Post-Colonial Studies Reader*, edited by Bill Ashcroft, Gareth Griffiths and Helen Tiffin, Routledge, London and New York, 1997, p. 19.

② Homy K. Bhabha, "The Other Question: Stereotype, Discrimination and the Discourse of Colonialism," in *The Location of Culture*, *Routledge*, London and New York, 1994, p. 66.

民者。[1] 法农更从社会心理的角度深刻地分析了殖民统治对人的扭曲,殖民者企图使当地人文明化、现代化,但暴力行为、种族仇恨等随殖民侵略和殖民统治而出现,结果使殖民世界不仅在行为上而且在心理上皆处于二元对立的极端状态:“黑人被他的低下奴役着,白人被他的高贵奴役着,他们的行为都与神经官能方面的定位保持一致。”[2]这种二元对立的状态伴随着殖民侵略和殖民征服而产生,同时又只能靠强权与军事来加以维持,近现代世界之所以战火不断,其根源在于民族主义以及由民族主义派生而来的种族主义。

殖民者以白人/黑人、善/恶、文明/野蛮、理性/情感等二元对立的方式来看待他们与殖民他者之间的关系,当殖民统治试图使黑人和白人不同的社会身份永远固定下来时,反殖民统治的斗争也在不停地破坏着这种关系。从逻辑的角度看,正是殖民者二元对立的思维模式影响并支配了殖民地社会的精神生活,进而导致被殖民者与殖民者之间的根本对立。[3] 因此可以说,黑人反殖民压迫的灵魂实际上是白人的创造物,白人不仅将民族主义的观念传遍了世界,而且也直接促成了世界各国反殖民主义浪潮的形成。

正像西方民族主义与殖民主义、种族主义联系在一起一样,第三世界的民族主义也被看成是反殖民主义的同义词。随着民族主义的兴盛,西方开始了殖民主义,而东方则是随着反帝反殖民主义斗争的兴起而使得民族主义的情绪不断高涨。亚非民族反对殖民压迫的民族斗争改变了西方的世界构想和西方历史的发展方向,并对人类不断向前发展的历史观念提出了挑战。因为西方历史观念中的秩序在殖民状态中被扰乱了,这样,西方关于人和世界的神话在殖民情形中也被彻底毁坏了。这可谓是“成也萧何,败也萧何”:是民族主义催生了西方的殖民主义,反过来,民族主义在东方的传播又摧毁了西方的殖民主义。

---

① See the preface by Jean-Paul Sartre to Albert Memmi's *The Colonizer and the Colonized*, Boston: Beacon Press, 1969, p. xxvii.

② Homy K. Bhabha, "Interrogating Identity—Frantz Fanon and the Postcolonial Prerogative," in *The Location of Culture*, Routledge, London and New York, 1994, pp. 43－44.

③ "Introduction," in Abdul R. JanMohamed, *Manichean Aesthetics: The Politics of Literature in Colonial Africa*, The University of Massachusetts Press, Amherst, 1983.

3. 民族主义与东方传统

显然，东方的民族主义诞生于反殖民主义、反帝国主义的斗争之中。英国历史学家认为，印度人从英语著作中学到了自由和民族独立的思想。安德森进而认为殖民地的民族主义只是对西方的拙劣模仿。但在印度历史学家查特吉(Partha Chatterjee)看来，安德森关于殖民地民族主义的看法是片面化的，他认为反殖民主义和西方民族主义之间的关系是一种复杂的借鉴与再创造的过程：印度的民族主义就像是一个过滤西方思想的"意识形态的筛子"一样，一方面它是挑战西方殖民统治的政治运动，另一方面它又是追求差异与自治的文化建构过程。前者主要表现于政治和经济形态，是从西方民族主义派生出来的话语形式，后者则根植于印度文化土壤之中，从自身的文化传统中吸取养分。查特吉认为印度官方历史将印度的民族主义与 1885 年印度国大党的成立联系在一起，但这只是将民族主义看成是政治运动的结果。实际上，在此之前，反殖民统治的民族主义早已将世界分为物质文明与精神文明，并把前者看成是由经济、政治、科学技术等外部因素所构成的文明，而将后者看成是由宗教、习俗和家庭等内在的、精神的因素所构成的文明。因此，精神世界成为殖民地民族文化的本质，是需要保护和加以捍卫的。被殖民者越是在物质文明上模仿西方就越是需要在精神文明上对东方加以捍卫。因此，反殖民主义的民族主义不仅仅是对西方民族主义的模仿，而且也是对西方自由、平等和人的尊严等观念的利用和修正。[①]

查特吉在此明显地将民族主义区分为政治和文化两种意义，但实际上即使是从文化的角度来看，东方的民族主义也是一种悖论性的存在。即以印度为例，印度的民族主义首先是英殖民者在印度实行西化教育的结果之一，从一开始，民族主义就处于两难的困境之中。一方面，要想使印度摆脱贫穷和落后，只能追随以英国为代表的西方文化所塑造的现代社会，因此，19 世纪下半叶的印度知识分子大多都渴望接

---

① Ania Loomba, *Colonialism/Postcolonialism*, Routledge, London and New York, 1998, pp. 190－191.

受西方文明,他们急切地想摆脱印度的传统文化,以使印度走向现代化;另一方面,从当时现实的角度来看,印度又受着英殖民者的统治和压迫,为了抗拒西方文明的不公正之处,他们又只能以古代文化来确立自己的现代身份,因此,他们又致力于恢复印度"辉煌的过去",以过去来平衡现代,使自我与西方处于对等的状态之中。

但回归于过去和历史之中,也给现实留下了更为深刻的困惑。当时印度的民族知识分子不仅陷入了上述的两难处境之中,同时,缅怀历史又使他们跌入某种难以自拔的、不自知的状态之中。比如,印度作家般吉姆钱德拉·查特吉自己承认,他的民族主义思想意识是从西方文化中吸收过来的,但在心理上他又倾向于接受印度的传统文化,认为当时印度的悲哀在于它忘却了自我辉煌的过去,而历史的缺失又导致了印度民族自豪感的丧失。因此,查特吉致力于恢复印度的传统文化,致力于捍卫印度的精神文明,以使之发扬光大。但是仔细思考一下,到底什么是传统文化,什么是精神文明呢?显然,唤醒民族的"记忆",并不是要回到过去,而是着意于现代民族身份的创造。在这种意义上,"传统"更多地表现为创造而非发扬或捍卫,而且在这种传统的"创造"中,"忘却……是塑造民族的关键因素"。[①] 在历史的多样性中进行有意的选择,以使过去成为有用的现在。这样,我们可以看到,很多所谓的"传统"实际上根本就不是传统,而是被殖民者和民族主义者不断创造出来以挑战西方文化权威性的东西。[②] 如此,被当时印度民族知识分子奉为精神寄托的传统文化原本是一种子虚乌有的存在?

当然,也有些有识之士对印度当时的民族主义有着清醒的认识。民族主义者常常标榜与印度传统联系在一起的精神文明,以印度的精神来抗拒西方的物质,好像西方只是物质的化身,而印度或东方则代表着人类的精神,对此,泰戈尔一针见血地指出:"我们缅怀昔日,我们只有精神文明,我们饿得瘦骨嶙峋的前辈们只知道磨砺自己的灵魂,让它

---

① E. Renan, "What is a Nation?", in H. K. Bhabha (ed.), *Nation and Narration*, London and New York: Routledge, 1990, p. 11.

② Eric Hobsbawn 和 Terence Ranger 合著的著名《传统的创造》(*The Invention of Tradition*, Cambridge and New York: Cambridge University Press, 1983)一书对传统的子虚乌有的性质有着深刻的剖析。

发出无用的微光。这不过是想象而已。”[①]在这种想象之中，印度好像变成了一个由净修林的祭火和烟雾构成的冥想之国，印度的古老文明也好像只是一团从不接触阳光和泥土的精神虚影，既缺乏生机又缺乏人性，这样的印度如何面对日新月异的现代世界？印度英语作家安纳德对印度的精神性也持强烈的反感态度，他说，说印度是精神文明完全是错误的，印度不是精神性的，在四五十年之前，印度从来就没有这种想法。[②]

从历史上看，民族观念伴随着刀枪和战火从西方传入东方。显然，印度民族主义知识分子对印度传统和印度文化精神性的强调主要是针对西方的殖民文化而采取的斗争策略，它派生于民族主义，也难免民族主义的虚幻色彩与矛盾性质。所以，随着印度的独立，甘地式的民族主义也就成为了过眼烟云：印度不可能去重建甘地式的、传统的小农经济社会，它必然要融入现代世界的发展潮流，走现代社会的发展道路。但甘地的民族主义在印度现代史上的所产生的伟大作用是无论如何都无法抹杀的，甘地主义之所以能够在历史上产生出合乎情理的伟大作用，很大程度上也可以说是西方的殖民统治不合乎历史的情理，民族主义在此变成了一把奇怪的双刃剑，殖民主义缘此而生也缘此而亡。

殖民体系的崩溃意味着世界权力的破碎化以及由此引发的一定疆界之内的领土自治权的出现。对殖民者来说，殖民体系的崩溃标志着西方对世界秩序的宏大构想一步步落空了，世界由此碎裂于成堆的问题之中，世界的可管理性以及对秩序的宏大幻想让位于一定疆界之内的权力自治，一方面是不干涉，另一方面是不被干涉，权力由聚合变成了分离。而对于亚非拉地区的前殖民地来说，独立并没有使他们摆脱经济甚至政治上的困境，他们依然依赖于西方：欧洲人优越的生活和西方社会的发达使他们自身产生了落后的感觉，他们企图通过模仿西方来消除这种感觉，但到头来却发现这并不是他们的根本出路；而如果他们保守地忠诚于自己的本土文化的话，其社会又会处于僵化的状态。因此，如何在本土文化与西方文化之间寻找到恰当的结合点一直是一

---

① 泰戈尔《新与旧》，见《泰戈尔全集》，河北教育出版社，2001年，第23卷第166页。

② Louis MacNeice, *The Strings are False: An Unfinished Autobiography*, London: Faber, 1965, p. 209.

个难题。这种难题的出现实际上也是世界（权力）进一步碎裂化的表现。因为从根本上说，权力的破碎也就是思想、准则、伦理等的破碎，西方民族主义以殖民主义的方式打碎了世界，后殖民时代留下的是一片破碎的江山。

4. 民族主义的发展趋向

从文化上看，西方现代主义和后现代主义直接源生于世界的破碎这样一种局面，并且其最大的成就便是使世界进一步碎裂化。宏大秩序幻想的破灭使文学的宏大叙事消失不见了；世界的破碎使得各种问题的解决变成了徒劳；因为无法制造出新秩序，所以世界变得极其荒诞；因为思想破碎了，所以人也变得萎缩了，英雄的时代消失了；因为意义破碎化了，所以言辞的多义性便凸显出来，一切都处于解构之中。[①]所有这一切，追根溯源，都与近现代以来广为流传的民族主义的两面性和含混性有着千丝万缕的联系。世界各地五花八门的“民族主义”，使西方学者开始反思“民族—国家”的经典理论，他们发现世界各国关于民族和民族主义的思想，不仅是无法确定、难以捉摸的，而且是荒谬甚至是不可思议的，源自西方国家的民族观念散布到全球后，不断地在不同的文化之间引起混乱、冲突和恐慌，殖民时代的硝烟似已散尽，但无处不在的恐怖主义却越来越深重地弥漫在我们的周围。

早在1968年，霍夫曼在一篇文章中谈到民族国家的命运时就说过，在超越民族主义的功用主义不可阻挡的潮流中，民族国家必将成为过去，民族主权已是明日黄花。[②] 历史进入新千年前后，西方在后现代式的荒诞中多多少少都感到有点厌倦了，信息时代的到来也正好使西方受到鼓舞，于是“全球化”问题突然之间变成了热门话题。全球化实质上就是让世界进一步体系化、系统化，它是任何民族、任何文化都无法逃避的趋势，它带有对殖民时代之后的破碎“江山”进行重整的意味。

---

① Zygmunt Bauman: *Modernity and Ambivalence*, Polity Press, 1991, pp. 12—13.

② Hoffman Stanley, “Obstinate? The Fate of the Nation-State and the Case of Western Europe,” in Joseph S. Nye(ed.), *International Regionalism*, Poston, MA: Little Brown, pp. 177—230.

与此同时，在全球化的经济背景中，西方国家在政治上的“新干涉主义”以及文化上对“民族国家消亡”的讨论，也使民族和民族主义问题再一次变得非常突出。不过，与殖民扩张时代对民族主义所进行的张扬大为不同的是，在当代西方的主流话语中，民族主义也常常被看成是第三世界问题，并与原教旨主义等发生了联系。因此，后殖民文化背景中的“民族”和“民族主义”变成了被抑制、被抹杀和被超越的对象。这也正是霍米·巴巴、盖尔那、安德森等西方学者把民族主义看成是神话般虚假存在的原由所在，从政治的角度看，它也正好应合了西方近些年来出现的“人权高于主权”的高调。

文学常常与政治和文化的发展趋势密切地联系在一起，在民族主义被西方理论家解构为“神话”的同时，后殖民主义作家萨尔曼·拉什迪在 1982 年发表的小说《午夜的孩子》可谓应运而生，它以印度史诗的形式（代表着印度文化的传统）消解了印度“民族国家”的神话，极尽能事地对庄严神圣的印度独立日进行了恣意的调侃：

> 日历中出现一个新的特殊的节日，一个可喜可贺的新神话，因为一个以前从未存在的民族将要赢得自由，尽管它已有五千年的历史，尽管它发明了象棋的游戏，尽管它曾与中东王国埃及进行过商业贸易，然而它依然只是一种想象性的存在，新民族的出现把我们抛入了一个神话般的国土，它从来都不存在，只不过是某种表面的、集体意志的渴望——只是在我们甜蜜的梦想中它才存在；它是大众的迷狂……①

显然，这段话与安德森关于民族主义的说法有异曲同工之妙。为什么在印度独立很多年以后，拉什迪要对印度的民族主义重新进行一番“解构”呢？这是因为从根本上说民族主义问题并没有随着前殖民地国家的纷纷独立而自行消解，只不过是其性质发生了变化：后殖民社会不仅是一个重建的过程，而且也是一个对西方继续抗争的过程，在这种抗争的过程中，民族主义依然是最有效的武器。在当前全球化的世界发展趋势中，各个民族文化的向心力正在不断地扩散和削弱，所以大多数尤其是第三世界的民族国家政府的文化政策都试图维护自己的文化

---

① Salman Rushdie, *Midnight's Children*, New York: Avon, 1980, pp. 129—130.

传统和民族遗产，这样，与现代性、全球化相提并论的本土文化、民族主义与民族传统等问题再一次成为东西方文化关系中的重要问题。后殖民时代的问题因此也与殖民时代的问题重叠在一起。后殖民主义深受解构主义的影响，拉什迪对印度民族主义的解构正是如此，它看似谈论殖民和独立时代的问题，实则极其时髦，正好迎合了西方解构东方民族主义和传统文化的口味。

不过，西方也有对民族主义持不同看法的学者，比如安东尼·史密斯。受安德森的影响，西方大多数学者已经认同这样的一个基本看法，即民族和民族主义的政治基础是近代西方社会的启蒙主义：民族主义是被近代社会精英有意创造出来的产物，他们通过民族主义而影响大众，并借此来实现他们自己的政治目的，所以，民族在西方近代之前并不存在。在这种意义上可以说，民族和民族主义只是西方近现代这一特定历史时期的产物，随着这一历史阶段的消亡，随着基于西方近代社会而产生的现代主义的消亡，民族主义将不复存在，但是在史密斯看来，民族和民族主义是远比现代主义（广义的社会学意义上的现代主义）更为复杂也更为古老的存在。民族的观念和感情与民族神话、文化象征和种族记忆密切联系在一起，是一种较为恒定的存在，所以，它不会随着现代主义的消亡而消亡。世界并不是整齐划一的，因此，即便我们可以说，现代主义已经终结，我们也无法否认，民族主义在当今世界并没有消亡，而且它在短期内也不会消亡。民族主义是一种意识形态运动，随各国的情况而有不同的表现。大多数的民族主义者都寻求通过爱和兄弟情谊而将整个民族团结起来，这是一种政治理论和理想。在史密斯看来，这种政治理想并不像安德森所说的那样是一种子虚乌有的存在，它是某种感情状态，从感情的角度来看待民族主义时，我们不妨追问一下：爱的真实性到底是什么？我们爱某人难道仅仅是因为他或她是我们真实的伴侣？显然，爱不仅是我们能够具体感受的东西，而且是我们脑海里创造出来的东西。对上帝、对民族之爱也是如此，其中隐藏着神话、象征和记忆。史密斯认为，在当今世界，民族主义在各种各样的条件下发挥着作用，民族的观念和认同也因此具有许多群体性和个体性的功能，并将产生各种各样的社会和政治效果，不可因民族主义有其狂热的一面而将其全面抹杀。对于大多数生活在西方社会之外的民族来说，民族和民族主义已不可分割地融入其社会结构和生活习惯之中，因此，我们应该重“实”而不要拘泥于“名”：全球化与民族主义并不是截然对立。这多多少少让人想起弗兰兹·法农的名言：“只有民族意识，而非民族主义，才能使我们放眼国际。”在面对世界各地纷杂变化的各类族群形态时，应当承认文化的多元性。

显然，民族和民族主义都是语义复杂的符号，霍米·巴巴从解构分析的角度对此也有独到的认知。他不像史密斯那样重“实”，而是务“虚”，他巧妙地消解民族主义的本土意识，以使民族主义虚无化。他认为，民族文化的“本地性”既不是单一的也不是统一的，或者从他民族的角度来说，它也不是僵化的“他者”，而是处于某种交合的状态之中，不断地有新的东西出现，它是一种不完全或说是未完成的能指符号，其效能在于使民族与民族之间的界限变成了对话与协商的地带。正是从民族与文化、理论与文本、政治与诗学、过去与现在等叙述角度，巴巴在《民族与叙事》、《文化的定位》中试图调和全球化与民族主义之间的对立。多民族相互交叉的视野使我们跨越了民族之间的界限和隔离，只有在这种视野中，我们才能理解不同文化之间相互交融的现象：民族主义与反民族主义并非截然对立，两者也可以共融，“他者”从来都不在“我们”之外而存在，而是在我们之间。民族之间的“界限”并不是不可跨越的鸿沟，“界限”之处恰恰是交融和发展的起点。[①] 显然，巴巴在此并不是单纯地虚化第三世界的民族主义，尽管他深受西方社会精英意识的影响，他的学术研究表现的是新帝国主义和新殖民主义的思想感情，但他的后殖民主义学术研究的主要意图并不在于消解东方边缘地区内部的“中心”——比如民族主义，它更多的是要消解西方文化“中心”——比如霸权主义。因为不可能创造出完全独立于欧洲殖民主义影响下的文化，后殖民主义便以怀疑或质询的方式对西方殖民话语进行反抗。因此它是欧洲主流话语形式的反话语，其目的不在于替代欧洲主流话语形式，而在于揭露和消解主流话语的偏差，以使主流话语臻

---

① Homi K. Bhabha, ed., *Nation and Narration*, "Introduction," Routledge, 1990.

于完善。①

比如,与民族主义相对而言的普世主义不仅是西方主流话语中的一个重要问题,而且也是后殖民作家特别感兴趣的概念之一。在西方主流话语看来,表示人类共性的普世性可以消弭或是排除后殖民社会的明显差异,而在后殖民理论看来,尽管有相似的殖民主义体验,但后殖民社会的文化现实在各个国家的表现则是很不相同的。而普世性体现的主要是在政治和文化上占据支配地位的人的价值观念,人、历史、世界的意义都是依他们的标准而建立的。因此,有关普世性的神话和假定只不过是殖民权力建构以及帝国主义控制世界的一个主要策略之一,根据钦奴阿·阿契贝(Chinua Acheba)的说法,普世性神话在西方文学和文化批评中产生了一种恶劣的影响,它实际上在将"欧洲"等同于"普世"的原则下贬低其他文化。稍加分析都不难看出,普世性是特定而暂时的东西。②

后殖民主义主要是西方帝国主义文化与来自前殖民地的、以流亡作家和批评家为代表的文化之间交互作用的产物。在这种交互作用中,后殖民批评家和作家大多试图在东西方文化的交流(也就是冲突)中充当一个"协商者"(negotiator)的角色。霍米·巴巴正是西方文化与印度文化相互交杂的混血儿,他生于孟买,在孟买大学获得学士学位后到英国牛津大学深造,并获得硕士和博士学位,曾任美国普林斯顿和宾夕法尼亚大学的客座教授,现任教于芝加哥大学。显然,他的文化之根在于东方,但他已融入或试图融入西方文化之中,并从东方文化的角度为西方献策献计,以修正西方文化的偏差。在《文化的定位》一书中,他试图使自己不偏不倚地立足于西方文化和以印度为代表的第三世界文化之间也就是他所谓的"第三空间",但实际上他的第三空间不过是他对民族和文化教育的想象性"建构"而已。如果说民族主义是一种想象性的存在的话,那么,霍米·巴巴关于"第三空间"的想象可谓有过之而无不及。

---

① Helen Tiffin, "Post-colonial Literature and Counter-discourse," in *the Post-Colonial Studies Reader*, edited by Bill Ashcroft, Gareth Griffiths and Helen Tiffin, Routledge, London and New York, 1997, p. 96.

② Bill Ashcroft, Gareth Griffiths and Helen Tiffin, eds., *The Post-Colonial Studies Reader*, Routledge, London and New York, first published 1995, reprinted 1997, p. 55.

二　泰戈尔眼中的东方和西方

1. 英国的殖民入侵与印度民族主义的兴起

西方的殖民扩张是世界近现代史最重要的历史事件之一，自欧洲人来到亚洲之后，欧亚之间便在对抗之中不可分割地纠缠在一起了，在经历了军事征服、殖民反抗、被殖民地国家纷纷独立等对抗性的历史事件之后，到了20世纪后期，当世界被更为广泛地联系在一起时，人们开始关注并讨论起"地球村"、全球化的问题了。我们很少注意到，早在20世纪初期，也就是1933年，当印度和英国、欧洲和亚洲正处于对立状态时，泰戈尔就在《诗人的宗教》中谈论起今天所谓的全球化问题了：

> 在人类历史的初期，人们最先的社会目的是组织团体，发展成民族。在那个开始时期，人们在地理的围墙之内集合在一起。但在当今时代，由于交通方便，地理上的障碍几乎失去了它的现实意义，人们大规模的联盟不是个人的交往，而是不同民族的交往了。现在我们面临的问题是一个独特的国家，这国家就是这个地球。这儿，民族像个人一样，它们必须有自我表现的自由，也必须能有联盟的结合。人类务必要实现范围空前宽广、感情空前深厚、力量空前强大的和谐协调。既然问题很大，我们必须在更大的规模上解决它，要以更大的信心实现人类心中的上帝，要在牢固的世界性的基础上建造我们信仰的寺庙。①

在这段话中，泰戈尔从历史发展的角度，深刻地思考了民族以及民族之间的交往问题，显然，他反对狭隘的民族主义，主张东西方之间的融合与发展。泰戈尔生活在大英帝国对印度实行殖民统治的现实之中，他对东方和西方也就是帝国主义与被殖民地之间的文化关系有着切身的感受和深刻的思考，即使在今天看来，他在这方面所做出的思考也并不过时。殖民时代虽然早已过去了，但殖民主义却给人们的精神

---

① 泰戈尔：《诗人的宗教》，见《泰戈尔全集》，河北教育出版社，2001年，第21卷第280—281页。

生活留下了深刻而长远的印记，20世纪末，西方学界在探讨全球化问题的同时，也从文化批评的角度对殖民主义和帝国主义对当今生活所产生的或明或暗的影响进行了深入的剖析。在此，笔者试图借鉴后殖民主义文化理论来审视泰戈尔的文化思想，同时也从泰戈尔的角度对后殖民主义做出一些反思。

英国人从西方来到印度并在印度的历史上占据重要的地位，这样的一个历史事件，在泰戈尔看来，是历史的进步，因为它给印度带来了现代文明，唤醒了沉睡中的印度。泰戈尔认为，正是“为了激发我们的热情，英国人像毗湿奴[①]的人间使者一样，撞开破门，进入我们的寓所。只要英国人尚未获得成功，只要我们不接受世界的种种邀请，和他们一起向前迈进，英国人就会不停地折磨我们，决不会让我们舒舒服服地睡大觉”[②]。以英国为代表的西方殖民主义者认为自己担当起了世界的使命，以军事征服和商业扩张的手段大肆入侵印度等东方国家，并将西方文化传播到世界各地。泰戈尔并不否认西方文明的先进性，但是，令他深感困惑的是，已经存在了两百多年并变得越来越复杂的西方和东方的关系，不但没有实现西方殖民主义所标榜的世界主义和国际主义，而且，正好相反，东方和西方之间却处于越来越明显的冲突和对抗之中。为什么先进的西方文明会在世界上造成如此不安的局面呢？

显然，东方是从欧洲人那里学到了“人人平等”的文明观，因此，罗姆·摩罕·罗易、拉纳德、维韦卡南达、般吉姆·钱德拉等印度现代文化的先驱，都以一种博大的胸怀接受了西方文明，尽管印度人和英国人之间有利害冲突，但他们都克服了狭隘的民族不满情绪，渴望着印度能够融入现代世界大家庭之中。然而，泰戈尔说，正当“我们曾准备消灭文明与文明之间的不平等”时，“高尚的教师们却合上他们的《圣经》说：东西方之间的不平等是神圣不可侵犯的！”[③]

从文化心理上看，西方的殖民活动实际上是一种悖论性的存在：殖民主义既贬低东方，又离不开东方。一方面，殖民者把被殖民者看成是

---

① 毗湿奴是印度教大神。

② 泰戈尔：《东方和西方》，见《泰戈尔全集》，河北教育出版社，2001年，第23卷第144页。

③ 泰戈尔：《社会差别》，见《泰戈尔全集》，河北教育出版社，2001年，第23卷第127页。

罪恶的本质，弗朗兹·法农说，在殖民主义者的眼中，“被殖民者被描述为没有道德感，他不仅缺乏价值观，而且是反面价值的体现。他是，我们可以大胆地承认，价值的敌人，从这种意义上说，他是绝对的恶”①。殖民者回避与被殖民者进行真正的接触，他们害怕自己被传染上罪恶，这是对被殖民者的拒绝。另一方面，殖民者又依赖于被殖民者，没有被殖民者的“低劣”，殖民者在社会地位、道德和文化身份等方面的优越感也就无从可言了。因此，在西方殖民主义者的眼中，东方成了另类的、被西方歧视的“他者”，这就是后殖民主义批评家所重点讨论的他者化东方的问题。当爱德华·萨义德从知识和权力的关系的角度对西方的东方学进行较为系统的整理性分析时，他发现西方的文化帝国主义使东西方变成了一个二元对立的世界，这种情形一直发展到当代并对我们当前的政治生活产生了很大的影响。霍米·巴巴也从法农对殖民主义的批判中引申出殖民生活对人们日常心理所造成的长期而深远的恶劣影响：它使“高贵者”更加“高贵”，“卑微者”更加“卑微”。

虽然时隔了半个多世纪，但是泰戈尔的政治文化思想与后殖民主义的上述看法多有不谋而合之处，只不过是后殖民主义是立足于西方，以对西方帝国主义文化的尖锐批评引起了学界的广泛注意；而泰戈尔则是立足于印度文化，并对印度与西方对立的根源以及由此所造成的恶果做出了清醒的认识和深刻的剖析。

首先，从意图上说，西方虽然打着文明救世的旗号，但西方的殖民行为本身却没有任何的崇高性可言，因为西方只是出于残酷的实利主义、利用强权手段来攫取东方的财富，从而在东方国家中引起了普遍的痛苦和愤怒。因此，泰戈尔说：“西方国家到我们这里，不是怀着创造和团结的想象和同情，而是怀着令人震惊的激情——为获得统治地位和财富的激情。这种激情仅仅是一种力，它具有分离的成分，冲突的成分。”②所以，针对吉卜林有关东西方对立的说法，泰戈尔说：“不错，他们还没有露出一点真正合到一起的迹象。其原因是西方并没有派出仁

① Frantz Fanon, *The Wrenched of the Earth*, New York: Grove Press, 1968, p. 41.

② 泰戈尔：《诗人的宗教》，见《泰戈尔全集》，河北教育出版社，2001年，第21卷第250页。

慈而只是派出机器来和东方人接触。”[①]

其次，从习惯性心理上看，在殖民时代，西方文化相对于东方文化而言占据着强者的有利地位，这样西方就倾向于肯定自身不容置疑的权威性，从而以自我的标准来衡量一切，他们并不想理解东方，这样，“当一个西方人在东方游历时，他抓住他不喜欢的事情，并寄托于他个人经历的不容置疑的权威性，迅速利用它们做出严厉的结论”[②]。泰戈尔认为，一般来说，人的习性是偏执的，当人们的习惯心理遭到干扰时，只要有一点不舒服，就会不耐烦并生气。而“我们一旦有了这样的习惯：忽略利用我们游历时来自同情心的相互理解，我们对于外国人的认识就会变得迟钝，因而在品德评语上就会不公正而刻毒，而在应用时也会表现得自私而傲慢。当代西方人与他们并不认为在家属关系上有任何义务的人相遇时出现这样的情况太常见了”[③]。这就是欧洲总是以自己的文明而感到自豪，而与此同时又千方百计地贬低亚洲文明的原因。在泰戈尔看来，东西方之间的冲突和对立缘生于西方思想上的混乱，而思想上的混乱又根源于心理上的根本错误：“当人们的心理根本错误时，一切制度迟早会产生灾祸，今天是国家主义的制度，明天可以呈现为国际主义的样子。”但不管民族主义还是世界主义，因为思想上出现了问题，所以再高尚、再伟大的主义都会给世界带来灾难的：“脑子受到疾病的侵袭时，病势最为危急。因为指导与疾病作不断的斗争的正是脑子。国家的自私性是一个民族的脑子得了病，那里的国民眼睛血红，拳头捏紧，言语、行动狂热，始终损害着自身天然的恢复力。”[④]

从结果上说，泰戈尔认为，如果是弱者指责强者，那么这种指责并不会给强者带来什么危害，而强者贬低弱者，有时则会对弱者造成灾难：西方殖民主义者所进行的政治上和商业上的扩张——这种扩张经常是使用武力并违背东方国家的利益和愿望——不仅在政治经济上给被殖民者造成了巨大的灾难，而且在文化心理上也造成了相互之间的疏远和对立，而东西方之间的长期疏远和对立所引起的消沉作用又使

---

① 泰戈尔：《诗人的宗教》，见《泰戈尔全集》，河北教育出版社，2001 年，第 21 卷第 255—256 页。

②③ 同上书，第 248 页。

④ 同上书，第 273—274 页。

人类的情绪变得更为卑劣："一方是骄傲、贪婪、虚伪，另一方是惧怕、多疑、阿谀奉承——这种消沉作用一直发展，并向我们预示会有世界性的精神上的不幸。"[①]稍加思索，都不难理解，当今世界的各种冲突性的灾难都是这种精神不幸的延续和发展。

西方殖民主义对东方和西方的区分以及在这种区分中对东方所表现的轻蔑态度使东西方在不平等的关系中变成了对立的两极；当然，西方的殖民主义也引起了东方的反抗和对西方的仇视，因为面对挥舞刀剑的殖民主义者，被殖民者为了自身的安全，便必然要拿起盾牌，这反过来也进一步加剧了世界的对立和冲突。

在《在中国的演讲集》中，泰戈尔从社会文化心理的角度分析了印度民族主义兴起的原因。他认为印度的民族主义主要表达了印度人民力图维护自身人格的心声："这是对于我们所不断蒙受的耻辱表示愤慨的心声。而这种耻辱是那些人强加在我们身上的，他们并不是东方人，但他们却习惯于将人类世界断然区分为好与坏，而判断的标准则完全根据什么是他们的生活所熟悉的，什么是与他们的生活相异的，尤其在当时更是如此。"[②]

民族主义伴随着西方的殖民扩张而从西方传到了东方，所以，相对于西方而言，东方的民族主义实际上是"以子之矛，攻子之盾"，泰戈尔并不赞同对立与对抗，但他认为矛盾的根源在于西方的民族主义。在《论文学》一文中，泰戈尔以诗人的笔触深刻地揭露了西方民族主义的真实面目："人的社会世界，就像某种朦胧的星系，主要由迷雾似的抽象物所组成，有着诸如社会、国家、民族、商业、政治与战争之类的名称。在它们的极度混乱中，人被遮蔽，真理被玷污。关于战争的模糊观念，对我们掩盖了大量的苦难，蒙蔽了我们的现实感。如果迷雾能澄清片刻，民族的观念就要为骇人听闻的罪行负责。"[③]显然，泰戈尔把西方民族主义看成了现代各种仇恨和罪恶所赖以产生的最终根源，这种看法并非没有道理。后殖民主义对殖民主义及其对世界所造成的恶劣影响

---

① 泰戈尔：《诗人的宗教》，见《泰戈尔全集》，河北教育出版社，2001年，第21卷第280页。

② 泰戈尔：《在中国的演讲集》，见《泰戈尔全集》，河北教育出版社，2001年，第20卷第8页。

③ 泰戈尔：《论文学》，见《泰戈尔全集》，河北教育出版社，2001年，第22卷第172页。

进行批判时，也把民族看成是子虚乌有的存在，正义和非正义、战争与反战争都可以打出民族主义的口号为自己摇旗呐喊。

2. 民族主义与世界主义

与殖民主义相伴而生的民族主义的近邻是种族主义，它强调白人种族的优越性和白人的职责。弱肉强食、适者生存的人类进化理论虽然有其合理之处，但这种理论的产生实际上是在为西方的殖民主义鸣锣开道，与种族主义之间存在着密切的联系。泰戈尔反对西方民族主义的同时，也反对西方的种族主义和进化论。他从人类进化史的角度指出：古时候，我们曾是猿猴，这可以从人体的特征上找得到确凿的证据。但我们岂能忘记，在此之前的远古时期，我们曾经是树木！而到了人类进化的最后阶段，"人"又被分为许多类别：固体、植物、禽兽、野蛮人、文明人、神，等等。[①] 在此，泰戈尔主要是从印度传统的泛神论观点来反对西方的种族主义，认为世间万物皆有人性和神性，因此不存在什么高下优劣之分。他也反对弱肉强食的进化理论，说："一旦把'适者生存'这样一条科学原理当作真理而接受，它立刻就会把整个有人性的人格世界变成一个单调的抽象物的沙漠，在那里，事物由于被剥夺了生命的神秘而变得极为简单。"[②]

整个世界若真的按照西方殖民主义者所设想的那样变成白人化、白人精神统治着的世界的话，那么，泰戈尔说，东方文化中珍贵的遗产就将会化为尘埃，那样，东方只能笨拙地、无效地模仿着西方，并使自己变得多余、低级、荒唐可笑："如果她因此失去个性和自下而上的具体能力，她还能对世界的其他地方有丝毫帮助吗？她的可怕的失败不是也会连累西方的精神？如果全世界最后都成为一个扩大的西方，那么这样一个无限笨拙的模拟的现代世界将死去，在自己的荒诞下倾覆。"[③]

因此，泰戈尔不仅反对西方的殖民主义梦想，而且也反对东方对西

---

① 泰戈尔：《春天的遐想》，见《泰戈尔全集》，河北教育出版社，2001 年，第 23 卷第 57 页。

② 泰戈尔：《论文学》，见《泰戈尔全集》，河北教育出版社，2001 年，第 22 卷第 172 页。

③ 泰戈尔：《诗人的宗教》，见《泰戈尔全集》，河北教育出版社，2001 年，第 21 卷第 282 页。

方的拙劣模仿，反对对西方文化的盲目崇拜，当然，泰戈尔这样做并不是抵制西方文化，他只是在深刻地揭露出与种族主义和民族主义互为一体的殖民主义噩梦，而对于这场噩梦，当时印度的民族主义并没有认清其根源和本质，相反，在泰戈尔看来，印度的民族主义恰恰也深深地陷入了这场噩梦之中。

1915年，泰戈尔与甘地第一次相见时，两人相互尊重，但在民族主义的问题上，两人的观点则相去甚远。甘地强烈地反对西方对印度的殖民统治，认为英国的殖民统治不仅在经济上而且在精神和道德上毁坏了印度，因此，他不仅以“纺车”抗拒着西方的纺织机械，而且以仁爱、牺牲、良心等非暴力手段来抗拒着西方的野蛮、仇恨和镇压，把西方文化看成是罪恶的物质力量的化身。而泰戈尔则反对东西方之间的对抗，他对甘地的民族主义主张并不赞同。在《泰戈尔的政治思想》一文中，面对当时印度国内到处飘扬着的有纺车图案的旗帜，他说：“这是一面狭隘的物质力量的旗帜，不发达的机械力量的旗帜，工业衰弱的旗帜。”在泰戈尔看来，代表着西方工业文明的机械并没有过错，我们不能因为受到了西方工业文明的欺凌而因噎废食，相反，我们更应该学习西方的科学精神，“实际上，如果全国的智力和实干能力完全积极地运作起来，那么买洋衣来穿不会对自治有所打击。在树根里施放进口肥料也不会使树木变成洋树”①。

甘地主义主张发展印度传统的农业经济，认为印度的力量在于乡村。受甘地主义思想的影响，在大多数现代印度作家的心目中，城市代表着西方现代工业文明，而乡村则体现着印度传统的农业文明精神，他们一方面竭力美化印度传统的乡村生活，另一方面也将城市当作了道德败坏的象征。泰戈尔对印度乡村田园牧歌般的情调虽然也非常怀念，但他却认为现代工业城市的出现是印度的进步，因为“城市本身比起农村来具有更多的优势。这并不是说国家的生命在城市里有更多的发展，而国家的力量肯定是在城市里积聚的，并因城市而感到骄傲”②。城市的出现使国家具有了充沛的物质力量，城市的发展使印度各地在近现代商业贸易的气息中进一步联系起来，使得印度逐步走向现代世

---

① 泰戈尔：《反对罪恶》，见《泰戈尔全集》，河北教育出版社，2001年，第24卷第282页。

② 泰戈尔：《论合作》，见《泰戈尔全集》，河北教育出版社，2001年，第24卷第301页。

界大家庭，而传统印度村寨式的社会，虽然在名义上是个国家，但它却像入睡的锁闭的民宅一样把自己禁锢在一个个小屋里。现代世界一刻不停地在发生着天翻地覆的变化，泰戈尔认为，印度再也不可能在一个封闭的小圈子里安然地过着一种低水平的自给自足的乡村生活，只有现代城市的发展才能使印度像西方那样变成一个明亮的世界。

而印度民族主义者却常常标榜与印度传统联系在一起的精神文明，以印度的精神来抗拒西方的物质，好像西方只是物质的化身，而印度或东方则代表着人类永恒而不朽的精神。对于这种不朽的精神，泰戈尔曾形象而尖刻说道："人终有一死，这是大自然总的规律。然而，我们的瑜伽行者幽禁生命力，发明了死人般地活着的方法。在禅定的状态中，他们既不长高也不变矮。遏止生命进程，死亡来临，但他们封锁生命进程，获得永生。"泰戈尔说，这个事实在很大程度上反映了印度民族的特色。当一个民族在精神的追求中丧失了生命的活力时，这个民族便会死亡。泰戈尔说："有一个传说：在加尔各答附近的深山老林里居住着一位长寿的瑜伽信徒。有一天，他被人带到加尔各答市。由于受到各种干扰，这位瑜伽信徒从冥想中被惊醒，不久便死了。"①印度毕竟处于现代文明社会之中，如果过于强调、追求传统和精神的力量，不从"禅定"的状态进入喧闹的现实生活，那么，印度民族便无法生存下去，泰戈尔说："我们曾一度完美无缺的古老文明早已寿终正寝了，我们目前的社会只不过是它的幽灵的游荡之地。"②

正是基于印度古代文明的"死亡"和人类现代文明的无限生机，泰戈尔对印度民族主义做出了最为深刻的剖析。他认为印度是全人类的印度，而不是"我们的"印度，这就从根本上"解构"了印度的民族主义，从潜在的意义上也可以说这是对东方和西方之间对立根源的彻底消解。在这方面，他的看法甚至与萨尔曼·拉什迪等印度侨民作家的观点有着惊人的相似。我们先看看拉什迪等人的说法。文化认同是后殖民主义文化批评讨论较多的问题，一些生活在西方的东方移民作家大多存在着一个文化身份问题，他们为了融入西方社会，常常要"解构"自己

---

① 泰戈尔：《新与旧》，见《泰戈尔全集》，河北教育出版社，2001年，第23卷第160—161页。

② 同上书，第166页。

原有的民族文化身份，比如，拉什迪对把自己称为“印裔英语作家”的说法很不以为然，说：“我的新书写的是巴基斯坦，这该怎么办呢？‘英国居住的印度—巴基斯坦作家’？拿护照来定作家的身份是多么荒唐。”拉什迪说，自己的印度民族身份本身就是一个混杂体，因为印度文化传统是一个无所不容的怪物：印度除了印度教徒之外，还穆斯林、佛教徒、耆那教徒、基督教徒等等。[①] 芭拉蒂·穆克吉、V. S. 奈保尔和批评家 G. C. 斯皮瓦克等均是如此，他们都认为，印度并不是一个可以确认他们民族身份的国家，这些移民作家如此“解构”印度，表面上是为了实现他们所倡导的世界主义，实际上则是为了使自己能够不加区别地融入西方社会。

泰戈尔也主张世界主义，但是他主要是为了反对当时印度狭隘的民族主义而“解构”印度的。在《东方和西方》一文中，泰戈尔说：“这个印度是全人类的印度，我们哪有权力在不适当的时候把英国人撵走！我们是幅员辽阔的印度的什么人？这是我们的印度？那个‘我们’指谁？是孟加拉人，马拉提人，还是旁遮人？是印度教徒，还是穆斯林？”泰戈尔还从雅利安人、穆斯林和英国人的入侵等历史事件中得出结论：印度的历史既不属于印度教徒也不属于伊斯兰教，当然也不属于英国人，印度的天下也不是印度教徒或其他什么人的天下。泰戈尔说：“我们是为了塑造印度的历史而聚集到一起的，如果我们不能适应历史的要求，我们就会灭亡。”[②]

如果从反对西方殖民主义的角度来看，那么泰戈尔的上述观点无疑是反动的，但从人类文明发展的角度来看时，泰戈尔的看法又具有超越于时代的永恒意义。在印度的民族主义运动中，人们大肆渲染英国人的贪婪、傲慢和凶残，泰戈尔认为，即使这些抨击是属实的，那么这种罪过也不能全部加在英国人身上，相反，印度人对此应该负主要的责任，因为一些民族主义者对英国怀着满腔的无名之火，一心想对英国人进行疯狂打击。他们的行径只能促使英国人更加显示出自己本性中的

---

① Salman Rushdie, "Commonwealth Literature Does Not Exist", in *Imaginary Homeland: Essay and Criticism 1981—1991*, London: Granta Books, 1991.

② 泰戈尔:《东方与西方》，见《泰戈尔全集》，河北教育出版社，2001 年，第 23 卷第 145—146 页。

罪恶的一面，这是被我们印度人扭曲了的英国人的形象。我们必须首先改造好自己，然后才能去要求别人，而目前的情况是，泰戈尔说，印度“在宗教、社会等各个方面自己作贱自己、侮辱自己，没有以真理和牺牲精神唤醒自己的灵魂。所以本可以从别人那里得到的东西，我们却得不到，印度因而未能完全实现东西方之间的沟通。我们与英国人并存，却没有产生任何效果，我们饱受侮辱和欺凌。以软硬两种手段赶走英国人并不能使我们摆脱烦恼和痛苦。印度和英国人在各个领域建立关系，一切对立的可能性就会消失。到那时，在印度就会实现国家与国家、民族与民族、知识与知识的大汇合”①。

泰戈尔认为，历史上一切深重灾难的根源是误解，因为在我们误解的地方，我们决不会公正。这话不仅是说给印度人的，也是说给英国人听的。他认为，否认西方文明是印度人的偏见，同样，耻笑和蔑视印度文明也是欧洲人的偏见，他渴望着东西方之间能够进行真正的沟通，他一生都在为此而进行着苦苦的思索和努力，这正如他在《童年》一文中所说的那样：“我的内心里，能够接受东西方的友谊。我在我的生命中，得到了我名字的含义。”②这里，“我名字的含义”，是指作家自己的名字“罗宾德拉纳特”(Ravindranath)一词的含义。这个词由 Ravi(日)＋Indra(天帝)＋nath(主)三个词构成，它意味着日出于东而没于西，有联络东方和西方的意义。泰戈尔是一个深受印度传统文化影响的诗人，印度传统文化中是不存在悲观和失望的，在他的一生中，他的心灵一直在歌唱着：伟大的未来正向我们走来，离我们很近了。我们应当准备迎接这个新时代：“唯有合作、友爱、互相信任、互相帮助，才能使文明显示真正的伟大价值。”③

尽管泰戈尔对东西方文化的认识非常深刻，对东西方的民族主义的剖析也是鞭辟入里，但他毕竟是一个诗人，在他的政治和文化思想中诗意的成分过于浓重了，在《诗人的宗教》中，他曾说，如果有人问我：“这个‘现代’究竟是什么东西？”我将回答：“不是从个人迷恋感情，而是

① 泰戈尔：《东方与西方》，见《泰戈尔全集》，河北教育出版社，2001 年，第 23 卷第 152 页。

② 泰戈尔：《童年》，见《泰戈尔全集》，河北教育出版社，2001 年，第 21 卷第 115 页。

③ 泰戈尔：《中国和印度》，见《泰戈尔全集》，河北教育出版社，2001 年，第 24 卷第 448 页。

以永恒的迷恋爱情来看待世界，这就叫‘现代’。”[①]他对世界和全人类都充满了无尽的爱，认为人类文明的光芒必将照耀世界，只是在他行将辞世之际，他才最终认识到人类“文明的危机”：

> 今日，我冷静地回顾了对欧洲国家的天然文明的信任逐步丧失的可悲过程。推行“文明”统治，导致印度目前最深重的灾难，不但是缺少食品、衣服，令人悲哀的教育、健康水平的低下，还在于印度人民中间惨痛的自我分裂……
>
> 最近，在整个欧洲，野蛮张牙舞爪，散布着恐惧。折磨人类的瘟疫，在西方文明的骨髓里复活，凌辱着人类灵魂，侵染着山川平原上吹拂的和风。处于无助的密不透气的苦厄之中，我们难道不曾获得预兆？
>
> 物换星移，天道无常。英国迟早要放弃印度帝国。但它留给我们的是怎样一个印度呢？一堆可怜的贫困的垃圾？一百多年的统治之河干涸之时，宽阔泥泞的河床承托着目不忍睹的荒凉？在人生的起点，我由衷地相信欧洲心中的宝藏是文明的贡献。可是在行将辞别人世之际，我的相信彻底破产了。[②]

泰戈尔于1941年去世时，人类正处于第二次世界大战之中，西方文化正在经历着由粗暴、狭隘、道德沦丧、极端民族主义等恶劣品质所引发的危机。随后，印度于1947年独立了，但可悲的是，正如泰戈尔所预言的那样，赶走了英国人，并没有使印度摆脱“烦恼”与“痛苦”，印度和英国、东方和西方之间并没有进入一个真正平等的世界，按后殖民主义的说法，独立了的印度实际上并没有获得真正的独立，因为印度在政治、经济、文化等领域都还依赖着西方。当世界进入新的千年时，西方帝国主义的霸权心理依然在膨胀，整个世界虽然更为密切地联系在一起了，但东西方之间、贫穷与落后之间依然是一个对立的世界。

---

① 泰戈尔：《中国和印度》，见《泰戈尔全集》，河北教育出版社，2001年，第24卷第259页。

② 泰戈尔：《文明的危机》，见《泰戈尔全集》，河北教育出版社，2001年，第24卷第505页。

第六章
现代性与现代性模仿

现代性不仅是西方的问题，而且也是东方的问题，二者通过殖民主义而发生了无法割裂的联系，不仅殖民时代如此，后殖民时代也是如此，正是由于殖民主义，西方的现代性变成了某种悖论性的存在，西方既使东方进入到现代化的历史进程之中，又在不断地抑制着东方现代化发展的历史进程。"失语"、"模仿"是后殖民文化研究中的重要概念，本章着力从二元对立的秩序与结构上分析现代性问题，并从知识和权力关系上分析后殖民文化批评对帝国主义话语体系所作的"揭秘"与"解码"，并从模仿以及模仿的变异性上考察并认知第三世界文化的价值构成与价值走向。

一　从殖民和后殖民的角度看现代性问题

1. "在历史的候车室中"

按学界通常的看法，印度的现代化开始于英国对印度进行的殖民统治，从 1612 年东印度公司成立到 1849 年征服旁遮普，英殖民者从南到北全面控制了印度。在印度完全沦为英国的殖民地之后，也就是 19 世纪初，加尔各答的知识分子已在不断体悟着现代性给他们带来的种种思考，他们将现代性看成是一种普世的状态，无论你是英国人、印度人还是非洲人，都将进入这样一种生存状态。但是，到了 21 世纪初，后殖民文学批评家齐格拉巴迪却在小心谨慎地探寻着这样的话题：二百年前和二百年后，现代性对于印度知识分子来说一直都是一种梦想，现代性为什么依然只属于欧洲？①

印度独立前十余年，对印度民族主义怀有同情心的英国历史学家爱德华·汤普森和 G. T. 格拉特在他们回顾英国在印度殖民统治历史的书中这样结尾：

> 西方对印度的影响看来正逐渐减退，但不管将来如何，想象英国对印度生活不会留下长久的印记将会是荒唐的。单就物质的一面而言，新的联邦政府（印度政府按 1935 年立宪安排进行了重组）将接管世界上最大的灌溉系统：三四千亩土地间数千英里长的运河和水渠；约六万英里的公路；42000 多英里长的铁路，其中三分之一为国有；有着一千二百万学生的 23 万学校教育机构，大批包括政府机关、检察机关和立法机关的办公大楼。印度的大片地区都经过了勘测，土地大都被估算过。有定期的人口普查。在东北边界建立了有效的防御体系，有一支有百年历史的印度军队，有一支堪与除了少数西方国家以外任何国家相比的警察力量。邮政部门每年处理一亿五千万的邮件，林业部门不仅阻止了森林的毁坏，而且有二三千万的纯利润收入。这些伟大的政府行为都是由训练有素的官员完成的，今天它们差不多就要归属于印度了。②

英国的殖民统治确实给印度带来了现代化的种种好处，公路和铁路以及邮政系统的建设使印度联成一片，教育的发展使印度的人口素质不断得到提高，政府机关的建立使印度社会逐步走向规范化，土地的勘测、运河和水渠的开发打破了印度传统的小农经济格局，军队和警察力量的建设有助于社会秩序的稳定。显然，英国对印度的殖民统治与印度的现代机构设施和科技力量的发展是同步进行的，但与此同时，我们从上面这段话中也可以发现，无论从技术还是管理上，英殖民统治者都是在“训练”印度人进入到现代社会的秩序之中，从中表现出来的是

---

① Dipesh Chakrabarty, *Provincialising Europe: Postcolonial Thought and Historical Difference*, Princeton University Press, 2000.

② Edward Thompson and G. T. Garratt, *Rise and Fulfilment of British Rule in India*, 1934, p. 654. 转引自 Partha Chatterjee, *The Nation and Its Fragments: Colonial and Postcolonial Histories*, Princeton University Press, 1993, pp. 14—15.

典型的福柯所谓的现代权力观念:在这种统治中,权力并不是禁止,而是利用和生产。英殖民主义者利用印度的资源来扩展并强化殖民主义世界秩序,它虽然也给印度带来了现代化的各种好处,但在本质上,印度的现代化在世界殖民体系中将永远处于边缘地位,宗主—殖民关系在本质上是资本和劳工之间的关系。[①] 因此,也可以说,印度与英国,或者说是东方和西方,其现代性因殖民主义而联系在一起,但它们在本质上却不是对等的,西方的现代性基本上是资本的产物,而东方的现代性则是劳工的梦想。

这是从经济的角度来看殖民主义与现代性问题,经济常常和政治联系在一起,从政治和社会的角度来看殖民主义与现代性时,问题会更加明朗。现代性不仅使东西方在空间上表现出政治中心与政治边缘的差异,而且在时间上也表现出社会文明先进与落伍的不同,而落伍意味着的恰恰是历史的错位。亨利·佩恩对印度古老文明情颇有同情之心,在他看来,欧洲和印度虽然走着同一条发展道路,但处于不同的阶段,印度正处于欧洲文明的早期阶段,当时的印度正是欧洲古代的活化石。[②] 后来,西方学者如威廉·琼斯、马克斯·穆勒等经过研究,发现了印度古代文明的伟大成就,但在他们看来,无论如何,那早已是过去时代的事情了,所以福斯特在《印度之行》中说,印度文明的辉煌时代已经过去,目前它正处于低谷之中,它曾经是一条巨龙,如今却变成了一个蠕虫。即使是当代印度英语小说家夏西·特鲁尔在《伟大的印度小说》中也只能叹息:印度并不是一个不发达的国家,它是一个已经衰败的高度发达的国家。

马克思在《不列颠在印度的统治》和《不列颠在印度统治的未来结果》[③]等文章中,深刻地分析了英国在印度的殖民统治给印度社会所带来的双重变化:它使印度失掉了一个旧世界,但却没有使印度获得一个新世界,它破坏了印度社会的整个结构,但却没有改建印度社会的真正意图;殖民主义只是在客观上充当了历史的不自觉的工具,将印度拖入

---

① Abdul R. JanMohamed, *Manichean Aesthetics: The Politics of Literature in Colonial Africa*, The University of Massachusetts Press, Amherst, 1983, p. 2.

② Rumina Sethi, *Myths of the Nation*, Oxford University Press, 1999, p. 25.

③ 《马克思恩格斯选集》第二卷,人民出版社,1976年。

了现代化的历史进程之中。

因为印度是被拖入了现代化的进程之中，所以从一开始它除了是英殖民统治的对象之外，它还是英国殖民主义改造的对象或说是实验品。英殖民统治虽然发展了印度的港口、城市、交通等现代文明必备的物质基础，但这些基础设施的建设不过是为了将他们在印度的经济利益扩大化，与早期的殖民掠夺相比，它更为突出地表现了殖民主义对资本的贪婪本性；而配合着经济、政治利益，资产阶级文明对印度社会所进行的"改造"虽然促成了印度近现代的宗教和社会改革运动，但殖民主义使印度社会基督教化、西方化的目的则不过是为了使印度更好地服务于英国的殖民统治。早在1792年，格兰特(Charles Grant)就撰文谈论对印度社会进行改革，他认为印度社会野蛮落后，如果英国想在印度建立长久的殖民统治，就要对印度进行社会和政治改革。格兰特意图在印度建立英国式的教育体系，一方面是为了在印度进行与宗教改革联系在一起的政治改革，另一方面也是因为他意识到随着东印度公司的壮大，需要对印度进行道德和行为方式的改造。陷入对"改革"美好前景的希望和对印度可能会争取自由的担心这两方面的矛盾，格兰特主张将西方的基督教与印度的种姓制结合起来对印度实行局部性的改革，以使印度对英国的模仿只是一种空洞的形式，这样，印度就能更好地被置于英帝国的保护之下。[①] 詹姆士·密尔(James Mill)深受格兰特思想的影响，在《印度的历史》(*History of India*)等著作中，他认为，印度社会是一个野蛮落后的社会，只有英帝国才能向它提供有效的社会改革，但他又是一个实用主义者，不主张给予印度以真正的改革，这样，英国就可以长期在印度实行殖民主义：主张在印度发展现代化，但只是围绕着英帝国的殖民统治而对印度进行有限的发展。J. S. 密尔(John Stuart Mill，1806—1873)，继承了其父詹姆士·密尔的思想，在《论自由》(*On Liberty*)和《论代议制政府》(*On Representative Government*)二书中，他都声称自治是最高的政府形式，但他又反对给予印度和非洲人自治，因为根据密尔的看法，印度人和非洲人"尚未"

---

① Charles Grant, "Observations on the State of Society among the Asiatic Subjects of Great Britain"(1792). 转引自 Homy K. Bhabha, "Of Mimicry and Man: The Ambivalence of Colonial Discourse", in *The Location of Culture*, London: Routledge, 1994, p. 86.

(not yet)文明到能够管好他们自己的地步。

阿米德·乔杜里发现,"not yet"(尚未)的说法,在殖民主义话语体系中基本上形成了思维定式,它像鲁·吉卜林所谓的"东方就是东方,西方就是西方,二者永远融合不到一起"的说法一样,在东西方之间划定了一个看不见但又无处不在的界限,只不过吉卜林的说法停留在空间意义上,而"not yet"(尚未)的说法则从时间上使之固定下来。不仅殖民主义思想家格兰特、密尔父子、麦考莱认为印度"尚未"进入到现代文明,而且连爱·摩·福斯特这样对印度民族主义怀有深厚感情的作家也认为,印度和英国文明之间存在着不可逾越的鸿沟,尽管《印度之行》中的英国人,如奎斯特小姐、莫尔太太、菲尔丁等,常常怀着真诚之心想了解、理解印度,但到最后他们却都是一无所获,在小说的结尾,菲尔丁与印度人阿齐兹之间似乎建立起了真正的友谊,他们二人并马走出了山谷,但山谷外城市的景象看上去与他们的友谊极不相称,城市中的一切都在呼喊"not yet",苍天也在呼喊:"not yet"。从格兰特、密尔父子到福斯特,"not yet"的内容虽然有一定的变化,但不可否认的是,"not yet"的观念变得越来越根深蒂固了,它使英国和印度之间的关系定型化了,因此,乔杜里说,密尔们早已将印度等民族国家置于"历史的候车室"之中,从那以后,这些国家一直在"等待"或说是处于"发展"之中,似乎永远进入不到发达的西方文明之中。

在"历史的候车室"中,非西方的印度或非洲,要么永远无法现代化,要么只能具有相似于现代性的一些特征。如果说现代文明就是西方文明的话,那么欧洲之外的现代文明便不可能是真正的现代文明。[①] V.S.奈保尔、霍米·巴巴等当代作家和批评家有意无意地受到这种定型化关系的影响,认为印度等非西方国家只是也只能是现代文明的追随者或效颦者(mimic man)。"效颦者"与麦考莱所谓的"翻译者"的说法是一脉相承的,麦考莱试图通过英国式的教育体系使印度出现一个"翻译"阶层:他们在血统和肤色上是印度人,但在兴趣、见解、道德和知识上却都是英国式的。继承格兰特和密尔父子的改革思想并有所发

---

① Amit Chaudhri, "In The Waiting-Room of History," *London Review of Books*, 24 June 2004. 此文是乔杜里对 Dipesh Chakrabarty 所著 *Provincialising Europe: Postcolonial Thought and Historical Difference* 一书的书评。

展，麦考莱的教育思想对英殖民者在印度的统治产生了直接而深远的影响，而他的“翻译”理论在后殖民文化批评中更是被广泛引证。[①] 不过，麦考莱的教育思想在当下还被广泛议论，也从另一个侧面说明他揭示了与殖民主义密切相关的非西方国家的现代性问题。霍米·巴巴认为，麦考莱所谓的通过英式教育而培养出来的正是效颦者，在吉卜林、福斯特、奥威尔、奈保尔等作家的作品中，出现了一系列这样的效颦者。[②] 效颦者不单是个人，而且是一个阶层；不单是一个阶层，而且是整个社会。因此，奈保尔在《效颦者》中说，“我们”都是新世界的效颦者。“我们”效仿、学习西方，力图使自己现代化，但现代化不仅是科技和现代文明的象征，更重要的一面在于它是力量和地位的象征，换句话说，它是一种权力，而权力或说领导权实际上是不可模仿的，所以，印度的现代性只是一种空洞的形式：追随着西方，但永远赶不上西方。

2. 现代秩序中的无序状态

马克思说：“历史中的资产阶级时期负有为新世界创造物质基础的使命。一方面要造成以全人类互相依赖为基础的世界交往，以及进行这种交往的工具，另一方面要发展人的生产力，把物质生产变成在科学的帮助下对自然力的征服。资产阶级的工业和商业正在为新世界创造这些物质条件，正像地质变革为地球创造了表层一样。”[③]殖民主义打破了印度等亚洲国家小农经济的传统和社会结构，并使全人类在世界交往中互相依存，但在殖民主义所构建的世界秩序中，非西方国家一直处于被奴役的地位，这使得印度等落后国家既看到了现代性的曙光，又使自己永远戴上了镣铐。这种情形不仅在殖民时代如此，而且在后殖

---

① 麦考莱的“翻译”说法在萨尔·拉什迪的小说和霍米·巴巴的理论著作中也被演化为“杂交”，只不过麦考莱的“翻译”说更多显示出英国文化向印度文化的单向渗透，而拉什迪和霍米·巴巴的“杂交”则具有相互渗透的性质；再者，麦考莱是从“译者”的角度考察问题，而拉什迪则是从“被译”的角度谈论自我。可参阅本书有关拉什迪的章节(第三章第一节中有关文化“翻译”阶层)的相关论述。

② Homy K. Bhabha, “Of Mimicry and Man: The Ambivalence of Colonial Discourse,” in *The Location of Culture*, London: Routledge, 1994, p. 86.

③ 马克思：《不列颠在印度统治的未来结果》，见《马克思恩格斯选集》第二卷，人民出版社，1976年，第75页。

民时代也没有得到根本改观。印度早已独立了,但它依然无法加入到现代化的行列之中,而是处于历史与现代之间不尴不尬的境遇之中,用奈保尔的话说,印度等非西方国家的现代化最终只能是"半途而废"(half-made)。

在奈保尔笔下,现代性在非西方国家表现为不伦不类,且是自我毁坏的:一方面,"我们痛恨压迫",因为压迫者使"我们"失去了一切;另一方面,"我们也恐惧被压迫者","我们"无法也"不再在卑微者和受压迫者的生活中寻求什么美好的东西",[①]浪漫主义的奇情异想在现代社会中正变得越来越不切实际,甚至异化为丑陋不堪的东西,而失却了想入非非的浪漫主义,"我们"又变得无所适从。《河湾》的开头对非洲描写道:"世界是它应该是的样子,人什么也不是,他们知道自己什么也不是,在这世界上他们没有自己的位置。"[②]奈保尔的这种悲观语调并不是源于什么宗教感情,而是源于本雅明所谓的"历史的同质的空白时期",在现代历史的发展或说是现代化的进程中,非洲和印度文明已变成了无用的、废墟的文明,但他们又摆脱不掉自己身上沉重的包袱,"我们假装真实、有学问、为我们的生活做好了准备,我们,新世界的模仿者,从一个不为人知的角落,迅速接近新世界,带着一切都是腐败的东西"[③]。显然,"一切都是腐败的东西"不仅与"我们"的传统文化相关,也与"我们"的处境和地位相关,面临着西方现代文明,"我们"对自己的文化传统恨也不是爱也不是,或许西奥多·阿多尔诺的话是对的,"我们"只能"适当地恨传统"[④](hating tradition properly),无论是全盘西化还是国粹主义,也无论是西方派还是东方派,争来争去,最后都是不了了之或是只能适当地加以中和。之所以如此,按奈保尔的说法,是因为在殖民主义世界新秩序中,非西方国家没有自己的新位置,它们不仅落伍,而且处于无所适从的无序状态,不仅殖民时代如此,后殖民时代也是如此,这正如《效颦者》中拉尔·辛赫所说:"我们缺乏秩序。最重要

---

① V. S. Naipaul, *The Mimic Men*, Penguin Books Ltd., 1980, p. 11.

② 中文版译作:"世界如其所是,人微不足道,人听任自己微不足道,人在这世界上没有位置。"见奈保尔:《河湾》,方柏林译,译林出版社,2002 年,第 3 页。

③ V. S. Naipaul, *The Mimic Men*, Penguin Books Ltd., 1980, p. 8.

④ Neil Lazarus, "Introduction: Hating Tradition Properly," in *Nationalism and Cultural Practice in the Postcolonial World*, Cambridge University Press, 1999.

的，我们缺乏权力，对此我们并不知道。我们错把言语和言语的欢呼当作权力。需要我们最后摊牌时，我们一下子就不知道该怎么办了。”①

拉尔·辛赫的困惑与无奈反映的正是非西方国家的现代性处境：现代秩序中的无序状态。现代性是一个歧义丛生的词语，这里笔者主要从“秩序”的角度对它做出一点认知。这个角度的选择更多地与印度等非西方国家的现代性问题联系在一起，当殖民主义客观上为这些国家带来了世界性的交往活动时，东方与西方从此便不可分割地联系在一起，在世界扩大的同时，世界秩序的构建问题显然就不可避免地出现了。印度等非西方国家本来也有自己的社会秩序，但殖民主义列强的到来，将它们原有的秩序打破了，它们被拖入到西方现代文明所试图建立的新秩序之中，在这种新秩序中，它们被迫处于从属和附庸的地位，而它们又不甘心于此，这样，英国与印度、西方与非西方常常处于对立的状态，从而使现代性问题充满了各种矛盾。

西方的现代性问题本来是从西方文化传统中自然产生的，但由于它很快就与殖民主义发生了关联，从而使现代性变成了东西方共同面临的问题。西方给非西方国家带来了现代性，非西方国家的现代化建设显然离不开西方；而西方的现代性同样也离不开印度等非西方国家，生产的扩大需要广泛而持久的资源供应，这样，西方的现代性便面临着非自我的他者问题。现代性的种种矛盾，从根本上说，是自我与他者之间的对立和冲突。

若只是从西方文化自身来考察现代性时，它的种种问题常常是单一的，比如自由、民主、人权、科技的发展，等等，在西方社会可以作为共同的目标加以追求和完善，即使西方文化内部存在各种矛盾，但其成员之间基本上是一种平等的关系，至少是将平等作为共同追求的目标。而现代性与殖民主义联系在一起时，因为涉及西方之外的他者，西方的现代性便有了参照物和对立面，正是由于对立面的存在，西方的现代性自身也变得有点扭曲：政治自由、民主、平等似乎只适宜于欧洲本土，而殖民地人民似乎只能在镇压和压制中才能“开化”。西方向印度等非西方国家传递了现代文明，但同时又使现代文明在非西方国家变成了一

① V. S. Naipaul, *The Mimic Men*, Penguin Books Ltd., 1980, p. 8.

纸空文，这是西方现代思想的悖论。

西方“现代思想与现代实践两个方面的中心结构就是对立，更准确地说，就是一分为二(dichotomy)。”[①]这种对立性的中心结构渗透到现代西方各种意识形态之中，比如在20世纪西方文学批评中占据着重要地位的叙事学，便深受二元对立性的结构主义的影响：“结构主义认为，不论在自然的范畴还是在社会的范畴里都存在着二元对立，例如常见的男/女、昼/夜、阴/阳等，在人类思想中，如主体/客体、天使/魔鬼、正义/邪恶等等。在结构主义看来，二元对立似乎是无所不在的，它是人类认知与交流的基础，也是语言的基础。因此，‘在处理文化现象时，重要的是从多元关系中找出基本的二元对立，作为文化价值的架构或意义的来源’。”[②]从现代文化和现代性的角度说，结构主义体现的也是一种秩序观，它与西方宏大叙事理论等都可归入西方现代思想和现代实践的中心秩序或结构之中。现代西方在多元关系中找出了基本的二元对立关系，从而将复杂的问题一分为二，这看似找到了文化价值的构建框架，实际上不但没有解决现代化中的问题，反而使现代性充满了无尽的矛盾，因为“好”与“坏”的二元对立与区分，既是权力的实践，又是权力的伪装：

> 一分为二总要借助于权力，它创造了对称的幻象。结果，它以表面意义上的虚假对称掩盖了真正意义上权力的虚假对称……它的存在是权力差异的存在，正是由于权力的支持，这种差异才得以存在……在一分为二的结构中，对社会秩序和社会想象至关重要的是，制造差异的权力作为一种规则掩盖了成员之间的对立关系。第二个成员只是第一个成员的他者，是第一个成员的对立面(低下的、压制的、流放的)和第一个成员的创造物。因此，反常是正常的他者，犯法是守法的他者，疾病是健康的他者，野蛮是文化的他者，动物是人类的他者，女人是男人的他者，陌生人是本地人的他者，敌人是朋友的他者，“他们”是“我们”的他者，神经错乱是理智的他者，外国人是本国人的他者，普通大众是专家的他者。两个方面相

---

① Zygmunt Bauman: *Modernity and Ambivalence*, Polity Press, 1991, p.14.

② 罗钢:《叙事学导论》，云南人民出版社，1995年。

互依存，但其依赖性却不是对称的。前者被后者制造出来并依赖于后者，后者虽然也依赖于前者，但却是自觉保持着这种关系。[1]

保持着所谓的依赖或对称的关系，实际上是保持着权力，因为按照这种二元对立的思想逻辑，没有了敌人也就没有了朋友，没有了被殖民者也就没有了殖民者，被殖民文化的落后正好反衬出现代西方文明的先进，缺少了一方的反衬，另一方也就不存在了。

3. 结构与解构

爱德华·萨义德发现了西方现代文明的悖论性的奥秘，他的《东方学》实际上正是基于西方文化的二元对立而对殖民话语做出了"结构"性的分析。萨义德通过大量的实证性例子揭示了殖民话语的定型化结构，认为古老的东方是欧洲文化中定型化了的他者形象，西方的东方学"不仅认为东方乃为西方而存在，而且认为东方永远凝固在特定的时空之中。东方学家描述东方取得了如此巨大的成功，以至东方文化、政治和社会历史的所有时期都仅仅被视为对西方的被动回应。西方是积极的行动者，东方则是消极的回应者。西方是东方人所有行为的目击者和审判者"[2]。"'欧洲'和'亚洲'或'东方'与'西方'之间古老的区分将所有可能的人性聚集在一个非常宽泛的标签之下，并且将其简单化为一两个终极的、一般性的抽象形式。"[3]在萨义德看来，殖民话语牵连、编织、镶嵌于西方现代思想体系之中，处于西方文化公共游戏场之中，决定这一游戏场的是某种共同的历史、传统和话语体系，它并非哪位学者的独自创造，但所有学者都对它加以接受并因而在其中找到属于自己的空间，每个学者的贡献都首先使这一游戏场发生变化然后又使其达到一个新的稳定的状态，就像一个平面上有 20 根磁针，第 21 根磁针的加入首先会使其他磁针发生摇颤，然后又和这些磁针一起形成一个相互协调的平衡。因此，萨义德认为，西方话语包括殖民话语"是一种建构物(formations)，或者如罗兰·巴特在论语言的运行机制时所言，是一种变构物(deformations)。东方作为欧洲的一种表述，建构——

---

① Zygmunt Bauman: *Modernity and Ambivalence*, Polity Press, 1991, p. 14.

②③ 爱德华·W. 萨义德:《东方学》，王宇根译，三联书店，1999 年，第 142 页。

或变构——在对被称为‘东方’的这一地理区域越来越具体的理解和认识的基础之上。”[①]在萨义德看来，西方现代思想的建构和变构（对结构的破坏）实际上是一回事，变构不会从根本上改变二元对立的思维模式，变构加强了建构，每一次变构都以新的因素使建构变得更为稳定。《东方学》并不单单停留在对殖民话语或殖民时代的分析，更重要的是，它针对当下西方的政治和思想实践，认为后殖民时代的一切实际上都定型于殖民时代，是殖民时代的延续和发展。萨义德的理论本来是一种常理性的认识，但由于它来自西方文化内部批评，对西方产生了某种“陌生化”效果，因而在西方学界引起了较大反响。

霍米·巴巴深受萨义德的影响，不过，他在分析西方文化中的他者问题时，却将“变构”转化成了“解构”。霍米·巴巴像萨义德一样也接受了福柯关于权力与话语的思想，但在巴巴看来，二元对立的组成部分——自我/他者，主人/奴隶——之间的变构，并不总是像萨义德所说的那样是 20 和 21 根磁针的关系，它并不是越来越稳定，而是在不停地解构，解构的结果也会是自我与他者的关系发生颠倒。[②]

霍米·巴巴关于殖民话语二元对立的解构性分析，与西方学者对现代性的分析是相互吻合的：对二元对立关系的“解构”，反映出的正是西方现代性自身的矛盾性和混乱性。殖民和后殖民话语并不是一种孤立的现象，它与西方现代性、后现代性的思想实践密切相关：从自我与他者、朋友与敌人的对称中派生出真理与谬误、善与恶，美与丑等关系，并出现有序与无序、合适与不当、正确与错误、有品味与不体面等差异，但所有这些价值判断都是从权力关系中延伸出来的：

> 在思想的实践和实践的思想之中，现代领导权体现的是权力的区分、归类和分配。悖论性地，正是由于这个原因，矛盾成为现代性的主要依附物……对称显示世界好像是对称的，但是世界并非如此，它不能被强制成为一个对称的框架图。
>
> 如果说现代性是关于秩序的生产，那么，矛盾性（混乱性、荒诞性）则是它的杂物。没有什么事物不受现代实践的影响，秩序和矛

---

① 爱德华·W. 萨义德：《东方学》，王宇根译，三联书店，1999 年，第 349—350 页。

② Homy K. Bhabha, "The Other Question: Stereotype, Discrimination and the Discourse of Colonialism," in *The Location of Culture*, London: Routledge, 1994, p. 72.

盾性同样都是现代实践的产物……二者都具有现代性之偶然性和无基础性，矛盾性是现代最为关心和忧虑的问题，因为它不像别的敌人，它伴随现代权力的成功而壮大着自己的力量……它是自我的失败。①

为什么现代性又是一种"自我的失败"呢？主要是它的矛盾性所致，随着现代性所建立的秩序的不断扩大，它的矛盾性也日益突出，从而使现代性变得越来越混杂，现代西方思想所构造的智力图景就像是一株不断分叉的大树一样，一方面它在不停地壮大着自己，另一方面它又在不断地分裂着自我，原来所设想的匀称结构会变得越来越不匀称，直至最后变得无法匀称，而匀称的破坏最终会打破结构或秩序，这样，"结构"的扩大所导致的结果恰恰是不断的"解构"，直至最后变得四分五裂，因此，世界范围内殖民体系的解体实际上西方现代性自身不断解构的结果：

现代性自身最大的成就在于它使世界（思想、准则等）破碎化了。破碎化是现代性力量的主要源泉。世界也是一个可加管理的世界，但它却碎裂于成堆的问题之中，或者说，问题虽然是可以处理的，但世界的可管理性问题从来都没有提到议程上来或至少它是被无限地推迟了。由权力的破碎化而引发的领土自治权力首先并且是最重要的构成在于不要超越疆界（一方面它是不干涉，另一方面它是不被干涉），自治的权力就是决定什么时候睁一只眼什么时候闭一只眼的权力，它既是聚合又是分离的权力。

……

对秩序的宏大幻想已经逐渐演变成可解决的小问题，说得更准确一点，对秩序的宏大幻想让位于问题的波动性解决——像"看不见的手"或类似的"形而上学的道具"。

……

……破碎的只是权力，世界本身并不破碎。人变成了多面体，言辞具有了多义性。或者说是，因为价值破碎化了，所以人成了多

① Homy K. Bhabha, "The Other Question: Stereotype, Discrimination and the Discourse of Colonialism," in *The Location of Culture*, London: Routledge, 1994, p. 15.

面体；因为意义破碎化了，所以言辞具有了多义性。①

全球范围内殖民主义体系的崩溃，使西方关于世界秩序的宏大幻想破灭了，"问题的波动性"也可以理解为经济制裁一类的手段，之所以说它是"看不见的手"，是因为后殖民时代已经无法再像殖民时代那样明目张胆地以军事征服方式来对世界"指手画脚"了，但世界的破碎也使世界问题的解决或说世界秩序的构想变成了徒劳，在世界碎裂化为一片片不受干涉的疆土的同时，现代性也因此碎裂并具有了多义性和混乱性，这一切都在促使着现代主义向后现代主义的演变。这种演变一方面证明了西方现代性本身存在着矛盾性和含混性，另一方面也说明西方现代性的对立面——反殖民主义和现代性的效颦者——都不断地加深了现代性本身的矛盾性和含混性。

巴巴认为，现代性的效颦者对西方的现代性存在着双重的威胁，它既暴露殖民话语的矛盾性，又毁坏它的真实性，因此，埃里克·斯特罗克斯很早就说："印度在塑造英国文明好的品质方面并没有扮演重要角色。在很多情况下，它是一种扰乱的力量，它是在边缘发生的一种有力的力量，趋向于扭曲不列颠性格的正常发展。"②当今世界的"恐怖主义"、"原教旨主义"等实际上也是来自现代"边缘"社会的扭曲性力量。

正是来自边缘的"扭曲"性力量，对资本主义工业(或后工业)社会所设想的文明提出了种种质疑，不仅是博爱、平等、真理这样的理想，而且是民族主义、人权、全球化、世界主义这样的历史进步思想，都在不断地受到"解构"。全球化试图在现代世界建立起新的秩序，在这种秩序的建构中，中心进一步中心化，而边缘也更加边缘化，萨义德、霍米·巴巴、斯皮瓦克为此而"忧心忡忡"，他们与福柯、德里达携手并进，试图解放"边缘"的力量来"解构"西方文化中心，使世界呈现出多元的色彩，但"解构"理论来自西方，是西方学者的新发现，一些亚裔西方学者不过从这些新发现中进行再发现，看似关注了"边缘"社会，实则多是其"生存"

---

① Zygmunt Bauman, *Modernity and Ambivalence*, Polity Press, 1991, pp. 12—13.

② Eric Strokes, *The English Utilitarian and Indian*, 转引自 Homy K. Bhabha, "Of Mimicry and Man: The Ambivalence of Colonial Discourse," in *The Location of Culture*, London: Routledge, 1994, p. 89.

的策略，它似乎在对现实进行着重大的干涉，但实际上，斯皮瓦克自己早已深刻认识到：解构主义不关细节，它在忍饥挨饿的人当中什么也没有制造，它制造出来的只是哲学和学术界的高谈阔论。[①]

二 关于殖民和后殖民时代的模仿

1. 从殖民主义说起

受米歇尔·福柯话语理论的启示和影响，爱德华·W.萨义德将他的《东方学》的出发点建立在这样一个假定性的前提上："东方并非一种自然的存在……作为一个地理的和文化的——更不用说历史的——实体，'东方'和'西方'这样的地方和地理区域都是人为建构起来的。"[②]何以如此？这是因为，在萨义德看来，"政治帝国主义控制着整个研究领域，控制着人们的想象，控制着学术研究的机构。"[③]这样，在西方的东方学家的眼中，世界便不再是一种地理存在，而是基于意识形态的假定和幻想：不是地理因素划分出了东方和西方，而是欧洲和亚洲之间不断变化的历史和文化关系决定了它们的存在，地理由此变成了人为的产物，这也就是萨义德所谓的"想象地理学"。为了不至于被人误解，萨义德对这一假定性前提进一步做出三点限制性的说明。其一，这一前提并不否认现实东方的真实性，因此不能由此得出东方在本质上只是一种观念性存在的错误结论。其二，所谓东方是一种人为性的建构，强调的是东方和西方之间存在着一种权力关系、支配关系、霸权关系，正是因为这种关系，东方被"制作"或说是被"驯化"成了(西方)所谓的"东方"。其三，东方学中的东方并非什么谎言或神话结构，换言之，它不是欧洲对东方的纯粹虚构或奇情异想，而是一套被创造出来的理论和实践体系，并与西方实权社会的政治、经济及其机构之间存在着紧密的联系。

萨义德在《东方学》中所做出的思考，实际上是基于语言(话语)、真

---

① 《盖娅特丽·斯皮瓦克谈庶民政治》，见刘健芝、许兆麟选编：《庶民研究》，中央编译出版社，2005年，第246—247页。

② 爱德华·W.萨伊德：《东方学》"绪论"，王宇根译，三联书店，1999年，第6—7页。

③ 同上书，第18页。

理（真实性）和权力这三者之间的关系展开的：真理是在一定的话语规则中对真实性的说明，权力则决定并证明真理；真理从不存在于权力之外，权力的功能在于通过话语结构而制造真理；失却了话语以及由话语制造出来的真理的支持，权力也就不存在了，这正如福柯所说的那样，只有通过真理的制作，人们才能行使权力。[①] 概而言之，借助于真理这个幌子，权力和知识可以狼狈为奸。因此，帝国主义不仅表现为经济、政治和军事领域的殖民现象，而且是表现于知识、文化和技术领域的一套话语体系，是欧美发达国家构造帝国主义世界体系的思维方式和思维习惯。

为了更清楚地说明这一点，我们不妨看看萨义德是如何例证他这种思考的。在《东方学》的绪论中，萨义德就东方如何被制作成东方的问题，举出一个典型的例子：福楼拜与埃及妓女库楚克·哈内姆的艳遇导致了有关东方女性的具有深远影响的模式的产生，在此，作为东方象征的库楚克是"不说话的"，她成了神秘的（女性）东方，而福楼拜占有的不仅是她的身体，而且是她的说话权力也就是她的思想，是福楼拜告诉读者她在哪些方面具有"典型的东方特征"。这里，我们也可以设想，即使库楚克"说话"，她也只能通过福楼拜来说话，她的话可以随时被福楼拜所利用或者删改，因为是福楼拜控制着说话的权力（书是由福楼拜写的），库楚克没有权力说话。萨义德在此运用解释学的方法和原理，注重于文本分析和"谁在说话"以及说话者所处的心理情境等问题。虽然这只是个案的研究，但它却具有普遍的意义，因此，萨义德说："福楼拜在与库楚克·哈内姆关系中所处的有利地位并非孤立的现象。它很好地体现了东西方之间力量关系的模式，体现了在这种力量关系模式影响下产生的论说东方的话语模式。"[②]在这种话语表征模式中，东方是沉默不语的，它是西方的审察对象。面对变成化石一般的东方，西方可以对它进行尽情地想象和言说，或被描述为专横残暴（亚细亚式的生产方式以及由此导致的专制社会），或被描述为妖娆迷人（它丰富的物产

---

① Bill Ashcroft, Gareth Griffith, Hellen Tiffin, *The Empire Writes Back*, Routledge, London-New York, 1989, p. 167.

② 爱德华·W. 萨伊德：《东方学》"绪论"，王宇根译，三联书店，1999年，第6—7页。关于福楼拜与库楚克的故事，《东方学》第241—244页有更为详尽的描述。

和任人欺凌的身份以及它充满诱惑与危险的有待开垦的疆域使西方把她想象为性感的女性），或是以科学和理性对东方进行条分缕析，或是以父辈口吻伤感真正东方的逝去，或是以“民主自由”的精神教育并引导着东方的未来，或是以“世界主义”和“国际主义”的情怀把东方纳入自己的发展计划，东方就是如此被逐渐地东方化了。

这种东方化并不是一个已经完成了的过程，而是一个继续发展着的事实。殖民时代虽然过去了，但殖民主义并没有成为历史，后殖民主义、新殖民主义等反而成为了热门话题。阿什克罗夫特说：“‘后殖民’并不意味着‘殖民主义之后’，后殖民是殖民化了的话语。它始于殖民入侵，但并不终于殖民时代的结束。”①随着全球化经济形势的发展，作为一种话语形式的殖民主义在后殖民国家的影响愈益深入。萨义德的《东方学》考察的虽然是殖民时代的东方学，但它对现实的政治和文化都产生了很大的冲击，这实际上也是萨义德的用意所在。

迦·查·斯皮瓦克深刻认识到萨义德《东方学》的意义，并将书中提出的问题推向了极端。她在《属下能够讲话吗?》一文中认为，所谓的“属下”可以从社会上受压迫最深的妇女延伸到处于社会底层的普罗大众，之所以说属下不能讲话，是因为他们受到压制，没有讲话的时机和场合，他们的声音在特权阶层中是听不到的。② 从历史和文化上讲，19世纪是帝国主义列强瓜分世界的时代，而当代则是社会资本使国际劳动分工越来越细的时代，知识取代了暴力，扮演着霸权的角色，属下阶层因此也变得复杂化了，相对于强权，处于弱势的地区和国家也不可避免地要沦为属下阶层并感染上“失语”症，第三世界的知识分子（在斯皮瓦克看来，第三世界不存在真正的知识分子）至多不过是在第一世界的话语表征系统中为帝国主义文化提供些资料和素材（向第一世界的知识分子提供些“情报”性的东西），这与第三世界在经济上为第一世界提供能源和劳力的情形颇为相似。帝国主义在业已形成并不断完善的殖民话语和知识霸权的封闭且不断循环的圈套中以同化和压制等手段对

---

① Bill Ashcroft, "Globalism, Post-Colonialism and African Studies," in *Post-Colonialism: Culture and Identity in Africa*, eds. D. Pal Ahhwalia and Paul Nursey-Bray, Nova Science Publishers Inc., NY, 1997.

② J. Spivak, Can the Subaltern Speak? 中译本可参阅罗钢、刘象愚主编《殖民主义文化理论》，中国社会科学出版社，1999 年。

庞杂混乱的异质文化进行着包容和控制，借以构造帝国主义世界体系。

我国学者易丹受到后殖民文化批评的影响，认为我们的外国文学研究，面临着非常尴尬的处境：在对外国的文学作品、运动、思潮、历史进行研究和判断时，我们采用的几乎都是来自外国的方法。当代哲学已经证明，在大多数情况下，方法就是本质，有什么样的话语结构就决定了有什么样的学术结论，由此看来，我们实际上是在帝国主义的话语结构中说明并证明这套话语结构的有用性和合理性，因此，我们实际上变成了西方殖民文学的中国总代理，从事着西方传教士所无法完成的工作。这并不是一种孤立的现象，而是我们国家的知识系统在近几百年里所面临的困境的一个缩影。在这种情况下，我们要想摆脱外国文化在我们的外国文学研究领域的决定性影响几乎是不可能的，设想一下，如果我们放弃了我们所引进的话语体系，转而去寻找没有“殖民色彩”的、传统的、“纯中国的”话语方式，那么作为一门学科的外国文学研究就无法生存下去了。①

不仅外国文学研究如此，中国文学研究以及我国整个的人文学科都面临着同样尴尬的处境。基本上可以说，是西方著作的汉译本构筑了我们当下的学术语境：“实际上，整个 20 世纪中国文学呈现的现代性因素，几乎都能指认出西方文化的影响。而在今天的全球化语境中，当中国学者以从西方学来的‘东方主义’作为理论武器透视‘五四’以来的中国文学走过的道路，发出‘谁的现代性’的质疑时，往日引以自豪的精神成果与艺术成就便蒙上了西方霸权主义侵入的阴影。”②“谁在说话”在此变成了“为谁说话”的问题，我们当然是在为我们自己说话，但我们的任何言说似乎又经不起追问，因为我们的学术方法和学术语境使我们不可避免地跌入了帝国主义的话语圈套和话语陷阱之中，且无法自拔。

试图回到前殖民时代或是跨越过后殖民时代显然都是不可能的，而无论我们如何强调，我们的文化立场或文化策略也都无以摆脱西方文化思想体系（帝国主义知识系统）的影响，包括马克思主义，也是我们从西方引进的。只要是走进了某种体系或系统之中，必然要被结构于

---

① 易丹：《超越殖民文学的文化困境》，《外国文学评论》1994 年第二期。

② 刘纳：《全球化背景与文学》，《文学评论》2000 年第 5 期。

其中、并被体系规则所制约以至于最终被驯化、同化于体系之中;而要想保持自我,游离于体系之外,这在当今全球化的时代势必使自我封闭化、孤立化,结果自然是无法生存,所以世界各国都实行开放政策。全球化实质上就是让世界进一步体系化、系统化,它是任何民族、任何文化都无法逃避的趋势。但在全球化的过程中,东方或说在经济、文化上处于弱势的国家和地区真的变成了只会学舌的鹦鹉?

霍米·巴巴批评萨义德的《东方学》将问题简单化了。他认为,东方主义并不是单一的同质化问题,而是双向的运作过程。一方面,它是帝国权力的表现和实施,另一方面,它也是他者(即东方)的渴求。① 我们以英国对印度的殖民统治为例对此加以分析。英国统治印度后,一个迫切的问题是培养为英国统治服务的人才问题,在 19 世纪二三十年代,英殖民统治者中主张将印度西方化的代表人物麦考雷在《印度教育备忘录》(1835)中主张将印度西方化,英殖民当局采纳了他的建议,对印度实行了西方教育体制,而这也正是当时以拉姆·摩罕·罗易为代表的印度进步资产阶级知识分子所求之不得的。罗易在印度历史上被称为"现代印度之父",早在 1823 年他曾写信给印度总督阿姆赫斯特,要求对印度普及英语教育,他抨击印度教寡妇殉葬、童婚、种姓制等习俗,认为英国对印度的统治是神对印度的恩赐,因为英国的统治促进了印度民族的自由、社会的幸福以及对文学和宗教自由的探讨,等等。当时,在英统治者内部存在着东方派和西方派之争,而在印度资产阶级内部则存在着保守派和改革派的争论。这正像中国五四前后存在着新学与旧学、西学与中学之争的情形一样,有识的知识分子都在欢迎"德先生"和"赛先生"进入中国,借以对抗传统的封建旧思想。各自的出发点虽说截然不同,但走西方的道路在当时的东西方却是不谋而合的事情。西方在对东方进行殖民和半殖民统治的同时,东方也在借助于西方使自己逐步现代化,它采取的主要策略便是对西方进行模仿:学习西方。"学习"一词在此更多地意味着"挪用",即马克思经典文献中常用到的"Aneignung"一词,在后殖民文化批评中,常常出现的"appropriation"

---

① Madan Sarup, *Identity, Culture and the Postmodern World*, Edinburgh University Press, 1996, p.161.

(即“挪用”)是“Aneignung”的英译,我国也有学者将它译为“掌握”。①

2. 后殖民时代的模仿

雅克·拉康认为:从严格的技术角度说,模仿是依托斑杂的背景融入斑杂之中,其效果在于隐蔽,就像人类在战争中所运用的伪装技术一样。② 拉康主要是从精神分析的角度来谈论模仿的,霍米·巴巴将拉康关于模仿(mimicry)的理论运用于文化分析,认为殖民模仿是一种复杂、含混、矛盾的表征形式,并且模仿自身也在不断地产生延异、差别和超越,一方面,它是一种拒绝、不服从和摒弃的过程,另一方面,它也“挪用”一切有益和有用的东西以对自身进行改革、调整和规范。③ 艾勒克·博埃默在《殖民与后殖民文学》中把这种模仿表述为“殖民地民族主义的分裂性/依附性”:“它好比是一个剥离与依附同时进行的双重过程。也就是说,它体现了‘cleaving’这个词的两种不同的意思:既是‘分裂’——离开殖民界定,越过殖民话语的边界,但同时又是为达到这一目的而采用借鉴、拿来或挪用殖民权力的意识形态、言语和文本的形式——即所谓‘依附’。”④

实际上,后殖民主义所讨论的模仿并不是一个新问题,鲁迅的“拿来主义”谈的就是这个问题,毛泽东早在1940年写就的《新民主主义论》中也把这个问题谈得很透彻:“中国应该大量吸收外国的先进文化,作为自己文化食粮的原料……例如各资本主义国家启蒙时代的文化,凡属我们今天用得着的东西,都应该吸收。但一切外国的东西,如同我们对于食物一样,必须经过自己的口腔咀嚼和胃肠运动,送进唾液肠液,把它分解为精华和糟粕两部分,然后排泄其糟粕,吸收其精华,才能

---

① 张弘:《外国文学研究怎样走出困境?》,《外国文学评论》1994年第四期。

② Jacques Lancan, *The Four Fundamental Concepts of Psycho-Analysis*, London: Penguin Books, 1979, p. 99.

③ Homy K. Bhabha, “Of Mimicry and Man: The Ambivalence of Colonial Discourse,” From *The Location of Culture*, London: Routledge, 1994, p. 86.

④ 艾勒克·博埃默:《殖民与后殖民文学》,盛宁、韩敏中译,辽宁教育出版社,1998年,第120页。

对我们的身体有益，决不能生吞活剥、毫无批判地吸收。”①

为什么如此一个老而又老、看似常识性的问题又被后殖民主义文化批评重新抖搂出来呢？

首先，这里有一个新背景的问题。伴随着西方学界对索绪尔语言学理论的新阐释，解构主义、话语理论、后殖民主义等发现西方思想中存在着话语霸权或说是知识暴力的问题，知识（文明）和经济、政治联系在一起，对世界进行着垄断性的统治，因此，福柯通过对知识所进行的谱系性研究把知识和权力化为一体。正是受到了福柯话语理论的影响，萨义德以《东方学》和《文化与帝国主义》等著作对西方的知识霸权进行了“揭秘”，而霍米·巴巴等批评家则进而以《文化的定位》等著作对西方的知识结构进行着“解码”，以求对其进行松动和解构。与此同时，从经济、政治和文化的角度看，晚期帝国主义的触须可谓无孔不入；而且，相对于殖民时代进行军事征服的帝国主义而言，文化帝国主义具有更加隐秘、更不易穿透的性质。随着全球一体化的发展趋势，它试图将整个世界都编织到它的网络中去，而在经济和文化上处于劣势的国家和地区则在竭力避免使自己走进全球网络化的“骗局”之中。劣势国家并不是反对全球化，而是因为全球化的发展过程中确实存在着“陷阱”：帝国主义所设想的全球化将使富国更富、穷国更穷；它本来是一种不合理的现象，但帝国主义却把它构思为合理化、现实性的存在。因此，与现代性、全球化相提并论的地域（本土）文化、民族主义与民族传统等问题也再次成为热点话题，如何重新认识第一世界与第三世界的文化关系也成为一个现实的、迫切的问题。

其次，从近代以来，东方国家在现代化的过程中一直存在着东西方文化之间的争论。印度文学中有“印度性”和“现代性”的争论，阿拉伯文学中有传统与现代的争论，印尼文学中有“东方派”与“西方派”的争论，但是争论了上百年的问题总是无法解决。中国从清末就出现中学与西学的体用之争，五四时期又开始国故与新知之争，随后又有问题与主义之争，为什么总是争论不休呢？因为它一直是一个问题。就像毛泽东在中国新民主主义革命胜利前夜总结的那样，中国人在向西方人

① 毛泽东：《新民主主义论》，见《毛泽东著作选读》（上册），人民出版社，1986年，第398页。

学习的过程中，发现先生总是在欺负学生，因而孙中山晚年和毛泽东都转而“以俄苏为师”，然而，俄苏这位老师同样也欺负学生，而且俄苏模式并未提供给我们真正走向现代化的成功之路，它自身也遭到了麻烦。[①] 于是，我们又回到西方这个老师这里来了，但是，这个老师依然像以前那样要欺负学生，回到老祖宗儒学那里去吧，也不是个办法。所以，洋为中用、古为今用是我们讨论来讨论去的问题，但如何为我所用却一直是一个新问题：现代化的道路如何走，这是一个我们无论如何都无法逃避的现实性问题。印度诗人、评论家高卡克说：现代性并不意味着作家是一个现代主义者还是现代主义的反对者，而是意味着作家处在现代，感受着时代的压力，并为此而寻找生活的价值。[②] 毛泽东早在新民主主义革命时期就断言，中国革命是世界革命的一个组成部分，中国新文化也必然和世界新文化联系在一起。在当今时代，随着现代信息技术手段的飞速发展，人们打破了时空的限制、生活在一种虚拟的现实（即“地球村”）之中，任何社会都无法孤立地存在，市场经济把全球社会无法割断地联系在一起，这不仅使国家之间只能在相互依存中求得相互的发展，而且超越于国家权力之上的全球贸易、全球金融以及全球环境等问题都在不断地促成并强化着一些国际组织和跨国性的区域组织。全球文化因此也必然会相互渗透、相互影响。“生产方式与日常消费的趋同化反映出不同文化模式和传统的相互接纳。在这种表象的背后，则初步显现出民族文化、地域文化与全球文化之间的双向作用与复杂互动。”[③]从西方的殖民入侵开始，东方开始了它的现代化进程，从那时起，东方便一直在模仿或学习西方，尽管不断地受到西方文化霸权的欺凌和挤压，但东方从来都没有、实际上也无法放弃对西方先进文化的模仿和学习。所以，这种模仿既是一个老问题，同时也是一个新问题。

当然，作为新问题提出来时，它也是有新内容的，我们依然从萨义德和霍米·巴巴对此问题的看法上进行分析。

萨义德在《东方学》以及后来的《文化与帝国主义》等著作中强调的，是居于支配地位的西方文化内部的东方表征乃一种假设，它的关注

---

① 张弘：《外国文学研究怎样走出困境?》，《外国文学评论》1994 年第四期。

② V. K. Gokak, *The Concepts of Indian Literature*, New Delhi, 1979, p. 27.

③ 蔡拓：《全球主义与国家主义》，载《中国社会科学》2000 年第三期。

焦点在于东方主义是殖民统治的工具这样一个角色。而在巴巴看来，和西方文化联系在一起的帝国主义话语表征系统虽然具有征服一切的性质，但这种话语系统内部也存在着缺陷，这种缺陷在它与东方接触时表现得尤其明显。对这种缺陷的批评，既可以来自殖民者内部，也可以来自外在的被殖民者。① 这种批评和对抗开始于西方对东方进行殖民征服并且持续不断地发展到帝国主义结束其殖民统治。殖民时代之后，帝国主义并不是放弃了殖民主义，而是在不断地充实和完善自身的思想结构和知识体系，萨义德和霍米·巴巴的批评理论本身就是这方面的典型例证，帝国主义并不害怕来自自己堡垒内部的批评，只要它是良性的，良药苦口利于病，这倒有利于帝国主义克服其话语系统内部的缺陷。帝国主义国家也在不断地调整着它们对第三世界国家的策略和方针，从殖民时代到当今全球化时代，帝国主义在来自外部即第三世界的对抗和压力中也在不断地吸取着经验和教训。从接受批评的角度来看，帝国主义思想结构和知识体系可以说是开放性的，因为业已形成了包容一切的封闭圈，所以它的开放性就带有循环发展（螺旋式上升）的性质，这也是它的活力所在。

霍米·巴巴认为，帝国主义话语体系既然要包容一切，那么，帝国主义话语体系自身就必然会不断地进行解构和重构，这是一个无可更改的趋势，在这种趋势中，东方等被殖民的国家和地区实际上也在“改造”着帝国主义。一方面，巴巴认为，现实的情形是被殖民者好像已被建构于殖民主义话语体系之中，但另一方面，巴巴也认为，权力并不等于权威性，而殖民权力的权威性并不直接为殖民者所据有，它是殖民者和被殖民者所共同拥有的东西。②第三世界学习西方，是学习它的先进文明成果，也就是它的先进性，这种先进性实际上也就是它的权威性，权威性是隐含不见却又无所不在的东西，是存在于人的意识和心灵之中的尺度，它是帝国主义权力所无法征服的，只有在帝国主义思想与这种尺度重合时，帝国主义的权威形象才能建立起来；而一旦这种重合实现时，帝国主义实际上也就改变了模样。虽然这只是一种理论，但经过漫长的实践过程，它也是可以变成现实的，这正如艾勒克·博埃默在《殖民

①② Bill Ashcroft, Gareth Griffiths, Hellen Tiffin, *The Empire Writes Back*, London-New York: Routledge, 1989, p. 178.

与后殖民文学》一书中所说的那样:“在这个时代里,启蒙运动的思想及支撑这些思想的一套体制,例如18世纪晚期或19世纪的欧洲民族国家,正明显地发生动摇……以帝国面目出现的西方文化和政治的权威正在土崩瓦解。非殖民化的目的当然是要在全球摧毁(并非总是成功)欧洲的权力结构。”[①]如此看来,不仅是第三世界在反抗帝国主义的霸权,而且帝国主义文化自身也在不断地进行着自我的解构,借以抹平或是消弭不同文化之间不断出现的差异和对立,因此也可以说,并不是殖民者把我们建构到某种话语理论体系之中,而是我们在差异和对立中为某种共同的话语体系的建构而做着努力。

当然,这里有差距存在,东西方对于先进和文明也就是权威性或说是现代性的看法常常是不同的。第三世界谈论现代性的问题,主要着眼于第三世界如何向着现代化发展的问题,而西方所谓的现代性则根植于资本主义社会本身,更侧重于对帝国主义的批判性认知。我们不能将现代性简单地等同于资本主义,资本主义在塑造现代社会的过程中固然具有举足轻重的作用,但同时也必须看到,资本主义只是现代性的某种“反射”,现代社会的发展趋势不可能是西方文化的同质化。这是因为,在全球化的时代背景中,东西方文明是交织在一起发展的,东西方社会在经济、文化的发展上虽然存在着不平衡的现象,但它们却面临着很多共同的话题,比如人类的可持续发展的问题就不单单是东方或西方所面临的问题,而是需要人类携手解决的问题。全球化使国与国、文化与文化之间的距离缩短了,它给第三世界既带来了压力也带来了机遇:既谈论着自己,又谈论着西方;既学习西方,又警惕西方。东西方对各种问题看法上的差异,反映的主要是各自出发点的不同,而并不是问题本身的差异。

因此,巴巴不像斯皮瓦克那样认为属下不能讲话,他认为包括军事和文化上的征服是一个驯戒、改革、调整的过程,被征服者也在不断地对殖民话语进行模仿并对殖民权力构成挑战。再者,殖民模仿也意味着对殖民权力进行着监督,它以审视的目光对“正常化”的帝国知识和惩治权力均施加着压力和威胁。巴巴认为,殖民话语系统内部总是存

① 艾勒克·博埃默:《殖民与后殖民文学》,盛宁、韩敏中译,辽宁教育出版社,1998年,第280页。

在着冲突，这种冲突表现了萨义德所描述的共时的、全貌的、处于支配地位的想象和历时性的、局部的、处于被支配地位的反抗之间形成的张力，在同一与差异、静止与变化的矛盾之中，模仿既具有讽刺效应，又表现出某种妥协的性质。[①] 殖民话语强调二元对立，对世界进行中心与边缘、自我与他者、东方与西方等的二元划分，在这种二元对立中，一方总是要控制、遏止另一方，对另一方实施着权力，殖民霸权、军事征服就是建立在这种意识观念和政治思想的基础之上。而殖民模仿则是要竭力改变、取消或是篡改这种二元对立关系的设定，换言之，它"把非此即彼的二项对立变成了'既……又……'的关系，把对立面结合在一起"[②]。我们强调世界的多极性和文化的多元性，并不是要强调对立，而是要强调权力、文化关系的对等性，借以消弭人与人以及种族之间的差别与对立。殖民模仿作为一种复制和学习的形式，其中虽然有差异存在，但它指涉的是同一，那怕这只是部分的同一，那么，权威话语的位移也意味着权力关系的逐渐平等，所以，模仿的过程既在稳固又在摧毁着殖民者的地位，殖民与被殖民者的身份在这一过程中奇特地发生着变异。[③]

譬如，在语言媒介和文学思想方面，吸收同化或是模仿复制就是对殖民权力和帝国文本的很有效的反动方式。"范农曾指出，使用一种语言就意味着'接受了一种文化'(《黑皮肤，白面具》)。因此切断一个人与母语的联系，这就意味着与他的本源文化断绝了联系。在殖民统治下，压制地方语言而推崇英语已成为帝国主义统治的一种手段"。[④] 但是客观的情形是，英语的使用并不能切断一个人与其本源文化的联系。R. K. 纳拉扬等印度作家完全把英语变成了印度本国的一种语言，并运用从欧洲借来的文学形式进行着自我思想的表达，这实际上是以模仿的形式对英语及其文学进行了篡改。它"拒绝了英语的权威性，包括通

---

① Homy K. Bhabha, "Of Mimicry and Man: The Ambivalence of Colonial Discourse," From *The Location of Culture*, London: Routledge, 1994, p. 86.

② 艾勒克·博埃默:《殖民与后殖民文学》，盛宁、韩敏中译，辽宁教育出版社，1998 年，第 120 页。

③ Madan Sarup, *Identity, Culture and the Postmodern World*, Edinburgh University Press, 1996, p. 162.

④ 艾勒克·博埃默:《殖民与后殖民文学》，第 237 页。

过交流手段而实现的西方中心权力，同时又重建了英语，包括赋予语言的新用法，两方面可谓‘扬弃’或‘挪用’。它废弃的一面包括拒绝西方文化、美学和语言的‘正确’用法，它挪用的一面则使英语成为负载自己文化、表现自己生活经验的工具。”①再者，它对英语的使用也在一定程度上改变了英语的面目，使英语一步步地变成了众声喧哗的“杂烩”语言（即“多种英语”：englishes）。也可以说，不是英语征服了大多数的殖民地，而是反转过来，英语变成了被殖民地“征服”了的语言：“沃尔科特在《鲁滨孙的日志》中说到，‘我们模仿主人的风格和声音，把他的语言变成我们自己的’。英语，已经通过吸收同化而被‘征服’了……通过使用当地的惯用语和带有特定文化所指的语汇，就可以使英语适应新的水土，变成一种民族性的语言。”②显然，对英语的运用使第三世界的模仿在此具有了篡改的意义，从本质上说它也是对殖民权力的篡夺。

文学形式和文学思想方面，我们也一直在“挪用”西方文学，梁实秋谈到五四新文学时说：“自经和外国文学发生关系之后，我们对文学的见解完全变了。”③中国文学诗文形式和表现内容的变化都与西方文学的输入密切相关，而且这种输入是一个持续并不断深化的过程。虽然帝国主义的意图是扩张自己的文化，然而这种殖民化的实施过程对第三世界来说同时也就是现代化开始并发展的过程，当今文学中全球文化互相渗透的现象依然是这一过程的继续，它带来的结果是异花授粉，这多多少少地切合了余华的自画像：“作为一个中国作家，我却有幸让外国文学抚养成人。”④这是一种典型的文化杂交现象，它通过学习或追随而逐步要达到的目的是取消、抹平被模仿者与模仿者之间的差异，这也就是霍米·巴巴所谓的“基本同一，但不完全”⑤。

---

① Bill Ashcroft, Gareth Griffith, Hellen Tiffin, *The Empire Writes Back*, Routledge, London-New York, 1989, p. 38.

② 艾勒克·博埃默：《殖民与后殖民文学》，盛宁、韩敏中译，辽宁教育出版社，1998年，第242页。

③ 梁实秋：《现代中国文学之浪漫的趋势》，见《浪漫的与古典的·文学的纪律》，北京：人民文学出版社，1988年，第13页。

④ 余华：《我为何写作》，见《我能否相信自己——余华随笔选》，北京：人民日报出版社，1998年，第193页。

⑤ Homy K. Bhabha, "Of Mimicry and Man: The Ambivalence of Colonial Discourse," From *The Location of Culture*, London: Routledge, 1994, p. 86.

3. 模仿的变异与文化的杂交

我们在语言和文学思想上对西方进行借鉴和模仿并不是一种孤立的现象，只要是先进的东西，我们自然就要加以模仿和学习，不仅人文科学如此，社会科学和自然科学也是如此，新的、先进的东西对我们的思维观念是一种转化和促进的力量，我们自觉或不自觉地都会对之加以吸收。从另一个角度看，西方文化实际上也是如此，现代主义和后现代主义对前殖民地和第三世界的文化也不是没有兴趣，它们也在不断地"挪用"异质文化中对自己有用的成分。

所以，模仿从本质上来说，应该是一种自愿而非强迫的行为，它表现的是一个民族在文化上自我更生的能力，而不是自我消亡的命运，它并不是亦步亦趋，或者退一步说，即使是亦步亦趋，其中依然隐藏着不易觉察的新东西，这是因为模仿从根本上说是一种创造，是模仿者借助于模仿对象而进行的自我改造，因此它常常变成被模仿者的变异体。

模仿之所以出现变异，主要是由以下两个方面的因素所造成的。一、模仿常常是客观对象的主观化，因此，它常常表现为形似而非神似的类似，当然从模仿者的角度，这种形似也可以被阐释为神似；二、模仿也常常由部分的表征所构成，这有点类似于"瞎子摸象"，不过，这里的"象"并不是一个真实的存在物，而是帝国主义话语所制造出来的所谓的真实存在物。模仿本身所具有的这两方面的变异性决定着模仿有可能变成戏拟甚至是戏弄或是滑稽，这也就是巴巴所谓的模仿的"讽刺"效应：通过权威话语的位移，殖民者发现他自身形象的变异。比如，西方所谓的人权，被我们挪用为"首先应是人的生存权"，就是很有效的模仿，它虽然只是由部分的表征所构成，但它却以"类似"的形式对西方的权威话语进行了重构，使监察者与被监察者的身份发生了奇特的变异，这也意味着权力关系的平等化。

由于对被模仿对象并不是真正理解，或者说只是对被模仿对象作主观性的、对己有利的理解，也由于被模仿对象本身是一种含混性的存在，模仿也会演变成迷狂式的奇情异想。模仿者既要保持自身的特性，又要吸纳被模仿者身上有用的成分，结果是，在被模仿者看来，模仿者成了一个四不像似的东西，而在模仿者的眼中，这种变异性恰恰是对权威话语不可通约性的消解和改变。中国有没有后现代派(或曰后现代主义)文学是一个至今仍引起争论的问题,如果撇开这种争论不谈,单从模仿的角度而言,我们也可以说,只要西方有了后现代主义,中国随之也会产生后现代主义,但它在本质意义上并不等同于西方后现代主义,而不过是西方后现代主义的中国变种罢了。当评论家说“刘震云的《故乡面和花朵》,无疑是90年代中国小说中最典型的解构主义叙事文本”[①]时,读者搞不清楚这是刘震云小说的本来面貌还是评论家的故弄玄虚,说它是“东施效颦”也好,说它是前卫思想也好,都不妨碍它“挪用”西方,虽然它可能是走了样的模仿,但它对中国的评论家和作家却是一种新奇和创造,话语方式的平移似乎是打破了东西方文化和文学之间的距离和差异,使之处于同一层面上的对话状态。再比如,在后殖民文化批评中,相对于少数者话语而言的主流话语和强势话语主要指代帝国主义话语,但当中国文论家思考20世纪中国文艺理论时,主流话语则可以被偷梁换柱为政治话语,而弱势话语或少数者话语则变成了个别文学家的个别话语,[②]这也可以说是中国文论家对西方话语形式的创造性模仿:不单是言辞的借用,而且是思想和思维方式上的借用。

任何理论都是基于特定的社会和历史语境而产生的,而当某种理论被我们“拿来”时,实际上它就脱离了它所赖以产生的语境,而受到来自于新的、不同的意识形态领域的影响,并在新的文化语境中发生变化,这也就是再语境化的过程,它是模仿发生变异的根本原因所在。对于外国文学研究者来说,我们着重要考察的是西方理论所赖以产生的西方文化背景,而对中国的作家和批评家来说,则是将西方理论在中国进行再语境化的运用和创新,因为中国文学反映的毕竟是中国人的生活和问题。但再语境化是建立在原来语境的基础之上,因此要对原创理论的原有语境进行深入的研究,否则它就会变成无本之木。对于理论,我们既要考察它的原产地,又要关注它的输入地,这样对模仿及其变异也就是创新才能有真正的把握。

---

① 肖鹰:《90年代中国文学:全球化与自我认同》,《文学评论》2000年第2期。

② 庄锡华:《理论生态与归属困惑——20世纪文艺理论的思考》,《文学评论》2000年第5期。

变异本身是一个皂帛难分、龙蛇混杂的含混过程，用霍米·巴巴的理论来说，变异的过程也就是不同文化之间的杂交化，两种或多种文化既要保持各自的、明显不同的特性，同时又形成了某种新的东西。只要异质文化之间发生接触，新的东西的出现就是不可避免的，“在当今全球化的，而且往往是民族多元的文化中，(文化)理论再也不可能只是一个民族内部的事情，它再也不可能舒适地囿于本民族的内部争论，而是要面对由于与其他民族和文化理论的不断接触而带来的挑战”①。不仅中国这样的第三世界的文化面临着如此严峻的现实问题，即使是像法国等西方发达国家的文化也面临着以美国为首的英语文化的冲击，当然美国文化自身也不断地在杂交化的过程中发生着变化，它本身像是一个多元文化的大熔炉一样在消解、融化着自身。在全球化的过程中，各个民族文化的向心力正在不断地扩散和削弱，所以大多数尤其是第三世界的民族国家政府的文化政策都试图维护自己的文化传统和民族遗产。

但伴随着全球化而出现的文化杂交现象并不是要消弭第三世界民族文化的特性，而是要在西方“文化霸权”的挤压中，以来自异质文化中新的因素激活民族文化的特性，因此，对于处于劣势地位的文化来说，“杂交”更多地表现为内在的迫力，是在对自我的捍卫中而对自我命运所产生的焦虑，是对改变其劣势地位的渴求。

80 年代以来，西方文艺理论的大量引进对我们传统的文艺观念产生了极大的冲击，正是在西方理论大肆入侵的严重形势下，近些年来，我们开始关注中国古代文论的现代转向问题，提出了中国传统诗学的现代化问题，中国本土文化的失语症问题在传统的文学批评理论和批评方法方面表现得似乎是最为突出，如何将中国的传统诗学与现代化和世界化结合起来，成为一个令人焦虑的问题。焦虑现象的出现显然是与危机感联系在一起，而危机感的出现又是变异和创新所必不可少的前提条件。

无独有偶，20 世纪的印度文学批评也面临着同样的危机，西方理论几乎支配了印度文学的批评和研究，印度传统的文学批评如何才能

---

① 加布理尔·施瓦布：《理论的旅行和全球化的力量》，国荣译，《文学评论》2000 年第 2 期。

振兴？印度文学批评家纳姆沃尔·辛赫企图致力于在西方文学批评和印度古代文学批评的结合中寻找所谓的“别的传统”或说是“第三传统”。他认为，文学批评的兴盛有赖于思想和哲学的高度发展，印度古代诗学的兴盛就是如此。到了近现代，印度虽然出现了泰戈尔、奥罗宾多、拉塔克里希南等思想家和哲学家，但是他们的贡献基本上是将印度古代的思想与哲学介绍给西方而已。但即使如此，他们的历史意义也是不可忽视的，因为他们是在东西方文化的冲突中来复兴印度古代的文明，这个工作不是已经完成了，而是刚刚开始。纳姆沃尔提醒道，当代印度的文学批评家们似乎不愿意把自己的目光投向自己古老的文化传统中去，只是一味地模仿西方；模仿本身无可非议，但要有所创新，要切入我们的生活和文学现实。①

纳姆沃尔实际上是一个文学批评方面的复兴主义者，复兴主义在当代印度是一个具有主流性质的文化倾向，这种倾向在目前的第三世界具有较为普遍的意义，是第三世界在全球一体化的世界趋势中所采取的基本态度。不难看出，在西方强势文化的冲击面前，处于弱势地位的文化大多要采取守卫的策略。但这种守卫并不是对西方文化进行拒绝，而是着眼于模仿之中的创新，假如没有这种创新，东西方文化之间的接触就会变成一种流产的行为：不仅自己的文化特性得不到发挥，而且移植过来的西方文化理论也会逐渐枯萎，其中的关键在于它缺少了将西方文化理论进行再语境化的过程。当然，这种再语境化并不是一蹴而就，它需要长期的实践。马克思主义原产于德国，中经苏俄而在中国革命的具体实践中得到发展，就是这样的一个实践过程。在我们当前的社会主义建设中，我们一直强调“中国特色”，也是出于在模仿中要有创新这样的一种战略思想。

创新的首要条件是要敢于“融会”到异质文化之中，然后才能“贯通”于民族文化。在殖民时代，伴随着帝国主义的军事征服和经济掠夺，东西方在文化的接触上更多地表现为对抗和冲突，但即使如此，东方对西方文化中的先进因素也在不断地进行着吸收和同化。在当今全球化趋势越来越明显的时代，东西方之间的文化冲突虽依然不可避免，

---

① 阿瓦迪什·古玛尔·辛赫对纳姆沃尔的言谈录，载《印度文学》(德里)1999年第4期。

但文化之间的相互依存和相互杂交却成为学界讨论较多的话题。

"杂交"一词大体相似于(文化之间的)"融合",但与"融合"不同的是,"杂交"更多地表现为文化心理经验方面的相互吸引和相互影响,它不以任何人的意志为转移,并将愈来愈发展为一种自然生成的过程,人为的策略对它来说只是外因,因此任何政府的干预行为也不会像以前那样具有号召力和凝聚力了,除非是顺应了现实中存在的文化心理,国家文化政策才能对文化心理的发展起到真正的引导作用。全球化就好像是一种新的文化气候,某种文化如何发展,不知不觉中都会受到这种气候的影响,它带有适者生存的意味。

显然,笔者在此是将文化赋予了生态学的意义,但从生态学的角度来考察现今世界的文化发展时,首先要明白的是,文化的生态学与自然生态学有一个根本的不同。我们可以将某种动物或植物归属于某个地理区域,因为它们只有在一定的地理区域内才能生存,而文化则不然,说某种文化专属于某地,显然是不恰当的。[①] 相反,正是因为全球化的世界现状使各民族的文化接触与文化迁徙具有了较为普遍的意义,文化的杂交也就是文化的生态学问题才凸显出来。

4. 文化的"接触地带"与文化的"中间地带"

文化杂交的前提条件是文化之间的接触,因此文化的杂交首先出现在不同文化相互接触的地带。"接触地带"(contact zone)是普拉特从语言学中借来的一个术语。文化之间的接触是一种交流的过程,交流自然离不开语言,"接触语言"指的是不同文化之间出现的混杂语言,它是为满足不同语言背景的讲话者相互交流的需要而产生的。在后殖民主义文化批评中,"接触地带",从历史上讲,指代的是殖民前沿,它较为典型地反映了不同的种族、语言和文化之间的相遇,一方面,它是殖民征服和殖民反抗的地带,另一方面它也是协作和接受、交流和模仿的场所,它的典型特征表现为跨文化因素的出现。普拉特借用"接触地带"这一术语,主要是为了阐明处于被征服和边缘地带的人们是如何从

---

① 汤林森:《文化帝国主义》,冯建三译,上海人民出版社,1999 年,第 47 页。

殖民文化中进行文化选择和文化创造的。[1] 从现实的角度讲，在后殖民文化批评中，“接触地带”更多地意味着西方移民作家在西方社会中所处的边缘位置。霍米·巴巴认为，移民作家在西方所处的边缘地带具有文化战略上的重要性，他们处于不同文化之间，其创作必然是两种或多种文化之间的杂交，杂交现象是当今世界文化发展的趋势。伦敦、纽约、巴黎等西方都市在各色移民的点缀下似乎早已杂交成了世界性的城市，而像加尔各答、孟买、拉各斯那样过去的殖民地城市（接触地带）几乎从一开始就是多元文化和多种语言并存的商贸中心和文化中心。[2] 印度的政治、经济和文化在近百年来基本上是从沿海“接触地带”向内地进行辐射性发展，中国的情形与此也大致相似。西方列强是从沿海地区打开了中国的大门，帝国主义的租界成为典型的文化接触地带，我们的改革开放也是沿着这样的“接触地带”进行战略规划的。不难看出，正是在这些“接触地带”，我们的民族经济和民族文化发展得越来越健康，在全球文化的新气候中获得了生机和活力。全球化的发展趋势必将使全球都变成文化上的接触地带，它不会是任何文化的一枝独秀，而必将是多元文化的“百花齐放”。

文化上接触地带的形成是由某种文化的迁徙引起的，文化的迁徙本来是人类历史上不断发生的现象，但只是在当今世界它才具有更为普遍、更为典型的意义。如果说信息革命使人们生活在某种虚拟的现实之中的话，那么也可以说，处于全球化时代的每一个人在文化心理上实际上已经不可避免地要处于漂泊不定的状态之中了，人们的文化视角再也不可能单一固定，来自异国他乡的文化景观不断地改变着人们的思维习惯，使人们在文化心理上都变成了流亡者。

霍米·巴巴说，在世纪之交，我们都生活在“现在”的界限上，对于这个界限我们似乎是除了使用意义游移不定的、充满矛盾色彩的前缀词“后”之外，也没有什么更合适的名字来称谓它了，因此后现代主义、后

---

① Marry Louise Pratt, *Imperial Eyes: Travel Writing and Transculturation*, London, 1992, pp. 6—7.

② 艾勒克·博埃默：《殖民与后殖民文学》，盛宁、韩敏中译，辽宁教育出版社，1998年，第270页。

殖民主义、后女性主义等“后”学勃然而兴。[1] 对于这个“后”字，学界有各种说法，巴巴独辟蹊径地说，如果各种“后”学之“后”有什么意义的话，它的意义既不是“之后”，也不是“反……”，而是指向“……之外”(the realm of the beyond)。“之外”既不是一种新的视野，也不是把过去留在了后面，巴巴引用马丁·海德格尔的话说，“界限并不表示某一事物的发展到此为止，而是像希腊人所认知的那样，界限是某种事物开始展现的地方。”时空交织到我们目前所处的过渡时代，殖民时代的军事征服早已成为了历史，而同一个星球上出现的不同文化如何在互动中形成新的全球性的格局成为一个迫切的现实问题：差异与同一、过去与现在、内部与外部、包容与拒绝交织在一起，使世纪之交的人们在文化上产生了一种无法定位的感觉，不仅东方文化如此，而且西方文化也是如此，所以，“之外”既是一种空间距离上的感觉，又是时间交叉上的触动，在全球化时代，前后左右，过去、未来和现在，四面八方，到处都是道路，到处又都没有道路。为了超越我们时代的文化困惑，巴巴驻足于两种或多种文化之间的“中空或中间地带”(in-between)来对文化问题进行考察和分析，这个“中间地带”也就是多种文化之间的“裂缝”或“缝隙”(interstices)，只有从这个角度来对各种文化进行定位，才能以超越的眼光来看待并思考国家、种族、阶级、文化身份、文化地位、性别等问题，并进而进行文化之间的商讨。他反对对文化传统的强调以及对文化优劣的区分，而主张文化之间的杂交。他企图超越二元对立的逻辑思维方式，在东西方文化以及多种文化之间搭起桥梁。

从历史上看，伴随帝国主义的殖民征服，曾有大量的帝国文本出现，但由于它们与帝国主义殖民征服联为一体，东西方文化之间主要表现为对立。但到了20世纪末，随着西方国家中来自第三世界的移民作家力量的壮大，后殖民文学现象引起了西方学界的广泛重视，东方似乎不再是东方了，它与西方之间的界限正在逐步模糊。原先在殖民地外围地带形成的帝国小说，现在则作为后殖民文学现象奇怪地回到了西方大都市之中。一百多年以来，文化的迁徙在不知不觉中完成了一次空前的战略大转移，殖民入侵是西方打到东方以及世界各地，而后殖民

---

① Homi K. Bhabha: “Introduction: Locations of Culture,” in *The Location of Culture*, Routledge, London and New York, 1994.

时代则是东方以及广大的第三世界以移民或留学的方式被吸引到了西方，主动地学习西方。

文化上的侨居使移民作家处于一种比较特殊的地位，他们身处主流文化世界，但却来自第三世界，界于两种或多种文化之间。他们处于西方主流文化的边缘地位，以外来者的身份和心理观察、模仿着主流文化，借以融入主流文化之中。这些流亡作家自身的第三世界文化背景在他们的创作中并不表现为本质性的东西，而更多地变成了他们在创作上可以利用的东西，变成了他们的创作策略，他们显得好像是非常关心原来国家的命运，但由于第三世界国家从70年代初起越来越受到新殖民主义弊病的困扰而显得经济凋敝、社会混乱，因此，他们的创作表现的主要是理想的幻灭和对第三世界文化的批判性反思。他们似乎是站在西方主流文化的边缘地位、代表着第三世界与西方主流文化进行着对话，然而冷静地分析一下，尽管他们大声嚷嚷着反对新殖民主义，但他们的创作和批评本身却属于新殖民世界的一个组成部分，因此也难免有新殖民主义的嫌疑，从而招致主要是来自第三世界的不少的批评。但无论怎么说，他们身处东西方文化接触的前沿地带，他们的创作和批评对东西方文化的发展都起到了较为直接的影响。

后殖民文化批评在我国也产生一定的影响，正是后殖民文化批评对西方帝国主义文化霸权的"揭秘"和"解码"，使我国学者深刻地认识到话语权力的问题，由此，伴随着"失语症"而来的"谁在说话"和"为谁说话"以及"中国知识分子为什么不能发出自己的声音"等问题一时间成为困扰我国学界的大问题。当然，"谁在说话"的问题对我们来说，并不像战争的硝烟一样弥漫在我们的面前，文化上的帝国主义更像萨义德所说的那样，是某种意识形态的假定和构思，是一种虚拟的现实。我们生活在我们的现实之中，我们似乎可以不顾及"谁在(世界上)说话"的问题，对他人的任何言说，我们也可以充耳不闻，我们甚至可以在自我的文化圈子内夸夸其谈或是引吭高歌，但身处全球化时代，任何一个有识的知识分子再也不会如此盲目自信、夜郎自大了。

从心理学的角度看，面对全球化的冲击时，处于劣势的民族和国家自然而然地会强化自我文化意识，这本来无可厚非，但我们也有不少学者常常在文化挑战面前瞻前顾后，唯恐失去了我们自己的文化立场，并为此而寻找相应的文化对策，这表面上看似出于捍卫民族文化的自尊心理，实际上却是把民族文化自卑化了。鲁迅早就看出了这种自尊掩饰下的自卑，说："无论是从哪里来的食物，壮健者大抵就无需思索，承认是吃的东西。唯有衰病的，却总常想到害胃、伤身，特有许多禁条，许多避忌，还有一大套比较利害而终于不得要领的理由。"[①]如此脆弱的文化心理，只会使民族文化积弱不振，对民族文化的发展是没有益处的。一个人穿上了中山装，并不一定就是一个民族主义者，同样，一个人穿上了西装，也不一定就变成了英国人或是美国人，真正强化了的民族意识并不会与全球意识形成对立，因为全球意识与民族意识既相克相消，又相生相成，是一种互动的关系。模仿或学习先进文明目的并不在于使自己成为一个复制品，而是要超越或替代模仿的对象，如此，才能以自我的特色融入全球化的历史进程之中。

---

① 《鲁迅全集》第1卷，第198页。

第七章

甘地主义、种族意识与种姓制问题

种姓制和寡妇殉葬（萨蒂制）被认为是印度传统社会的陋习，英国对印度实行殖民统治时试图根除这些陋习，但作为印度传统文化重要的构成部分，这些陋习并不容易从印度社会中得到根除，种姓制和萨蒂制至今依然残留在印度社会生活的各个角落之中。在后殖民时代，“庶民研究”对种姓制和萨蒂制都给予了高度的重视，与“庶民研究”密切相关的印度后殖民文化研究同样关注种姓和萨蒂制问题，因为这些“陋习”与现代文明既互相抵触又共生共存，生动而深刻地反映出东方前现代社会文明与西方后现代社会文明之间的复杂纠缠。

甘地强烈反对与种姓制联系在一起的贱民制，但他却并不主张根除种姓制，这其中反映出与印度民族主义相互关联的复杂的种姓意识问题。著名作家奈保尔对印度现代社会的考察，与他对甘地有关种姓制思想的分析是同步进行的；印度现当代作家在创作中都或明或暗地涉及种姓制问题，因为种姓制是印度社会的基本结构方式。以英国为代表的西方现代文明伴随着殖民入侵而传播到印度社会，使印度发生了天翻地覆的变化，这种变化的一个具体体现便是种姓制在不断变化中的不断消解。

一　从种姓意识到种族意识

1. 甘地关于种姓制的看法的成因

种姓制度已有两千多年的历史，它是印度社会中存在的一个极其复杂的问题。传统印度教认为，种姓制度起源于神，这种说法与印度现存最古老的宗教典籍《梨俱吠陀》中一首诗有密切的联系，这首诗说，印度的四个种姓是由生主（创世者，也被说成是大梵天）创造的，生主死后，他的嘴和头部化成了婆罗门，他的双臂化成刹帝利，他的双腿化成了吠舍，他的双脚化成了首陀罗。[①] 但学者们大多认为，这首诗并非产生于原始"吠陀"时期，而是后来的婆罗门将它添加到《梨俱吠陀》本集里去的。从历史研究的角度说，种姓制是印度进入阶级和国家社会后才产生的，起初，种姓制中并不存在贱民，但到了吠陀后期，贱民即不可接触者才出现，先是被征服的原始部落，后来有些首陀罗甚至是高等种姓者因违反婚姻或印度教的教规等而沦为贱民。种姓制认为，一个人的种姓是天生的、固定不变的，他的职业、婚姻、社会交往、饮食习惯、生活方式等都只能局限于自己的种姓，不得越出雷池一步，否则就会被驱除于种姓和宗教，就会被社会所抛弃，而被种姓和宗教所抛弃的人不仅在现实生活中没有任何权力，而且要在生死轮回中不断受到惩罚，成为地位更卑贱的人或是牲畜。种姓制既是一种经济分工体系，也是一种社会组织形式，它将印度上下各个阶层相互隔阂开来，形成一个封闭但稳定不变的结构。尽管自种姓制出现以来，印度教以外所有的印度宗教教派（如佛教、耆那教、伊斯兰教等）都反对种姓制，但每一次反对却反而进一步稳固了种姓制。

英国的殖民入侵和殖民统治，使近代印度发生了天翻地覆的变化，按马克思的说法，英殖民统治破坏了印度传统的经济基础，它必将使"带着种姓划分和奴隶制度标记"的印度社会发生一场真正的社会革

---

① 可参阅巫白慧：《印度哲学：吠陀经探义和奥义书解析》，东方出版社，2000 年，第 49—54 页。

命，使印度整个社会结构发生重大变化。[1] 事实也确实如此，正是英国的殖民统治以及由此引发的社会变革，使印度进入了现代化的历史进程之中，但在这样的历史进程之中，种姓制的问题却始终是印度社会中存在的难以解决的问题，它并没有随着印度进入现代社会而销声匿迹，相反却成为印度社会中越来越复杂的问题。

罗姆·摩罕·罗易(1772—1833)是近代印度启蒙思想运动的先驱，受自由、平等、民主和法制等西方思想和观念的影响，他开始重新思考并认识印度的社会、宗教和生活，为了使印度教现代化或说是西方化，他积极配合英殖民政府对印度实施的改革政策，猛烈抨击印度教的童婚、寡妇殉葬和种姓制等陈规陋习。他认为，印度的种姓制与宗教蒙昧主义、封建专制主义结合在一起，是导致印度社会分裂、落后的一个根本原因，他从西方"天赋人权"的思想观念出发，谴责种姓制对人所进行的机械分类以及由此所导致的地位差异和身份歧视。他说，"神"并没有制定什么各种姓之间不平等的法则，是印度人自己将印度社会分裂为许多等级森严的种姓，印度教在两千多年来的宗教仪式中不断巩固和发展了种姓制，使它成了一种根深蒂固的社会习俗和宗教信仰，严重阻碍了印度社会的发展，应当彻底废除种姓制。为此，罗易于1830年将他所创办的梵社庙堂对外开放，不分种姓和信仰的差异，只要信奉大梵(一种无形无体的、纯粹的精神象征)，均可不受任何歧视地加入其中。尽管罗易创造的梵社在当时的印度社会产生了广泛的影响，但在有生之年，他常常受到印度教正统教派的攻击，被斥为印度教的异端邪说。在身后，尽管他受到印度社会的广泛尊重，被誉为现代印度之父，但是，随着当时印度宗教改革的深入，人们虽然接受了他关于印度教和印度社会改革的许多思想，但在至关紧要的种姓制问题上，他的后继者并没有沿着他开辟的道路走下去，相反，在种姓制的问题上他还常常受到无端的指责。

维韦卡南达(1862—1902)是现代印度宗教改革运动后期的一个代表人物，他继承了罗易关于印度传统的精神主义的说法，却篡改了罗易关于种姓制的思想。罗易认为，种姓制是印度教宗教仪式的产物，应当

---

① 马克思：《不列颠在印度的统治》，见《马克思恩格斯选集》第二卷，人民出版社，1976年。

废除，但维韦卡南达却认为，种姓制只是一种社会习俗和社会结构，它不存在于印度教之中。他将罗易对种姓制的批判改换成了对贱民制度的谴责，并认为贱民制度不属于印度教，而是一种传统的迷信，是一种精神疾病，是非宗教和反宗教的，它导致印度的分裂和不团结，使印度人变得自私、懦弱、无知。在维韦卡南达生活的时代，印度社会关于种姓制产生了广泛的争论，维韦卡南达认为这些争论毫无意义，因为从根本上说，没有一个国家没有种姓，人不是孤立的人，他总要生活在一定的社会圈子之中，无论你走到哪里，都会碰到等级；印度的种姓制正是基于这种普遍的社会原则，它是一种自然的秩序，它的存在使人各司其职，保持着印度社会的稳定。他认为取消种姓制的说法无疑是一派胡言，但对种姓制做出适当的调整却是必须的。解决种姓制问题并不是要推翻高种姓的婆罗门，相反，他认为，要想解决种姓制的问题必须依靠婆罗门，因此，他特别强调婆罗门的职责：追求精神生活的崇高性，提升自己周围非婆罗门的精神生活，以服务的行为使梵的精神充满印度大地。印度之所以沦落到今天这样悲惨的境地，主要是因为婆罗门的精神衰败了，而婆罗门精神衰败的必然结果便是整个印度精神的衰败。①

以维韦卡南达为代表的印度现代思想家关于种姓制的看法直接影响了甘地对种姓制的态度和思想，而甘地关于种姓制的思想至今仍在影响着印度社会和生活，按 V. S. 奈保尔的说法，印度今天的一切实际上是甘地早在 20 世纪初就已经预见到的：

> 就像一个小说家往往把自己分割开来，灌输到各个角色中去，无意识地建立了一种和谐共存，给予其主题一种封闭的紧凑感，多面向的甘地也扩散于现代的印度。他是隐匿的……不为人知的；但印度今天上演的这一幕一幕，是他在六十年前就已经安排好了的，那时候他结束了在南非的种族斗争，刚刚回国。创造者不必了解他执迷的根源，他的责任是将局面调动起来。甘地给印度带来了政治，又唤起了古老的宗教情感。他令两者互为助益，产生了觉醒。但在独立的印度，这一觉醒的元素却令两者相互否定。没有

① 见网址：http://www.dlshq.org/messages/caste.htm

政府能依靠甘地的幻想生存;被甘地转化为一种民族主张的灵性,那被征服人民的慰藉,已经明显变质,成了一如从前的虚无主义。

……如果他(指甘地)为印度规划出另一种生存法则,他就可能给印度留下一种意识形态,有了它,印度可能已产生真正革命性的变化,产生大陆的种族意识和印度人特有的归属感,甘地全部的政治目标可能已经借此实现,甚至实现得更多:它们不但动摇"不可接触者"制度、淹没种姓制度,而且唤醒个人,让人在一种更广义的认同中自立,建立起关于人类之卓越的新概念。

如今,曾为他而争执的人不知为什么而争执;不论甘地还是老印度都没有解决当前危机的办法。他是老印度最后的表达;他把印度带到了路的尽头。[①]

在奈保尔的"印度三部曲"[②]中,甘地主义以及种姓制是反复涉及的话题,这里所引的一段话出自《受伤的文明》,写于1975年至1976年间。奈保尔在此所说的六十年前,指的是甘地45岁时从南非回到印度的时间,意思是说,甘地此时虽然刚刚回国,但他的思想实际上在南非时已经形成了。说得更为具体一些,我们也可以将甘地思想的形成追溯到更早一点的1909年,因为在这一年甘地写成了《印度自治》,甘地的思想在这本小册子中已经形成了基本不变的框架,以后只不过是向这个思想框架中不断地添加材料而已。

甘地在南非生活达20年之久,其中的经历和感受极其复杂,非三言两语所能说清;再者,甘地的思想也从来不成什么体系,而是开放性、分散性的,甘地自己曾说:"我的言论是格言式的,它缺乏精确性。因此可能有多种解释。"[③]在这种情形下,我们要想对甘地主义对当时印度社会所做出的设想进行什么分析并不是一件容易的事情。即使是在当代,在"庶民研究"(Subaltern Studies)领域颇有成就的学者帕尔特·查特吉对甘地的著作进行了仔细的研读之后,也只是说:"尽管《甘地全

① V. S. 奈保尔:《印度:受伤的文明》,宋念申译,三联书店,2003年,第211—212页。

② 指奈保尔三部反映反映印度当代社会生活的作品《幽暗国度》、《印度:受伤的文明》和《印度:百万叛变的今天》。

③ 《与Dharmadev的讨论》,《甘地全集》第53卷附录3,第485页。转引自刘健芝、许兆麟选编:《庶民研究》,中央编译出版社,2005年,第79页。

集》已编了厚厚的80多卷，但其中很少有文本能被理解为系统地阐述他关于国家、社会和民族的思想。最早也许是最详尽的一本名为《印度自治》，于1909年以古吉拉特语写成……它包括了甘地政治思想的基本内容。”[①]虽然《印度自治》较为集中地表达了甘地的政治思想，但《印度自治》的批判矛头更多指向西方现代文明，对印度的贱民制则基本上没有什么涉及；换句话说，《印度自治》在印度如何才能自治的问题上显得比较空洞，只是在回到印度之后，他才发现自治的问题远不是他在《印度自治》一书中所设想的那么简单，因此，在认识到问题复杂性的同时，甘地的思想也进一步复杂化，如果说《印度自治》尚表现出甘地建立思想体系的大致特征的话，他回到印度之后的思想则是在不停的变化中呈现出开放、分散的特征——不是什么定型的结构或体系，而是在不停地变化、吐纳。

甘地于1915年从南非回到印度之后，在对印度社会进行了一年左右的考察之后，他便在贝拿勒斯和马德拉斯分别发表演讲，强烈反对贱民制度。贱民制度从属于印度的种姓制，甘地回国后之久，便在贱民制问题上大做文章，这是个颇令人深思的问题。显然，对于种姓制的分析，实际上是对印度社会各阶层力量的分析，正是为了最为充分地调动起印度社会的力量，他才在种姓制和贱民制问题上大做文章，种姓制和贱民制是甘地考察和剖析印度社会的切入点——这是印度社会构成的关键也是印度社会的症结所在。按照奈保尔的说法是，印度人在甘地之前，并没有真正的种族意识，是甘地首先使印度有了种族意识，而甘地思想中种族意识的形成又与他在南非的经历密切相关，正是南非的经历使甘地发现了印度社会结构的奥秘以及其中蕴含的意义。

2. 奈保尔对甘地种族意识的分析

遵循奈保尔的说法，我们可以发现，甘地在南非的经历与他对印度社会的观察、剖析之间存在着密切的联系。奈保尔认为，甘地在南非受到的最大刺激或说是对他心灵产生创伤的是白人的种族歧视政策，而

① 帕尔特·查特吉：《甘地及其对市民社会的批判》，见刘健芝、许兆麟选编：《庶民研究》，中央编译出版社，2005年，第83页。

心灵上的这种创伤是甘地思考印度问题的原动力和出发点，这种说法不无道理，从《甘地自传》[1]中，我们也可以发现，正是南非的种族歧视促使甘地进行斗争，并在斗争中形成了自己的思想；与此同时，南非的种族歧视也很自然地使甘地联想到印度的贱民制：

> 有一些对于我们的社会具有最大贡献而被我们这些印度教徒认为“不可接触”的阶级，都被赶到远远的一个城镇或乡村去住，这种地方古吉拉特语叫做“德瓦度”(dhedvado)，含有侮辱之意。就是在基督教的欧洲，犹太人也曾一度被当作“不可接触者”，而划给他们住的地区也有一个讨厌的名称，叫做“隔度”(ghettoes)。同样地，今天我们也成为南非的不可接触者了……
>
> 古时候的犹太人自认为是上帝的选民，以别于其他一切民族，结果呢，弄得他们的后代遭受了一个奇异的甚至是不公平的报复。印度教徒差不多以同样的情况自认为是雅利安人，即文明的人，而把自己的一部分同胞当作非雅利安人，即不可接触者，结果呢，不但在南非的印度教徒遭受一种奇异的或者是不公平的天谴，就连穆斯林和波希人也受到同样的歧视，因为他们同属于一个国家，同他们的印度教兄弟有着同样的肤色。
>
> 读者现在多少可以明白这一章的题目(题目是“苦力区还是‘隔度’?”——引者)是什么意思了吧。我们在南非得了一个臭名声，叫做“苦力”，“苦力”这个字在印度是指挑夫或雇工说的，但在南非，它有侮辱的含义，就像我们所指的不可接触者的意思一样，而划给“苦力”居住的地方便叫做“苦力区”。[2]

在此，甘地特别指出，犹太人这个曾自认为是“上帝选民”的民族在现代欧洲却变成“不可接触”的阶级，这是因果报应式的天谴；而古代印度雅利安人，也曾自诩为“文明的人”，并将被征服的印度土著变成了“不可接触者”，结果却使整个印度民族在现代世界上都变成了“苦力”；西方现代种族主义者也自认为肩负着“白人”的使命，是上帝要他们征

---

① 《甘地自传》是从1925年12月开始在甘地主编的《青年印度》周刊上连载的。

② 《甘地自传——我体验真理的故事》，杜危、吴耀宗译，商务印书馆，1995年，第250—251页。

服并统治其他种族，谁知道他们会不受到天谴？不过，甘地这段话除了谴责西方的种族主义政策之外，尚有更深一层的意义：它以悖论的形式显示出，印度贱民制将一部分印度人视为不可接触者，而在南非种族主义者的眼中，整个印度民族都被变成了贱民，在这样的视野之中，贱民制的荒唐与可悲自然是不言自明了。在南非，“苦力”(coolie)一词的原意渐渐失去了，它成为对所有印度人的一个普遍的带有侮辱性的称呼，就像非洲黑人被称为“Negro”一样。与历史上对犹太人的歧视不同，现代西方的种族歧视多表现为肤色的歧视，尽管穆斯林(自称是阿拉伯人)、波希人(自称是波斯人)不是印度教徒，但因为肤色相同，又同是印度人，所以他们被统称为“苦力”。

有意思的是，印度的“种姓”(即“瓦尔那”，Varna)一词，其原意恰恰是“肤色”，在印度最古老的典籍《梨俱吠陀》中，雅利安人自称是“雅利安瓦尔那”，雅利安人被认为是与波斯、欧洲人同源的白种人，“雅利安瓦尔那”就是白种人的意思，他们将被征服的当地黑皮肤印度人称为“达斯瓦尔那”，“达斯”意为“奴隶”。所以从起源上说，印度的种姓制与现代欧洲的种族歧视可谓如出一辙，而且比起印度的贱民制来，欧洲的种族歧视甚至会显得相形见绌：印度的种姓制、贱民制不仅历史悠久，而且残酷至极。

英国的种族歧视使整个印度民族受到了不公正的待遇，而印度的种姓制则又使约占印度人口 1/4 的贱民受到了极不公正的待遇，按常理说，就像反对英国的种族歧视政策一样，甘地也会反对印度的种姓制，但甘地反对的却并不是印度的种姓制，而是从属于种姓制的不可接触制度即贱民制，他试图废除种姓制中不合理的成分，而不是废除种姓制，因此，我们可以简单地做出这样的推论，在甘地看来，种姓制的存在有其正当性，但贱民制却在毁坏这种正当性，如此便出现了甘地式也可以说是印度式的关于种姓制和贱民制的矛盾思想：“贱民阶级一旦清除，种姓制度就会净化。”

针对甘地的这种说法，后来学者可谓众说纷纭，莫衷一是。大多数的学者认为甘地在种姓制的问题上自相矛盾甚至是自欺欺人，但是，也有不少学者认为他反贱民制而不反种姓制实际上是一种高明的政治策略。典型的是奈保尔，他在这个问题上像甘地一样摇摆不定。在写于

1962年至1964年间的《幽暗国度》中，奈保尔说：

> "贱民阶级一旦清除，种姓制度就会净化。"乍听之下，这句话仿佛是甘地式或印度式的矛盾思想，甚至可以被理解为承认种姓制度的正当性。但事实上，它是一种革命性的评估和看法。土地改革并不能说服婆罗门阶级，他们可以把自己的手放在犁上，亲自耕田，并且不会丧失他们的尊严……把政府的职位保留给贱民，对谁都没有好处。这样做，不啻是将重大的责任交由不适任的人承担；出身贱民阶级的公务员，很难安于其位，因为一般民众对他们早已存有成见。需要改革的是制度本身；应该被摧毁的是种姓阶级心态。所以，甘地不怕别人嫌他唠叨，一再提到印度人到处丢弃的垃圾和粪便，一再提到厕所清洁工的尊严，一再提到服务精神和勤劳工作的重要性。从西方的观点来看，甘地的讯息不免显得过于狭窄、琐碎，甚至有点怪诞，但事实上，他是透过一个在西方殖民地长大的印度人的眼光，把西方的一些简单理念应用于他的祖国。①

仔细阅读这一段话，可以看出，至少从言辞上说，奈保尔远没有甘地那样对贱民怀有同情之心，他对贱民实际上是很不放心的，因此，他觉得将政府的职位（公务员）保留给贱民是一种不负责任的表现。他放心的实际上依然是婆罗门，但他又对婆罗门的失职和缺乏服务精神、丧失勤劳品质感到痛心，他认为印度并没有理解甘地的良苦用心，实际上甘地反贱民制而不反种姓制是使印度发生革命性变化的有效策略：通过取消贱民制而得到改造种姓制的目的，并最终摧毁各种种姓阶级的心态。因此，甘地反对贱民制并不是一种机械的行为，并不是要将多少公务员名额分配给贱民这样一个简单的比例问题。但可悲的是，印度却使甘地变成了一个悲剧性的人物，"身为印度人，甘地不得不跟象征打交道。于是乎，清扫厕所变成了一种神圣仪式，因为它受过'圣雄'——伟大的灵魂——的赞许，但厕所清扫工人还是跟以前一样被人轻视、践踏"。这有点像是中国成语"买椟还珠"所表明的意义一样，甘地所提到的清扫厕所的行为就像是制作了一个华贵的匣子，而这种行

---

① V. S. 奈保尔：《幽暗国度》，李永平译，三联书店，2003年，第94—95页。

为所寓含的意义则是无价的珍珠，但印度人从甘地那里学到的却恰恰是无意义的象征性的仪式，至今他留给印度的只是一个崇高而缥缈的名字，在当代印度社会中，虽然他还是不断地被人提起，但他对印度现实生活似乎早已没有任何意义了。奈保尔不无悲哀地说，是“印度毁了甘地。他变成了‘圣雄’。印度人敬仰他的人格；至于他一生所传达的讯息，则无关紧要”[①]。在《幽暗国度》一书中，奈保尔对肮脏、不卫生的印度进行了不厌其烦的描写，其用意实际上并不在于揭露印度的丑陋、阴暗，而更多、更深的意义实际上恐怕还是在重复甘地数十年前的良苦用心。

十多年后，当奈保尔创作《印度：受伤的文明》时，他免不了还要对甘地主义、种姓制、贱民制问题做出思考，不过，这一次，与“印度毁了甘地”的说法适成对比，他或隐或显地要表明的是，甘地毁了印度，是甘地“把印度带到了路的尽头。所有有关‘紧急状态’的争论，所有涉及他名字的东西，都反映了印度智识的真空，反映了他试图赋予其新生的那个文明的空虚”[②]。

> 甘地活得太久了。1915年，45岁的他从南非回到印度后……迅速在1919年到1930年间把整个印度拽入一种新型的政治生活中。
>
> 不是所有人都赞同甘地的方式。他听任‘内在声音’明显专断的命令，这点令很多人惊愕。一些印度人仍把20世纪30年代的政治僵局怪罪于他，他们说，甘地不可预测的政策，以及对释放出来的力量之无能管理，无谓地延长了独立斗争，把自治推迟了25年，浪费了许多优秀人物的生命和才能——印度政治的管理权在20世纪30年代转到了别人手里。
>
> 甘地自己沉沦于更长期更私人化的圣雄事迹……所以即使活着，‘他也已成为自己的崇拜者’。他成为自己的象征，他模仿自己的圣行，他成了争相膜拜的对象。人之为人的知性缺失了；圣雄事迹淹没了他早年所有可作多种解释的行为、所有的政治创造力、他

① V. S. 奈保尔：《幽暗国度》，李永平译，三联书店，2003年，第95页。

② V. S. 奈保尔：《印度：受伤的文明》，宋念申译，三联书店，2003年，第212页。

那么多的(印度的)现代性思想。[①]

从这段话中可以看出,甘地的圣雄化,按奈保尔的看法,很大一部分责任在于甘地自己,他在20世纪30年代之后逐渐变成了自己的崇拜者,如果说在1919年到1930年间,甘地思想中充满了现代性的活力,那么在这之后,他的思想便处于退化之中。这是奈保尔对甘地的说法,我们不去争辩这种说法的是非曲直,我们感兴趣的是奈保尔对甘地思想的评价——从"印度毁了甘地"转变为"甘地毁了印度"——的前后变化上。

奈保尔之所以发生这种变化,在笔者看来,并不是甘地本人或甘地的思想在1930年前后便停滞不前甚或是退化了,而是奈保尔所处的时代发生了变化。在1962年写作《幽暗国度》时,奈保尔以为甘地主义在当代印度已经名存实亡了,因此他重提甘地,认为甘地的思想在当时依然有现实意义,而印度人却并不理解甘地思想真正的现实意义;但到了1975年,在印度"紧急状态"的新形势下,奈保尔突然发现甘地主义以最不可思议的方式鲜活地存在于印度社会中,这使他大为诧异:在现代文明社会中,不少印度人依然渴望甘地所描述的"罗摩之治"的幻境,希望回到简朴的乡村社会之中。虽然奈保尔像以前一样认为,印度人为甘地而发生争执但又不知道为什么争执,他们并不真正理解甘地,但奈保尔不再从民族斗争的策略上去评说甘地了,而是从文明发展的角度对印度这个"受伤的文明"进行了彻底的否定:"印度的危机并不是政治性的:那只是德里方面的看法。独裁或军人统治不会改变任何事情。危机也不仅仅是经济上的。所有这些不过是从不同方面反映着更大的危机,其唯一的希望就在于更迅速地衰败。"[②]否定了印度文明,必然要否定甘地,因为甘地所谓的印度文明虽然具有很多现代性内容,但无论如何他是传统印度文明的现代化身,他强烈反对西方文明,试图在现代社会中回归于印度的过去;而到了20世纪70年代,印度人居然依旧陶醉于甘地主义的幻境之中。缘此,奈保尔强调指出,甘地主义早已成为历史,它是过去年代发生的事;进一步说,即使在过去的年代里,甘地主

---

① V. S. 奈保尔:《印度:受伤的文明》,宋念申译,三联书店,2003年,第187—188页。

② 同上书,第213页。

义复兴印度的方式也是要回归到更远的过去，因此，甘地主义是过去的过去，从本质上说，它是拿过去来扼杀了未来。奈保尔说，“甘地活得太长了”，早在1930年左右，他虽然还活着，但他的思想实际上已经“死去”了；1947年印度独立时，甘地恰逢其时地被人刺杀了，甘地作为一个时代至此就应该彻底结束了；但将近三十年后，在1975年进入“紧急状态”的印度社会中，甘地居然鲜明地活在印度的政治生活以及日常生活之中，这使奈保尔深有感触地发现：甘地毁了印度，至今还在毁灭着印度。奈保尔认为，甘地在历史上的作用只是把印度调动起来，团结成强大而坚固的力量来对抗英国的殖民统治，在这方面，他很成功，但也正是他的成功使他逾越了不该继续的历史作用：“‘古代情感’、‘怀旧记忆’：当这些东西被甘地唤醒的时候，印度便走向自由，但由此创造出来的印度必将停滞。甘地把印度带出一种‘黑暗年代’；而他的成功则又不可避免地将印度推入另一个黑暗年代。”①

奈保尔说，假如甘地为印度规划出另一种生存法则，印度可能已经发生了真正的革命性的变化，不可接触者制度和种姓制都将被淹没，但他并没有为印度制定出新的生存法则，他不过是老印度的最后一声哀叹，老印度在他的引领下已经走投无路了。奈保尔在此并没有说明甘地应该为印度制定出什么样的生存法则从而使印度发生一场真正的革命性变化，从《幽暗国度》到《印度：受伤的文明》，奈保尔始终强调的是印度人没有真正的种族意识，是甘地首先使印度人在这方面的意识真正觉醒了，正是种族意识的觉醒和实践使印度摆脱了英国的殖民统治。

二　阶级、种姓、“德法”

1. 甘地主义的乌托邦性质：查特吉对甘地种姓制思想的阶级分析

甘地的成功，确如奈保尔所说的那样，是将整个印度作为一个民族的力量给调动起来了。从甘地的政治和社会活动中，我们可以明显地发现，甘地一方面针对英殖民统治而开展“不合作运动”，另一方面也不

① V. S. 奈保尔：《印度：受伤的文明》，宋念申译，三联书店，2003年，第184页。

失时机地反对贱民制，前者可以说是抵御外来的力量，后者则是印度自身的完善，这是印度自治运动相互补充、缺一不可的二个方面。1920年8月，甘地发动了第一次不合作运动，数月之内，不合作运动在印度全国轰轰烈烈地展开了，与此同时，甘地于1921年宣传社会改革，改革的一个主要问题便是如何解决印度社会中贱民制的问题；1925年，甘地开展抵制洋货的同时，大力宣传废除贱民制；1932年，为抵制英殖民统治者关于贱民阶级的选举法而绝食7天，最终迫使英殖民政府修改选举法案，与此同时，印度全国各地寺庙均为贱民开放，反对英殖民统治的运动一时转变为要求废除贱民运动，此后，甘地还进行过多次绝食，不是针对英殖民主义，便是要求取消贱民制；1933年，甘地创办《哈里真》周刊，“哈里”是印度教大神的称号，“哈里真”意为“神（上帝）的子民”，这是甘地对贱民的尊称，一方面反对英国的殖民统治，另一方面在全国开展哈里真运动；1941年12月，甘地发表“建设纲领”，就穆斯林与印度教徒之间的团结、取消贱民制、解决农村问题、教育问题以及提高妇女的社会地位提出了一系列的设想，他将贱民制的取消与整个印度民族国家的建设结合在一起，认为这是印度独立后依然面临的一个重要的社会问题。

甘地为什么要在反对英国殖民统治的同时又不遗余力地反对贱民制呢？从甘地的话中我们或许可以得到一点启示：

> 不要让我们被那些从西方输入的时髦口号和诱人的词语所迷惑。我们难道没有自己独特的东方传统吗？我们难道无力找到自己的解决资本和劳工问题的方案吗？……让我们以科学探索的精神来研究我们东方的传统，我们将发现一种比这个世界曾经梦想过的更加真实的社会主义和共产主义。设定西方的社会主义或共产主义是解决大众贫困问题的最好的东西，这肯定是错误的。
>
> 阶级战争是不适合印度的本质特征的，印度能够发展一种广泛的基于所有人的基本权力和所有人的平等公正的共产主义形式。[①]

---

① 《甘地全集》（新德里，1958年）第58卷第219、248页，转引自帕尔特·查特吉：《甘地及其对市民社会的批判》，见刘健芝、许兆麟选编：《庶民研究》，中央编译出版社，2005年，第128页。

在此，甘地主义借用了马克思主义的基本用语，但其实质内容却与马克思主义大相径庭，与马克思主义的暴力学说和阶级斗争理论正好相反。针对英殖民统治，甘地采取的是非暴力斗争方针；针对印度传统的封建社会制度即种姓制，它采取的不是阶级斗争，而是阶级调和的政策，这就是甘地反对贱民制而不反对种姓制的根源，是甘地适应他所谓的“印度社会的本质特征”（爱好和平、不爱斗争）而做出的战略性的选择。在印度现当代的政治和文学实践中，甘地主义和马克思主义常常结合在一起，印度现代很多作家常常从甘地主义转向了马克思主义或是从马克思主义转向了甘地主义，这看起来有点奇怪，实际上却是一种合乎常理的现象，因为从本质上说，甘地总是想方设法地根据印度的社会状况来调动印度最广大的人民来反抗英国的殖民统治，谁能将最广大的农民群众发动起来，谁就能引导着印度走向独立，这与马克思无产阶级革命理论在目的上是一致的，甘地主义也可以说是马克思主义与印度民族革命运动相结合的产物，只不过是甘地主义并没有打出马克思主义的旗帜而已。在这方面，“庶民研究”专家帕尔特·查特吉对甘地主义的分析可谓入木三分：

> 从《印度自治》的乌托邦开始，途中又拣起了民族主义政治的意识形态行囊，甘地主义成功地开辟了它的历史可能性，通过它而得以在新印度国家的政治发展中挪用了该民族中最普遍的成分，即农民。尽管甘地“罗摩之治”中的道德观念与当代农民社群意识中的政治公正要求和方式是极为一致的，而农民社群意识则是使这些要求得以转变为“圣雄的启示”的意识形态前提之一，但事实上，甘地的非暴力政治的历史结果为这一挪用过程提供了道德合理化和其独特的意识形态形式。尽管正是甘地对印度民族精英政治的介入第一次表明，一场真正的民族运动只能依靠农民的有组织的支持，可非暴力政治的结果也充分证明，农民政治动员的目标根本不是甘地所声称的那样，是“为了培养群众的自我意识及取得权力”。而更毋宁说，农民本来就被看成是一场完全由别人计划和导演的斗争的志愿参加者。……
>
> 当统治阶级的民族性组织还能继续在新印度国家的机制结构中巩固自己时，“农民和劳动者”却从未“在全印度的基础上”被组

织起来。

这样，从作为一个整体的甘地主义意识形态统合中，我们获得了一种民族政治结构的概念（在这种结构中农民是被鼓动起来而非参与进去的），获得了一个民族的概念，农民是民族的主要组成部分，但他们却远离民族（国家）。现代印度历史研究的一个基本任务仍是解释这种特定的历史进程，通过这个进程，甘地意识形态中内在的各种政治可能性都成了印度资产阶级手中的意识形态武器，他们试图在一种其统治地位不断受到挑战、其道德领导永远不完整的阶级斗争进程中创立一种切实可行的国家机构。

然而乌托邦的逻辑本身即是模糊不清的。托马斯·莫尔的著作被视为是为一个正在上升的但远未取得胜利的资产阶级的政治要求奠定了道德基础。他也被认为是乌托邦社会主义的先驱，这种乌托邦社会主义是对早期无产者反抗精神的朦胧的表达。因此，毫不奇怪，在当代印度社会形成过程中正在进行的、尚未化解的阶级斗争中，反对派运动仍能从圣雄的启示中寻求他们的道德认受合法性。①

查特吉这里所谓的“阶级”和“民族”与奈保尔作品中的“种姓”和“种族”实际上是可以互换的概念。与奈保尔所谓的“种族意识”的觉醒相对应，查特吉说甘地主义是在“途中拣起了民族主义的行囊”；与奈保尔所谓的“没有政府能依靠甘地的幻想生存”的说法相呼应，查特吉实际上是从乌托邦社会主义的角度来考察甘地主义的；与奈保尔在分析甘地主义、种姓制时反复强调的“德法观”相联系，查特吉在此也多次提到“道德”二字，认为甘地主义主要表现为一种道德力量，这种力量在印度独立后依然发挥着作用和影响。虽然查特吉与奈保尔两人对甘地主义意识形态和政治结构有着相似的看法，但很显然，查特吉是从马克思主义的角度来剖析甘地主义的，而奈保尔则是从西方现代文明和现代性的角度来分析甘地主义的，因此，其间存在着虽说微妙但又是本质性的差异。

① 帕尔特·查特吉：《甘地及其对市民社会的批判》，见刘健芝、许兆麟选编：《庶民研究》，中央编译出版社，2005年，第129—131页。

查特吉没有像奈保尔那样对甘地主义的政治结构(较为具体表现在种姓制和贱民制问题上,当然其中也包括宗教、家庭、妇女地位等相关问题)持摇摆不定的态度,没有像奈保尔那样认为是印度毁了甘地或是甘地毁了印度,而是一语破的:甘地政治的成功在于它“挪用”了印度民族中最普遍、最重要的成分即农民。这一挪用不仅使旧印度摆脱了英国的殖民统治,而且也使甘地主义作为政治“遗产”而依然会在新印度国家的社会发展中产生作用。查特吉清楚地认识到,甘地主义实际上并没有真正解决也不可能解决农民、农村以及阶级(种姓、贱民)等涉及印度社会结构的复杂问题,它不过是一种乌托邦社会主义式的表达,甘地主义不成任何体系的方式正好在印度的历史条件下吻合了乌托邦式的逻辑——模糊不清。比如,下面一段话表现出甘地对种姓制的看法,它既不容置疑,同时又含糊其辞:

种姓制度和宗教无关。它是一种习俗,它的起源我不清楚,我也不需要为了满足我的精神上的渴望而去知道它,但我的确知道,它对精神和国家的发展都是有害的。①

这是甘地针对他人的指控而写下的一段话,它不按理性思维和逻辑来进行论争,而是基于个人的道德感悟和道德认同,在不与人争辩、武断性的话语方式中蕴含着无须争辩和不容争辩的精神力量。因为对种姓制问题说不清楚,他便对种姓制中种种有悖于常理与人之常情的贱民制进行了猛烈的抨击。反对贱民制既是一种方针,又是一种策略。正像托马斯·莫尔的著作“是对早期无产者反抗精神的朦胧的表达”一样,甘地主义实际上也不过是印度农民社群意识和反抗精神的模糊不清的表达,无论是针对西方文明的不公正还是针对新印度资产阶级的统治地位,它都是一种精神上的反抗力量,而不是真正的、具体的施政措施,真正掌握社会意识形态的是印度的资产阶级而不是农民,甘地主义式的意识形态貌似表达了印度农民的心声,实则不过是为“正在上升但远未取得胜利的”印度资产阶级民族精英的政治要求“奠定了道德基

---

① 《Ambedkar 博士的指控》(Ⅱ)》,《甘地全集》第 63 卷第 153 页。转引自帕尔特·查特吉:《甘地及其对市民社会的批判》,见刘健芝、许兆麟选编:《庶民研究》,中央编译出版社,2005 年,第 100 页。

础”,因此,甘地主义意识形态“内在的各种政治可能性都成了印度资产阶级手中的意识形态武器,他们试图在一种其统治地位不断受到挑战、其道德领导永远不完整的阶级斗争进程中创立一种切实可行的国家机构”。

印度虽然取得了民族的独立,但印度的资产阶级却面临着比独立前更加复杂、更难以解决的种种社会转型问题,如何建立健全一套切实可行的国家政治机构是印度资产阶级统治地位不断受到严峻考验的问题,这不仅是经济发展的问题,同时也是道德领导权的问题,用我们习惯了的语言来说便是物质文明与精神文明之间的关系问题。当代印度社会结构的改变和发展取决于国家的经济发展以及与之相适应的政治结构,种姓制与贱民制中在印度当代社会中早已不再表现为残酷的、森严的等级壁垒,但种姓意识的消失则是一个长期的过程,或许它已变成了查特吉所说的“当代印度社会形成过程中正在进行的、尚未化解的阶级斗争”。早在 1932 年,英殖民政府就承认了印度贱民阶级的选举权,并为贱民保留一定的席位,同时规定贱民须自立选区。但甘地对英殖民政府给贱民保留的过少席位以及选举法对贱民的歧视颇为不满,并为此绝食,迫使印度国大党与贱民代表就议席和选举法问题取得协议,同时英殖民政府也同意并修改了选举法。但将近六十年后,印度取得独立也已有四十多年了,贱民在选举中应该有多少议席依然是个社会问题,甚至比以前更为严重。1990 年 8 月,印度北部曾爆发大规模的种姓冲突,起因是当时的印度总理维什瓦那特·帕拉德帕·辛赫曾许诺将争取 27%的国家公职人员的工作给低种姓的人。为此,200 余个高种姓的印度教徒以自焚进行抗议,有 12 人因此死去,这导致德里高种姓印度人的大规模抗议活动。与此同时,低种姓印度人与贱民也在自己党派领袖的号召下,大规模地集会抗议政府所谓公民平等的虚伪性。

2. 种姓制与现代民主社会:奈保尔对种姓制的批判

所谓“公民平等”,大多数情况下都是一种象征或理想的说法,具体到当代印度社会,也可以说,“公民平等”既是西方民主社会的象征,又是甘地主义——乌托邦社会主义——的理想,当代印度既是所谓的西方式民主制社会,同时又是带有印度传统色彩的种姓制社会,二者并行不悖，这是使西方学者感到困惑的矛盾现象。英联邦文学专家威廉·沃尔什对印度英语文学颇有研究，他在《印度英语文学》一书的序言中说：

> 印度种姓的起源已迷失于神话传说之中，它与雅利安人的种族意识和印度教的德法观密切相关。它既是残酷的社会等级划分，又是维系整个印度教社会的根本力量，它使人各得其所，同时又各司其职，从而使整个社会处于某种平静安宁的状态——恒定的印度。这是一种矛盾的现象。延续两千多年的种姓制，在当代民主制印度社会中依然根深蒂固，这主要表现于饮食习惯、婚姻、社会习俗、妇女在家庭和社会中所处的地位和扮演的角色，等等。[①]

如果读者大致浏览一下奈保尔"印度三部曲"尤其是《印度：受伤的文明》中有关种姓制的描述，不难发现，沃尔什关于印度种姓制的看法承袭于奈保尔。当然，这并不是说，沃尔什的说法直接来自奈保尔，而是认为，奈保尔和沃尔什关于种姓制的说法反映了西方学者对印度种姓制进而是当代印度社会结构的较为普遍的共同性的认识，其中，像奈保尔这样有印度文化背景的侨民作家的著作对西方认识当代印度或许起到了关键的、引领性的作用。

无论是奈保尔还是沃尔什都认为，种姓制与印度教社会的"德法观"密切相关，"德法观"使印度各个社会阶层安于现状，各得其所又各司其职，从而使印度社会长期处于僵化不变的状态之中，显然，这种状态与现代社会的发展很不协调。因此，沃尔什说："延续两千多年的种姓制，在当代民主制印度社会中依然根深蒂固。"如果说民主制是一种健全的社会组织形式的话，种姓制则以畸形的方式寄生于印度社会，损害着印度社会的正常发展，因为从根本上说，现代社会的民主制与印度传统的种姓制是对立的。

现代民主制强调每一个个体的存在及其作用，而种姓制则不然，奈保尔说："种姓、宗族、安全、信仰以及肤浅的认知力全混在一起；如果不毁坏其余的，其中之一也不能得到改变或发展。一个人如果从婴儿时期起就习惯于群体安全，习惯于一种生活被细致规范化了的安全，他怎

---

① William Walsh, "Introduction," in *Indian Literature in English*, Longman, 1990.

能成为一个个体，一个有着自我的人？”①

现代民主社会强调民族国家的利益，但“具有讽刺意味的是，独立后印度涌现的政治家们与甘地在当时缺少西方成熟政治家的情况下引入政坛的人物们相差不远。他们都是出自小城镇的地方主义者，他们保持着褊狭特点，因为其权力基础是对种姓与地区的效忠……所以即使是马克思主义也仅仅剩下口号，一种模仿形式：‘人民’经常被置换为某一地区的人民或某一种姓的人民”②。

公共卫生是现代文明社会的一个重要标志，但贱民制和种姓制的存在却使印度变成了一个肮脏不堪的世界。为此，奈保尔颇有点义愤填膺地一路推理下去：“公共卫生牵扯到种姓制度；种姓阶级制度造成印度人的麻木不仁、欠缺效率和勇于内斗；勇于内斗使印度积弱不振：积弱不振导致列强入侵，印度沦为殖民地。”③这是奈保尔自认为的“西方人那种直接的、单纯的眼光”所观察到的印度，是仅仅生活于印度社会的人所不能理解的。

现代社会注重妇女的权力和地位，但种姓制却将妇女牢牢地束缚起来：“‘不义的混乱一旦在社会蔓延开来，女人就会犯罪，变得不贞洁；女人一旦失贞，克里什纳啊，种姓就会混乱，社会就会紊乱。’这句话出自《薄伽梵歌》。但你大可不必担心，即使在今天的印度，也不可能发生种姓混乱、社会紊乱的现象，更不可能让老百姓恣意越轨、冒险犯难。”④

各得其所、各司其职、各尽其能体现的本来是一种良好的社会分工，但奈保尔认为，当这种分工与种姓制结合在一起时便变得僵化呆板，并使印度人在各自的“职能”中变得懒散甚至是畸形：“在旅馆负责整理床铺的服务生，若被客人要求打扫地板，他肯定会觉得受到侮辱。在政府机关办公的文员，决不会帮你倒一杯开水；就算你昏倒在他面前，他也无动于衷。你如果要求一个建筑系学生画图，他肯定会把它当作奇耻大辱，因为在他看来，身为建筑师却从事绘图员的工作，不啻是

---

① V. S. 奈保尔：《印度：受伤的文明》，宋念申译，三联书店，2003 年，第 131 页。

② 同上书，第 194 页。

③ V. S. 奈保尔：《幽暗国度：忘记与现实交错的印度之旅》，李永平译，三联书店，2003 年，第 84 页。

④ 同上书，第 54 页。

自甘作贱。"[①]奈保尔在他"印度三部曲"中举出很多这方面的例子，讲了很多颇有讽刺意义的故事，意在说明这样的道理："在这样的社会中，人人都是一座孤岛，人人只为自己的'功能'负责，而功能是每个人和上帝之间的私人契约。实现一己的功能，就是实现《薄伽梵歌》所倡导的无私精神。这就是种姓阶级制度。毫无疑问，刚开始时，它是农业社会的一种有效的分工，但如今它却成为分隔'个人功能'和'社会义务'、分隔'职位'和'责任'的依据。它变得欠缺效率，充满破坏性；它创造一种心态，阻挠所有的改革计划。"[②]

在《印度：受伤的文明》中，奈保尔说，现代印度人奇怪的"职能"观源自于古老的《薄伽梵歌》中的一段话："尽你该尽之责，哪怕其卑微。不要管其他人的责任，哪怕其伟大。在自己的职责中死，这是生：在他人的职责中活，这才是死。"[③]在《幽暗国度》中，奈保尔也引用了这段话，但中文翻译略有不同："做你分内的事，即使你的工作低贱；不做别人分内的事，即使别人的工作很高尚。为你的职守而死是生；为别人的职守而生是死。"[④]我国梵语文学专家黄宝生先生从《薄伽梵歌》原文直接翻译过来的译文是："自己的职责即使不完美，也胜似圆满执行他人的职责；从事自己本性决定的工作，他就不会犯下什么罪过。"[⑤]《薄伽梵歌》这段话确实是说不同种姓之人做的工作各不相同，他们都应该做好自己的本职工作。但从上下文看，《薄伽梵歌》这段话强调的并不是"职能"，而主要是为了说明，工作无高低贵贱之分，人也是如此，人人都要热爱自己的本职工作，人人都要平等地看待众生。

这种说法本来也无可厚非，但为什么它和种姓制结合在一起时会使印度社会变得越来越腐朽、僵化呢？奈保尔主要从印度教传统的"德法"观上来分析《薄伽梵歌》中这段话：

> 印度教关键性的'德法'概念——根据其本性，所有人都必须遵循的正确的、被许可的方式——是一个灵活的概念。最高境界

①④　V. S. 奈保尔：《幽暗国度：忘记与现实交错的印度之旅》，李永平译，三联书店，2003年，第41页。

②　同上书，第91页。

③　V. S. 奈保尔：《印度：受伤的文明》，宋念申译，三联书店，2003年，第207页。

⑤　毗耶娑：《摩诃婆罗多——毗湿摩篇》，黄宝生译，译林出版社，1999年，第192页。

的德法，结合了自我充实，结合了行动是责任、行动在精神上回报自身、人是神器等对个人的真理。于是这种概念不再神秘；它触碰到了其他文明（指的是西方文明——引者）的高级理想……不过作为个人真理理想、或者在自己身上活出真理来的‘德法’概念，也可以用来使人安于现状，让他们在麻木不仁的驯服状态中找到至善的精神。[①]

人们对《薄伽梵歌》这部印度教圣典从来都是见仁见智，各有各的说法和理解，甘地的非暴力学说的基石是《薄伽梵歌》，同时甘地也认识到，主张暴力和恐怖的人也把《薄伽梵歌》奉为行动的指南，在印度民族运动中主张暴力革命的铁拉克就是如此。这里，奈保尔对《薄伽梵歌》“德法”概念的分析也表明，“德法”本身有两面性或多面性，实践“德法”的人会走向各种不同的方向，而现代印度接受并发展的是恰恰是其腐朽、僵化的一面：以安于现状、麻木不仁的心态阻挠着印度社会的变革。

客观上，奈保尔并不否认当代印度社会发生了很大的变化，但他依然认为，印度所有变革所导致的结果却使印度人进一步安于现状：

在今天的印度，消极的东方世界观和积极的西方世界观都已经得到稀释、冲淡了，两者相互制衡。西方文化对印度的渗透不够彻底；英国人试图改变印度人的信仰和文化，结果却知难而退。印度的力量、印度的生存能力，来自消极的世界观、来自印度人特有的生命延续感。这种人生观一旦被稀释，就会丧失它的力量。过分强调“印度民族性”的结果，生命延续感肯定会丧失。创造的欲望和动力消退了，印度人得到的不是生命的延续，而是生命的停滞。这种现象，反映在“古代文化”建筑中；反映在许多印度人感叹的生命元气的丧失（其实，这主要是心理上的，而不是政治经济上的）；反映在邦提和他那群朋友的政治闲谈中；反映在“俱卢之野”寺庙的石雕里——一群死气沉沉的马儿和一辆静止不动的战车。湿婆神早已不再跳舞了。[②]

---

① V. S. 奈保尔：《印度：受伤的文明》，宋念申译，三联书店，2003 年，第 206—207 页。

② V. S. 奈保尔：《幽暗国度：忘记与现实交错的印度之旅》，李永平译，三联书店，2003 年，第 317—318 页。

奈保尔这段话典型地反映了他对印度的矛盾心理和看法，印度好像是没有任何变化，而实际上它却发生了非常彻底的变化；但与此同时，印度也一直在以消极的方式不停地“稀释”着所有的变化，这种“稀释”的结果使印度既无法向前走向真正的社会改革，也无法向后退回到自己的传统之中，如此，现代印度在不尴不尬的境遇中跌入到停滞不前的状态之中。显然，奈保尔渴望看到一个真正变化了的印度世界，但印度现实生活中的一切都使他感到焦躁和不安，并最终导致他在《印度：受伤的文明》中得出结论：对于处于衰败和危机之中的印度文明，唯一的希望就在于让它更迅速地衰败。

奈保尔对印度文明的悲观失望，让人联想到对印度怀有深刻同情心的英国作家 E. M. 福斯特。在小说《印度之行》(1924)中，福斯特虽然表现出英国在印度的殖民统治已处于堕落和无法挽回的失败之中，但印度自身却又像无法参透的谜一样让人觉得不可思议，似乎是无限的时空赋予印度以无所适从的特性，推迟了政治或社会改革的任何可能性。也许是对印度的改革依然寄托着希望，这样大约 10 年之后，看到印度作家 M. K. 安纳德创作的反映印度社会变革的小说《不可接触的贱民》时，福斯特欣然为之作序，在他的推荐下，这部小说也得以在英国出版。

安纳德是在甘地领导的民族运动的感召下写成了《不可接触的贱民》，这部小说以一个贱民为主人公，表现正处于变革时期的印度社会生活，在小说的结尾，贱民薄卡对生活充满了希望：印度的“现代化”正在改变着印度的一切。但时隔 20 余年后，当安纳德在小说《道路》(1961)中重新回到贱民问题上时，他发现，印度虽然已经独立 14 年后，但贱民制的问题依然像以前一样存在着，情形并没有什么改观。

在安纳德创作《道路》时，奈保尔也在观察印度、创作《幽暗国度》。小说《不可接触的贱民》的两个中心场景是城门外连带着三排厕所的贱民区与城内以寺庙为中心的高种姓居住区，在安纳德笔下，具有强烈对比效果的是，前者成为清洁与净化心灵的场所，后者，尤其是印度教寺庙则成为败坏人类尊严和道德的场所。但具有讽刺意味的是，20 多年过去之后，在《幽暗国度》中，整个印度似乎都变成了随地大小便的场所，这样的环境如何净化人的心灵？奈保尔说的都是事实，让人没法不相信，印度社会虽然在《不可接触的贱民》中就显示出改革将会给人们带来的希望，但这种改革却在希望之中变成了奈保尔式的绝望。

奈保尔虽然与印度文化、印度文明有着血缘关系，但他对印度文明的悲观看法实际上与吉卜林、福斯特等作家有着一脉相承的关系，因为他们都是从西方文化、从外部世界来观察印度社会的，尽管这种观察不乏深刻，但印度社会本身是一个具有多重性格和复杂心理的多面体，印度人也从来不会像奈保尔那样充满悲观和绝望。

在《印度自治》中，甘地曾说，英殖民统治者常常认为印度人是如此的蒙昧、无知和麻木，以致不可能引导他们接受任何的变革。甘地认为，这是对印度美德的指责，并强调不变性恰恰体现了印度和印度文明的永恒性。甘地此话虽然虚空，但它同样是在谈印度文化的不变性，从奈保尔的角度说停滞，但从甘地的角度说则是永恒；也可以说，从西方文化的角度看，印度总是停留在后面赶不上来，而从印度文化的角度说，印度却时时刻刻以自身的生存法则来看待并适应周围世界的变化。

奈保尔是一个作家，"流亡"生活赋予他对印度文化特有的观察视角，能够看到印度作家所难以发现的东西；但反过来说，印度作家也在不停观察并反省着自我，他们不像奈保尔那样对印度文化充满失望和愤懑的情绪，"变"也好，"不变"也好，他们总是对印度文化寄托着自己的希望。或许我们可以将这种差别表述为"内"与"外"的不同，观乎其外与入乎其内，得到的感受与认识总是不同的，对比一下，两者或许可以互补。

三　从文学对种姓问题的描写看印度现代社会结构的变迁

1. 婆罗门精神与种姓社会的逐步解体

印度教传统文化价值主要维系于婆罗门精神的纯洁，但在现代社会中，维持婆罗门精神的纯洁实际上只是一种美好的设想了。现当代印度文学中，涉及种姓制题材的作家作品很多，这里仅以在文学史上产生了较为广泛影响的小说《千头蛇》和《葬礼》为例，来分析一下印度社会在西方文化的影响下如何变化或说是现代化的。在《千头蛇》中，作家沙迪亚那罗衍试图以美化的方式来挽救象征印度传统的婆罗门精神，而在后来的小说《葬礼》中，作家阿南塔穆尔迪则以婆罗门的堕落而显示出种姓社会的必然解体和印度传统价值的消解。

维什瓦纳德·沙迪亚那罗衍（1895—1976）是印度泰卢固语文学中最重要的现代作家。他生于一个传统的婆罗门家庭，在马德拉斯接受大学教育，以后长期在大学任教。他在现实生活及文学创作中都竭力主张维护印度教传统文化价值，一生用泰卢固语、梵语、英语创作了一百多部作品，代表作是长篇小说《千头蛇》（1935）。

《千头蛇》的故事发生在派德城，这座城市原来不过是一个小小的村镇。350 年前，苏帕拉马尼亚大神化作千头蛇在梦中向密林旁小屋里住的农夫责令：为活着的苏帕拉马尼亚家族的圣人建立神庙，神庙的地址选为苏巴纳派德。神庙建成后，村镇也随之出现，三百年来，这个村镇受到神的保护，村民们也过着自足、平和的生活。但斗转星移，进入 20 世纪之后，派德村的一切都发生了变化，不仅派德村变成了较为热闹的现代化城市，而且伴随着村镇的消失，以种姓制、神庙、家庭、农田为典型特征的印度传统农业文明的价值体系也在迅速崩溃。派德村镇在作者笔下显然是印度传统农业文明的缩影，而派德城则代表着现代西方工业文明。小说通过派德村以祭师、地主与星象学家为代表的三种典型家庭在三四百年间的沧桑变化反映出印度传统、历史以及现代所面临的选择。

这部小说共 17 章，长达 1000 多页，它细腻逼真地将印度的种姓制以小说形式表现出来，使这部小说成为印度传统文化的活教材。评论界对这部小说的思想内容曾有较多的争议，中心问题是小说中所反映出来的种姓制问题，指责这部小说的批评家多认为它是对印度种姓的美化：倡导婆罗门种姓优越论。但也有不少批评家认为这部小说着力表现的是印度传统宗教文化的精神优越论，是以精神主义抗拒西方的物质文化，寻求印度民族文化在新的历史条件下的更生。种姓制注定要瓦解了，但作者希求种姓制作为一个崩溃变化中的概念，在社会功能关系意义上能积极地存在于世俗的世界之中。① 显然，这部小说反映

---

① A. V. Krishna Rao, "The Concept of Caste in Veyi Padagalu (The Thousand Hoods)," in *Indian Literature*, Sahitya Akademi, New Delhi, Jan-Feb, 1996.

了现代印度社会所发生的变化，但在这种变化中，作家依然希望传统的种姓制能在新的社会条件下产生新的功用，借以维持印度社会的稳定，这实际上是变化中的不变，表现出作家对婆罗门精神和传统印度社会结构依然寄托着模糊不清的希望。

U. R. 阿南塔穆尔迪（1932—　）是印度卡纳达语著名小说家，他生于卡纳塔克邦马拉纳德地区的一个村庄里，毕业于迈索尔大学，曾任迈索尔大学的教授、喀拉拉甘地大学的副校长。他创作有三部长篇小说、四部短篇小说集、四本文艺批评集、一部戏剧、两卷诗稿。他像沙迪亚那罗衍一样以小说的形式反映了印度的种姓制问题，在当代印度文学的发展中产生了很大的影响。

长篇小说《葬礼》（1965）是阿南塔穆尔迪的代表作，小说刻画出汤加河岸边一个小小的印度教徒居民区的颓废情景，反映出真正婆罗门生活价值的存在危机。小说的主人公帕拉耐什查里雅是一个真诚的婆罗门，他与一个病女人结婚，借以抑制自己的欲望，他不到40岁就已赢得了教民们的普遍敬重。与此同时，纳拉那帕则是一个堕落了的婆罗门，他吃肉喝酒，沉醉于声色犬马，公开与妓女钱德丽生活在一起。纳拉那帕的死给帕拉耐什查里雅出了个难题：是否为他举办印度教的葬礼？纳拉那帕的所作所为大大背离了婆罗门的精神，但他并没有被开除印度教教籍，他依然是个婆罗门，按照印度教的规定，只有婆罗门才能为死去的婆罗门举行葬礼，但像纳拉那帕这样一个受到玷污的婆罗门，婆罗门社团是否应该为他举行最后的祭仪？举行这样的祭仪是否会使婆罗门社团受到玷污？而让低种姓的人或穆斯林为他举行葬礼是否会使婆罗门社团的名誉受到损害？因为死去的人毕竟属于婆罗门社团。当钱德丽拿出她的首饰作为安葬费用时，有两家婆罗门争着要为纳拉那帕举行葬礼，只差教区的精神领袖帕拉耐什查里雅的点头同意。帕拉耐什查里雅细读经书，也没有发现解决问题的任何答案，最后，他决定走向神庙，求马鲁迪大神[①]显灵，但结果却一无所获。当他疲惫不堪地在夜色里走过一片丛林时，一直跟踪着他的钱德丽忽然出现在他的面前，并装作要摔倒的样子抱住了帕拉耐什查里雅。帕拉耐什查里

① 印度教神猴哈努曼的别名。

雅居然“堕落”了，从钱德丽怀中醒来后，他开始反省自己以前的生活及存在的价值，深感自己的所作所为有辱于自己作为“精神导师”的身份。葬礼的问题最后自行消解了，夜里，钱德丽在一位穆斯林的帮助下，把死者火化了。之后，当妻子死于瘟疫之后，帕拉耐什查里雅离开了自己的居住区，开始了没有目的的漫游。途中，他遇到布德，布德向他讲述性与暴力的故事，带着他看斗鸡（属于贱民的职业和爱好）及年轻漂亮的妓女。帕拉耐什查里雅在漫游中摘掉了“精神导师”的面具，过上一种真正属于自我的生活，同时他也对自我有了新的认识，新的责任感因此油然而生。他匆匆搭乘马车，返回自己的居住区。

《葬礼》出版之后曾受到强烈的非议，印度教徒认为这部小说是对印度教婆罗门精神的玷污。1970 年，据这部小说改编成的电影的公映，使作家再次受到印度教社会的普遍指责。1976 年，著名的印度英语作家 A. K. L. 拉姆奴舍将这部小说译成英文出版，进一步扩大了这部小说的影响。当这部小说的英译本出现时，奈保尔正在写作《印度：受伤的文明》，他带着颇有点兴奋的心情阅读了这部小说，认为它是一部很出色的作品：“译本并不总是清晰的；而很多印度教概念也不容易转译成英语。尽管如此，其叙述还是令人入迷，可以想见以卡纳达语写成的原著，会多么精彩绝伦。”奈保尔在他的“印度三部曲”很少赞美印度作家，他甚至将印度批评家公认的大作家普列姆昌德说成是不怎么样的二流作家。但他对阿南塔穆尔迪却赞美有加，这一方面反映了这部小说确实具有非凡的艺术魅力，又一方面则是因为这部小说投合了奈保尔个人的欣赏口味，因此，他在《印度：受伤的文明》中对这部小说的情节内容进行了较为具体的介绍和分析。

在英译本的后记中，拉姆奴舍认为，尽管以写实的风格出现，但《葬礼》实际上是一部有着深刻宗教寓意的小说，帕拉耐什查里雅的漫游应合着印度文学传统中的“分离”，只有经过了这种“分离”，才有真正意义上的新的融合。分离是一种痛苦，但只有经过了痛苦的分离，才有真正幸福的融合。[①] 奈保尔也从“分离”的角度来分析这部小说，不过他不像拉姆奴舍那样从印度文学传统的角度来看问题，他别出心裁，认为帕

---

① A. K. Ramanujan, “Afterword,” in U. R. Anantamurti, *Samskara*, tran. A. K. Ramanujan, Oxford University Press, 1987.

拉耐什查里雅的漫游类似于甘地1888年去英国求学的恍惚经历，甘地在西方文明中进一步坚定了自己的文化使命感，相反，帕拉耐什查里雅则是被他的已死亡的文明所囚禁，他不会像甘地一样意识到某种方式可以让这个世界臻于完善，因此在颓废的时代他也跟着颓废了。但实际上，这部小说写的并不是奈保尔所说的“颓废”，它是将高贵与低贱、婆罗门与贱民之间的鸿沟打破了，当帕拉耐什查里雅与低种姓的妓女钱德丽发生性关系时，小说如此写道：

> 这是个神圣的瞬间——此前什么也没有发生，此后什么也没有。这个瞬间生成从未有过的存在，随即又离开了存在。此前无形，此后无迹。两者之间，呈现，瞬间。这意味着，我绝不承担和她做爱的责任，不为那个瞬间负责。但那个瞬间却改变了我——为什么？

帕拉耐什查里雅的真正改变正是从他与钱德丽肉体上的接触那一瞬间开始的，此后他对世界的“漫游”，不过是这一瞬间的充分展开罢了，直至最后他发现了真正的自我。奈保尔也注意到了小说中描写的这一瞬间，不过他的结论和视角却是匪夷所思和另类的：“印度人更不容易进行反思和分析。印度人和西方人认知方式的差别，最明显地体现在性行为上。西方男人可以描述性行为；即使在高潮时也能观察自身。卡卡尔（奈保尔作品中写到的一位印度心理学家——引者）说他的印度病人无论男女，都不具备这种能力，他们不能描述性行为，只能说‘它发生了’。”[①]奈保尔说，《葬礼》中对帕拉耐什查里雅和钱德丽的性爱描写就是这样的瞬间。奈保尔的分析注重此一瞬间前后的“无形无迹”，而不是这一瞬间在心理和精神上给帕拉耐什查里雅带来的改变。奈保尔对印度种姓制社会的分析也是如此，他的注意力集中于其僵滞不变的特性，如果说其中有变化，则不过是进一步“颓废”了。因此，他并不像这部小说的英译者拉姆奴舍那样认为，帕拉耐什查里雅的“漫游”过程是一种对印度文化的“分离”式的痛苦体验，他也不像拉姆奴舍那样认为，帕拉耐什查里雅最后“更生”了，而是认为他在颓废中彻底走向了堕落。

---

① V. S. 奈保尔：《印度：受伤的文明》，宋念申译，三联书店，2003年，第120页。

2.《卑微的神灵》:种姓与社会等级、社会体系问题

或许我们可以说,进一步的"堕落"在当代印度英语作家阿鲁德蒂·罗易的小说《卑微的神灵》(1997)中得到更为露骨的表现,因为这部小说在情节上虽然分散、游离,但其中最重要的情节或说是小说的主线却是分明的,它写的是高种姓女主人公阿母与低种姓木匠维路沙之间发生的桃色事件。与《葬礼》中描写的有关高低种姓之间的性爱关系不同,阿母与维路沙之间产生的是真正而热烈的性爱。按照印度传统的文化观念,高种姓男子与低种姓女子发生性爱关系尚属可以理解的犯罪行为,而高种姓女子与低种姓男人发生性爱关系则是不可思议且难以饶恕的弥天大罪。而《卑微的神灵》描写的恰恰是这种在印度社会中难以启齿的性爱关系;而且在罗易的笔下,这种性爱得到了或许在奈保尔看来应该属于西方文化范畴的浓墨重彩式的描写:

> 朦胧的眼睛对着朦胧的眼睛,久久地凝视着,一个神采奕奕的女人向一个神采奕奕的男人敞开了她自己。她就像是一条洪水泛滥期的又宽又深的河流。他在她的波浪中航行。她能够感觉到他向她的身体挺进得越陷越深,越陷越深。狂暴地。盛怒地。他要求被允许更加地深入。深入。仅仅是在她的状态和他的状态协调的时候,或者他遇到拒绝的时候,他才有所停顿。仅仅是在他已经深入到了她的最深的深度,以一种抽噎和震颤为标记,他被淹没了。
>
> 她贴在他的身上。他们光滑的身体上渗出了汗珠。她感觉到他的肉体一点儿一点儿地离开她。他的呼吸慢慢地变得正常了,她看到他的眼睛变得清澈了。他抚摸着她的头发,他察觉到,这次结合,在他已经平息了,她却仍然处于亢奋和震颤之中。轻柔地,他给她翻转身体,用他的白色的湿布头给她擦去身上的汗珠和沙砾。他轻轻地覆盖在她的身体上,细心地不把他的重量压在她的身上。细小的石头子钻进他的胳膊和皮肤里。他亲吻她的眼睛,亲吻她的耳朵。亲吻她的胸脯。她的腹部。她的由于她的孪生子而得到的七条银色的妊娠纹。她的从肚脐往下到她的黑色三角形

的线条，它告诉他她需要到他到哪里。她的双腿内侧最柔嫩的肌肤。然后，木匠的双手托住了她的臀部，一条不可接触的舌头接触着她的最隐秘的部位。在她的酒杯中长久地啜吸而且沉醉。[1]

这是小说中对阿母与维路沙野合场景的描写，其中表现的不单是性，同时也是爱，在这次野合之后，阿母与维路沙还有多次幽会，直到事情败露、维路沙被警察借口打死为止。从一开始，阿母与维路沙都明白他们之间发生性的关系对他们意味着什么，但他们还是为爱铤而走险。但这部小说写的也不是爱情悲剧，而是与种姓制密切相关的社会悲剧。西方读者阅读这部小说时，常常会将它所描写的故事划归于西方习以为常的"主仆之爱"，实际上，如果我们明白种姓制在印度社会中的特殊性时，也就不难明白小说中所描写的一切远远不止于此，当"不可接触的舌头接触着她的最隐秘的部位"，它打破的不仅是可接触与不可接触之间的界限，而且是整个印度社会的组织结构和心理结构。或许是受到后殖民理论的影响，罗易很热衷于"杂交"，不仅是高低种姓之间的肉体杂交，而且将一切可以杂交的东西都杂交到她的小说中去了，所以有评论家说：

体系、结构、等级和科学分类等不仅是认识论方面的问题，也是小说语言结构方面的问题，它是福柯以及霍米·巴巴等理论家探讨的重要课题，也是罗易在小说中着力表现的问题。阿母与低种姓木匠之间发生的性关系，正是对社会等级和体系的破坏。

从文本反抗性的角度看，《卑微的神灵》暴露了西方自启蒙时代以来的思想中无处不在的种族中心结构，它对这种分类和结构的质询会摧毁当代理论的阐释企图（使之无法阐释）。小说对语言的拆拼像是在玩杂耍，雕琢得像是阿拉伯风格化的图案。拉什迪的语言表现的是随意的政治漫画，罗易的语言则是将政治、社会和文化童真化、童趣化，不仅灵活生动，而且无羁无绊也无忌讳。[2]

---

① 阿伦德哈蒂·罗易：《卑微的神灵》，张志忠、胡乃平译，南海出版公司，1998年，第383—384页。

② Alex Tickell, "The God of Small Things: Arundhati Roy's Postcolonial Cosmopolitanism," in *Journal of Commonwealth Literature*.

如此一来，罗易的小说写的虽然依旧是种姓制问题，但它却通过霍米·巴巴的“杂交”理论而与福柯以及后现代连为一体了，不可思议地将印度教的种姓制问题与整个西方文化的体系、结构都挂起钩来。种姓问题至此已不再是印度教森严的等级差异问题了，而是超越了印度教社会且普遍存在的阶级、等级、体系等社会问题了，它似乎真的成为自维韦卡南达以至甘地所说的社会习俗和生活习惯问题了：

> 在爸爸的葬礼上，妈妈痛哭失声，把她的隐形眼镜从眼睛里滑落出来。阿母告诉她的孪生子，妈妈的痛哭，与其说是她爱他，不如说她已经习惯于他。她习惯于他懒散地围在罐头厂转圈，习惯于他一次又一次地殴打她。阿母说，人们是被习惯所创造出来的，它往往令人吃惊，人们竟然会习惯于如此这般的事情。[①]

《卑微的神灵》主要是以阿母的一对孪生子的视角来观察、描述一切的，儿童天真无邪，且富于想象和浪漫的情调，他们还没有被成人世界结构化，但生活中发生的一切都在对他们的心灵产生着影响，社会习惯通过社会生活而作用于人的大脑和心灵，天长日久，随着一对孪生兄妹（艾沙和拉赫）的成长，他们不知不觉地已经便被结构于社会习惯之中，变得沉默了：

> 沉默一旦来临，它就呆在艾沙身上，并且不断地扩展。它像一条章鱼，到达了艾沙的头脑里，并且用它柔软的脚爪拥抱他。它用古老的韵律抚慰他，使他的心跳得欢快。它隐秘地，像会吮吸的根须，渐渐深入到艾沙的头脑里，清洁他的记忆的山丘和峡谷，拭去旧的意念，从他的舌头尖上去除它们。它消除那些描述事物的词语，让事实无遮无掩地存留下来。只留下不可言说和麻木。这样，事物或许赤裸裸地来到一个观察者面前，或许留在原处。慢慢地，经过许多年，艾沙从世界中撤退出来。他逐渐习惯于伺奉他身体里那个不安分的章鱼，听从它黑暗中的沉默。逐渐地，他沉默不语

---

① 阿伦德哈蒂·罗易：《卑微的神灵》，张志忠、胡乃平译，南海出版公司，1998年，第56页。

的理由越藏越深，埋葬在事实深处的什么地方，镇静地折叠得很好。①

维路沙是艾沙最要好的朋友，但阿母与维路沙的一场爱情悲剧，不仅使维路沙走向死亡、阿母走向沉沦，同时也使艾沙在成长中变得日益麻木：以种姓制为基础的印度社会结构就像“章鱼”一样将它的根须深入到每一个人的心灵深处，使人们在社会生活中环环相套、链链相扣：

> 这对孪生子好奇地问，链扣是做什么的，“把袖口链在一起”，阿母告诉他们——他们都被激动起来，在一种非逻辑性的语言中，这个逻辑性的片段走得那么远！“扣＋链＝扣一链”。对于他们，这足以与严密的数学逻辑相抗衡。②

链扣是从英国传入印度的，是阿母的丈夫死后的遗物：昂贵的服装和装满了一个巧克力筒的链扣。阿母的丈夫是个崇英派，孪生子并不明白崇英派的含义，他们在《读者文摘大百科词典》中查找到的“崇英派”词条的解释是：person well disposed to the English，即“完全倾向于英国（方式）的人”，他们对 disposed 的含义感到模糊，继续查找这个词的意思：

> 1. （将人或物）安排到适当的位置。
> 2. 把思想放进确切的状况里。
> 3. 做一个人愿意做的，摆脱某人的控制，隐藏起来，拆毁、推翻，结束，安置，吃光（食物），杀掉，卖掉。③

小说在此不厌其烦地引用 disposed 的词条解释，一方面说明了“崇英派”这个概念对于理解这部小说有重要意义，另一方面，从词条的三种释义中，我们也可以看到作家对体系与结构的强调，种种结构不仅外化于社会生活之中，同时也内藏于人的思想和心灵深处，小说中的人物，无论是被“安排”或是“放进”于某种结构之中，还是意图“摆脱”、“拆毁、推翻”某种结构，实际上他们都要有自己的适当位置。因此，小说写

---

① 阿伦德哈蒂·罗易：《卑微的神灵》，张志忠、胡乃平译，南海出版公司，1998 年，第 13—14 页。

② 同上书，第 57 页。

③ 同上书，第 58 页。

道，无论他们喜爱还是仇视“崇英派”一词，无论他们愿意还是不愿意，实际上他们都是崇英派。英国通过殖民征服而侵占了印度，它侵占的不仅是印度的国土，更重要的是印度人的意识：

> 查科告诉李生子，虽然他自己不愿意承认，甚至还敌视这个词，事实上，他们全是崇英派。他们是一个崇英派的家族。他们被指向错误的方向，陷落于他们自己的历史之外，无法收回他们走错了的脚步，因为他们的足迹已经被抹煞了。……
>
> “……我们的意识已经被一场战争所侵占。这场战争，我们打赢了，又丢掉了。这是最坏的战争。这场战争俘获了梦想又改造了梦想。这场战争使得我们崇拜我们的征服者，蔑视我们自己。”
>
> ……
>
> “我们是战争俘虏，”查科说道，“我们的梦想被毁灭了。我们无家可归。我们在喧嚣的海面上行驶，却没有锚。我们可能永远得不到靠岸的准许。我们尽管遗憾，却永远没有足够的痛苦。我们虽然快乐，却永远没有足够的幸福。我们的梦想永远不够充分。我们的生命永远没有足够的分量。这就是事实。”①

“我们是战争俘虏”，“我们无家可归”，这些话语形象化地表现出现代印度的历史处境，尽管现代印度极力张扬民族主义，但实际上，印度人的现代梦想是被“俘获”又被“改造”过了的梦想，它已经陷落于自己的历史之外，无法回归于自己的传统了。

3.“我们都是崇英派”：现代印度社会结构的变迁

即以现代印度的建筑为例。奈保尔说，印度独立四十多年来的建筑，基本上都是在呆板、肤浅地模仿国际风格，他们过于执迷于模仿现代风潮，一切都是方方正正、单调乏味的钢筋和水泥混合在一起的怪物，它们不但没有给人以美丽、雄伟的视觉享受，反而使印度的丑陋和拥挤显得更为突出了。相比之下，殖民时代的英式建筑，如加尔各答的

① 阿伦德哈蒂·罗易：《卑微的神灵》，张志忠、胡乃平译，南海出版公司，1998年，第58—59页。

维多利亚纪念堂、勒克瑙和新德里的议会大厦等，至今仍不失为南亚次大陆最好的非宗教建筑。如此，尽管我们反对英国的殖民统治，但在内心世界，我们不能不是崇英派。英国人建造了加尔各答，当时，他们满怀信心，把欧洲的古典风格移用到印度，借以标志外来文明的胜利——宽阔的大道、广场，善加利用的河流和开放空间、妥善配置的宫殿和公共建筑等等。但两百年风雨过后，在印度人手里，加尔各答里里外外都是衰败："白天里，街道上或草木干枯的大公园里根本没有空间；没有可以散步的地方。你可以开车，非常缓慢地经过东挖西挖的马路和水泄不通的人群，前往托里衮吉俱乐部，在那里的高尔夫球场上散步。但是，这趟路开得你筋疲力尽；然后，回程还得忍受的煤油汽油也会叫你败兴。"①英国人早已使印度人走进了现代化的进程之中，但在印度人手里，现代化给人带来的并不是一个明亮的空间，而是水泄不通的人群和浓重的汽油味。

但是，无论城市如何拥挤，乡下人总渴望着"进城"，因为他们正一天一天明白，城市尤其是大都市才是他们的梦想和希望所在。尽管印度社会一如既往地保持着平衡与稳定的状态，但印度社会却因为传统的种姓、乡村、大家庭的不断解体而处于不停的流动状态，它像是在喧嚣的海面上一样进行着无目标或说目标不明的航行：

> 由于工业化及乡村地区的绿色革命，一个由暴发户构成的新阶级正在崛起。这些人现在才开始接受大学教育，接触到舒适的都市生活、时髦的生活方式、西方的影响——种种物质享受。在这段过渡时期，我们慢慢抛弃掉祖父辈们的道德精神，但我们却没有西方人的纪律和社会正义概念。目前这里的事态很混乱。②

这是出自奈保尔《印度：百万叛变的今天》中一位政府官员的话，当代印度的社会结构正在因为经济生活的变化而发生着变化。奈保尔此书写于1990年，随着岁月的流逝，奈保尔对印度的感觉和观察方式也在发生着变化，在这部书中，甘地主义和种姓制虽然依旧是他观察和讨

---

① V.S.奈保尔：《印度：百万叛变的今天》，黄道林译，三联书店，2003年，第305—306页。

② 同上书，第207页。

论的一个重点问题，但他不再像以前那样“义愤填膺”了，而是更多地记录印度社会生活中发生的一些故事和印度人对一些问题的看法了：“新世界真是新得很：对一些人来说，它从他们祖父的世代开始，对大部分人则是从他们父亲的世代开始。而且，人们的移动那么大、那么快，因此许多在社会中活跃的人都有成功的故事可以谈——有时候是他们自己的，有时候是他们家人的。”①在奈保尔所记述的众多故事和众多人物中，一位名叫普拉瓦斯的工程师以自己的亲身经历和感受对就婆罗门和种姓制话题而对印度现代社会结构的变迁进行了如此剖析：

> “变迁是持续的过程。在一个世代期间，你只看得出一次变迁，因为一旦你看出变迁，变迁便已经在你的身上发生了……转变必须历时一段时日，对越往后的世代，转变的过程历时越久。
>
> 我儿子会在许多方面经历环境的巨大变迁。家庭、学校环境、就业市场，所有各个方面。我在还多多少少注重仪式的环境中长大，在我儿子的环境中，仪式将没有什么重要性。不过，纵使我儿子在仪式方面失去了更多，他还是不会完全失去自己的根，他可以在同侪群体中找到生根的土壤。会有许多人跟他一样，整个社会正朝着那个方向移动。
>
> ……如果你过分依附以往所强调的根，你可能会没有根，变得像化石。至少在形式上，至少在风格上，你必须随着新潮流走，寻找新的根。越来越多印度人正在这样做，在一个世代之间，风格就会变成实质。你为了随波逐流而做的事——例如，对我父亲来说，穿长裤这件事——到了下一代就变成了天经地义了。
>
> 对你来说，那变迁并没有颠覆性。
>
> 那变迁不是来自内部，而是外在的。在这里，变迁是渐进的。我四周都看得到变迁——我父亲、我弟弟、每个人都在转变。我已经分辨不出什么是新奇的东西。
>
> “有一些基本原则将会保留下来。在个别行为方面——吃饭、睡觉等——大家对细节都不会在意了。这些都会消失掉。但在集体记忆里，有一些东西将会川流不息。信仰以及信仰的表达方式

---

① V. S. 奈保尔：《印度：百万叛变的今天》，黄道林译，三联书店，2003年，第189页。

是这些基本川流之一。尽管相关的细节会变得模糊。”①

奈保尔在叙述中特别注意到普拉瓦斯所说的“颠覆性”，实际上，奈保尔在《幽暗国度》和《印度：受伤的文明》中一直试图对印度文明进行一个彻底的“颠覆”，但到了90年代，或许他也默认了普拉瓦斯的看法了，一场“颠覆性”的革命不可能发生于印度。奈保尔注意到，现代印度生活中所遭遇到的一切令人不快之事，有时也会使普拉瓦斯对印度感到绝望，但最终他看得开了，比如印度当前的产品质量问题，虽然很差劲，远不如西方的好，但与50年前相比，它们也算是不错了，因为印度起步晚，50年前日本的产品也是低劣的。试图让印度一下子赶上日本或是美国，如果说在经济生活中不可能，那么在政治生活和社会结构的变化中同样也不能，而且，按奈保尔笔下普拉瓦斯的说法，即使印度社会在不断的渐变中发生了质的变化，印度社会依然会保留属于自己的信仰和信仰的表达方式等。

经济大潮必然会淹没种姓制，但与创作《幽暗国度》和《印度：受伤的文明》时的心情不同，当种姓制真的要瓦解、贱民也像婆罗门一样表现出自己的尊严时，奈保尔又有点忐忑不安，《印度：百万叛变的今天》开章就描写了这样的一个场面：

> 过去被称为贱民的人在拥挤的马路上排了一英里多长的队伍；他们前来向他们那位早已过世的圣人致敬——那位在其圣像中穿西服、打领带的安贝卡博士。他们所表现的尊严是过去看不到的。可以说，这是甘地等人致力实现的东西；可以说，这验证了自由运动的正当性。但是，这也可能被视为威胁到许多印度人习以为常的稳定；一个中产阶级成员可能顿时陷入焦虑，而觉得这个国家真是每况愈下。②

一场颠覆性的革命如果真的在印度社会发生的话，印度便会失去习以为常的稳定状态并进而陷入混乱之中，所以从维韦卡南达到甘地以及印度很多作家虽然都强烈地反对贱民制，但与此同时他们又都在

---

① V. S. 奈保尔：《印度：百万叛变的今天》，黄道林译，三联书店，2003年，第186—187页。

② 同上书，第12页。

倡导、弘扬子虚乌有的所谓的婆罗门精神即印度传统的精神主义。印度民族主义者包括甘地实际上并不是真的要回到印度的传统和过去，对现代性和西方文明的反对常常表现为某种外在的姿态，这种姿态的主要意义不过在于掩饰某种内在的心态，从而使自我和社会不至于失衡罢了。

“我们都是崇英派”，由此出发，我们姑且也可以将印度等东方国家的现代化看成是西方化，东方的西方化显然不同于西方的现代化，当我们在“西方”二字的后面加上一个“化”字时，便不可能是西方本身，而只不过是表明东方国家社会变迁要有一个复杂、痛苦甚至是无所适从的过程而已，种姓制在现代印度注定要瓦解但又没有完全消失，反映的正是这样的一个过程。当代印度政府制定的国家政策对所有种姓都一视同仁，贱民在选举、就业、入学、公共医疗等各个社会领域享有与其他种姓同等的权力，在现实生活中，人们可能感觉不到种姓制的存在了，但种姓观念对人们心理上的影响并没有完全消除，包括像奈保尔这样有着印度教徒血统的西方人，种姓意识或说是潜意识作为“基本的川流”之一依然流淌于他的血液之中。再者，从地域上说，印度南方历来存在着反婆罗门、反种姓制的传统，英殖民文化的渗透也是从东南沿海向北方和内陆地区不断发展，而北方则是印度教文化的中心，历来倡导婆罗门精神文化，印度南北之间存在文化差异和文化发展的不平衡；从时间上说，用阿鲁德蒂·罗易的话说，“印度(同时)生活于好几个世纪之中”①，极其现代与极其传统的东西常常奇特地共生共存，传统的种姓制包括贱民制依然会在个别地方繁衍生息，但无论如何，种姓制早已不再成为印度现代化发展过程中不可逾越的障碍物了。

① *The Week*, Oct. 26, 1997, p. 45.